JN040549

혈류

혈류

초판 1쇄 발행 | 2014년 4월 21일
초판 2쇄 발행 | 2014년 5월 13일

지은이 이립
발행인 이대식

편집주간 이숙
책임편집 김화영 **편집** 최하나 나은심
마케팅 윤여민 정우경 **관리** 홍필례
디자인 모리스

주소 서울시 종로구 평창길 329(우편번호 110-848)
문의전화 02-394-1037(편집) 02-394-1047(마케팅)
팩스 02-394-1029
전자우편 saeum98@hanmail.net
블로그 saeumbook.tistory.com
페이스북 facebook.com/saeumbooks

발행처 (주)새움출판사
출판등록 1998년 8월 28일(제10-1633호)

ⓒ 이립, 2014
ISBN 978-89-93964-75-2 03810

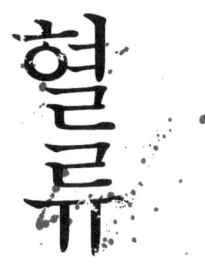

혈류

이립 장편소설

새흙

프롤로그

'한 마리. 이제 마지막 한 마리만 남았다.'

계속되는 온난화로 인해 대한민국의 날씨는 열대성 기후에 더욱 가까워졌다. 한여름의 굵직한 폭우가 만들어내는 거센 소음은 서울대학교 대강당의 객석을 꽉 메운 군중들의 웅성거림을 가려버리기에 충분했다. 어쩌면 김현철 교수로서는 이러한 웅성거림을 알아들을 수 없는 편이 더 편할지도 몰랐다.

서울대학교 생명공학부 김현철 교수. 그는 대강당에서 진행되고 있는 이 라이브 실험을 주관하고 있었다. 지금까지 그는 실험을 성공적으로 진행하며 가끔 객석을 향해 미소를 지었지만 어딘지 좀 억지스러워 보였다. 습하고 끈적한 날씨 탓만은 아니었다. 좌장석에 앉아 만족스러운 얼굴로 실험 과정과 김현철 교수의 얼굴을 번갈아 지켜보고 있던 학회장은 당혹스럽다는 듯이 말했다.

"김 교수, 무슨 일 있는 사람처럼 왜 이러나. 얼굴 좀 펴게."

"이제 조금 있으면 127마리째입니다."

"뭐라고?"

"아, 그러니까…… 저는 그냥 좀 걱정이 돼서……."

"오늘 실험은 대성공이야. 이제 자네 입지도 굳어질 거고. 자네가 뭣 때문에 그러는지 모르는 바는 아니지만 너무 염려 말게. 앞으로 다 잘 해결될 테니 이제 그만하지. 학회원들도 있고, 학생들도 있지 않나……."

"네, 죄송합니다."

김현철 교수는 애써 고개를 끄덕이며 실험을 진행 중인 제자들에게로 시선을 돌렸다. 이미 제자들의 얼굴에는 미소가 가득했지만 김 교수는 마지막 순간까지 안심할 수 없었다. 서로의 어깨를 다독이며 여유를 만끽하는 모습이 그에게는 성급해 보였다. 이제 막 쉰을 넘어선 그는 지난 6년간 강박적으로 이 연구에만 몰두해왔다. 그러다 보니 최근 들어 스스로가 너무 융통성이 없어 보이지 않을까 하는 걱정을 하기도 했다. 빠르게 늙어가는 외모와 원칙을 고수하는 모습은 권위적으로 비쳐질 수도 있었다. 하지만 아무리 화려한 결말이 목전에 있더라도 끝까지 긴장을 늦출 수 없다는 게 김 교수의 생각이었다. 대학교 실험실 내에서는 지난 3개월간 수차례 검증되었지만 혹시 모를 일이었다. 마지막 순간 생쥐 한 마리에서라도 오류가 발생한다면 그의 이름을 걸고 지난 6년간 진행된 연구의 신뢰도에 금이 갈 터였다. 피나는 노력으로 준비한 논문도 휴지 조각이 되어버릴 것이다. 그만큼 많은 사람들의 관심과 시선이 이 실험에 집중되어 있었다.

실험의 내용은 다음과 같았다. 특정 미로를 이미 습득한 생쥐에게서 혈액을 빼낸 뒤, 혈구 성분을 분리하고 일련의 약물 처리 과정과 방사선 조사를 거쳐 이를 다른 생쥐에게 주입한다. 10분 후 혈액을 투여받은 생쥐들은 처음 접하는 미로를 마치 너무나 잘 알고 있는 듯이 통과했다. 그리고 드디어 마지막 127번째 생쥐까지, 모두 단 한 번의 예외도 없이 같은 길을 선택했다. 기존의 생쥐가 가지고 있던 미로 통과에 대한 정보가 혈액을 통해 다른 생쥐들에게 전달된 것이다.

테이블 위의 마지막 생쥐가 미로를 쉽게 통과하는 순간 객석에서는 기립 박수와 환호성이 쏟아졌다. 그들의 환호는 단순히 이 실험의 성공을 축하하는 의미를 넘어서서 인간의 삶에 다가올 새로운 패러다임에 대한 기대와 축복을 의미했다.

"인류는 문자의 발명 이후 그들의 지식을 문자를 통해서 기록하고 나누고 가르치고 배워왔습니다. 흙과 바위 등을 시작으로 종이가 발명되고 손바닥에 들어오는 자그마한 액정 화면까지 매개체는 바뀌었을지언정 정보의 핵심인 문자를 벗어날 수는 없었죠. 하지만 오늘 이 작은 생쥐들로부터 새로운 가능성이 제기된 것입니다. 지식과 경험이 혈액을 매개로 전파될 수 있다는 가능성 말입니다."

김현철 교수는 강당의 객석 앞에 서서 누구보다 자신 있게 말했다. 그러나 실험의 대성공에도 불구하고 그는 유쾌하지만은 않았다. 이런 실험을 이렇게 많은 관객들 앞에서 라이브로 한다는 것부터가 마음에 들지 않았다. 그의 의도와는 다르게 실험은 완전히 의공학적 쇼가 되고 만 느낌이었다. 이번 실험의 생중계와 관련하여 그는 끝까지 반대의 뜻을 굽히지 않았지만 학회와 서울대 이사회의 의지는 강력했다. 이사회에서는 이미 관련 학과의 신설까지 검토하고 있었고, 학회에서는 벌써부터 수많은 기업들과 접촉 중이었다. 당연하게도 그 중심에는 김현철 교수가 있었지만, 아직 동물 실험 단계까지만 성공한 그로서는 부담이 큰 게 사실이었다.

게다가 이번 라이브 실험을 둘러싼 일련의 사건들은 그를 더욱 불쾌하게 만들었다. 생명공학부 교수로서 김현철은 자연스럽게 생물학과와 생화학과뿐만 아니라 수의과 및 의과대학의 교수들과 많은 교류를 해왔다. 그들과의 관계가 호의적이지만은 않았고, 특히 과의 특성상 여러 과와 중복되는 부분이 많다 보니 항상 아쉬운 소리를 해야 하는 입장이었다. 생화학과의 한 교수는 실험실 장비를 빌려주는 대가로 공동 저자에 이름을 올려줄 것을 요구하기까지 했다. 의과대학 총장은 며칠 전까지만 해도 동물 실험이 성공할 경우 인간 실험은 의과대학의 주도로 진행하겠다며 으름장을 놓았었다. 이런 부당한 요구들을 무마하느라 김현철은 제약회사 및 의료기 납품 회사와의 접촉 권한을 상당 부분 포기해야만 했다. 객석의 대부분은 그쪽 관계자들이 채우고 있었다. 그나마 김 교수의 강력한 요구로 객석의 앞쪽 좌석은 학회 사람들과 학생들에게 돌아갈 수 있었다. 보고 싶지 않은 얼굴들이 눈에 잘 띄지 않는 것만으로 그는 만족해야 했던 것이다.

이날의 대성공 이후 전세계 언론은 마치 김 교수가 제시한 신세계가 바로 내일이라도 열릴 것처럼 떠들어댔다. 수많은 사람들이 이 분야에 도전하기 시작했고, 대부분의 대학이 관련 학과를 따로 신설할 정도였다.

그러나 상당한 세월이 흘러갔음에도 모두가 기다리던 소식은 들려오지 않았다. 급기야 김현철 교수는 자신의 기존 이론에 대해 회의적인 입장을 내놓게 되었다. 그가 새로운 논문을 통해 인간에게 있어서는 혈액을 통한 지식의 전달이 불가능하다고 발표하던 날, 관련 주가는 처참하게 폭락하고 말았다.

사람들의 기억 속에서 자신의 이름이 사라져갈 무렵, 김현철 교수는 정부로부터 새로운 프로젝트를 제안받았다.

일요일

 김종훈에게 정오의 햇살은 무척이나 낯선 것이었다. 언젠가
부터 그는 매일같이 귓전에 맴도는 메마른 형광등 소음과 삼십
대 가장이라는 타이틀이 가져다주는 어떤 의무감과 매너리즘
에 젖어 있었다. 그랬기에 살갗을 태워버릴 듯한 뜨거운 태양광
이 전하는 일상과의 괴리감이 나쁘지만은 않았다.
 "나름 이것도 괜찮군."
 종훈은 일요일임에도 업무의 연장으로 서울에서 부산까지
가는 열차에 몸을 실어야 하는 짜증을 눅여버리고 무인 발권
기로 향했다. 종훈이 티켓을 발급받기 위해 무인 발권기의 금
속성 버튼에 손가락을 올리자 묘한 소름이 어깨를 스쳐갔다.
심각한 개인정보 유출 사고가 계속되면서 정부는 새로운 개인

정보 보호 방법으로 수시로 암호화되는 IC카드를 배포했다. 이 IC카드는 대부분의 공공장소에서 상용화의 마지막 단계를 바라보고 있었지만 종훈은 오늘 처음으로 IC카드를 쓰는 것이었다.

"어라, 이거 왜 이러지?"

무인 발권기는 IC카드를 인식하지 못하고 그대로 뱉어냈다. 다시 한 번 시도했지만 결과는 마찬가지였다. 하는 수 없이 종훈은 매표소 근처의 역무실로 찾아갔다.

"죄송합니다만 여기 좀 봐주시겠습니까? IC카드가 먹통이라서요. 오늘 처음 사용하는 건데……."

귀찮은 듯 서로 눈치만 살피던 역무원들 중 말단 직원쯤으로 보이는 여사원이 그에게 다가왔다.

"아…… 마그넷이 손상됐나 보네요. 일단은 여기서 티켓은 그냥 발급해 드리겠습니다. 카드는 여기서 말소 처리하고, 2층에 보면 사무실이 있거든요. 거기서 새로 발급받으시는 걸로 할게요. 실례지만 무슨 열차죠?"

"TF호입니다."

"아, 이런. TF호라고요?"

"네, 무슨 문제가 있나요?"

"그게…… 오늘 첫 운행이라 아직 전산 시스템이 완전히 갖추어지지가 않아서요. 인터넷으로 예매하신 거라면 오늘은 무인 발권기로만 티켓이 발급될 텐데요. 그렇다면 일단 카드를 들고 2층으로 가보세요."

　이직은 열차 시간에 여유가 있었지만 잘못하다가는 시간이 촉박해질 수도 있는 노릇이었다. 종훈은 서둘러 2층으로 발걸음을 옮겼다. 여사원이 안내해준 곳으로 가자 KICKorean Identification Card라는 간판이 눈에 들어왔다. 비좁은 사무실에 들어서자 책상에 남자 직원이 한 명 앉아 있었고, 책상과 컴퓨터, 그 외 몇몇 기기가 갖추어져 있었다. 사무실에 앉아 있던 남자 직원에게선 코를 찌르는 담배 냄새가 풍겨왔다. 분명 10년은 족히 넘은 골초임에 틀림없었다. 담배를 피우지 않는 종훈으로서는 호감을 느끼기 힘든 상대였다. 그러나 직원은 의외로 친절하게 종훈을 맞이했다.

　"어서 오십시오. 무슨 일로 오셨죠?"

　"제 카드 말입니다. 이거…… 무인 발권기를 이용하려는데 작동이 안 돼서요."

　"카드 이리 줘보시구요. 무슨 열차죠?"

　"TF호입니다."

　"오, 축하드립니다. 첫 탑승의 행운을 잡으셨군요. 게다가 영광스럽게도 대통령과 한 기차에 타시게 됐고요."

　종훈의 귀에는 역무원의 마지막 말이 곱게 들리지만은 않았다. 어딘지 조금은 비아냥이 묻어 있는 것처럼 느껴지기도 했다. 직원은 카드를 스캐너에 꽂아 넣고 컴퓨터로 일련의 작업을 하며 말을 이었다.

"그런데…… 이 카드 발급된 게 6개월 전인데 오늘 처음 사용하시는 걸로 나오는군요."

"아, 뭐 특별히 사용할 만한 기회가 없어서 아직까지 사용한 적이 없거든요."

"그랬군요. 카드의 마그넷이 손상됐습니다. 사용 내역은 확인 가능한데 개인정보는 인식이 안 되는군요. 새 카드로 바꿔드릴게요. 하지만 마그넷이 손상되지 않았더라도 이곳에 오셨어야 합니다. 아마 지속적으로 이용하셨다면 3개월 전에 이 카드를 업그레이드하셨어야 하니까요. 당시에 보안 문제로 대대적인 코드 업데이트가 있었거든요. 만약 현재 김종훈 씨의 바뀐 코드가 아닌 이전 코드를 그대로 인식시켰다면, 발권기가 김종훈 씨를 다른 사람으로 받아들였을 겁니다. 구 코드 중에는 삭제되어 사용되지 않는 것도 있는데, 그런 경우라면 존재하지 않는 사람으로 인식했을 수도 있고요. 어쨌든 이제 제가 새 카드에 최신 개인정보를 입력시켰으니까 잘 작동할 겁니다."

직원으로부터 카드를 받아든 종훈은 다시 발권기 앞으로 갔다. 기분이 묘했다. 겉보기에는 이전과 같은 카드였지만 전혀 다른 카드에 자신의 개인정보가 새로 입력된 것이었다. 다른 점이라고는 지갑에 보관하면서 생긴 약간의 스크래치가 없어진 정도였다. 하지만 그보다도 그에게 더욱 묘한 감정을 불러일으킨 것은 티켓의 질감이었다. 종이의 거친 질감이라고는 전혀 느낄 수 없는 부드러운 실크 코팅과 함께 전해지는 티켓의 무게감은 오늘 그가 타게 될 열차의 의미를 더욱 부각시키고 있었다. KTX 선로의 노화로 새롭게 개통하는 TF호의 첫 열차 운행이었던 것이다.

역시나 서울역사는 분주한 모습이었다. 가장 먼저 그의 눈에 띈 것은 방송국 사람들이었다. 이번 열차의 첫 운행뿐만 아니라 대통령이 함께 탑승한다는 사실에 언론의 관심이 집중될 수밖에 없었다. 그러나 예상과는 다르게 역사 안에는 경호원들이나 경찰들이 드물었다.

종훈은 개찰구로 가던 중 평소 즐겨 찾는 프랜차이즈 카페에서 토피닛 라떼를 주문했다. 따뜻한 토피닛 라떼가 전해오는 온기가 혀를 지나 식도를 데웠다. 평소의 일상과는 다른 오늘에 대한 감정이 전신의 모세혈관까지 퍼져나가는 듯했다. 개찰구가 있는 3층에 가서야 그는 탑승장으로 내려가는 입구를 지키고 서 있는 전경들을 많이 볼 수 있었다. 그들의 맞은편에는 붉은색 머리띠를 한 시위대가 자리잡고 있었다. 역사 안까지 시위대가 들어온 것이 놀랄 법도 한 일이었지만 사람들은 대수롭지 않게 자신들의 갈 길을 가고 있었다. 건설 계획 단계에서부터 수많은 논란을 일으켰던 TF호의 개통일인 걸 떠올리면 저렇게 시위하는 것이 어색한 일만은 아니기도 했던 것이다.

잠시 후 TF호에 탑승할 승객들은 탑승장으로 내려오라는 안내 멘트가 방송되었다. 시위대뿐만 아니라 시민들도 떠나갈 듯한 함성 소리로 야유를 퍼붓기 시작했다. 동시에 마치 경쟁이라도 하듯 질세라 어딘가에서 환호와 박수 소리도 터져 나왔다. 혼란스러운 열기가 서울역사를 가득 메웠지만 정치에 별로 관심이 없는 종훈에게는 그저 모든 게 흥미로운 광경일 뿐이었다. 개찰구를 지나 탑승을 위해 에스컬레이터를 타고 내려가던 그는 탑승장을 매우고 있는 엄청난 수의 경호원들과 경찰들의 모습을 볼 수 있었다.

'모두 이곳에 모여 있었군.'

대통령을 지키기 위해 배치된 그 인력들은 탑승하려고 줄을 서 있는 승객의 수보다도 많아 보였다. 무엇보다 종훈의 눈길을 끌었던 것은 열차의 외관이었다. 더 크고, 더 빠른 열차여서일까? TF호는 마치 순백의 우주선과 같은 모습을 하고 있었다. 특히 기존의 열차와는 다르게 TF호의 겉면은 유리창과 문을 제외하고는 어떠한 곳에도 이음새가 없었다. 고급스러운 외관 때문에라도 열차의 제작에 천문학적 비용이 들었을 거란 느낌을 지울 수 없었다.

탑승장에 도착하자 열차에 오를 승객들을 대상으로 금속 탐지기 검사가 진행되고 있었다. 또한 모든 소지품은 투시기를 통해 검사를 받아야 했다. 종훈은 액체 소지품이란 이유로 토피넛 라떼를 압수당했다. 대통령이 탑승해서인지 기차를 타는 것인데도 일부 국제선 항공편에서나 볼 수 있는 소지품 검사 및 허용 기준을 적용하고 있었던 것이다.

열차 내부는 KTX와 별다른 점을 발견할 수 없었지만 비행기처럼 머리맡에 캐비닛이 있었다. 서류가방을 캐비닛에 넣고 자리에 앉아 사람들의 표정을 살펴보니 소지품 검사에 대한 불만이 많아 보였다. 그들 중 누군가는 종훈처럼 무언가 압수당해 쓰레기통에 버려야 했던 건지도 몰랐다.

종훈은 열차 출발 전 잠깐의 여유를 이용해 이상렬 대리에게 전화를 걸었다. 한 달 전 종훈은 기존의 KTX보다 더 길고 빠른 열차인 TF호의 개통 예정 소식을 접하고 꼭 한번 타보고 싶다는 생각을 했다. 가장 아끼는 직장 후배인 이상렬 대리가 종훈의 마음을 알고는 마침 이번 출장과 관련해 첫 TF호의 좌석을 예매해주었던 것이다.

"이 대리, 난 지금 서울역이야. ……그래, 여긴 지금 전쟁이라도 난 것 같아."

"저도 TV를 통해서 보고 있습니다. 역 안에까지 시위대가 진입했더라고요?"

"응. 그나저나 대통령은 어디에 타고 있다고?"

"뉴스에서는 마지막 차량에 탑승할 거라던데요."

"그렇군. 아무튼 고맙다. 덕분에 재미있는 구경도 하고, 좋은 열차도 타보네."

"뭘요. 전 예매만 한걸요. 하지만 오늘 열차 좌석이 완전 매진이었다는 뉴스 보셨죠?"

"하하. 그래, 이 대리의 노력을 꼭 기억할게."

간단한 통화를 끝내고 아무런 망설임 없이 주머니 속으로 휴

대폰을 넣은 종훈은 문득 오늘 아침 아내에게 별다른 인사를
하지 않고 집을 나온 것이 마음에 걸렸다. 아내는 출장길에 나
서는 그를 일부러 마중하지 않으려는 눈치였다. 두 사람 사이
에 첫 권태기가 찾아오고 있는 듯했다. 최근 몇 차례 다툰 후로
는 관계가 예전 같지 않았다. 종훈은 주머니 속의 휴대폰을 만
지작거리기만 할 뿐 정작 아내에게 전화를 걸기가 쉽지 않았다.
그때 한 노신사가 종훈에게 가벼운 인사를 건넸다.

"실례하겠습니다."

곧 노신사의 멋쩍은 미소에서 인사의 의미를 알 수 있었다.
복도 쪽 좌석은 노신사의 것이었다. 종훈은 창가 좌석이 불편
했지만 노신사의 고집스러운 인상 때문에 자리를 바꾸자는 말
은 목구멍에서만 맴돌 뿐이었다.

잠시 후 열차가 출발하자 종훈은 열차 좌석에 비치된 브로
슈어를 들었다. 표지에는 대통령의 얼굴이 크게 들어가 있었다.
정치에 별 관심 없는 그도 이 열차가 계획 단계부터 얼마나 많
은 논란의 중심에 있었는지는 잘 알고 있었다.

브로슈어의 첫 페이지는 TF호에 관한 대통령의 인터뷰였다.
연이어 지금까지 대통령이 추진했던 대규모 국책 사업들이 소
개되어 있었지만 특별히 종훈의 관심을 끌지는 못했다. 몇 페이
지를 더 넘기자 알아보기 쉽게 정리된 TF호의 특징들이 쓰여
있었다. 18대였던 KTX에 비해 늘어난 20대의 객실 차량, 좌석
수 985개, 그리고 최고 속도는……

"요즘 젊은이들답지 않게 새나라당을 지지하는가 보군."

갑자스러운 노신사의 말붙임이 종훈은 조금 당혹스러웠다. 노신사는 대통령과 관련해서 정치 이야기를 하고 싶어 하는 듯했지만, 부산까지 가는 동안 어르신을 모시고 정치 이야기를 하는 것은 종훈에게 달가운 일이 아니었다. 종훈은 대답을 얼버무렸다.

"글쎄요, 전 사실 정치에 관심이 없습니다."

"그래요? 아까부터 그 브로슈어를 보고 있던데?"

"브로슈어는 정치가 아니라 열차에 대한 겁니다. 오늘이 이 열차의 개통일이잖습니까."

노신사는 고개를 저으며 단호하게 말했다.

"그 브로슈어는 열차를 소개하고 있는 것이 아니라 불도저의 전시행정을 광고하고 있는 거요."

'불도저'는 대통령의 별명이었다. 장기적인 불황에 빠져 있던 대한민국의 마지막 희망처럼 등장했던 대통령은 취임 직후부터 적극적인 국책 사업들을 전개했다. 특히 대대적인 토목사업들을 무리해서라도 힘 있게 밀어붙여 추진하는 모습이 마치 불도저와 닮았다 하여 붙여진 별명이었는데, 이 별명이 항상 긍정적으로만 쓰이지 않았던 것이 사실이었다. 종훈이 오늘 탑승한 TF호도 대통령이 추진한 대단위 국책 사업 중 하나였다.

"이 열차를 별로 좋아하지 않으시나 보네요."

"내가 왜 이 열차를 싫어하겠소? 더 빠른 열차를 더 안전하

19

게 탈 수 있게 되었는데. 덕분에 난 노후 연금도 줄고 경로 할인도 받을 수 없게 되었지만 말이오. 하지만 진짜 불쌍한 사람들은 TF호 선로 건설 중 붕괴로 사망한 노동자들과 유족들이지."

비아냥이 담긴 노신사의 말에는 뼈가 있었다. 그러나 종훈은 그의 말에 무조건적으로 동조하고 싶지는 않았다.

"안타까운 일이었죠. 문제가 조금 있기는 했습니다."

"조금의 문제라고?"

노신사가 반말조로 눈을 번뜩였다. 종훈은 더 이상 그와 길게 이야기를 나누고 싶지 않아서 대충 말을 얼버무렸다.

"아, 죄송합니다. 사실 문제가 크기는 했지만…… 저는 그저 조금 재수가 없었다고……."

"재수가 없었다고?"

그러나 노신사의 언성은 더 높아졌고. 그로 인해 주변 사람들의 시선이 두 사람에게 쏠렸다. 종훈은 당황스러웠다. 노신사가 이렇게까지 흥분하는 이유를 알 수가 없었다.

"자네 유족들에게도 그런 식으로 말할 건가? 재수가 없었다고?"

"제 단어 선택이 조금 잘못되었던 것 같군요. 죄송합니다. 하지만 붕괴는 워낙 공사를 서두르다 보니 발생한 사고였습니다. 어르신께서 이렇게까지 흥분하시는 건……."

"붕괴는 분명 대통령 때문이었소. 자신의 임기 안에 이 선로 건설을 마무리하려고 서둘렀기 때문이지."

자신의 말에 몇몇 사람들이 동조하는 듯하자 노신사는 더욱 의기양양해져서 큰 소리로 떠들어댔다.

"젊은 양반은 정말이지 문제의식이라고는 없는 것 같군. 부자 감세나 서민 증세 등의 문제는 어느 정도 논란이 있을 테니 남겨두고라도, 올해 최저임금 인상률이 얼마인지 알기는 하나? 비정규직 노동자들은 또 어떤가? 대통령이 그들의 목소리에 단 한 번이라도 귀를 기울여주기는 했나?"

노신사는 어느새 노골적으로 종훈에게 반말을 하고 있었다. 종훈은 격하게 반응하는 그에게 조심스럽게 반박했다.

"하지만 대통령이 많은 일들을 이뤄낸 것은 사실이죠"

노신사는 고개를 저었다.

"서민들의 생활은 힘들어져만 가는데 복지에는 전혀 관심도 없이, 자신의 치적과 비자금 쌓아 올리기에만 급급했던 대통령이 싸질러놓은 것들을 말하는 건가?"

"글쎄요. 어르신께서 제게 왜 이런 말씀을 하시는지 모르겠군요. 저는 지난 대선 때 투표도 하지 않았습니다."

"그래, 역시나 그랬어! 국민들의 무관심 때문에 이 지경까지 오고 만 거야. 결국 이런 열차 같은 것들이나 새로 만드느라 사회복지 예산까지 감축한 것 아냐? 하지만 내가 힘들다고 말할 처지가 아닌 것 같군. 나 같은 노인들보다도 요즘은 대한민국 생태계가 더 위기에 처해 있으니 말이야. 자네, 낙동강 녹조의 원인이 뭔지는 제대로 알고 있나? 환경단체나 시민단체가 있으면 뭐하나. 대통령이 귓등으로라도 소통을 해줘야 말이지."

종훈은 노신사를 어떻게 진정시켜야 할지 도무지 감이 잡히지 않았다.

"네…… . 음…… 그런데 사실 제가 어제 잠을 많이 설쳐서요. 좀 피곤해서……."

"아, 그러신가? 나 같은 늙은이와 정치 이야기 하는 건 인내가 요구되는 일이겠지."

"죄송합니다. 그런 뜻은 아니었습니다. 이제 조금 진정하시죠. 전 정말로 대통령이나 정치에는 관심이 없습니다."

예기치 못한 소란 때문에 불편해하는 승객들을 인식한 노신사는 조금씩 평정심을 되찾아갔다.

"사과할 것까진 없소. 자네 같은 사람을 이해 못하는 것도 아니니까. 아무튼 눈 좀 붙일 거라면 내가 깨워드리리다. 부산까지 가는 거 맞소?"

"네, 감사합니다. 그럼 어르신을 믿고 전 눈을 붙이겠습니다."

TF호는 부산을 종착역으로 하는 초고속 직행 열차였다. 노신사가 비꼬는 것 같아 마음이 불편했지만 한편으로는 끝이 없었을지도 모를 대화에 마침표를 찍어 종훈은 마음이 편했다.

열차는 어느새 서울 시내를 벗어나 가속도를 붙여갔다.

'지금 속도가 얼마 정도 될까? 시속 200킬로미터? 아니면 300킬로미터? TF호의 최고 속력은 시속 500킬로미터라고 하던데…….'

옆자리의 노신사는 이제는 건너편 좌석의 중년 남성과 이야기꽃을 피우고 있었다. 창가로 몸을 기울인 종훈은 스르르 잠이 들었다.

::

얼마나 잠들어 있었던 걸까? 갑작스러운 노신사의 손길에 종훈이 눈을 떴다. 특유의 몽롱한 기운 속에서도 종훈은 노신사의 표정에서 불안한 기운을 읽을 수 있었다. 그러고 보니 노신사는 말없이 조심스럽게 종훈의 허벅지를 흔들었다. 노신사의 시선은 현재 속도가 시속 500킬로미터임을 가리키고 있는 열차 앞쪽 계기판에 고정되어 있었다.

종훈의 시야에 열차 복도 가운데 서 있는 자신과 비슷한 또래의 한 사내가 들어왔다. 노신사는 물론 다른 승객들도 모두 그 사내를 바라보고 있었다. 종훈의 좌석과 6미터 정도 거리에 서 있는 사내는 매우 화가 난 얼굴이었다. 노인의 나지막한 속삭임에 긴장감이 배어 있었다.

"아직 부산에 도착한 게 아닌데 깨워서 미안하오. 하지만 인생의 마지막 순간이 될지도 모르는 마당에 개인적으로 정리할 시간 정도는 있어야 될 것 같아서."

"그게 무슨……?"

"저건 기폭장치라오. 허리에 두르고 있는 건 폭탄 같아 보이는군. 어느 정도 위력인지 모르지만 아마 이 속도라면 아무도 살아남지 못할 거요. 게다가 여긴 열차의 맨 앞 칸이니."

종훈은 사내의 손에 들려 있는 리모컨 같은 물체를 볼 수 있었다. 노신사가 말한 폭탄이라는 허리띠도 볼 수 있었다. 상황이 심각했다. 온몸의 털이 쭈뼛 일어서며 그의 옷과 마찰하고 있었다.

"이 열차에 대통령이 타고 있지 않습니까? 도대체 경호원들은 무얼 하고 있는 거죠?"

"글쎄, 저 녀석이 여기 들어온 지도 한 5분이 채 되지 않아서 말이오. 아마도 이제 상황 파악 중이겠지. 녀석이 들어오자마자 일본어로 뭐라고 계속 지껄였는데 무슨 말인지 도무지 알아들을 수가 없소. 그나저나 저 녀석 표정을 보니…… 절대로 기폭장치를 누르지는 못할 것 같군."

"뭐라고요……?"

"겁쟁이로군."

종훈은 노신사가 무슨 뜻으로 하는 말인지 알아들을 수가 없었다.

종훈은 죽음의 순간을 앞두고 해야 할 일들에 관해 고민해 본 적이 없었다. 아내의 묵주반지, 아들의 신발 같은 단편적인 물건들과 함께 일상의 기억들이 머릿속을 스쳐가자 몰려오는 공포감이 더욱 크게 느껴졌다. 그때 아침에 봤던 아내의 얼굴이 떠올랐다. 열차 출발 전에 통화하지 못한 것이 후회되었다.

지금이라노 전화를 걸어 마지막으로 목소리라도 듣고 싶었지만 사내가 승객들을 향해 다시 일본어로 고함을 지르기 시작하는 통에 아무것도 할 수 없었다. 그의 표정은 매우 결연했고 종훈의 귀에는 마치 무슨 선언이라도 하는 듯 들렸다. 종훈은 연신 무어라 중얼거리고 있는 노신사에게 말을 건넸다.

"뭐라도 해야 되지 않을까요?"

"난 지금 내가 마지막으로 무슨 일을 할 수 있을지 고민하고 있을 뿐이오."

"어떻게 하시려고요?"

"……용기가 없는 자를 대신해 용기를 발휘해야지. 자네에게는 조금 미안하군. 하지만 이 방법밖에는 없어."

노신사는 말을 마치자마자 바로 일본인에게 달려갔다. 열차의 모든 사람들이 노신사를 주목하고 있었지만 종훈은 노신사와 반대 방향으로 달리기 시작했다. 종훈은 노신사의 결연한 눈빛에서 순간 그가 무슨 짓을 하려는 것인지 정확히 깨달았기 때문이었다.

'저 노인이 지금 기폭장치의 버튼을 누르려는 거야!'

종훈의 좌석은 열차의 맨 뒷줄에 위치하고 있었다. 열차의 두 번째 칸 문을 열 때 종훈은 마주 달려오는 경호원들을 볼 수 있었다. 두 경호원은 종훈을 향해 총을 겨누며 엎드리라고 소리쳤다. 종훈은 돌아서 엎드리려는 찰나 유리창에 비치는 노신사와 사내의 모습을 볼 수 있었다. 기폭장치는 이미 노신사의 손에 있었다. 종훈은 몸을 최대한 웅크려 자신의 오른쪽에 보이는 움푹 파인 공간으로 급히 몸을 숨겼다. 꽤나 단단해 보이는 그곳은 금속으로 만들어진 넓은 수납공간이었다.

'경호원들은 아마 노인을 막기 힘들겠지.'

그 순간이었다. 강렬한 폭발음과 함께 따뜻한 액체가 등줄기를 적셔왔다. 종훈은 그것이 혈액이라는 것을 알았지만 이상하게도 통증은 없었다. 큰 충격과 함께 비명, 폭발음 그리고 복잡한 금속성의 선명한 마찰음이 한데 뒤섞여 어둠 속에서 꿈결처럼 전해져왔다.

::

일요일 오후 4시. 언제나처럼 서인국은 침실에서 낮잠을 즐기고 있었다. 늦은 점심을 먹고 난 후 밀려오는 식곤증을 위한 이 시간만큼은 방해받고 싶지 않았다. 대통령의 제1대변인으로서 그는 언제나 너무나 많은 사람들과 너무나 많은 말들 사이에 있어야만 했다. 오늘같이 쉬는 날이면 그는 업무용 휴대폰을 절대로 들여다보지 않았다. 오늘도 한 시간 전부터 휴대폰이 진동 중이었지만 그는 얼굴을 베개에 파묻고 있었다.

'아무리 급한 일이 있어도 오늘은 휴일인데…… 이렇게까지 전화가 오는 걸 보니 무슨 일이라도 생긴 건가?'

서인국은 최근 운동 부족과 과식으로 몸무게가 부쩍 늘었다. 나이가 사십대 후반에 들어서면서는 살도 마음대로 빠지지가 않았다. 내년이면 고등학교를 졸업하게 될 딸은 아빠의 배가 보기 흉할 정도로 나오자, 살을 빼지 않으면 졸업식에도 참석할 수 없을 것이라고 못을 박았다. 휴대폰을 확인하기 위해 가방을 뒤적거리는데 누군가 신경질적으로 문을 두드리면서 그의 이름을 크게 불렀다. 무슨 일이 있음이 틀림없어 보였다. 그는 황급히 셔츠를 걸쳐 입고 문을 열었다.

"누구십니까?"

"국가위기관리위원회에서 왔습니다. 서인국 대변인님 맞으시죠?"

"네, 제가 서인국입니다만."

문 앞에 서 있는 남자는 깔끔한 외모에 싸구려 양복을 입은 이십대 후반의 청년이었다. 그의 상기된 표정에는 초면인 사이에 으레 있을 법한 웃음기는 싹 빠져 있었다. 사무적인 그의 어투가 서인국에겐 그다지 호감이 가지는 않았다.

"반갑습니다. TV에서 자주 뵜습니다. 아직 TV나 라디오로 보도가 나가지 않아 모르실 겁니다. 사건이 발생한 지 겨우 한 시간이 지났으니까요. 저는 자세한 내용은 말씀드릴 수가 없습니다만…… 최현 윤리부장님께서 같이 오셨습니다. 일단 차로 이동하신 후에 자세한 설명을 드려야 할 것 같습니다."

"예삿일이 아닌가 보군. 중대 사안입니까?"

"네, 서두르셔야 합니다."

"그렇다면 5분만 주쇼. 얼른 옷 입고 나가리다. 부장 선생께 먼저 가 있으면 뒤따라 내려가겠소."

서인국은 평소 즐겨 입는 양복으로 급히 갈아입은 뒤 밖으로 나갔다. 서인국이 차에 타기가 무섭게 운전석의 청년은 빠른 속도로 차를 출발시켰다. 차 안에는 앞뒤가 꽉 막혀 보이는 인상의 예순 줄의 노인이 앉아 있었다. 윤리부장인 최현이었다.

"이렇게 갑작스럽게 찾게 되어서 죄송하게 생각하고 있습니다. 하지만 상황이……."

최현이 입을 열었다.

"대체 무슨 일인 겁니까?"

"그게…… 대통령이 사망했습니다."

서인국의 눈이 크게 떠졌다.

"뭐라고요? 갑자기 그게 무슨 말입니까?"

"현재 조사 중에 있습니다만…… TF호가 첫 번째 열차에서의 폭발로 뒤따르던 열차 전량이 모두 전복되었습니다. 대통령이 타고 있던 차량도 마찬가지고요. 대전을 지날 무렵이었는데 당시 열차가 최고 시속으로 달리고 있었다더군요. 가장 먼저 대통령이 타고 있던 열차를 점검했는데…… 전원 사망했습니다. 물론 다른 차량은 말할 것도 없습니다. 아마 생존자가 없을 거라더군요."

서인국은 무슨 말을 이어야 할지 떠오르지 않았다. 대통령의 제1대변인 신분이었지만 정작 개인적으로 대통령을 좋아하지는 않았다. 오히려 그가 죽었다는 소식에도 별다른 애도의 감정을 느낄 수 없는 자신을 보며 스스로도 놀랄 정도였다. 그러나 그런 마음과는 별개로 대통령의 사망은 심각한 국가 위기 상황이었다. 최현이 말을 이었다.

"현재 국방부에서는 정식적으로 발표를 하지는 않았습니다만…… 진돗개 1호를 발령했습니다. 국민들에게는……."

"진돗개 1호라고요? 그럼 단순한 사고가 아니었단 말입니까?"

"그런 것 같습니다. 지금으로서는 폭발의 배후를 알 수는 없으나 대통령에 대한 테러임은 확실해 보입니다. 잠시 후 뉴스에서 속보로 이 소식을 보도하고 나면 청와대에서 국무총리가 사고 소식을 정식 발표하고 인정할 겁니다. 국무총리가 직접 언론에 협조를 요청했죠."

"고택근 말입니까?"

"네. 대통령이 사망했으니 국무총리가 직무를 대행해야죠."

"있는 그대로 모두 보도하도록 할 겁니까? 폭발이 대통령에 대한 테러였다고요? 누구의 소행인지 윤곽은 나왔습니까?"

"아직 밝혀진 게 거의 없습니다. 일단은 어느 정도 수사가 진행될 때까지는 열차 폭발 사실과 대통령 사망 사실만을 인정할 겁니다. 그리고 수사 내용이 확보되는 대로 테러 사실을 발표할 거라는군요. 갑작스럽게 사고 소식이 보도되고 나면 너무 혼란스러워서 응급조치에 차질이 생길 수도 있으니까요."

'도대체 이게 갑자기 무슨 일이란 말인가? 북의 도발인가? 어쩌면 과격 시민단체가 테러를?' 의문을 품은 채 서인국이 물었다.

"그런데 무슨 응급조치 말입니까?"

최현은 서인국에게 서류봉투를 건네며 말했다.

"모르시는 분처럼 왜 이러십니까? 우린 지금 위기관리위원회 본부 건물로 가고 있는 겁니다. 오늘이 오프데이라는 것은 알고 있습니다만 서 대변인께서 해야 할 일이 생겼습니다. 12조 8항 말입니다."

위기관리 매뉴얼 12조 8항. 서인국은 이 매뉴얼의 내용을 정확하게 알고 있었다. 서류 봉투 속에는 몇 장 되지 않는 A4 용지 프린트물이 들어 있었다.

"혹시 대통령께서……?"

"아, 아닙니다. 마지막 순간에 동의하지 않았다더군요. 잘 아시겠지만 현장에서 대통령 시신 다음으로 가장 먼저 그것부터 찾았답니다. 모두들 당황하긴 했지만……."

"네, 알고 있습니다. 대통령은 평소에도 부정적이었으니까요. 그렇다면 우리가 12조 8항을 실행할 이유가 있나요? 지금은 준전시 상황 아닙니까?"

"당시의 상황을 확인해줄 결정적인 증인이 있습니다."

"결정적 증인이요?"

"네. TF호에는 블랙박스가 달려 있습니다. 블랙박스는 전체 차량의 CCTV 화면을 기록하죠. 폭발이 있었던 1번 차량의 영상도 모두 기록되어 있습니다. 음성 기록이 손상되고 남아 있지 않아 아쉽기는 하지만 테러범의 영상도 확보해 두었습니다. 목격자들 중에 폭발의 배후를 밝힐 수 있을 것으로 기대되는 인물이 있습니다."

"그렇군요. 정말 다행입니다. 그런데 도대체 누가 이런 짓을 한 건지……?"

"글쎄요. 그래서 우리가 이 프로젝트를 준비했던 것 아니겠습니까? 일단 본부로 가서 영상부터 확인하시죠."

위기관리위원회로 가는 내내 서인국의 머릿속은 온갖 생각들로 가득했다. 그동안 대통령은 얼마나 수많은 의혹과 논란 속에 있었던가.

사회자: 안녕하십니까, 시청자 여러분. TF호 열차 테러가 일어난 지 오늘로 정확히 1년이 되었습니다. 남대철 대통령을 비롯하여 수백 명의 사망자를 낸 끔찍한 사건이었습니다. 현재까지도 우리 사회는 그 혼란과 불안의 그림자를 벗어나지 못하고 있습니다. 남대철 대통령이 가지고 있던 의혹과 그의 죽음 그리고 수사 과정에 대해서는 상당 부분 밝혀지고 있습니다만, 아직도 설명되지 못하고 있는 부분들이 많습니다. 오늘은 네 분의 패널들 모시고 이 부분에 대해서 이야기를 나누어보도록 하겠습니다. 먼저 네 분 패널들 소개해드립니다. 사건 당시 대통령 경호실장이셨고 현 육군대학 부총장으로 재직 중이신 강상호 준장님. 그리고 수사 과정을 총괄 지휘하셨던 검찰특별수사본부 권무신 팀장님. 국가위기관리위원회의 최현 윤리부장님, 끝으로 서울대학교 생명공학부 김현철 교수님 자리해주셨습니다. 안녕하십니까.

모두들: 안녕하십니까.

사회자: 네 분께서도 이미 준비하셨겠지만 오늘은 토론이라기보다는

국민들이 알고 싶어 하는 내용에 대해 많은 부분 설명하는 시간이 될 것 같습니다. 시작하기에 앞서 새나라당과 청와대에서도 이번 사건 내용의 공개에 대해 적극 협조해주었다는 점 미리 말씀드립니다. 민감한 부분들은 조금 뒤로 하고요. 먼저 이번 사건을 간략하게 다시 정리해봐야 할 것 같은데요. 권무신 팀장님? 혹은 강상호 준장님께서?

강상호: 제가 말씀드리는 것이 좋을 것 같군요. 작년 9월은 정말로 대한민국 역사에 지울 수 없는 아픔의 시기였습니다. 단 한 명의 생존자도 없었던 전대미문의 열차 테러와 대통령의 사망은 충격 그 자체였습니다. 당시 열차 테러의 배후로 몇몇 과격 시민단체들이 지목되기도 했지만, TF호의 일본선 건설 좌절에 불만을 품은 일본 극우 세력의 테러임이 밝혀졌습니다. 이것은 더 이상 한국도 국제사회에서 테러의 안전지대가 아니라는 점에서 충격을 주었는데요. 하지만 결국 기폭장치의 버튼을 누른 사람은 일본 테러범이 아닌 평범한 한 육십대 남성임이 알려지며 우리 사회에 더욱 큰 충격을 안겨주었죠.

사회자: 네. 일본은 이런 점에서 이번 사건에 대한 국제사회의 비판을 비켜가려고 하고 있죠?

강상호: 유감스러운 일입니다만 현재 일본 내에서는 이번 사건을 계기로 반한 감정이 더욱 고조되고 있다고 하니 적반하장이죠.

사회자: 일본은 한일 간에 해저터널을 완공하면 대단한 경제적 파급효과가 있을 거라 기대가 컸는데요. 일본 극우 세력이 이번 테

러를 감행한 이유가 결국, 남대철 대통령이 해저터널 설립 계획을 먼저 제안하고는 전면 중단했기 때문인 거죠?

강상호: 그렇습니다. 물론 대통령이 먼저 제안한 것은 사실입니다. 하지만 애초에 불가능한 아이디어였죠. 이미 일본과 한국 사이에 해저지진이 발생할 가능성은 수년 전부터 잘 알려져 있었습니다. 그런데 해저터널이라니, 위험천만한 일이죠. 일본의 경제가 최악의 상황인 데다가 지진과 화산 폭발, 쓰나미, 방사능 등으로 불안 심리가 극에 달해 있던 터라 일본 내에서는 더욱 이 일에 매달렸던 것 같습니다.

사회자: 하지만 시간이 지나면서 우리 사회에 정말로 충격을 준 사건은 따로 있었는데요. 바로 위기관리 12조 8항의 인간 복제에 관한 내용입니다. 어떻게 이런 민감한 사항들이 국민들 모르게 통과되고 또 진행되고 있었던 것이죠? 아마도 이 부분에 대해서는 최현 부서장님과 김현철 교수님께서 해명을 조금 해주셔야 할 것 같습니다만…….

최　현: 해명이라뇨? 비공개이긴 하지만 분명 대한민국의 국회를 통과한 법령이고 국가의 위기 상황을 관리할 수 있는 최상의…… 아니 유일한 선택입니다. 물론 이 부분에 대해 약간의 논란이 있다는 것 잘 알고 있습니다만 그런 이유로 이 방법을 포기할 수는 없는 노릇이죠. 대한민국은 이 분야에 있어 현재 세계 최고 수준의 기술력을 보유하고 있습니다. 민간에서 이러한 일이 벌어졌다면 심각한 문제가 되겠지만 당시 상황은 정확히 국가 위기 상황에 부합되었고 모든 과정은 정부의 관리 감독 하에 진행되었습니다.

사회자: 하지만 결과적으로 예상치 못한 일들이 일어났다고 볼 수 있지 않나요?

최　현: 그건 결국 부적절한 사람들이 관여되었기 때문이죠. 이 법령의 문제점은 아니라고 생각합니다.

김현철: 저는 생각이 다릅니다. 아무리 기술적으로 완벽하다고는 하지만, 기술력을 갖추었다고 해도 이런 발상 자체를 해서는 안 되는 것이었습니다. 애초에 시작이 문제였습니다.

최　현: 교수님께서는 이 프로젝트의 이론적 기초를 완성하신 분인데 이렇게 말씀하실 줄은 몰랐군요.

김현철: 저는 처음부터 반대했지만 정부의 의지가 워낙 강력했죠.

사회자: 김현철 교수님께서 이번 토론에 참여해주셔서 정말로 감사의 말씀을 드립니다. 교수님께서 방송에 출연해주신 것은 참 오랜만의 일인데요. 국내에서뿐만 아니라 해외에서도 교수님의 팬들이 많습니다만…… 최근에는 박사님에 대한 소식을 뉴스에서만 간혹 접할 수 있었습니다.

김현철: 예, 방송 출연은 되도록 자제하고 있습니다. 가능한 한 연구에만 전념하고 싶어서요.

사회자: 교수님께서 처음으로 동물 실험을 통해 혈액을 이용한 기억정보의 전달 가능성을 제시했던 것이…… 그러니까…… 7년 전이었던가요?

김현철: 정확히 9년 전입니다.

사회자: 네, 그렇군요. 사실 조금은 안타깝습니다. 당시만 해도 이런 끔찍한 일이 벌어질 거라고는 상상도 못하지 않으셨습니까?

김현철: 저 역시 개인적으로 정말 안타깝게 생각하고 있습니다.

사회자: 그렇군요. 아시겠지만, 교수님께서 진행하신 이 프로젝트에 대해서 루머들이 많습니다. 그럼에도 아직까지도 제대로 된 설명이 나오지 않은 상황이구요. 국민들도 분명 궁금해할 텐데, 정확히 이 위기관리 매뉴얼 12조 8항이 무슨 내용인지 말씀해 주시겠습니까?

::

서인국은 위기관리 매뉴얼 작성의 과정을 돌이켜보았다.

당시 대한민국의 국제 정세는 매우 불안했다. 가장 문제가 되었던 것은 의외로 지정학적인 문제가 아닌 지질학적인 문제였다. 계속되는 대지진으로 일본의 경제가 동아시아권 최저 수준으로 떨어지자, 극우 세력은 또다시 전쟁이라는 단어를 들먹이며 국민들에게 대륙으로의 진출이라는 자극적 소재를 던지고 있었다. 그러나 중국 대륙 전역과 북한 북부 일부 지역까지 전에 없던 대지진이 계속되면서, 중국과 일본이 동아시아 대륙 전체를 버리고 이동해야 한다는 목소리까지 나오게 되었다. 상대적으로 대한민국에서는 지진이 전혀 발생하지 않았다. 이렇듯 불안한 때에 국내 지진 발생 가능성, 중국·일본과의 관계 악화에 따른 비상사태 발생 가능성, 북의 도발 가능성 등 국가의 안보를 위한 새로운 위기관리 시스템의 필요성이 제기되었다.

남대철 대통령은 당시 자신이 가장 신뢰하던 인물 중 한 사람이었던 서인국을 이 위기관리 매뉴얼 작성의 전 과정에 참여토록 했다. 그랬기에 서인국은 실무에 관여하지는 않았지만 서류상으로는 전 과정에 대해 누구보다 잘 알고 있었다.

이 매뉴얼에서 대통령이 가장 마음에 들어 하지 않았던 부분이 바로 12조 8항이었다. 매뉴얼의 모든 내용은 일반에게도 공개되었지만 이 부분만큼은 비공개였다. 서인국은 12조 8항의 내용이 너무 비현실적으로 느껴졌다. 과연 이런 공상과학영화 같은 일들이 벌어지기나 할지 의문이었다. 그러나 기어이 오늘 그가 직접 이 과정을 진행하게 된 것이다.

이 프로젝트의 이론적 기초를 만든 사람은 김현철이라는 생명공학 교수였지만 아이디어를 제안하고 총괄 감독한 사람은 지금 바로 옆에 있는 윤리부장 최현이었다. 최현은 사태의 심각성과는 어울리지 않게 조금 들뜬 듯해 보였다.

"사실 나도 정말로 이런 방법을 쓰게 될 날이 올 줄은 몰랐습니다. 서 대변인께서도 그렇게 생각하시지요?"

본부 건물로 들어서며 최현이 먼저 말을 건넸다. 서인국은 그의 설레는 듯한 미소가 탐탁지 않았다.

"그러게요. 게다가 이렇게 제가 직접 참관하게 될 줄이야."

"참관이라뇨, 직접 진행하시는 겁니다. 서 대변인은 이 프로젝트를 진행한 최초의 인물로 기록될 거고요."

"그게 큰 의미가 있겠습니까? 어차피 모든 건 비공개 아닙니까."

"이번 일이 성공적으로 끝나면 모든 걸 공개할 생각입니다."

"모두 다요? 그건 불가능할 텐데요."

"물론 그렇게 생각하시겠지만 국민들에게도 알아야 할 권리가 있는 것 아니겠습니까? 그리고 장담컨대 결과만 좋다면 별 문제 없을 겁니다."

"음, 글쎄요. 그 문제는 나중에 고민해도 될 것 같군요."

"아무튼 이런 중요한 임무를 직접 위임하신 걸 보면 대통령께서는 서 대변인을 상당히 신뢰했던 모양입니다. 이번 일로 개인적으로 많이 힘드시겠군요."

"괜찮습니다. 그저 사무적인 신뢰였을 뿐, 서로 간에 개인적인 친분이 깊었던 것은 아닙니다."

최현은 잠시 당황하는 듯했으나 이내 대수롭지 않다는 듯이 말을 이었다.

"그랬군요. 먼저 CCTV 영상부터 보시죠."

남대철 대통령은 당선 직후 계획에 없던 TF호의 건설을 추진했다. 물론 KTX의 노화로 대대적인 시설 보수에 대한 의견이 있기는 했지만 또다시 새로운 열차를 들여오기에는 경제 사정이 여의치 않았다. 그럼에도 남대철은 기존의 KTX를 전면 폐기하고 좀더 빠른 TF호를 계획하며 모든 열차 선로를 새롭게 건설하려 했다. 이 과정에서 막대한 비용이 발생하였고, 이를 충당하기 위한 국가 복지예산 감축은 당연하게도 여론과 시민단체들의 반발을 살 수밖에 없었다. 또한 건설 과정에서의 환경 파괴로 환경단체들까지 들고 일어서 초반에는 과연 임기 내에 완성될 수 있을지 의문이었다. 게다가 초기 건설 계획에는 해저 터널을 통한 한국과 일본 간 연결선 건축 계획이 포함되어 있었다. 언제 지진이 날지 모르는 한일 간 해역에 해저터널을 뚫겠다니 정말로 말도 안 되는 생각이었다. 그러나 이러한 모든 문제들 중 서인국을 가장 피곤하게 했던 것은 바로 대통령 비자금 조성과 관련된 문제였다. TF호의 건설 과정에서 불투명한 자금의 흐름이 발견되며 대통령의 비리 의혹이 불거진 것이다. 제1대변인 노릇을 하던 서인국에게는 정말 피곤한 일이 아닐 수 없었다. 청와대 내에서도 공공연한 소문이 돌았을 뿐만 아니라 그 소문들 중 서인국이 개인적으로 확인한 것들만 해도 여러 건이었다. 분명 천문학적인 비자금을 조성하고 있다는 것을 직감했지만, 뚜렷한 증거는 어디에도 없었다. 서인국이 남대철 대통령으로부터 마음이 떠난 것도 이때부터였다. 하지만 서인국에 대한 대통령의 신뢰는 여전했고 결국 그는 현 정권하에 12조 8항을 직접 진행할 임무를 부여받게 되었던 것이다.

최현은 자신의 사무실로 서인국을 안내했다. 평소 큰 관심을 받지 못하는 윤리부서라지만 부서장의 방이라고 하기엔 좀 좁고 초라해 보였다. 작은 책장과 책상, 컴퓨터, 몇 권의 책, 창가에 놓인 선인장, 간이침대가 전부였다. 최현은 이미 켜져 있는 컴퓨터의 모니터에서 '1호 CCTV'라는 제목의 동영상을 실행시켰다.

"대통령이 타고 있던 열차의 영상도 있습니다. 그것부터 보시겠습니까?"

"아니, 괜찮습니다."

"사실 별 내용도 없습니다. 1급 비서가 12조 8항에 관해 설명하는 장면이나 대통령이 동의하지 않는 모습과 메모리 킬링memory killing을 하는 모습 정도를 확인할 수 있죠."

"CCTV의 음성 기록이 남아 있지 않은 게 아쉽군요."

"만약 음성 파일이 손상되지 않았다면 프로젝트를 가동시킬 필요가 없었겠죠. 음…… 여기 보시죠. 이 남자입니다. 다른 영상들을 확인해본 결과 이 남자는 2번 차량에 탑승하고 있었습니다. 허리에 두른 폭탄이 보이십니까? 손에 쥐고 있는 건 기폭 장치라고 생각됩니다. 저 폭탄을 머리 위에 있는 캐비닛에서 꺼내더군요. 누군가 미리 숨겨둔 것으로 보이는데 그 경로는 아직 파악되지 않았습니다. 검찰에서 긴급특별수사팀을 마련할 거라더군요. 수사가 진행되면 폭탄이 어떻게 열차 내로 반입되었는지 알게 되겠죠. 아무튼 저렇게 한참을 승객들에게 고함을 지르고 있습니다."

"왜 이렇게 화면이 흐립니까. 좀 선명하게 볼 수는 없나요. 얼굴을 알아볼 수가 없는데."

"예산을 아끼려다 보니 HD급으로 설치를 할 수가 없었다더군요. 누가 이런 일이 있으리라고 예상이나 했겠습니까. 그냥 좀 도둑들 겁이나 좀 주려던 거였죠."

"앉아 있던 자리를 알면 신원 파악이 되지 않나요?"

"온라인 예매가 아니라 직접 현장에서 예매한 것이어서 알 수가 없다는군요. 사건 5일 전에 서울역에서 직접 예매했다는데 알 수 있는 건 거기까지입니다. 아, 이 부분이 중요합니다. 저기 육십대에서 칠십대쯤으로 보이는 노인이 있죠?"

노인은 열차 가장 뒤편에 앉아 있다가 갑자기 일어서더니 남자에게로 달려가 몸싸움을 시작했다. 처음에는 언뜻 남자를 막으려는 것처럼 보이기도 했으나 이내 남자에게서 기폭장치를 빼앗더니 버튼을 누르는 장면을 확인할 수 있었다. 그리고 노인 옆에 있던 한 삼십대 남성이 노인과 반대 방향으로 뛰어 열차 문을 열고 달려가는 모습이 눈에 띄었다.

"이 사람은 뭡니까?"

"그 사람이 바로 오늘의 주인공입니다. 노인과 그 남성은 온라인으로 예매했더군요. 신원 파악을 해봤는데 특별할 것 없는 평범한 사람들이었습니다. 노인은 이름은 한용택이고 2년 전 명예퇴직한 독거노인, 원래 부산에 집이 있다더군요. 저 남성은 서울에 살고 이름은 김종훈, 33세의 평범한 회사원이랍니다. 열차 예매는 회사에서 해준 것인데 업무 때문에 부산에 가는 길이었던 것 같고요. 여기 계속 보시죠. 이건 2번 차량 CCTV입니다. 이 두 경호원은 맨 뒤의 대통령 탑승 차량에서부터 뛰어왔습니다. 아마 기관사가 1번 차량의 사태를 파악하고 긴급히 알렸나 본데 상황을 정리하기에는 조금 늦은 거죠. 총을 겨누고 있는데, 손짓하는 게 보이죠? 엎드리라고 하는 겁니다. 아마 김종훈에게 하는 말이었겠죠."

"그렇다면 저 폭탄을 두른 남자와 한용택, 김종훈이 모두 공범이라는 말입니까?"

"꼭 그렇다는 건 아닙니다. 한용택과 김종훈은 너무 평범한 사람들이라서…… 하지만 가능성은 열어두고 있습니다. 어쩌면 저 남자가 자살 테러를 망설여서 노인이 나선 것일 수도 있죠. 김종훈은 경호원들이 총을 못 쏘도록 방해했을 수도 있고요."

"그런데 왜 김종훈이 오늘의 주인공입니까? 저 한용택이라는 노인이나 남자가 오히려 핵심인 듯한데……."

"그게…… 그들은 시신이 없습니다. 폭발이 워낙 강력했어요. 폭발의 시작점 부근의 시신은 모두 다 증발하듯 사라져버렸죠. 다만 김종훈의 시신은 운이 좋게도 1번 차량과 2번 차량 사이의 물품 보관용 수납공간에서 발견되었습니다. 열차에서 일하는 사람들이 물품을 보관하는 데 이용하는 이 공간이 생각보다 단단했던 모양입니다. 시신은 지금 민중현 박사가 관리하고 있습니다. 프로젝트를 준비 중이죠. 이제 곧 만나러 갈 겁니다."

"민중현 박사라면 대통령 주치의 말입니까?"

"네, 현재 이 프로젝트의 수석 매니저로 등록되어 있습니다."

"그보다 대통령의 시신부터 먼저 확인하도록 하죠."

"아, 그러시겠습니까? 보기에 상태가 좋지는 않을 텐데요."

"매뉴얼의 순서입니다. 그렇게 하도록 되어 있죠."

"그렇군요. 그럼 서둘러 자리를 옮겨야겠군요. 대통령 시신은 서울대병원에 있습니다."

12조 8항의 프로젝트를 진행하기 위한 시설은 인천에 위치하고 있었고, 위기관리본부는 종로에 있었다. 종로에서 서울대병원으로, 다시 인천으로 서인국과 최현은 바쁜 발걸음을 재촉했다.

사회자: 그러니까 결국 인간에게서는 그런 그……

김현철: 기억전이 현상이요.

사회자: 네, 최종적으로 기억전이 현상이 인간에게서는 불가능하다는 결론을 얻으신 거로군요.

김현철: 그렇습니다. 처음에는 인간의 기억을 구성하는 단백질에 구조상 차이점이 있을 것이라고 생각했지요. 하지만 원인은 인간의 뇌를 감싸고 있는 혈액뇌장벽 구조였습니다. 쉽게 설명해드리죠. 일반적인 동물들은 골대 하나에 골키퍼가 한 명씩입니다. 공을 던지면 들어갈 구멍이 있죠. 그런데 인간은 골대 하나당 골키퍼가 20명 이상입니다. 이 골키퍼들이 골대를 꽉 막고 있다 보니 공을 던져도 들어가지를 않는 것입니다.

사회자: 하지만 12조 8항을 완성하지 않으셨습니까? 결국 이번 사건을 통해 인간에게서도 기억이 전이되었던 것 아닌가요?

김현철: 아닙니다. 분명한 차이점이 있죠. 기억전이가 불가능하다는 결론을 얻은 저는 기억 단백질의 발견이 무의미해지는 것을 바라지 않았습니다. 그래서 노르웨이에서 다시 연구를 시작하

게 되었죠. 아시다시피 노르웨이는 인간 복제를 허용하고 있습니다.

사회자: 노르웨이가 인간 복제를 허용하고 있지만 그것은 단지 서류상의 허용이 아니던가요? 저도 노르웨이에서 박사님이 최초로 인간 복제에 성공하셨다는 뉴스를 본 기억은 납니다만.

김현철: 당시 대상이 되었던 8세 소년은 불의의 교통사고로 사망에 이르게 된 경우였습니다. 부모는 아이를 잃게 되었다는 사실에 많이 힘들어했지만 복제를 원하지는 않았죠. 하지만 아이의 기억까지 되찾아줄 테니 복제를 시도해보자고 설득했고, 결국 부모의 동의하에 사망 다섯 시간 만에 아이의 복제를 시도하게 되었습니다. 생각해보십시오. 만약에 골대에 골키퍼가 많아서 공이 들어가지 않는 거라면, 골키퍼가 생기기 전에 공을 넣으면 되는 것 아니겠습니까? 우리는 바로 정확히 그 일을 한 것 뿐입니다. 복제 과정에서 사망한 아이의 혈액에서 추출한 기억 단백질을 혈액뇌장벽이 형성되기 전에 투여한 것이죠.

사회자: 하지만 아이가 본래의 모습을 되찾으려면 8년이란 세월을 기다려야 하는 것 아닌가요?

김현철: 그 문제는 동물 복제 단계에서 이미 해결된 것이었습니다. 특정 파장을 가지는 적외선 범위의 빛과 전기 자극을 이용해서 인공으로 급속하게 노화를 진행시키는 것이죠. 당시 우리는 이 기술을 인간 복제에 적용하여 그 8세 남아를 정확히 사망 직전의 모습과 똑같이 만들어내게 되었습니다. 물론 기억까지

도 완벽하게 복원된 상태로 말입니다.

사회자: 그러니까 우리가 12조 8항이라고 알고 있는 이 부분이 지금 박사님께서 말씀하신 내용을 기초로 하는 것이군요.

김현철: 그렇습니다. 기억을 포함하는 인간의 복제 실험이 성공적으로 끝나고 얼마 있지 않아 저는 정부로부터 특이한 요청을 받게 되었습니다. 국가 위기관리 매뉴얼을 만드는 데 참관해달라는 것이었죠. 제가 참여하게 된 부분이 바로 12조 8항입니다. 대한민국의 대통령 및 이에 준하는 중요 인물이 테러 등 불의의 사고로 사망하게 되면, 대중에게 사망 소식이 알려지지 않은 경우에 한해서 또한 사망 당사자의 동의가 있는 경우에 한해서 복제를 하도록 한다는 내용이었지요. 다만, 사망 당사자의 생존 여부가 국가의 존망에 결정적이라면 본인의 동의가 없더라도 혹은 대중이 사망 소식을 접한 경우라도 복제를 하도록 되어 있습니다.

사회자: 결국 12조 8항이란 국가 위기 상황에서 인명의 손실에 대비한 일종의 인간 백업 프로그램이로군요. 조금 복잡해서 정리를 해보도록 하겠습니다. 국가 안보에 핵심이 될 만한 인물이 사망할 시에 복제를 허용한다는 것이 기본적인 내용입니다. 이때 사망 당사자의 동의가 있어야 하고 대중에게 사망 소식이 알려지지 않아야 한다는 전제가 있는 것이죠. 하지만 이러한 전제 조건을 만족시키지 않더라도 국가의 존망이 걸려 있다면 복제가 가능한 것이고요.

김현철: 그렇습니다. 이를 위해서는 동의 여부를 기록하고 기억 복원에 쓰일 혈액과 복제에 쓰일 세포 조직을 보관하는 장치가 필요하게 됩니다. 프로젝트 계획 단계에서 대통령 주치의였던 민중현 박사와 함께 직접 고안하게 되었는데 우리는 그것을 '레드박스red box'라고 불렀죠.

사회자: 그렇다면 복제의 대상이 될 인물들은 레드박스를 항상 소지하게 되겠군요.

김현철: 네, 현재 국무총리를 비롯한 국가 안보와 관련한 핵심 인사들도 이 레드박스를 항상 소지하도록 하고 있습니다. 남대철 대통령도 사망 당시 이 장치를 소지하고 있었고요.

사회자: 그렇다면 만약에 누군가가…… 예를 들면 적국에서 유사시에 이 레드박스를 습득하거나 시신의 일부라도 습득하게 된다면 국가 기밀이 유출될 가능성도 있지 않습니까?

김현철: 그런 문제를 해결하기 위해 레드박스는 완벽한 보안 시스템을 갖추고 있습니다. 그리고 메모리 킬링을 하는 거죠. 메모리 킬링은 혈액 속의 기억 단백질을 분해하는 겁니다. 그러니까 혈액에는 기억을 저장하는 메모리 프로틴memory protein이 있는데 이 단백질을 분해하는 효소인 엠네틱 엔자임amnetic enzyme을 고농도로 주입하게 되면 약 2분 이내에 기억의 복원이 완전히 불가능해집니다. 레드박스에는 이 엠네틱 엔자임이 동결 상태로 보관되어 있습니다. 비상사태가 발생하면 당사자의 레드박스에 혈액과 조직을 보관하고 즉시 엠네틱 엔자임을 투여하도

록 되어 있죠. 그렇기에 레드박스를 습득해도 기억을 복원할
수는 없을 뿐만 아니라 사체를 습득하더라도 기억의 복원은
불가능합니다.

사회자: 그런데 남대철 대통령이 자신을 복제하는 것에 동의하지 않았
던 것이군요.

김현철: 네, 그러한 경우에는 혈액과 조직의 보관 과정 없이 메모리 킬
링만을 하게 됩니다.

사회자: 그런데 이번 사건에서는 전혀 다른 인물이 복제되지 않았던
가요? 김종훈이라는 삼십대 남성인데, 이건 어떻게 된 일인가
요?

김현철: 12조 8항의 주요 목적은 방금 말씀드린 것처럼 주요 인물의
사망이 국가 안보 유지에 위협이 되는 경우 이를 되돌려 놓는
것입니다. 또한 부수적인 내용이 하나 더 있는데 국가 안보상
위협이 될 만한 사건에 있어서 수사 과정에 부득이하게 필요
한 경우 이미 사망한 결정적 증인을 복제할 수 있습니다.

사회자: 하지만 김종훈 씨에게는 레드박스가 없지 않습니까?

김현철: 제가 생각할 때 가장 문제가 되는 부분이 아닌가 합니다. 레
드박스는 윤리적 그리고 기술적인 측면에서 기능을 하죠. 복
제 대상의 동의 여부와 복제에 필요한 재료를 제공하는 역할
을 합니다만…… 사회자께서는 어떠한 측면에서 질문을 하시
는지 궁금하군요. 김종훈이 동의 없이 복제되었다는 의미였나
요? 아니면 혈액과 조직의 이용에 관한 질문이었나요?

사회자: 아, 제 말씀은…… 글쎄요, 그러고 보니 김종훈 씨는 동의 없이 복제가 된 게 맞습니다만, 오히려 그는 되살아난 거니…… 그보다는 혈액과 조직이 어떻게 이용되었는지가 더 궁금하군요.

김현철: 아직 12조 8항을 정확히 몰라서 하시는 말씀입니다. 혈액과 조직의 습득이 사망 후 여섯 시간 안에만 이루어진다면 기억을 포함한 인간 복제가 가능합니다. 이번 TF호 열차 테러 사건은 대통령이 사망했던 만큼 아주 신속하게 초기 대응이 진행되었죠. 사건 발생으로부터 수사에 결정적 증인을 찾아내고 김종훈 씨의 시신을 발견하는 데까지 걸린 시간은 고작 네 시간 남짓이었습니다.

사회자: 교수님께서는 김종훈 씨의 동의 없이 복제한 것에 대해서 윤리적 문제가 있다고 보시는군요.

김현철: 12조 8항은 증거물로부터 필요한 정보를 제공받은 즉시 증거물을 제거하도록 규정하고 있습니다.

사회자: 증거물을 제거한다고요? 보통 증거물은 손상되지 않게 보관을…….

김현철: 이러한 경우, 증거물은 일반에 공개되어서는 안 될 살아 있는 생체 증거물이기 때문입니다.

::

　사고 소식이 방송을 통해 보도되자 사람들의 표정에는 불안감이 가득했다. 주말 나들이를 나갔다가 뉴스를 접하고 집으로 돌아가는 사람들이 많은 듯 도로 위의 차량은 눈에 띄게 늘었다.

　서울대병원을 출발하면서부터 최현은 12조 8항의 발동 문제와 관련한 전화를 연거푸 받고 있었다. 최현은 잠시 당황하더니 의아하다는 듯 대답했다.

　"이 프로젝트에 얼마가 투자되었는지 모르십니까? 그리고 이제 처음으로 그 가치를 발휘할 때인데 이렇게 망설이는 이유가 뭡니까?"

　최현의 통화가 끝나고 차내에는 잠깐의 정적이 흘렀다. 서인국은 머뭇거리면서 말을 꺼냈다.

　"다들 두려운 겁니다. 그러니까…… 책임을 회피하려는 거죠."

　"하지만 이미 적법절차를 거치고 있지 않습니까?"

　"비공개로 말이죠."

　"제 생각은 조금 다릅니다. 이건 도약입니다. 그리고 장담컨대 서 대변인께서도 오늘의 제 결정에 고마워하게 될 겁니다."

　"부장님의 결정이라면?"

　"12조 8항 말입니다. 발동 여부는 최종적으로 제가 결정했으니 말입니다."

서인국이 잊고 있었던 부분이었다. 대통령 부재 시에는 국가 위기관리위원회의 윤리부장이 12조 8항의 발동 권한을 가지게 된다. 어찌 보면 최현은 그의 말에 꽤나 힘이 실려 있는 사람이었다. 또한 서인국에게 있어서 명령권자인 셈이었다.

그제야 최현의 소박한 옷차림이나 검소한 집무실 풍경, 그리고 자신에 대한 매너 있는 언행이 서인국에게 새로운 느낌으로 다가왔다. 그들이 탄 차는 인천에 진입해 10층 정도 되어 보이는 회색빛 건물 앞에 섰다.

"위기관리복지센터? 이곳에서 프로젝트를 실행하는 겁니까?"

"네, 그렇게 큰 공간이 요구되는 것은 아니니까요. 그리고 아시다시피 복지센터에는 의료 시설이 포함되어 있습니다. 이 분야는 확실히 의료와 관련되어 있지 않습니까?"

"하긴 그렇군요."

주변에는 복지센터와 유사한 외관을 가진 건물들이 듬성듬성 보였다. 전혀 특별해 보이지 않는 이 건물 안에서 이런 엄청난 프로젝트라니, 묘한 기분이 서인국을 스쳤다.

"그럼 저는 여기까지입니다."

"무슨 말씀이신지요?"

"저는 별로 들어가고 싶지는 않습니다. 들어가면 아마 로비에서 민중현 과장을 만날 수 있을 겁니다. 조금 전에 통화해 두었죠."

"같이 들어가시지 그러십니까? 오늘 일에 누구보다 열의가 있으신 분께서……."

"아, 그게…… 그러니까…… 사실 민중현 과장은 이전에도 많이 만나봤습니다만, 저와는 이해관계가 조금 있습니다. 시설이나 진행 과정 정도는 이걸 만든 장본인인 저도 잘 알고 있으니 굳이 들어가지 않아도 될 것 같군요. 그리고 서 대변인."

최현이 조금은 염려스러운 눈빛으로 말했다.

"아까부터 느낀 건데 많이 불편해 보이시더군요. 아니면 불안하신 건가요?"

"사실 조금 불안하기도 합니다."

"너무 걱정 마십쇼. 별일이야 있겠습니까? 물론 대통령이 사망하긴 했지만…… 우린 충분히 상황을 되돌릴 수 있는 백업 프로그램이 있지 않습니까? 단지 대통령이 동의를 하지 않아 시도를 못했을 뿐이죠. 조금 전 통화 중에 국방부 관계자가 하는 말이 북한에서 이번 일은 자신들과 무관함을 강력하게 주장하고 있답니다. 해외 주요 테러 단체들도 마찬가지고요. 해외에서나 국내에서 별다른 이상 징후도 전혀 포착되지 않고 있다는군요. 일단 우리는 우리 할 일에 충실하면 되는 겁니다."

최현은 프로젝트의 진행을 잘 부탁한다는 말을 남기고는 복지센터 건물을 떠났다.

서인국은 최현과 민중현의 관계가 좋지 않다는 이야기를 들었던 기억이 났다. 다름 아닌 12조 8항의 발동 권한 때문이었다. 민중현 과장은 시스템 개발 단계에서부터 아주 적극적으로 프로젝트에 임해왔다. 어떻게 보면 이 프로젝트의 시작점이라고 할 수 있는 김현철 박사만큼이나 중요한 인물이었다. 특히나 레드박스를 고안한 것은 민중현 과장이었다. 사실 12조 8항의 발동 권한은 본래 민중현 박사의 것이었다. 그런데 약간의 문제가 발생했다. 프로젝트 완성 직후 민중현은 시스템의 완성을 확인하는 차원에서 복제와 기억의 주입을 시현해볼 것을 강력히 주장했다. 게다가 그 대상이 대통령이 되어야 한다고 고집을 부렸다. 그의 주장은 어느 정도 일리가 있어 보였다. 비상시를 가정해 한 번쯤은 실행하고 점검할 필요는 있었다. 그리고 그것이 1차적으로 국가에 가장 중요한 인물을 위한 것이라면 대통령이 대상이 되는 것이 옳을지도 몰랐다. 그러나 혹시라도 일어날 문제점을 생각할 때 대통령을 직접 대상으로 하는 것은 위험하다는 지적이 강했다. 무엇보다 인간 복제에 부정적이었던 대통령이 시현을 거부했다. 그 후 대통령은 민중현 박사로부터 프로젝트 발동 권한을 빼앗아 최현 윤리부장에게 넘겨버렸다. 어떻게 보면 그 일은 두 사람에게 앙금으로 남아 있을 터였다.

로비에는 민중현 박사가 두 남녀와 함께 서인국을 기다리고 있었다. 세 명 모두 화이트 가운을 입고 있었고 각각 이름표를 달고 있었다. 서인국의 눈에는 이름보다도 그들의 전문 과목이 눈에 들어왔다.

'외과. 마취과. 내과. 그래. 민중현은 마취과 전문의라고 했었지 참.'

민중현은 이미 오십 줄에 들어섰지만 훤칠한 키와 넓은 어깨 때문인지 나이보다 젊어 보였다. 가운에 달린 그의 이름표에 새겨진 대령 계급이 다소 딱딱해 보이는 그의 인상과 꽤나 잘 어울렸다.

"아무래도 이곳에서는 대령님이라고 부르는 게 좋겠죠?"

민중현이 대령 계급을 가리키며 대답했다.

"아, 전 이런 것에 크게 의미를 두진 않습니다. 그 최현이란 사람한테 한 방 먹고 나서 말이죠. 사실 스타는 물 건너 간 거죠."

"무슨 말씀이신지?"

"불도저 말입니다. 그때 일이 있고 나서 제 진급을 막아버렸습니다."

"대통령 각하께서는 워낙 복제에 부정적이셨죠."

"대통령 각하라…… 이제는 전 대통령입니다."

뼈 있는 말이었다. 서인국은 중요한 프로젝트를 앞두고 분위기를 바꾸고 싶었다.

"그나저나 시설이 훌륭할 것 같아 기대가 됩니다. 사실 제가 이 프로젝트를 만들 당시 참여하긴 했지만 어디까지나 서류상의 참가일 뿐이었고, 현장을 온 건 오늘이 처음입니다."

"그렇다면 실망하셨겠습니다. 이런 복지센터에 있으리라곤 생각 못했을 테니까요."

"아닙니다. 의료 지원을 받으려면 병원이 속해 있는 복지센터도 적절한 장소라고 생각합니다."

"최현이 그럽디까?"

민중현의 화난 듯 굳은 표정 때문에라도 서인국은 더 이상 말을 할 수 없었다. 두 사람은 긴 복도 끝의 어두컴컴한 방으로 들어갔다. 큰 방의 벽 쪽에는 알 수 없는 시설들이 늘어서 있었다. 그리고 중앙에는 세 사람이 들어가기에도 여유가 있어 보이는 큰 수조가 있었다. 작업복을 입고 있는 몇몇 사람들이 분주하게 움직이는 걸로 보아 이미 복제 과정이 진행 중인 듯했다. 먼저 말문을 연 것은 민중현이었다.

"아마 이쯤 되면 좀 놀라셔도 될 것 같습니다만……."

"그렇다면 저 수조가?"

"네, 맞습니다. 우린 그걸 복제풀이라고 부르고 있습니다. 궁금하시더라도 시설에 대한 자세한 질문은 조금 있다가 받도록 하죠. 일단은 빨리 일을 처리해야 하니까요. 그리고 우리 기술진들이 작업할 때는 한 걸음 뒤에서 봐주시길 바랍니다."

"알겠습니다. 그런데 너무 어두워서 제가 실수하지 않을까 걱정입니다."

"가속노화 과정 때문입니다. 빛에 민감한 과정이라 이렇게 어둡게 유지하고 있습니다. 불편하시면 잠시 밖에 계셔도 됩니다."

"그렇지만…… 저는 이 과정에 참관해야 할 의무도 있습니다."

"걱정 마십시오. 한 층 위에 저 방이 보이십니까? 일종의 전망대입니다. 저기서는 이곳 구석구석이 다 보입니다. 일단 같이 올라갑시다."

복제 시설은 면적도 넓었지만 높이도 높았다. 총 3층 규모로 이루어진 시설의 2층에 마련된 작은 방의 문에는 실제로 전망대라고 쓰여 있었다. 민중현은 같이 있던 내과, 외과 의사들을 1층에 남겨두고 서인국과 함께 방에 들어가 복제 시설을 내려다보며 말을 이었다.

"아마 두 시간 정도 작업을 하게 될 겁니다. 복제 과정 중에는 이곳을 비울 수가 없습니다. 그리고 30분 정도 설정 작업을 마치고 나면 다시 세 시간 정도의 노화 과정을 거치게 됩니다. 그때는 잠시 자리를 비우셔도 괜찮을 것 같군요. 그리고 마지막 안정화 단계에서 30분 정도가 소요되는데 이 부분이 좀 불안할 수도 있어서 반드시 이곳에서 작업에 참여해야 합니다. 제 생각엔 노화 과정 중에 잠시 나가서 늦었지만 저녁을 드시는 게 좋겠습니다."

"다행이군요. 안 그래도 좀 출출해질 것 같습니다. 여섯 시간 정도면 생각보다 시간이 오래 걸리는군요."

"오래라니요. 33년의 시간이 세 시간 만에 지나가는 겁니다. 아마 대통령을 복제하려 했다면 두 시간이 더 추가되었을 테지만요. 그럼 잠시 후에 뵙겠습니다."

"아, 잠시만요."

"무슨 일입니까?"

"매뉴얼 말입니다. 제가 복제 과정에 참관하는 중에는 최소한 명 이상의 의료진이 저와 함께 있어야 합니다. 제가 이 분야에 전문가가 아니다 보니 말입니다. 궁금한 점이 있거나 무슨 문제가 발생했을 때 제가 신속하고 정확하게 사태를 파악할 수 있도록……."

민중현은 성가시다는 듯 인상을 찌푸리더니 신경질적으로 방문을 열고 아래층에 있던 내과 의사를 큰 소리로 불렀다.

"어이, 장희상 씨! 잠깐 올라와보게."

고개를 숙이고 뭔가를 생각하던 민중현은 잠시 후 이해할 수 없다는 듯이 서인국에게 말했다.

"지금 우리는 이 프로젝트를 처음 시행하고 있는 겁니다. 그만큼 신경 쓸 일이 많아요. 모든 작업이 성공적으로 진행되리라는 보장도 없고 말입니다. 그렇지 않아도 예산 문제로 인력이 부족한 상황에 이런 불필요한 절차까지 꼭 지켜야겠습니까?"

"처음 진행하는 프로젝트일수록 정석대로 해야 되지 않겠습니까."

"정석대로라면 지금 이 작업실 안에는 전문의 다섯 명과 일반의 세 명 그리고 생명공학박사 두 명이 일을 하고 있어야 합니다."

내과 의사는 2층에 올라왔지만 민중현의 높아진 언성 때문에 약간 떨어진 곳에서 두 사람의 대화를 바라보고 있었다.

"죄송합니다. 일리 있는 말씀이군요. 그렇다면 민중현 대령님 께서는 아무래도 바쁘실 테니, 제가 내과 선생님 시간을 잠시만 빌리고 최대한 빨리 작업에 복귀하실 수 있도록 하겠습니다."

"맘대로 하쇼."

민중현은 불쾌감을 숨기지 않으며 1층으로 내려갔다. 내과 의사는 황당하다는 듯 서인국에게 다가왔다.

"무슨 일입니까? 화나신 것 같던데……"

"별일 아닙니다. 바쁘실 텐데 제가 잠시 시간을 빌려도 되겠 습니까? 대령님께서도 이미 허락하신 일입니다. 제가 모르는 부분이나 이상한 부분이 있다면……"

"15분입니다. 그 이상은 곤란합니다."

서인국과 비슷한 또래로 보이는 내과 의사는 처음 본 순간부 터 지금까지 계속해서 굳은 표정을 유지하고 있었다. 그의 냉소 적인 태도에 서인국은 쉽사리 입을 열지 못했다.

민중현이 완전히 시야에서 사라지고 나서야 서인국은 마음 을 가라앉히고 창문을 통해 방을 둘러보았다. 그는 의료나 유 전공학 분야에 전문가는 아니었지만 매뉴얼을 만들어가는 과 정을 통해 일정 수준 이상의 지식을 습득했다고 자신하고 있었 다. 민중현의 연구원들이 프로젝트를 실행하는 동안 서인국은 그들에게서 눈을 떼지 않았다. 그때 수조 안에 빨간 점이 보였 다. 시간이 지날수록 그 점은 선명해지고 있었다.

"저 밝게 빛나는 빨간 점이 혹시?"

"네, 배아줄기세포입니다."

"그렇군요. 저 빛은 수조 밖에서 세포를 향해 쏘고 있는 거죠? 배아줄기세포라면 정말로 작은 크기일 텐데. 저렇게 정확한 위치를 파악해서 집중적으로 빛을 쏘아줄 수 있다니 놀랍습니다. 그나저나 저 조그만 한 점이 잠시 후에……"

그때 뒤편 테이블에 앉아 있던 내과 의사가 일어서서 문을 향해 가며 말했다.

"벌써 15분이 다 됐군요. 저는 내려가보겠습니다. 정 궁금하신 부분이 있다면 테이블 위에 있는 전화기로 호출하십쇼."

아무런 망설임 없이 밖으로 나가는 내과 의사를 바라보며 서인국은 깊은 한숨을 내쉬었다.

'증인을 복제해내는 데 여섯 시간. 오늘 밤 안으로 그를 신문할 수 있을까? 그는 공범일까? 아니면 단순한 목격자? 그에게 도대체 무엇을 물어봐야 하지?'

노화 과정 중에는 김종훈의 시신도 확인해야 했다. 머리가 지끈거렸다. 오늘 하루 큰일을 겪고 있어서인지 아니면 갑작스럽게 긴장이 풀려서인지 서인국은 졸음이 쏟아졌다. 창문에서 물러나 방 뒤편의 의자에 앉자 금방이라도 잠이 들어버릴 것만 같았다. 그러나 곧이어 복제실에서 들려오는 날카로운 알람음에 전신의 신경이 곤두섰다. 알람은 기억 단백질이 복제풀로 주입되고 있음을 의미했다. 창문을 통해 내려다보니, 어두운 복제실의 푸르스름한 형광등 불빛을 받아 밝게 빛나는 형광빛의 액체가 복제풀에서 마치 안개처럼 스멀스멀 피어오르고 있었다. 붉은색으로 빛나는 배아줄기세포와 푸른빛의 기억 단백질이 만들어내는 매혹적인 광경에 서인국은 자신도 모르게 방문을 열고 나와 1층으로 내려왔다. 작업복을 입은 사람이 걱정스러운 듯 서인국에게 말했다.

"안이 아주 복잡한 건 아닙니다만…… 되도록 복제풀 근처에 가까이 가지 않으셨으면 합니다. 대령님께서 아주 싫어하실 겁니다."

"알겠습니다. 여기서 그냥 보고만 있을 겁니다."

서인국은 사람들의 까다로운 태도에 마음이 편치 않았지만 복제풀 안에서 벌어지고 있는 빛의 향연에 금세 다시 넋을 놓았다. 이렇게까지 아름다운 광경일 것이라고는 전혀 기대하지 못했다. 푸른 안개가 확산되어 배아줄기세포를 덮치자 붉은빛이 사라져버렸다. 붉은빛이 사라지자 실내는 조금 더 어두워졌다. 잠시 후 기억 단백질이 점점 더 확산되면서 아름다웠던 형광빛도 자취를 감춰버렸다. 푸른 형광등도 꺼져버렸다. 완전히 어두워진 실내에서 유일한 불빛은 실험실 기구의 전원을 가리키는 어두운 LED뿐이었다. 실내를 둘러싸고 있는 수많은 기구들의 LED는 마치 별처럼 빛나고 있었다. 한참 후 서인국의 망막이 어둠에 적응하자 복제풀의 윤곽을 겨우 알아볼 수 있었다. 한동안 위치감각을 잃었기 때문인지 조금 전 배아줄기세포가 있었던 위치를 알아볼 수가 없었다. 약간은 어지럽기도 했다.

그때 복제풀의 바닥에서 둔탁한 소음이 나며 누런 불빛이 복제풀을 향해 새어 나왔다. 가을 수확을 앞두고 일렁이는 벼의 황금빛 물결에 가까운 누런 불빛이 복제풀을 비추자 중심에 검붉은 물체가 눈에 들어왔다. 배아줄기세포였다. 아니 이제 더 이상 세포가 아니었다. 그것은 새끼손톱보다 약간 더 작은 크기의 둥근 공 모양을 하고 있었다. 완벽한 원형을 하고 있는 구체는 아니었지만 대체로 둥근 편이었다. 멀리서 봐서 잘 구별이 가지 않았지만 약간의 주름도 있는 듯했다. 태아였다. 조금 더 정확하게 말하면 배아였다. 참고 문헌에서 읽은 기억이 났다. 세포가 분열을 시작해 모든 기관이 분화하여 완전한 개체의 형태를 갖출 때까지 배아라고 부른다고 했다.

잠시 동안 보이지 않던 작업복을 입은 사람들이 나타나 수조 주변에서 분주하게 움직이기 시작했다. 그들의 상기된 표정에서 긴장감을 읽을 수 있었다. 검붉은 구체는 언뜻 봐서는 전혀 변화가 없는 것 같았지만 분명 조금 전과는 다른 모습이었다. 크기도 조금 커진 것 같았다. 순간 구체가 뱅글 돌아 볼록한 부분이 아래로 내려왔다. 무게 중심이 바뀐 것이다. 그 때문에 주름이 있던 부분은 시야에서 사라져버렸다. 시간이 지날수록 구체는 커지고 약간씩 모양을 바꿔가며 회전하고 있었지만 그런 변화들을 쉽게 느낄 수가 없었다. 마치 시계의 분침과 시침이 회전하듯 배아는 그렇게 자라나고 있었다.

다시 무게중심이 바뀐 건지 구체가 또 한 번 회전을 하자 서인국은 놀란 마음에 입을 다물 수가 없었다. 성인의 엄지손가락 한 마디 정도의 크기를 한 그 물체는 인간의 형상을 하고 있었다. 태아였다. 너무나 아름다웠다. 가슴이 두근거렸다. 그는 자신도 모르게 숨을 몰아쉬고 있었다. 눈물이 날 것 같기도 했다. 선악과를 입에 베어 문 인간 앞에 창조주가 나타났을 때처럼 그는 무릎을 꿇어야만 될 것 같았다.

'인간은 기어코 신의 영역을 침범한 것인가? 최초에는 나도 바로 저런 모습이었을까?'

경외심도 잠시, 갑자기 푸른 불빛이 태아를 비추는 순간, 서인국은 태아의 두 눈을 확인할 수 있었다. 자신을 바라보는 것 같기도 했고, 아무 의미 없이 그저 바깥세상을 관찰하고 있는 것 같기도 했다. 그 아래로 검붉은 물체가 강하게 박동하는 것도 볼 수 있었다. 심장이었다. 한없이 투명한 살갗을 통해 들여다보이는 김종훈의 심장. 서인국은 온몸에 소름이 돋았다. 잠시 동안 자신을 지배하던 비현실적 환상감에서 벗어나자 조금 전까지의 순간이 마치 천지창조의 한 페이지처럼 느껴졌다. 더 이상 감상적인 시간을 음미할 수만은 없는 노릇이었다. 이제 그에게도 할 일이 있었다. 서인국은 김종훈의 시신을 확인하기 위해 지하 영안실로 향했다.

::

서인국이 김종훈의 시신을 확인하고 복제실로 돌아왔을 때 이미 김종훈은 완벽한 신생아의 모습을 하고 있었다. 묘한 감정이 들었다. 한 사람이 거쳐온 일생의 모습을 앉은 자리에서 단번에 감상하고 있는 것이었다. 게다가 서인국은 그 누구도 보지 못했던 김종훈의 모습들을 보았다. 그의 어머니마저도 볼 수 없었던 발생의 과정……. 갑자기 전혀 알지도 못하는 김종훈이라는 인물이 친밀하게 느껴졌다.

2층 전망대에 올라온 서인국은 졸음을 잊은 채 복제풀에서 눈을 떼지 못하고 있었다. 얼마의 시간이 지났을까? 김종훈은 이제 어린이의 모습을 하고 있었다. 말썽깨나 피웠을 법한 장난꾸러기의 모습이었다. 아직까지 배꼽에 연결된 탯줄은 그대로였다. 태반은 마치 흡착판처럼 복제풀 중앙의 착상판에 부착되어 있었다. 참고 문헌에서 이 부분에 관한 이야기는 읽은 적이 없었다. 탯줄과 태반이 어떻게 관리되는지 궁금했지만 내과 의사의 냉랭한 태도가 생각나 방 뒤에 비치된 전화의 수화기를 들려던 서인국은 이내 관두었다.

시간이 점점 빠르게 흘러가는 것 같았다. 김종훈은 이제 사춘기 청소년으로 성장해 어느덧 성인이 되어가고 있었다.

또 얼마의 시간이 지났을까. 민중현은 방으로 돌아와 테이블에서 웅크려 자고 있는 서인국을 깨웠다. 서인국은 어느새 잠들어 있었던 것이다.

"10분 남았습니다."

"네? 10분이라뇨?"

서인국은 언제 잠들어 얼마 동안 눈 감고 있었던 것인지 알수가 없었다. 민중현의 얼굴을 보자 그제야 현실감각이 돌아왔다. 민중현은 기분이 괜찮아 보였다. 이전에 날카로웠던 모습과 전혀 다른 분위기인 걸 보니 복제 결과가 좋은 모양이었다.

"김종훈 말입니다. 이미 안정화 단계에 있습니다. 10분 후면 수조에서 꺼낼 겁니다. 다행히 전 과정이 순조롭게 진행됐습니다. 아주 성공적입니다."

"잘됐군요."

서인국은 미소를 지으며 복제풀을 내려다보았다. 완벽한 성인의 모습을 하고 있는 김종훈. 이제 그를 만날 시간도 얼마 남지 않았다. 김종훈의 배꼽에는 여전히 탯줄이 연결되어 태반으로 이어지고 있었다.

"저 태반은 어떻게 되는 겁니까?"

"태반 말입니까? 정상적인 임신이었다면야 출생과 함께 태반은 산모의 자궁내벽으로부터 분리되죠. 탯줄도 며칠 안으로 저절로 떨어져 나옵니다. 저 복제풀도 일종의 자궁이라고 볼 수있죠. 어떻게 보면 김종훈은 아직 태어나지 않고 자궁 속에 살고 있는 겁니다. 하지만 저 복제풀에서 나올 때 태반과 탯줄이 저절로 떨어지지는 않습니다. 필요한 성장 과정과 안정화 과정이 종료되고 나면 수조에서 꺼낸 직후 탯줄을 사람의 손으로 제거하고 상처는 접합하게 됩니다. 그리고 보니 이제 곧 시작할 것 같군요. 얼른 아래층으로 내려가서 함께 보도록 합시다. 신생아 단계에서 거쳐야 할 순환기계와 호흡기계의 변화를 성인 단계에서 겪는 모습이 아마도 꽤나 인상적일 겁니다."

두 사람은 방에서 나와 1층으로 내려가며 대화를 이어갔다. 비공개로 진행되는 이번 프로젝트의 특성상 따로 수사팀의 협조를 구해 신문을 진행하기에는 무리가 있었고, 서인국은 이 점이 염려스러웠다.

"이제 신문을 해야 하는데 말이죠. 사실 아직 결정을 못했습니다."

"무엇을 말입니까?"

"개인적으로 그가 테러의 공범이라고는 생각하지 않습니다만 공범일 가능성을 주장하는 사람들도 있어서 말이죠."

"흠, 중요한 문제군요."

"그를 목격자라고 생각하고 사고 당시의 기억을 통해서 폭발물을 들고 있던 사내와 옆자리에 앉아 있던 노인에 관해서 신문을 하면 되겠지만, 만약에 그가 공범이라면 이야기가 좀 많이 달라지겠죠."

"어떻게 말입니까?"

"일단 그럴 가능성이 보인다면 당연히 이 김종훈이라는 자는 국정원 소관이 되는 겁니다."

그 말에 잠시 멈칫하던 민중현이 다짐을 받듯 서인국에게 물었다.

"신문 과정은 우리 둘이 함께 진행하도록 되어 있는 걸 기억하시겠죠?"

"물론입니다."

"일단 제 생각에는 말입니다. 범인이 아닌 것 같습니다. 먼저 범인이 아닌 것을 가정하고 신문 후에 의심이 간다면 범인으로 가정하고 진행해보는 게 어떻겠습니까?"

"저도 같은 생각입니다. 그런데 어떻게 해야 하죠? 그가 깨면 어떻게 설명해야 할지 말입니다. 매뉴얼대로 하기에는 조금 무리한 감이 있어서……."

"매뉴얼은 잊읍시다. 제가 다 생각해 두었습니다. 신문 과정은 내일 아침 진행될 겁니다. 대변인의 숙소는 복지센터 안에 마련해 두었습니다."

민중현이 모처럼 미소를 지어 보였다.

2

월요일

종훈은 번쩍 눈을 떴다. 심장이 강하고 빠르게 요동치고 있었다. 무언가에 심하게 놀란 듯 숨도 약간 가빠왔다. 혼미한 정신 속에 무엇 때문에 잠에서 깼는지 알 길이 없었다. 인기척 때문에 깬 것이었을까? 하지만 그보다도 어떻게 잠들었는지가 더욱 궁금했다.

이곳은 분명히 집은 아니었다. 그가 덮고 있는 이불에도 베개에도 온통 녹색 십자가 문양이 그려져 있었다. 침대 역시 병원에서 쓰는 환자용 침대였다. 15평은 될 법한 방에 TV, 냉장고, 전자레인지 등의 가전제품뿐만 아니라 소파와 테이블까지도 구비되어 있었다.

'여기는 병원 VIP룸인 것 같은데……'

이전에도 이런 방을 본 적이 있었다. 회사 전무이사가 과음으로 위를 다쳐 병원 신세를 지고 있을 때 과장을 따라 문병을 했었던 것이다.

창문으로 햇살이 비쳐 들어왔지만 방에는 시계가 없어서 지금이 아침인지 저녁인지 알 수가 없었다. 자리에서 일어나 바라보니 창밖으로 8층에서 10층쯤 되어 보이는 건물들이 큰길을 중심으로 드문드문 보였다. 그가 있는 병실은 7층쯤 되는 것 같았다. 창밖에는 주택가가 융단처럼 깔려 있었다. 미로같이 펼쳐진 골목길 사이로 사람들은 저마다 빠른 걸음을 재촉하고 있었다. 건물 아래쪽엔 작은 공터가 있었는데, 관리하는 사람이 없는지 잡풀만 무성하게 자라난 공터에서 아이들의 노는 소리가 은은하게 퍼져왔다. 아마도 종훈은 희미한 아이들 소리에 깬 것 같았다.

너무 오래 누워 있었던 탓일까? 종훈은 약간의 어지럼을 느끼며 겨우 침대에 걸터앉았다. 이전에도 이런 어지럼을 느낀 적이 있었다. 아, 그래, 열차 사고! 종훈은 단편적인 기억들을 이어 붙이기 시작했다.

'분명 열차가 날아오르는 것을 느꼈는데…… 시속 500킬로미터였는데 살아남았다니…….'

그는 분명한 것부터 정리해보기 시작했다.

'열차에서 한 일본인이 폭탄 테러를 시도하려 했고, 멈칫하는 그를 대신해 그 노인이 기폭장치를 누르려고 했고, 경호원들은 총을 들고 있었고, 난 수납장에 숨어 들어갔는데…… 그렇다면 경호원들이 노인을 쏜 건가? 폭발은 일어나지 않았던 건가? 하지만 난 지금 이렇게 병원에 있는데……'

"김종훈 씨?"

그때 병실 문이 열리며 흰색 유니폼의 한 여자가 들어왔다. 약간 큰 키의 사십대 초반 정도 되어 보이는 여자는 깡마른 체구에 강렬한 인상을 풍기고 있었는데 어딘지 불안해 보이기도 했다.

"괜찮으세요? 이제 정신이 드셨군요. 아직 어지러우시죠? 조금 더 누워 계시는 게 좋을 것 같습니다."

"아니, 괜찮습니다. 그보다도 어떻게 된 겁니까? 일단 집에 전화부터 해야 할 것 같습니다. 아내와 아이가 무척 궁금해할 텐데 말이죠. 제가 여기 있다고 말해줘야 할 것 같아요. 그러고 보니 여긴 무슨 병원이죠?"

"다 기억이 나시나요?"

"무슨 기억 말씀이죠?"

"사고가 있었습니다. 열차 말입니다."

"아, 네…… 열차 말씀이군요. 경호원들이 결국 그 노인을 잡았던 모양이군요."

여자는 고개를 저었다.

"저는 자세한 건 모릅니다. 하지만 열차는 폭발했습니다."

"그랬군요. 그래서 제가 병원에…… 그런데 여기가 무슨 병원이죠?"

종훈은 무미건조한 여자의 말투가 약간 당황스러웠다. 간호
사인지 의사인지 알 수 없는 그녀는 종훈에게 대답하지 않고
벽에 걸려 있는 전화기를 들었다.

"선생님, 환자가 깨어났습니다. ……네, 그런 것 같습니다.
……네, 알겠습니다."

여자는 전화를 끊고 곧 주치의가 올 것이라고 말하고는 방을
나갔다.

'불친절하군. 그런데 열차 사고가 일어났다고 하기엔 난 너무
멀쩡하잖아?'

마치 기다리고 있었다는 듯이 금세 두 사람이 들어왔다. 주
치의로 보이는 오십대 남자와 그보다 약간 젊어 보이는 남자였
다. 오십대 남자의 왼쪽 가슴께의 명찰에는 민중현이라는 이름
과 함께 무궁화가 세 개 그려져 있었다.

'대령? 여기는 군인 병원인 건가?'

"김종훈 씨? 저는 김종훈 씨의 주치의 민중현이라고 합니다.
어떠세요. 조금 어지러우실 것 같은데 괜찮으십니까?"

"아, 지금은 괜찮습니다. 사실 몸 상태도 생각보다 가뿐합니
다. 그런데 조금 전 듣기로는 열차가 폭발했다는데 제 기억으
로는 대통령 경호원들로 보이는 사람들이 총을 쏘려고 했는
데……"

"네. 안타깝게도 경호원들이 막지는 못했습니다."

"그랬군요. 그러니까 열차가 결국 폭발했고 제가 병원에 오게 된 거였군요. 그런데…… 제가 상처가 거의 없어서 말이죠. 아니 방금 거울로 봤는데 조그만 상처 하나 없어서 말입니다. 제가 단단한 구조물에 숨어 들어간 것까진 기억이 나는데…… 그렇다고 해도 너무 멀쩡해서……. 아, 그러고 보니 다른 승객들은 어떻게 됐습니까? 대통령은요? 대통령도 타고 있지 않았습니까?"

민중현은 잠시 양복 입은 사내와 눈을 맞추고는 종훈에게 대답했다.

"걱정하지 않으셔도 됩니다. 대통령께서는 무사하십니다. 열차 속도가 기존대로였다면 아마 생존자가 없었겠지만, 다행히 폭발 직전에 열차가 속도를 늦추고 있었거든요. 정말 다행히도 말입니다. 하지만 사고가 워낙 컸던 터라 중간 부분까지는 사망자가 다수입니다. 다른 환자들은 모두 병원에서 치료 중입니다."

"그렇군요. 여기는 국방부 소속 병원인가요? 대령님이신 것 같아서……."

"예, 김종훈 씨는 특별히 국방부 소속 병원에서 치료 중입니다. 여기는 인천에 있는 위기관리복지센터죠."

종훈이 고개를 갸웃했다.

"이상하군요. 왜 제가 국방부 소속 병원에서 치료를 받고 있는 건지 이해가 가지 않는데요. 게다가 병실도 너무 훌륭하고 말입니다. 이 정도라면 VIP룸……."

민중현이 종훈의 말을 끊으며 단호하게 말했다.

"김종훈 씨는 현재 아주 중요한 증인이니까요."

"증인이요?"

"네, 증인. 이번 사건은 대통령을 대상으로 계획된 테러입니다. 범인이 사망하는 바람에 아직 확실한 증거는 없습니다만…… 열차 내에 설치되어 있던 CCTV 영상을 통해서 폭발 장면을 확보해 둔 상태입니다."

"제가 타고 있었던 1번 차량을 말씀하시는 건가요?"

"네. 그래서 김종훈 씨의 증언이 아주 중요한 겁니다. 직접 범인을 보셨죠?"

"하지만 다른 승객들도 있었잖습니까?"

민중현은 고개를 저었다.

"모두 사망했습니다."

"네?"

놀란 종훈에 아랑곳없이 민중현은 별다른 동요가 없었다.

"김종훈 씨, 범인은 2번 차량에 타고 있었고 폭발은 1번 차량에서 있었습니다. 그 두 차량에서 살아남은 사람은 김종훈 씨뿐이구요."

"아아, 어떻게 그런 일이……."

"저희도 천만다행이라고 생각하고 있습니다."

놀라서 잠시 멍한 얼굴이던 종훈이 미간을 찌푸렸다.

"천만다행이라고요? 열차에는 빈 좌석이 하나도 없었습니다. 그 많은 사람들이……."

"아, 그러니까 그게…… 죄송합니다. 여기는 국방부 소속이다 보니……. 사건이 얼마나 심각한지는 짐작되시죠? 실마리가 될 증인이 한 분이라도 계셔서 수사에 큰 도움이 될 거라서 다행이란 의미였습니다. 너무 많은 사람들이 희생된 건 사실이죠. 분명 저도 그 부분은 슬프게 생각하고 있습니다. 그래도 김종훈 씨께서는 이렇게 살아 계시니 말입니다. 다행인 거죠."

종훈이 고개를 절레절레 저었다.

"하지만 어떻게 이렇게 상처 하나 없을 수가 있나요? 저는 정신도 잃었던 것 같은데……."

"운이 좋으신 거죠. 저는 의사입니다. 사고에 대해서는 저도 정확히는 알지 못합니다."

사고를 되새기던 종훈이 문득 생각난 듯 물었다.

"아, 그 범인 말입니다. 폭탄을 가지고 있었던 사내. 그자는 정체가 뭡니까?"

그때 민중현 옆에 아무 말 없이 서 있던 무표정의 사내가 갑자기 상기된 표정으로 입을 열었다.

"기억나십니까?"

"아, 이쪽은 서인국 씨입니다. 대통령 대변인이시죠. 사고와 관련해서 범인에 대해 수사 중이십니다."

민중현이 서인국의 흥분을 가라앉히려는 듯 자신이 대신 그를 소개했다.

"아, 네. 그러고 보니 TV에서 본 적이 있습니다. 네, 기억나는 군요."

고개를 끄덕인 종훈은 서인국과 눈인사를 나누었다. 서인국이 재차 질문했다.

"폭탄을 가지고 있던 자에 대해 기억나는 게 있습니까?"

"네. 그는 일본인이었습니다. 일본말로 격하게 무슨 구호를 외치는 것 같았거든요."

"일본이라면 이런 짓을 할 놈들은 딱 정해져 있습니다. 대통령에 잔뜩 불만을 갖고 있었던 일본의 과격한 극우 단체…… 가닥이 잡히는군요. 이런 쪽바리 새끼들."

서인국은 다소 격앙된 얼굴로 자신도 모르게 욕설을 내뱉었다. 종훈은 아직 몽롱한 기운을 완전히 떨치지 못한 상태로 몇 가지 기억을 더 떠올려 말했다.

"그런데 제가 기억하기로는 정작 기폭장치를 누른 건 제 옆 자리에 앉아 있던 노인네였습니다."

"한용택 말이군요."

"한용택이요? 이름이 한용택이었군요. 처음 보는 사람이었습니다. 좀 괴팍해 보였는데…… 제가 그를 막았어야 했습니다. 그랬다면 폭발이 일어나지 않았을지도 모르는데……"

"사실 CCTV가 있어서 확인은 했습니다. 결국 한용택이 기폭 장치를 누르는 장면 말이죠."

"맞습니다. 일본인이 아니라 그가 눌렀을 겁니다. 일본인도 사실 겁에 질려 있는 것처럼 보였거든요. 자살 테러를 결심했다지만 쉽게 실행할 수는 없었겠죠. 그런데 그 노인이 갑자기 자기가 직접 나서겠다며 뛰어갔던 겁니다."

서인국이 고개를 끄덕이며 설명했다.

"어젯밤에 연락을 받기는 했습니다. 한용택은 부산에 사는 독거노인인데 주기적으로 서울에 올라와서 시민단체 활동을 하고 있었습니다. 그 붉은 연합이라는 단체 말입니다. 작년 민주화운동 희생자 추모 행사 때는 여당 대표에게 계란을 던졌던 자더군요."

"그 삶은 계란 말입니까?"

"네. 저도 날아올 때까지만 해도 날계란인 줄 알았는데, 도시락으로 싸온 삶은 계란을 흥분해서 우발적으로 던졌다고 진술했었죠. 아무튼 한용택과 일본인 사이에 특별한 관계는 없어 보였습니까?"

"아마도 그 말이 맞을지도 모르죠."

"네?"

"우발적이란 것 말입니다. 삶은 계란도, 이번 일도 모두 노인의 우발적 행동으로 일어난 건지도 모르겠단 생각이 듭니다. 제가 보기에 그 일본인과 노인은 모르는 사이 같았거든요. 노인은 현 정부에 불만이 아주 많은 것 같았습니다. 열차에 타서부터 처음 보는 저에게도 아주 직설적으로 말을 하더군요. 일본인이 혹시 기폭장치를 못 누를지 모르니 자신이 직접 도와줘야 겠다고 생각한 것 같습니다. 그런데 그 일본인 말입니다. CCTV 가 있다면 신원 확인이 가능하지 않습니까?"

"화면이 흐릿해서 얼굴을 알아볼 수가 없습니다."

잠자코 있던 민중현이 끼어들었다.

"그래서 김종훈 씨의 도움이 더욱 절실합니다. 얼굴을 기억하 시나요?"

"네, 물론입니다."

"이미 밖에 사람들을 대기시켜 두었습니다. 괜찮으시면 지금 바로 몽타주 작업에 들어갔으면 합니다."

"그전에 먼저 집에 연락하고 싶은데요. 아내가 많이 걱정하 고 있을 텐데……."

"병원에 계시다는 건 이미 말씀드렸습니다. 건강 상태가 아 주 양호하다는 것도 알고 계시죠. 내일 병원에 오실 수 있도록 협조를 부탁드려 놓은 상태이니, 전화는 일단 몽타주 작업 후 에 하도록 하죠. 한시가 급한 작업입니다. 이번 사건의 중요성 을 잘 아시죠? 협조 부탁드립니다."

"그럼 그렇게 하도록 하겠습니다."

"감사합니다. 그럼 이제 시작하지."

민중현이 문을 향해 큰 소리로 말하자 여러 사람이 함께 병 실로 들어왔다. 그들은 몽타주 작성 프로그램이 작동되고 있는 노트북과 여러 기기들을 들고 있었다.

"얼마나 걸리겠나?"

"30분 정도면 됩니다."

고개를 끄덕인 민중현과 서인국이 병실 밖으로 나오자 흰색 구조사 유니폼을 입은 건장한 사내 셋이 병실 밖에 서 있었다.

"자네들은 여기서 대기하고 있게. 준비 잘 해놓고……"

말을 마친 민중현은 서인국을 향해 말했다.

"일단 제 방으로 갑시다. 그럼. 저쪽 복도 끝으로."

방에 도착한 민중현은 커피포트의 물을 끓이기 시작했다. 민중현은 고급스러운 도자기에 담겨 있는 커피를 두 스푼씩 두 개의 잔에 담았다.

"죄송합니다. 커피라고는 이 믹스밖에 없어서 말이죠."

"아, 아닙니다. 저도 다방커피 좋아합니다."

"네. 업무 중에는 이게 최고죠."

"그런데 그 커피가 커피믹스라고요?"

"하하. 재미있죠? 사실 제 방에는 심심치 않게 손님들이 찾아옵니다. 그때마다 커피믹스를 하나씩 따게 되면 좀 성의가 없어 보이죠. 그래서 전 이런 방법을 씁니다. 미리 커피믹스를 다 따서 이 도자기에 담아두는 거죠. 이렇게 하면 뭐랄까요. 특별히 말하지 않으면 싸구려 커피믹스 같은 느낌을 안 준다고나 할까요."

민중현은 커피를 준비하며 말을 이었다.

"마음에 드셨을지 모르겠습니다. 사실 복제가 아무리 잘되었다 하더라도 복제물이 전혀 입을 열지 않는다거나 거짓말을 한다면 모두 헛수고가 되는 것 아니겠습니까? 그래서 이 병실 모델이 아주 중요한 겁니다. 익숙한 환경에 있을수록 신문에 대한 순응도가 높아지고 기억이 더 안정적으로 잘 복원되죠. 저는 이 부분에 대해서 분명한 확신이 있습니다. 사실 취조실 모델은…… 뭐랄까요. 거부감이 들 수밖에 없죠. 긍정적으로 생각하신다면 이 병실 모델을 정식적으로 매뉴얼에 추가하고 싶군요."

민중현은 서인국에게 커피를 건네며 자신의 병실 모델에 대한 자랑을 늘어놓았지만 정작 서인국은 복제 과정 중에 느꼈던 미심쩍은 부분 때문에 그런 말들이 하나도 귀에 들어오지 않았다. 서인국은 이야기를 어떻게 꺼내야 할지 고민이 되었다. 다른 것들은 모두 미뤄두고라도 민중현은 김종훈에게 상당 부분 사실과 다른 이야기를 했다. 서인국이 민중현에게 그 부분을 지적했지만 민중현은 자신의 행동이 타당했다고 주장했다.

"저는 증인이 완전한 안정 상태에 이르기가 어렵다고 판단합니다. 시간이 지나면 모르겠지만 지금은 약간은 어안이 벙벙한 상태겠죠. 그런데 최대한 안정된 증언을 뽑아내야 할 상황에, 생존자가 없다느니 대통령은 사망하고 증인 본인도 사망해 유족들에게 이미 사실 통보가 되었다고 설명할까요? 그런 상태에서 얼마나 정확한 증언이 나올지 정말 의문이군요. 지금까지 제가 한 말들을 듣기라도 한 겁니까? 취조실 모델을 병실 모델로 바꾼 것도 같은 이유에서 아니겠습니까?"

"잠깐만요. 사실 통보라고요? 유족들이라면 김종훈의 가족들을 말씀하시는 겁니까?"

"네. 김종훈은 이미 사망 처리되었고, 유족들에게도 그렇게 전달되었습니다."

그저 증언을 이끌어내기 위한 거짓말들이라고 생각했던 서인국은 놀란 얼굴로 되물었다.

"매뉴얼에서는 그게 아니지 않습니까? 증인은 그 증언의 가치를 인정해서 살려주는 것으로 되어 있지 않습니까?"

"그래요. 만약 증인이 자신의 사망 사실을 인지하지 못하는 경우에는 사망 사실을 알려주지 않고 살려준다. 저도 다 압니다. 하지만 서 대변인, 이건 영화가 아닙니다. 김종훈은 이미 완전히 사망했습니다. 죽은 사람을 복제해서 돌아다니게 하다니 말도 안 되는 이야기입니다."

"하지만 저 복도 끝의 김종훈은 버젓이 살아 있는 사람이지 않습니까. 김종훈을 어떻게 하실 겁니까."

민중현의 말에는 온기가 묻어 있지 않았다.

"제거하는 겁니다. 진술은 이미 충분하고 몽타주까지 나오면 더 이상 필요한 건 없습니다. 최대한 빨리 소각 처리할 겁니다."

"소각 처리라구요?"

"지하 영안실 옆에 이미 시설을 다 갖추고 있습니다."

"말도 안 돼. 이건 살인입니다."

"왜 이러십니까. 저쪽 끝 방에 있는 것은 '증인'이 아니라 '증거물'일 뿐입니다. 죽은 사람은 살려낼 수 없어요. 매뉴얼은 제가 바꿨습니다. 생각을 해보십쇼. 당신 말대로 한 사람을 살려냈다고 칩시다. 그러면 다른 사람들은요? 다른 모든 유족들이 난리가 날 겁니다."

"그래서 사망 사실 자체를 숨기는 것 아닙니까?"

"글쎄요. 아무튼 저자를 살려 보낼 수는 없습니다. 그건 이미 결정된……."

"그럴 수는 없어!"

민중현이 서인국의 어깨를 잡았지만 서인국은 그 손을 뿌리치고 밖으로 나가 병실로 갔다. 이미 몽타주 관련해서는 일이 마무리된 듯 몽타주 작업팀의 사람들은 밖으로 나와 있었다. 병실 안으로 들어가니 흰색 구조사 유니폼의 사내들이 누워 있는 종훈의 팔에 수액 라인을 잡을 준비를 하고 있었다.

"멈춰요! 그만!"

사내들은 긴장한 기색이 역력했다. 분명 이것은 살인이었다. 민중현이 황급히 뛰어 방으로 들어왔다.

"자네들…… 그래, 괜찮으니깐 잠깐 나가 있게. 내가 정리하도록 하지."

사내들이 나가자 민중현이 화난 목소리로 말했다. 서인국은 눈 하나 깜짝하지 않고 일말의 죄책감을 내비치지 않는 그의 표정에서 과연 이 사람이 의사가 맞는지 의심이 들었다. 아니면 의사여서 이렇게 태연할 수 있는 건가?

"서 대변인, 이건 정말 곤란합니다. 아십니까? 매뉴얼은 분명 문제가 있었어요. 난 수정이 필요한 부분을 수정했을 뿐입니다."

"아뇨. 이 부분은 분명 대통령이 직접 개입해서 결정한 부분입니다. 이번 프로젝트가 제 감독하에 있는 건 잘 아시겠죠? 제가 이 자리에 있는 한 그렇게는 못 합니다. 지금 당장 제가 데리고 나가겠습니다. 김종훈 씨?"

"네? 지금 무슨 말씀들이신지?"

종훈은 갑작스러운 상황에 어리둥절한 얼굴이었다.

"일단 저와 함께 건물 밖으로 나갑시다. 나가서 설명드리도록 하죠."

"하지만 이 차림으로요?"

"옷은 밖에서 한 벌 마련하도록 하죠."

"아…… 괜찮으면 와이프에게 내일 가지고 오라고 하면 될 것 같은데요."

"아뇨, 김종훈 씨. 지금 당장 나가는 겁니다."

종훈은 서인국의 단호한 모습에서 거절할 수 없는 힘을 느끼고 그를 따라나섰다. 엘리베이터를 향해 걷는 두 사람의 뒤에서 민중현이 흥분해서 화난 목소리로 욕설을 해대고 있었다.

"주치의 선생님께서 화가 많이 나신 것 같은데…… 지금 제가 건물 밖으로 나가도 되는 겁니까?"

"네. 지금 당장 퇴원하는 겁니다."

"괜찮은 겁니까? 퇴원해도?"

"제가 의사는 아닙니다만. 장담하건대 아무 일도 없을 겁니다. 지금 이 건물을 나가지 않는다면 평생 후회할 겁니다."

서인국은 더 이상 말하지 않았다. 이 상황이 종훈은 당황스러웠지만 어떻게 해야 할지를 알 수 없었다. 그들은 건물 밖으로 나와 택시를 타고 가까운 번화가에 도착해 면바지와 티셔츠를 샀다. 옷가게에서 나온 서인국은 담배를 꺼내며 종훈에게 물었다.

"피우십니까?"

"아뇨. 전 원래 담배를 피우지 않습니다."

"그래요, 다행이군요. 혹시 담배를 피우고 싶어지더라도 절대로 피우지 마십쇼."

"백해무익이죠."

무슨 생각에선지 서인국은 꺼냈던 담배를 도로 넣었다. 그러고는 고개를 저으며 말했다.

"그래서 드리는 말씀이 아닙니다. 어쨌건 담배는 절대로 안 됩니다."

"네. 알겠습니다."

종훈의 눈에 서인국은 유난히 담배에 대해서 민감한 것 같았다. 엉겁결에 고개를 끄덕이긴 했지만 격앙된 인국의 태도는 쉽게 공감이 가지 않았다.

"이봐요. 김종훈 씨. 제가 하는 말씀 잘 들으십시오. 지금은 아마 정신이 하나도 없으실 겁니다. 하지만 저도 조금은 위험한 선택을 한 만큼 제 말을 잘 새겨들으셔야 합니다. 정확히는 말씀드리기 곤란하지만 이렇게밖에는 말씀드릴 길이 없군요. 궁금한 게 많으시겠지만 그냥 다 잊으십쇼. 어쨌건 살아남지 않았습니까? 몸이 멀쩡합니다. 치료도 성공적이었고. 당신 입장에서는 의문을 가질 필요가 없습니다. 이제 집으로 돌아가서 일상으로 돌아가면 되는 겁니다."

"네. 그런데 무슨 일이 있는 겁니까?"

"그런 질문은 잊으시라는 겁니다. 그리고…… 서류상의 문제로 잠시 김종훈 씨는 사망 처리되었습니다. 사실 유족들…… 아니 가족분들은 이미 사망 통보를 받은 상태입니다. 집에 도착하시면 가족분들이 많이 놀라실 텐데…… 그냥 서류 처리가 잘못되어서 그런 거라고 하십쇼. 내일 댁으로 대한민국 정부 이름의 사과 통지문이 갈 겁니다. 오늘 오후엔 모든 관공서에서도 사망 사실을 수정할 거구요. 직장에도 통보를 할 겁니다."

종훈은 자신이 사망 처리되었다는 사실에 놀랐지만 곧 바로 잡힐 거라는 서인국의 말에 이내 수긍했다.

"감사합니다. 다행이군요. 이렇게 도와주시는 분이 있어서……"

서인국은 깊은 한숨을 쉬었다. 그는 한동안 말이 없었다.

"김종훈 씨, 방금 그 의사 말입니다. 민중현 과장……."

"네."

"그 사람이 완전히 잘못 말해준 부분이 있습니다."

"무슨……?"

서인국이 종훈의 긴장한 눈빛을 마주하고 침착하게 내뱉었다.

"당신은 열차 사고의 유일한 생존자입니다. 아무도 살아남지 못했어요."

"하지만 대통령은……."

"대통령께서도 사망하셨습니다. 왜 그런 거짓말을 했는지는 묻지 마십쇼. 더 이상 말씀드리기는 힘듭니다. 대통령을 비롯하여 모두가 사망했기에 당신의 증언이 더욱더 중요했던 것입니다. 그래서 말인데…… 아마 많은 사람들이 김종훈 씨에게 관심을 가지게 될 겁니다. 방송은 말할 것도 없고요."

"네, 그렇겠군요……."

아무도 살아남지 못했다니, 자신이 열차 사고의 유일한 생존자라니. 멍한 얼굴로 대꾸하던 종훈은 문득 자신이 계기판에서 시속 500킬로미터인 것을 봤던 기억이 났다. 조금 전 민중현 과장은 폭발 직전 속도를 늦춘 상태라고, 대통령은 사망하지 않았다고 거짓말을 했던 것이다.

"최대한 말을 아끼시기 바랍니다. 그저 당신은 열차 사고 후 정신을 잃은 겁니다. 사고 당시 차량 뒷부분 철제 수납공간에 숨어서 기적적으로 살아남았지만 정신을 잃어서 어떻게 구조되었는지를 모르는 겁니다. 그리고 이곳 복지센터 병원에서 충분한 치료 후에 퇴원했다고, 그렇게만 설명하면 됩니다. 아시겠습니까?"

"네, 잘 알겠습니다."

서인국은 지갑에서 5만 원을 꺼내 종훈에게 건넸다. 곧 택시를 타고 종훈이 떠날 때까지 두 사람은 더 이상 아무런 대화를 하지 않았다. 무슨 이야기를 해야 할지 알 수 없었다.

::

집으로 돌아오는 택시에서 그제야 종훈은 감정이 북받쳐 눈물이 났다. 어쩌면 영원히 가족들을 만나지 못할 뻔했던 것이다. 택시 기사에게 열차 사고가 언제 발생했는지를 물어보자 그는 황당하다는 듯이 바로 어제였다고 답했다. 겨우 하루가 지난 것이다. 원래대로라면 그는 내일 밤 집에 돌아오기로 되어있었지만 단 하루 만에 집에 왔음에도 마치 오랜 시간이 흐른 것만 같았다.

택시는 아파트 입구에 종훈을 내려주었다. 엘리베이터에서 그는 아내에게 무슨 말부터 꺼내야 할지 고민이었다. 초인종을 눌렀는데도 인기척은 느껴지지 않았다.

그는 번호식 도어록에 비밀번호를 입력했다. 5-5-8-4-3-2-6.

틀렸다. 에러 신호음이 났다.

'어라. 이거 왜 이래?'

다시 한 번 번호를 입력했지만 문은 열리지 않았다. 대신에 문 건너편으로부터 나지막하게 다 죽어가는 목소리가 흘러나왔다.

"누구세요?"

"자기야, 나야!"

문으로 다가오는 아내의 발자국 소리에서 그녀가 얼마나 서두르고 있는지를 느낄 수 있었다. 문이 열리자 너무 울어서 눈이 퉁퉁 부어버린 아내가 마치 유령이라도 본 듯한 표정으로 서 있었다. 3초 정도의 적막이 흐른 후 그녀는 찢어질 듯이 울며 그에게 안겨왔다. 그녀만의 따뜻한 체취가 느껴지자 그는 이제야 완전한 일상으로 돌아왔음을 실감할 수 있었다.

"당신…… 정말 당신이야? 아아……."

"응, 나야. 난 괜찮아. 봐, 아무 데도 다친 데도 없잖아."

"어떻게 된 거야? 기차에는 타지 않았던 거야? 내가 얼마나 걱정했는지 알아? 열차 사고 유족자 대책위원회 사람들이랑 병원에 계속 있다가 조금 전에야 들어왔는데…… 난 당신이 그렇게 가버렸다는 게 믿을 수가 없어서……."

종훈은 울면서 두서없이 내뱉는 아내를 진정시키며 거실로 들어왔다. 그곳엔 두 돌이 채 안 된 아들이 아무것도 모르고 낮잠을 자고 있었다.

'아들에게는 그서 평범한 일요일이었고, 평범한 월요일이겠지.'

종훈에게는 평화가 깃든 얼굴로 잠든 아들의 얼굴이 무엇보다 큰 위안이 되었다. 그는 침착하게 아내에게 자신이 겪은 모든 일을 말해주었다. 기차역에서 보았던 경호원들과 시위대. 자신의 옆에 앉았던 노인, 일본인 폭탄 테러범, 오늘 아침 병원에서 있었던 일, 그리고 집에 오게 된 과정. 그러나 그런 기이한 일들을 다 듣고도 아내에게 중요한 것은 김종훈이 살아 돌아왔다는 사실뿐인 듯했다. 아내는 계속해서 종훈에게 살아 돌아와 고맙다고 했다. 어제까지만 해도 종훈은 부부 사이에 어쩌면 권태기가 일찍 찾아왔을 수도 있으려니 걱정했었다. 그러나 오늘, 그에게 아내의 모습은 그 어느 때보다도 소중했다.

:::

아내는 어제 사고 소식 이후로 아무것도 먹지 못했다고 했다. 주방을 보니 아들 녀석만 챙겨준 모양이었다. 종훈도 배가 고팠다. 아직 시간이 일렀지만 그들은 저녁을 먹으러 밖으로 나섰다. 델 베키오 피노del vecchio pino, 한남동에 5년 남짓 살아오면서 집 근처에서 식사를 할 때면 꾸준히 찾곤 하는 이탈리안 레스토랑이었다. 그들은 항상 즐겨 먹던 마르게리타 피자와 알리오 올리오 파스타를 주문했다. 아내는 아들의 손을 물수건으로 닦아주며 말했다.

"정말이지 이곳은 변함이 없는 것 같아."

"그러게. 우리가 연애할 때 처음 왔었는데…… 아직까지 맛도 그대로지?"

종훈은 홀을 둘러보았다. 이곳의 음식 맛은 정말로 처음 그맛을 그대로 간직하고 있기로 유명했다. 잠시 후 주방장이 직접음식을 가지고 나왔다. 그들은 그만큼 이 음식점의 단골손님이었다.

"항상 드시는 것만 주문하시는군요. 한 번쯤 바꿔보는 것도괜찮을 텐데 말입니다. 사실 오늘 들어온 살라미가 아주 일품이거든요."

종훈 부부에게 인사를 건네던 주방장이 문득 생각났다는 듯말했다.

"그나저나 세상이 어떻게 되려는 건지 모르겠습니다. 열차 사고 말입니다. 정말로 대통령이 사망한 걸까요? 믿어지지 않는군요."

"그러게 말입니다."

종훈은 걱정스러운 표정으로 짧게 대꾸했다. 주방장이 주방으로 돌아가자 아내는 미소를 띠며 말했다.

"아마 아무도 믿지 못할 거야."

"뭘 말야?"

"자기가 이번 사고의 유일한 생존자라는 거 말야."

"그렇긴 해······. 나 역시 못 믿겠는걸."

"그런데 대통령에 대한 폭탄 테러가 맞는 거야? 아직 뉴스에서 그런 이야기는 없던데."

"글쎄, 분명하다니깐. 아무튼 빨리 먹자. 배고프다."

'내가 열차 사고의 유일한 생존자라는 걸 알게 되면 사람들은 얼마나 놀랄까?' 종훈은 머릿속이 복잡해졌다. 음식 맛도 잘 느끼지 못하며 먹던 그는 이전과는 많이 달라진 음식 맛 때문에 당황스러웠다.

"이상한데? 오늘은 음식 맛이 별로네? 좀 짠 것 같기도 하고, 오늘따라 바질 향도 너무 강한 것 같은데······."

그러나 아내는 고개를 저었다.

"그래? 잘 모르겠는데. 난 그냥 평소 때랑 같아 보이는데?"

"그런가? 아마 내가 좀 예민해져서 그런가 봐."

식사를 끝낸 후 집으로 돌아오자 그녀는 종훈을 거실에 쉬게 하고는 아들을 재우러 방으로 들어갔다. 종훈이 TV를 켜자 온통 열차 사고 소식뿐이었다. 대통령과 승객 전원 사망. 그는 온몸에 약간의 소름이 돋았다.

'난 이렇게 버젓이 살아 있는데. 아마도 내일쯤이면 나에 대한 이야기가 나오겠지.'

채널을 돌리자 특종이란 큰 자막과 함께 요란한 음악이 흘러나왔다.

"CCTV!"

앵커의 흥분된 목소리가 흘러나왔다.

"이 영상은 저희 기자단이 단독 입수한 사고 당시의 CCTV 화면입니다. 익명의 제보자가 자신의 휴대폰으로 직접 촬영하여 제보한 이 영상은 우리가 몰랐던 충격적 사실을 담고 있습니다. CCTV 재생 화면을 휴대폰으로 촬영한 영상이다 보니 화면 상태가 다소 좋지 않은 점 양해 말씀 드립니다."

앵커는 느린 화면과 정지 화면을 반복해 보여주며 설명하고 있었다. 특히 영상은 사고 당시의 열차 내부의 2번 차량과 1번 차량을 중심으로 보이고 있었다.

"TF호는 20개의 객실 차량으로 되어 있고 뒤쪽의 19, 20호 차량은 대통령 일행이 탑승해 있었습니다. 제보자의 진술에 의하면 대통령 일행이 이용한 객실의 CCTV 화면은 철저하게 보안이 되어 있었다고 합니다. ……자, 이제 다시 1번 차량입니다. 아마 시간을 비교해보면 경호원들이 거의 1번 차량에 도착 직전입니다만…… 갑자기 저 열차 맨 뒷좌석의 노인이 일어섭니다. 그리고 그가 열차 중간의 남자에게 뛰어들어 몸싸움을 하고 그사이에 노인 옆 좌석의 한 남자가 열차 뒤쪽으로 뛰어가는 모습이 보입니다. 네, 이때 2번 차량에서 경호원들이 권총을 겨누고 있군요. 그리고 갑자기……."

엄청난 진동과 함께 불꽃과 바람이 일며 2번 차량의 모든 것이 쓸려감과 동시에 CCTV가 꺼져버렸다. 잠시 검은 화면이 지속되고 앵커가 말을 이었다.

"아마 많이들 놀라셨을 것 같습니다만 이제 최종적으로 1번 차량 화면을 확인해보겠습니다. 이제 나오는군요. 저 2번 차량의 남자가 들고 있던 것을 노인이 빼앗았습니다. 잠시 멈춘 화면을 보시면…… 아마도 저것이 기폭장치였던 것 같습니다. 남자가 차고 있던 허리띠는 폭탄이었던 것 같습니다. 이제 화면을……."

두 사람이 잠깐의 몸싸움을 벌이는 모습 이후 폭발과 함께 CCTV 전원이 꺼져버렸다.

"여러분. 단순한 열차 사고가 아니었던 것 같습니다. 남대철 대통령과 승객들은 자살 폭탄 테러에 의한 열차 사고로 사망한 것입니다. 충격적입니다. 아직 아무도 이러한 사실을 말하지 않고 있습니다. KBC에서 이 사실을 최초로 단독 보도하고 있음을 다시 알려드립니다."

언제부터였는지 아내는 그의 옆에 서서 함께 TV를 보고 있었다. 아내는 깜짝 놀라며 말했다.

"지금 저거…… 자기야?"

::

여의도에 마련된 특별수사본부에 앉아 TV를 보던 권무신은 신경질적으로 고함을 질러댔다.

"젠장. 저게 지금 뭐야. 미친놈들! 저런 걸 방송에 내보내면 어쩌라는 거야. 제정신이야? 어떤 새끼가 저런 걸 흘렸어!"

회의실에 앉아 있던 30여 명의 특별수사팀 사람들은 권무신의 흥분을 지켜보며 속으로 한숨을 짓고 있었다.

특별수사팀의 팀장인 권무신은 다혈질이었다. 그에 비해 부팀장인 유정엽은 매사에 침착했고 흥분하는 법이 없었다. 유정엽은 권무신보다 10년 후배로 강력계 형사 출신과는 어울리지 않게 곱상한 외모를 하고 있었는데, 두 사람은 외모나 성격, 업무 스타일이 너무도 달랐다. 권무신이 뜨거운 불이라면 유정엽은 차가운 물이었다. 그래서 때로 삐걱대기도 했지만 놀랍게도 오히려 그것이 균형을 이루어 오랜 콤비로 서로를 의지하며 함께해오고 있던 터였다. 표현하는 방식에 차이는 있었지만 유정엽 역시 권무신과 마찬가지로 언론의 행태에 불만을 갖고 있었다.

'대통령의 죽음이라는 국가 비상사태에, 그것도 수많은 사망자를 낸 이런 테러에 대해서는 정부의 공식 발표를 기다려주는 게 맞지 않은가? 게다가 아직 범인에 대한 정보도 전혀 없지 않은가?'

공식적으로 특별수사팀이 가지고 있는 자료도 TV에서 방송하고 있는 CCTV가 유일했다. 생존자도 없고 CCTV에서 눈에 띄는 사람들의 신원을 파악하여 조사했지만 도움이 될 만한 정보는 나오지 않았다.

"팀장님, 전화 왔습니다."

수사본부 신참인 조상백이 가라앉은 분위기에 눈치를 보다가 겨우 권무신에게 말을 꺼냈다.

"됐어. 전화는 부팀장에게 돌려. 난 담배 한 대 피우고 올 테니."

권무신은 수사본부에 와서부터 줄담배를 피우고 있었다. 담배를 피우지 않는 유정엽은 그런 권무신이 불편한 건지 걱정되는 건지 모를 눈빛으로 권무신의 뒷모습을 바라보았다.

"부팀장님. 부팀장님께서 받으셔야겠는데요. 무슨 위원회래요."

조상백은 아무래도 권무신보다는 유정엽이 편했다. 권무신에게 말할 때 긴장된 말투와는 달리 유정엽에게 말할 때는 자신도 모르게 좀 풀어졌다.

"무슨 위원회?"

"글쎄요. 그건 제가 잘 못 들어서……."

머리를 긁적대며 말하는 조상백에게 한마디 싫은 소리를 내뱉으려다 관두고 유정엽은 수화기를 들었다.

"여보세요."

유정엽은 공무상의 전화에서는 항상 격식을 갖추는 사람이었지만 상황이 이렇다 보니 자신도 모르게 목소리가 거칠게 나왔다.

"아, 네. 특별수사본부죠? 늦게까지 수고하십니다. 여기는 국가위기관리위원회입니다. 저는 사고 직후 이곳으로 발령받은 서인국입니다. 대통령 제1대변인입니다."

순간 유정엽은 당황했다. 수사본부는 독립적인 존재였지만 위기관리 매뉴얼에 따라서 국가 위기 상황에서는 대통령이 지정한 인물이 수사 과정을 감독할 수 있었다. 그리고 어제 저녁 이번 감독관이 대통령 대변인인 서인국이라는 이야기를 들었던 터였다. 그러니 지금 그는 상관과 전화상에 놓여 있는 것이었다.

"아, 죄송합니다. 여기 상황이 좋지 않다 보니 어떤 분께서 연락을 주신지 제가 미리 파악을 못했습니다."

"아니 괜찮습니다. 이번 사태는 전반적으로 제가 감독한다지만 어차피 저는 이런 분야는 문외한이니 신속 정확하게 수사해주시면 저는 결과만 받겠습니다. 실례지만 권무신 팀장인가요?"

"아뇨. 저는 이번 특별수사본부 부팀장 유정엽이라고 합니다. 잠시 기다려주시면 팀장님을……."

"아닙니다. 그냥 부팀장에게 말하죠. 권무신 팀장에게 전해주십쇼. 생존자가 없다고 했는데…… 사실은 우리 위원회 쪽에서 단독으로 사고 현장을 조사하면서 생존자를 한 명 발견했습니다. 유일한 생존자입니다."

"네? 생존자가 있다고요?"

새로운 정보에 유정엽이 긴장한 얼굴로 되물었다.

"네. 그는 1번 차량에 있었는데…… 범인의 신상에 대한 정보를 주었습니다. 범인은 일본인이고 저희 쪽에서 몽타주를 확보해 놓았습니다. 지금 곧 자료를 보내겠습니다. 도움이 되길 바랍니다. 그리고 CCTV에서도 확인하셨겠지만 결국 기폭장치를 누른 것은 노인이었습니다. 수사에 착오가 없길 바랍니다. 그럼……."

"잠시만요. 세상에나, 대단합니다. 1번 차량이라면 살아남기 힘들었을 텐데요. 그런데 벌써 몽타주까지? 생존자의 상황은 어떻습니까?"

"괜찮습니다. 음, 별다른 외상은 없습니다. 어떻게 생각하실지 모르지만 그냥 기적이라고 할 수밖에요. 생존자는 이미 모든 치료를 마치고 귀가 조치했습니다."

"벌써요? 일단 저희 쪽에서도 그를 만나야겠습니다."

"아니, 그건 절대로 안 됩니다. 필요한 정보는 이미 모두 확보했습니다. 생존자도 더 이상 이야기할 것이 없다고 합니다. 저희가 보내드리는 자료로 수사하시면 될 겁니다. 그럼 이만."

서인국은 황급히 전화를 끊었다. '생존자가 있었다고? 도대체 저 상황에 어떻게 살아남은 거지?' CCTV 화면을 보며 유정엽은 고개를 저었다.

::

"어떻게 저 상황에서 살아남을 수 있어?"

아내가 새삼 감탄했다.

"설마 내가 죽기라도 바랐던 거야?"

"무슨 말을 그렇게 해. 그게 아니라 다른 사람들은 단 한 사람도 살아남지 못했잖아. 그런데 자기는 작은 상처 하나 없이 이렇게 잘 걸어 다니고 있으니깐 하는 말이지. 너무 신기하잖아."

종훈도 고개를 끄덕였다.

"정말 운이 좋았지 뭐. 그 수납공간이 워낙 단단했나 봐. 사실 내가 생각해도 어딘가 다쳤던 것 같기도 한데…… 확실히 그런 기억이 있어. 머리에 충격이 컸는데, 피도 났던 것 같고. 그런데 상처 하나 없는 걸 보면 그냥 착각이었던 것 같기도 하고. 난 의식을 잃었었으니까."

"아무튼 대단해. 난 자기가 없어져버린 줄 알고……."

종훈의 아내는 눈시울이 붉어졌지만 눈물을 참아냈다. 그녀는 일어나며 종훈도 일으켜 세웠다.

"사고도 있었고 많이 피곤할 텐데 일단 오늘은 일찍 자자."

"설마 죽다 살아온 남편을 두고 이렇게 허망하게 잠들려는 건 아니겠지?"

종훈은 아내를 와락 끌어안고는 키스를 퍼부었다. 최근에 잘 없던 길고 깊은 키스. 그녀의 살결. 향기. 모든 것이 완벽했다. 이전의 어떠한 순간보다 모든 감각이 선명하게 전해져왔다. 마치 새로 태어난 것처럼 종훈의 온몸에 작은 근육 하나까지 반응하기 시작했다. 그와 그녀는 하나가 되어 침실로 향했다. 짧은 권태기를 맛봤던 젊은 부부는 다시 서로에게서 새로운 쾌락을 더듬어 찾아내기 시작했다. 항상 하던 대로. 하지만 지금은 모든 것이 새롭게 느껴졌다.

"자기야, 어떻게 된 거야?"

아내와의 잠자리는 로맨틱했고 그럴 때면 둘 사이에 유머가 흘렀다. 아내는 가끔 장난삼아 그의 맹장염 수술 자리를 깨물곤 했다. 종훈은 군대 복무 시절 맹장염으로 국군 병원에서 수술한 후 오른쪽 하복부에 조그만 수술 상처가 남아 있었다. 상처가 잘못 아물었는지 그 부분은 건드리면 항상 간지러웠는데, 아내는 그걸 이용해 장난을 치곤 했던 것이다. 그런데 지금 그 상처가 없어진 것이다.

"그러게. 병원에서 이런 것도 제거해준 건가?"

"에이, 설마……."

"이건 뭐지? 이것 봐. 내 배꼽에 딱지 앉은 거 보여?"

"응. 자기 배꼽에 왜 딱지가 앉아 있는 거지?"

그러나 영원의 시간을 건너 만난 부부에게 고민은 그리 길지 않았다.

::

여자로서 외과 의사로 살아가기란 쉬운 일은 아니었다. 강인한 체력과 정신력을 갖추지 않고서는 버티기 힘들었다. 그러나 백승현은 그런 힘든 과정을 이겨낼 정도의 의지가 있었다. 그녀에게 무엇보다 큰 힘이 되었던 것은 바로 종교였다. 그녀는 아주 독실한 가톨릭 신자였다.

사무실에 혼자 남은 백승현은 머리가 깨질 지경이었다. 물론 민중현이 어떤 짓을 하려 했는지 모르는 바는 아니었지만 김종훈을 복제하는 순간부터 그가 의식을 찾는 순간까지 그녀는 별다른 양심의 가책을 느끼지 못했다. 민중현이 서인국과 크게 다투고 화를 내며 퇴근할 때까지도 그럭저럭 버틸 만했다. 그러나 지금은 상황이 달랐다.

서인국이 김종훈을 막무가내로 데리고 나가버리자 복제실은 하루 종일 뒤숭숭한 분위기였다. 모두들 눈치만 보다가 퇴근할 무렵 한 연구원이 그녀에게 다가왔다.

"선생님, 제가 실험실 창고를 정리하다가 발견했는데 서류가 잘못된 건지 복제 세트가 세 개 있더라고요? 분명 두 개가 남아 있어야 하는데 말이죠. 게다가 남은 세트 중 하나가 뜯어져 있던데……."

"이상하네. 남은 세트는 제가 살펴보도록 할게요. 선생님은 이만 퇴근하세요. 아마 복제 과정을 진행하다가 세트가 오염돼서 버려둔 것일 수도 있죠. 세트가 하나 더 들어와 있는 부분은 내일 파나메딕에 연락해보도록 하고요. 아무튼 내일 봐요."

지금 그녀 앞에는 복제 세트가 놓여 있었다. 분명 창고 목록에는 없는 물품이었다. 몇몇 구성이 사라지긴 했지만 새것이나 마찬가지였고 충분히 한 사람을 복제해낼 수 있는 상태였다. 내일 파나메딕에 문의를 해봐야 알 수 있는 일이겠지만 민중현이 남들 모르게 추가로 주문한 것이 분명해 보였다. 어째서 복제 세트가 하나 더 주문되었는지는 중요하지 않았다. 중요한 것은 어쩌면 그녀는 기회를 얻은 것인지도 모른다는 사실이었다.

그녀는 복제 세트를 조용히 자신의 사무실로 가져와 책상 위에 놓았다. 의자에 앉은 그녀는 복제 세트를 물끄러미 보며 생각에 잠겼다. 밤 10시가 넘은 시간, 이 건물에 남아 있는 사람은 그녀 혼자뿐이었다.

결혼 16년차인 그녀는 1년 전 남편의 외도를 확인하면서 인생의 모든 행복을 잃어버렸다. 의국 선배였던 남편은 그녀의 인생에 있어서 전부나 다름없었다. 그녀와 남편 사이에는 이제 막 중학생이 된 외동딸도 있었다. 남편의 외도 후 그녀는 오직 딸을 위해 살아가기로 결심했다. 그녀는 딸을 위해서 남편의 외도를 눈감았다. 겉으로 그녀는 그런 생활에 적응하는 것처럼 보였지만, 사실 이제 갓 마흔을 넘긴 그녀가 맛보아야 했던 좌절감은 견디기 힘든 수준이었다. 극한의 순간에도 그녀에게 다시 힘이 돼주었던 것은 종교였다. 어쩌면 다른 사람들의 눈에 그녀는 종교와 아이에 미쳐가는 중년 여성으로 비쳤을 것이다. 남편은 뒤늦게 백승현이 자신의 외도를 알고 있다는 사실을 알아채고는 다시 가정으로 되돌아왔지만 이미 상처는 지울 수 없었다. 그녀는 공허해진 마음을 채울 길이 없었다. 4개월 전 회식 때까지만 해도 그녀의 인생에 큰 고민거리는 이것뿐이었다.

민중현은 그녀의 학교 선배였지만 육군사관학교 출신의 위탁 교육생으로 백승현과는 큰 접촉이 없었다. 외과 수련의로서 수술방에서 마취에 임하고 있는 민중현과 가끔 인사만을 주고 받았을 뿐이다. 그나마 수술방에서 민중현은 대부분의 시간을 의자에 앉아 졸고 있었다.

7개월 전 남편의 외도에 대한 소문이 걷잡을 수 없이 퍼져나 가자 백승현은 대학병원 생활을 접을 수밖에 없었다. 수도권의 중소형 병원에 일자리를 알아보던 중 10년 가까이 보지 못했던 민중현에게서 연락을 받았다. 그의 제안은 처음에는 그다지 매 력적으로 느껴지지 않았다. 민중현이 일하고 있는 국가위기관 리위원회는 정부 기관이었지만, 이 기관의 복지센터에 속한 의 료시설은 군에 소속되어 있었다. 이런 곳에서 위탁 의사로서 일 한다는 것은 경직된 분위기와 낮은 임금을 감수해야 한다는 걸 의미했다. 그나마 하루 여덟 시간의 짧은 근무 시간과 정시 출퇴근이라는 이점이 있기는 했지만, 그녀에게는 넘쳐나는 자 기계발의 시간도 부담이었다. 지금껏 빡빡하게 짜인 일정 속에 톱니바퀴와 같던 그녀의 삶이었기에 여유 있는 시간을 어떻게 감당해야 할지 의문이었다.

그러나 민중현으로부터 받은 200장 분량의 1급 기밀문서를 읽는 순간 그녀는 단 1초의 망설임도 없이 전화를 걸어 복지센터에서 일하겠다고 말했다. 빽빽한 글씨와 작은 그림들로 이루어져 있는 방대한 분량의 문서를 다 읽기 위해서는 꼬박 하루가 걸렸지만 첫 페이지에서 마지막 페이지까지 한시도 지루함을 느낄 수 없었다. 그만큼 놀라운 내용들이었고 인생의 실의에 빠져버린 그녀에게 새로운 관심거리가 되기에 충분했다. 그녀는 이 괴로운 일상을 조금이나마 잊기 위해서라도 무언가에 열중할 필요가 있었다. 지금의 복제 시설과 시스템이 만들어지기까지 그녀는 이곳에 열성적으로 매달렸다.

4개월 전 완공을 축하하기 위한 회식 자리에서 그녀는 새로 태어나는 것 같은 환희를 느꼈다. 전 세계 최초로 준공된 합법적인 인간 복제 시설. 그날 밤 그녀는 지나친 음주로 인사불성이 되어버렸다. 육체와 이성에 대한 통제력을 상실한 그녀는 결국 자신도 모르는 사이 외도를 저지르고 말았다. 어쩌면 남편에 대한 무의식적 복수심 때문이었을지도 몰랐다. 다음 날 아침 민중현의 집에서 정신을 차리던 순간 그녀는 커다란 충격에 휩싸였다. 비록 남편이 죄를 지었다 하더라도 그녀까지 같은 인간이 될 수는 없는 것이었다.

그러나 진짜 큰 충격은 2주 전 그녀에게 찾아왔다. 그날 밤 이후 그녀의 뱃속에 아이가 들어섰던 것이다. 남편의 외도 후 그녀는 남편과 전혀 잠자리를 가지고 있지 않는 상황이었다. 분명 민중현과 자신 사이에 생긴 아이였다. 임신 12주가 지난 터라 경구용 낙태약을 복용하기에도 이미 늦은 상태였다. 가족들 몰래 산부인과에서 불법 낙태 시술을 받는 것도 쉽지 않은 일이었다. 그녀는 지난 2주간 심각한 자기혐오와 극도의 우울증 그리고 자살 시도를 막기 위해 정신과 치료를 받아야만 했다. 적극적인 약물 치료가 요구되는 상황이었지만 정신과 의사는 태아를 고려하여 그녀에게 상담 치료만을 권할 뿐이었다. 정신과 의사는 백승현이 같은 의사로서 스스로를 잘 통제해 나갈 것이라고 판단했지만 이미 그녀는 스스로를 믿을 수 없었다. 지난 수일간 그녀는 점점 더 심각한 상황으로 치닫고 있었다.

지금 그녀 앞에 놓여 있는 이 물건은 마치 계시와도 같았다. 어쩌면 스스로를 회개할 수 있는 유일한 방법이자 기회를 하늘이 내린 것일지도 몰랐다. 스스로를 복제하는 것. 더럽혀지고 오염된 육신을 씻어버리고 새로운 육신으로 태어나고 싶었다. 자연스레 아이도 사라져버릴 것이었다. 그녀는 벌써 몇 시간째 고민하고 있었다. 인간의 뇌에서 생성된 기억이 단백질의 형태로 혈액으로 확산되는 데까지 걸리는 시간은 약 두 시간. 이미 두 시간이 넘도록 고민하고 있는 탓에 복제를 고민했던 자신의 기억은 지금쯤 혈액에 퍼져 있을 가능성이 높았다. 다시 말해, 지금 복제를 한다면 복제물은 혈액 속에 남아 있는 기억을 통해, 자신이 복제되었다는 사실을 어느 정도 짐작할지도 몰랐다.

3

화요일

다음 날 아침 종훈은 평소처럼 회사에 출근했다. 집을 나서자 이미 기다리고 있던 기자들의 플래시 세례가 쏟아졌다. 모두들 어떻게 해서 살아남았는지 질문을 퍼부었지만 종훈은 한마디도 할 수 없었다. 그는 겨우 기자들 사이를 빠져나와 차에 타고 도망치듯 대로변으로 나왔다.

연예계 뉴스나 정치계 뉴스에서 흔히 볼 수 있는 장면의 주인공이 되는 일은 그리 유쾌하지만은 않았다. 하지만 직장에서 듣는 자신을 향한 박수 소리는 종훈의 어깨를 으쓱하게 만들기도 했다. 사람들은 그를 '언브레이커블'이라고 불렀다. 종훈도 그 영화를 봤다. 브루스 윌리스가 대형 열차 충돌 사고의 유일한 생존자인 주인공으로 나오는 영화였다. 생각해보니 자신과 비슷한 듯도 했다. 어쨌거나 종훈은 그 끔찍한 사고에서 홀로 살아남은 것이다.

부장은 사장의 호출이 있다며 걱정 어린 얼굴로 말했다.

"자네, 정말 괜찮나? 우리 모두 걱정을 많이 했네. 이상렬 대리는 어제 내내 고개를 들고 있지를 못했어. 기억나지? 이 대리가 기차표 예매했던 거."

"그러고 보니 이 대리에게 괜찮다고 말해줘야겠군요. 부산 출장 건은 괜찮습니까? 제가 마무리 짓지도 못하고……."

"지금 상황에 무슨 그런 걱정을 하나. 걱정 말게. 그건 회사에서 다 처리해 놨으니까. 사장님께서도 염려가 많으셨네. 업무 때문에 탄 기차에서 사고를 당했으니……. 아마 들어가면 휴가 이야기를 하실 거야."

"휴가요?"

"음, 다음 주말까지 한 열흘 이상은 쉬어야 되지 않겠냐고 하시던데. 이번 기회에 푹 쉬다 와. 몸도 성치 않을 사람이 오늘 전화나 하지 어떻게 여기까지 왔나."

부장의 말대로 사장은 휴가 얘기를 꺼냈고, 덕분에 사장실을 나오는 종훈의 입가에도 미소가 번졌다. 회사를 나오기 전 종훈은 이상렬 대리를 불러 함께 커피를 마셨다.

"저는…… 거의 살인자가 된 기분이었습니다."

이 대리의 얼굴은 그새 많이 초췌해져 있었다. 종훈은 그를 위로할 겸 짐짓 농담처럼 말했다.

"거의 그럴 뻔했지. 그래도 이렇게 내가 살아났으니 그런 생각은 이제 그만하라구."

두 사람은 마주 보고 웃었지만 종훈의 등골에는 어딘지 모르게 싸늘한 기운이 흘렀다. '그래, 나는 정말로 죽을 뻔했다.' 처음에는 정신없어서 느끼지 못했지만 생각할수록 아찔한 일이었다.

종훈은 아내에게도 전화를 걸어 휴가 소식을 알렸다.

"잘됐다. 자기도 좀 푹 쉬고 우리 가고 싶었던 곳도 좀 가보는 게 어때? 자기 항상 경주에 한번 가보고 싶어 했잖아."

아내와의 대화는 그를 안심시켜주는 힘이 있었다.

"그래, 우리 같이 경주에 놀러가자."

종훈은 환하게 웃으며 전화를 끊었다. 회사를 나온 그는 인천의 위기관리복지센터로 향했다. 통화를 해보려고 했으나 여느 관공서가 그렇듯 제대로 된 답변을 들을 수가 없었다. 특히 의료서비스 부서는 바쁘다는 이유로 아예 전화 연결조차 되지 않았다. 별것 아닐 수도 있었지만 배꼽의 상처 자국이 어떻게 생긴 것인지, 맹장염 수술 자국이 어떻게 해서 이렇게 깨끗하게 사라졌는지 종훈은 설명을 듣고 싶었다.

다행히 복지센터 입구에는 기자들이 없었고, 종훈은 어렵지 않게 엘리베이터를 탈 수 있었다. 그는 자신이 7층 병실에 있었던 것을 떠올리며 숫자 7을 눌렀다.

7층에 내린 종훈은 마침 사고 후 깼을 때 맨 처음 만났던 여자와 마주쳤다. 그녀는 어제와는 다르게 하얀 가운을 입고 있었다.

"어, 당신!"

"네, 반갑습니다. 그런데 어…… 백승현 외과 선생님? 의사 선생님이셨군요."

백승현은 너무 놀라서 잠시 멈춘 상태로 종훈을 쳐다만 보았다.

"혹시 올라오면서 누굴 만났나요?"

백승현의 다급한 말씨에는 위기감이 서려 있었다.

"아뇨, 아무도요."

"당신은 여기 있으면 안 돼요. 위험하단 말이에요."

그녀는 아주 불안한 얼굴로 잠시 망설이더니 이내 종훈의 팔을 세게 잡아끌며 작게 말했다.

"일단 제 방으로 가죠."

두 사람은 계단을 통해 바로 아래층에 있는 방으로 이동했다. 무슨 영문인지 모르지만 종훈의 눈에 백승현은 너무 긴장하고 있는 것 같았다. 자리에 앉은 그녀가 입을 열었다.

"왜 여기로 돌아온 거죠?"

그녀의 말에는 날이 서 있었다.

"물어볼 게 있어서 왔습니다."

"뭘요?"

그녀의 쌀쌀맞은 태도가 조금 마음에 걸렸지만 종훈은 애써 넘기며 말을 이었다.

"그게 그러니까…… 제 몸은 아무런 이상이 없습니다. 이상하리만치 저는 정상입니다. 그런데 군대 있을 때 맹장염 수술 후 남아 있던 자국이 사라졌더군요. 그냥 없어진 게 아니라 아예 아무 일도 없었던 것처럼 감쪽같이 없더군요. 그래서 혹시 제가 의식이 없는 동안에 흉터를 제거하신 게 아닌가 해서요. 어쨌건 제가 무사히 치료를 받아서 기쁘긴 합니다만 간단한 수술이라도 있었다면 제가 아는 것 또한 맞는 일 아니겠습니까? 게다가 이상한 것이 배꼽에 피딱지 같은 게 앉아 있더라고요? 꼭 다쳤다 아문 상처처럼 말이죠. 온몸에 상처 하나 없는데 배꼽만 다쳤다고 생각하기에는 너무 이상해서 말입니다."

백승현은 아무런 말 없이 종훈의 얼굴을 물끄러미 쳐다보았다. 특유의 무표정하면서도 퉁명스러운 느낌으로 한참을 그렇게 보던 그녀가 내뱉었다.

"잠시 제게 시간을 주세요."

방의 절반을 메우고 있는 소파에 백승현이 몸을 파묻었지만 종훈은 미동도 하지 않았다. 잠시 후 백승현은 몸을 일으켜 책상으로 갔다. 그녀는 작은 손거울을 가져와 종훈 앞에 섰다.

"저는 말이죠. 사실 이렇게 하기 싫지만…… 가장 중요한 건 당신이 이 건물에 다시는 오지 말았으면 한다는 거예요. 하지만 어떠한 설명으로도 이해시키기가 힘들 것 같군요. 그래서 진실을 말해주려고 하는데…… 오히려 그 편이 나을 수도 있겠죠. 왜냐하면 시간이 지날수록 당신은 더 의문을 가지게 될 테니까요."

"무슨 말씀이신지?"

"혹시 그런 이야기 들어보셨나요? 목에 점이 없으면 귀신이라는 얘기."

종훈은 이 여의사가 왜 느닷없이 이런 엉뚱한 얘기를 하는지 의아해하면서 대꾸했다.

"네, 저도 예전에 그런 이야기를 들었습니다. 친구들과 장난치면서 서로의 목에 있는 점의 개수를 세기도 했었죠. 전 5개나 있었구요."

"아마 목뿐만 아니라 얼굴, 그리고 몸 구석구석에 본인이 알고 있거나 인지하지 못했던 점들이 많을 거예요. 이제 이 거울로 당신의 얼굴을 좀 살펴보도록 해요. 그리고 당신 말대로 목에 있던 점들도요."

종훈은 다소 황당해하며 거울을 손에 들고 점들을 찾기 시작했다. 그런데…… 없었다! 단 한 개도 없었다!

"원래는 마지막 단계에 세부적인 조작을 좀 하게 돼요. 점이라든가, 당신이 얘기했던 그런 수술 자국, 아니면 후천적인 신체적 장애랄지…… 가능한 한…… 아니 완벽하게 이전과 똑같은 상태를 만들어내게 되어 있죠. 왜냐하면 그래야 결과물이 의심을 하지 않을 테니까. 그런데 당신의 경우에는 표본이 완전하지가 않았어요. 그러니까 그런 세부적인 사항들에 대한 정보가 전혀 없었던 거예요."

"죄송합니다만 지금 무슨 말씀을 하시는 건지 전혀 모르겠군요. 표본이라고요?"

"네, 일단 여기 있는 의사 가운부터 입으시죠. 경비원의 눈을 피하려면 그게 편할 테니까. 자, 이제 우리가 그 표본을 보러 갈 거예요."

권무신: 이것 보세요. 당신의 그런 생각이 얼마나 위험한 것인지 정말
로 모른다는 겁니까?

사회자: 글쎄요. 지금은 생방송 중이니 감정을 가라앉히시고 국민 정
서를 좀 고려해서 말씀해주시는 것이 좋을 것 같습니다.

권무신: 음…… 네, 죄송합니다. 아무튼 말입니다. 김종훈은 이미 사망
했습니다. 그 무엇으로도 그 사람을 대신할 수는 없는 겁니다.
그리고 이 프로젝트는 단지 수사 과정에서 중요한 증거를 확
보했다면 그것으로 그 가치를 다 한 것입니다. 최현 윤리부장
님과 같은 발상 때문에 이미 죽은 사람이 거리를 활보하고, 결
국 어떤 일들이 있었습니까.

강상호: 그보다도 이런 심각한 일을 국가위기관리위원회에서 단독으
로 그것도 비공개로, 무엇보다 임의로 승인된, 검증되지 않은
사람의 감독하에 진행한다는 발상은 어디서 나온 건지 묻지
않을 수가 없습니다.

사회자: 아, 네. 강상호 준장님께서 말씀하신 부분은 조금 후에 다룰
내용이니 이해해주시기 바랍니다. 그러니까 지금 중요한 이야

기는, 그 증인 말입니다. 생존자라고 말할 수는 없겠고요. 그러니까 김종훈 씨가 원래는 제거되었어야 한다는 건가요? 그래서 계속 사망한 것으로…….

최 현: 아닙니다. 어감이 좀 이상해서 죄송합니다만, 원래는 살려두어야 하는 거였습니다. 그러다 죽이는 것으로 수정되었다가, 현장에서 즉흥적으로 다시 살리기로 결정된 것이죠. 저는 원래부터 살릴 것을 주장했습니다. 12조 8항의 오리지널 버전도 분명 그렇게 되어 있기도 했고요. 그런데 저도 모르는 사이 이 부분이 수정되었습니다. 김현철 박사와 현재는 이 세상에 없는 민중현 박사가 이렇게 수정한 것으로 알고 있습니다만…….

권무신: 죽이고 살리고를 마치 손바닥 뒤집듯 하는군요.

김현철: 살린다기보다는 복제라고 해둡시다. 죽은 사람은 절대로 다시 살릴 수 없어요. 그리고 복제물은 죽는 게 아니라 제거되는 겁니다. 유족들께서 이런 표현 때문에 힘드실지 모르지만 순전히 오해 때문입니다. 용도를 다 했다면 굳이 남겨둘 이유가 없는 겁니다.

최 현: 하지만 박사는 부모를 위해 8세 아이를 복제한 경험이 있잖소.

김현철: 그건 과학적 발전과 가능성을 확인하기 위한 일종의 실험이었을 뿐입니다. 개인적인 철학이 개입한 건 아니었습니다. 물론 당시에는 조금 감상적이었지만…… 이제는 이성을 되찾은 거죠.

최 현: 언제부터요, 그 꼬마가 사망하고서부터?

김현철: 지금 그건 별로 중요한 이야기가 아니잖소.

사회자: 잠시만요, 박사님. 방금 교통사고로 사망했다가 복제되었다는 그 노르웨이 소년을 말씀하시는 겁니까?

김현철: 네, 맞습니다. 하지만 오늘 이 자리와는 전혀 상관이 없습니다.

최 현: 왜요? 당신은 그것 때문에 복제된 존재는 인간이 될 자격이 없다고 판단하는 거 아닙니까?

김현철: 부분적으로는 그렇습니다. 복제물은 이전의 인간과 완벽하게 똑같지는 않으니까요.

사회자: 조금 부연 설명을 해주시겠습니까, 박사님?

김현철: 그 소년은 1년 후 급성 호흡곤란으로 사망했습니다. 생일날 밤에 동네 친구들과 어울려 다니다가 처음으로 담배를 피웠던 모양입니다. 같이 있던 친구들 말에 의하면 담배 연기를 한 모금 마시고는 그 즉시 숨이 막혀 쓰러져버렸다더군요. 당시 사망 소식을 접하고 부검을 위해 노르웨이에 갔습니다. 부검 결과 담배에 의해 폐기관지의 과민 반응이 있었습니다. 나중에 조직학적 연구 과정을 통해 알게 되었지만 가속노화 과정이 동물과는 다르게 인간에게선 일종의 부작용이 있는 것으로 판명되었습니다. 폐기관지 상피세포의 변이로 아주 민감한 조직이 발생하는데, 이 조직은 유독 담배 연기에 있어서만 심각한 알레르기 반응을 보입니다. 한마디로 천식 발작을 일으키

는 거죠. 그런데 우리는 아직까지도 담배 연기의 어떤 성분이 원인인지도 파악하지 못하고 있습니다.

사회자: 그렇다면 담배 연기만 조심하면 되는 것 같은데요.

김현철: 당장에는 그렇겠죠. 일단 우리가 아는 바도 그렇습니다. 정말로 담배 연기만 조심한다면 복제물과 인간이 다를 바가 없을지 모르죠. 하지만 아직 임상적 자료가 부족합니다. 이후의 성장과정에서…… 시간이 지나면 또 어떠한 문제점이 발견될지 아직 아무도 모릅니다. 그리고 그 당시 부모들을 봤다면 절대로 이것을 환생이라고 부를 수 없을 겁니다.

최 현: 물론 부모님들의 마음은 이해합니다. 기적같이 살아 돌아온 아들을 다시 잃는 것만큼 끔찍한 일은 또 없었겠죠.

김현철: 아닙니다. 오해가 크신 것 같군요. ……그들은 전혀 슬퍼하지 않았습니다. 그저 약간 망설이면서 제게 이야기했을 뿐입니다. 다시 복제를 의뢰한다고 말입니다.

::

    지하 1층은 전체적으로 어둡고 스산했다. 긴 복도 끝 커다란 문에는 영안실이라고 쓰여 있었다. 내려오는 길에 경비원이 종훈을 보긴 했지만 그가 입은 가운과 옆의 백승현을 보고는 대수롭지 않게 통과시켜주었다.

    "혹시 비위가 좀 약하다거나 담력이 약하시면 지금이라도 돌아가는 게 좋을 것 같군요. 다시 생각해보니 당신에게는 조금 충격적일 수도 있을 것 같아요. 본인 이야기니까."

    "무슨 말씀이신지 아직도 모르겠군요. 저는 괜찮습니다. 들어가시죠."

    종훈은 힘이 세거나 운동을 잘하는 편은 아니었지만 평소 강철 같은 정신력을 가졌다고 자부하며 살아왔다. 잠시 망설이던 백승현은 이내 문을 열고 영안실 안으로 종훈을 안내했다. 영안실 안은 추웠다.

    '저 작은 캐비닛 크기의 문짝 뒤에는 끔찍한 시체들이 누워 있겠지?'

    커다란 시신들의 냉동고에서 종훈이 어깨를 움츠리며 한기에 적응하고 있을 때, 백승현은 이름표를 살펴보더니 이내 오른편 중간 부분의 문을 열고 긴 철제 판을 끌어냈다. 이름표에는 '김종훈'이라고 쓰여 있었다. 종훈은 자신의 이름이 흔하다고는 생각했지만 막상 이런 곳에서 자신의 이름을 보니 온몸에 소름이 돋았다.

백승현이 망설임 없이 하얀 천을 걷어내자 그 안에 있던 한 덩어리가 모습을 드러냈다. 얼핏 보면 그저 정육점에 걸려 있는 커다란 고깃덩이처럼 보이지만 이내 그것이 허벅지라는 것을 알 수 있었다.

"이건 이틀 전 열차 사고 현장에서 습득한 시신입니다. 현재는 완전히 얼어붙은 상태죠. 이 부분이 허벅지고, 여기 왼쪽으로 보면 무릎이 보이죠? 그리고 오른쪽에 마치 도끼 모양으로 뜯겨 나간 부분이 골반이에요. 불편하시겠지만 약간만 살펴보면 내장도 구별할 수 있습니다. 소장은 없고 약간의 대장 파편 정도가 붙어 있죠. 그리고 근육조직과…… 골반에서 허벅지로 이어지는 부분에 대정맥 대동맥 그리고 주변 큰 가지들이 살아 있어 발견 당시 다량의 혈액을 습득할 수 있었고요."

"끔찍하군요. 그런데 이걸 제가 봐야 하는 이유가 뭡니까?"

"사고 당시 시신들은 대부분 불에 타 훼손되거나 유실됐어요. 게다가 뒤죽박죽이다 보니 아직까지도 사망자의 신원을 다 파악하지 못하고 있는 형편이죠. 하지만 이 사람은 쉽게 신원을 확인할 수 있었어요. 발견 당시 이 부위들은 모두 바지에 덮여 있었는데 호주머니에 다행히 지갑이 들어 있었다고 하더라구요."

백승현은 옆에 있던 조그만 나무 상자에서 지갑을 꺼내 종훈에게 건넸다.

"게다가 이 시신은 1번 차량과 2번 차량 사이의 격리된 수납 공간에서 발견되어서 다른 시신과 섞이지도 않았어요. 다른 부분은 형체도 알아볼 수 없을 정도로 불타버리고 남은 부분을 이곳으로 옮긴 거랍니다."

"설마……."

종훈은 떨리는 손으로 지갑을 건네받았다. 그러고는 낯익은 지갑을 열어 그 속의 내용물을 확인했다. 신용카드, 와이프와 아들의 사진, 헬스클럽 회원권까지 모두 자신의 것이었다.

"말도 안 돼. 당신 지금 이게 나라는 거야? 미쳤어? 이렇게 살아 있는 사람에게 헛소리하지 말아요! 정신병자로군!"

흥분해 소리치는 종훈을 보며 백승현은 깊은 한숨을 쉬었다.

"그래서 여기까지 내려온 거예요. 단순히 설명만으로는 당신이 절대 믿을 수 없을 테니까. 김종훈 씨, 당신은 죽은 김종훈의 복제물입니다. 당신의 몸을 찬찬히 살펴봐요. 아마 이전과 다른 부분들을 어렵지 않게 찾아볼 수 있을 거예요. 여건상 우리는 당신의 세세한 점까지 모두 복원할 수가 없었으니까요. 당신이 이런 사실을 알게 돼서 정말로 유감입니다."

종훈은 온몸이 덜덜 떨렸다. 더 이상 아무런 말도 없는 그에게 백승현은 그간 있었던 일들의 진실을 이야기해주었다. 그리고 마지막으로 12조 8항 프로젝트 진행실로 그를 안내했다. 종훈은 복제풀 옆의 간이 의자에 털썩 주저앉았다. 자신이 기억

하는 몸의 작은 상처들을 찾아보았지만 찾을 수 없었다. 언제 생겼는지 모를 무릎의 찍힌 흔적, 고등학교 체육시간에 축구하다가 넘어져서 쓸린 오른쪽 팔꿈치의 상처…… 모든 것이 단 24시간이 안 되는 시간 안에 말끔히 사라져버린 것이다.

'내가 내 자신이 아니란 말인가? 난 이렇게 모든 걸 기억하고 생각하고 모든 게 이전과 같은데…… 내가, 나의, 복제물이라고? 아내가…… 아들이…… 나중에 커서라도 이런 사실을 알면 뭐라고 할까? 날 남편이나 아빠로 봐주기나 할까? 아, 사람들이 나를 김종훈으로 봐주기나 할까? 이런 사실이 알려지면 난……'

"김종훈 씨, 제가 이렇게 자세한 이야기까지 하는 데에는 또 다른 이유가 있어요."

복잡한 상념에 젖어 있던 종훈은 백승현의 새로운 이야기에 그녀를 마주 보았다.

"또 다른 이유라니요? 그게 뭡니까?"

"민중현 박사 때문이에요."

"제 주치의 선생님 말씀이십니까?"

"그는 당신의 주치의가 아니라 이 프로젝트를 총괄하는 담당 의사랍니다. 물론 더 높은 권한을 가진 사람들도 몇 있죠. 그중 한 명인 서인국 대변인이 당신을 살려냈던 거구요."

"살려냈다고요?"

"네, 그 사람이 아니었더라면 당신은 죽은 목숨이었어요. 민중현은 복제된 당신을 사회로 돌려보내는 것에 반대하고 제거할 것을 주장했죠. 실제로도 그렇게 하도록 되어 있었고요. 지하 영안실 옆방 소각장에서 마취된 상태로 화장시켜버리도록 되어 있죠. 그 과정은 민중현이 단독으로 직접 진행하도록 되어 있었고요. 그래서 당신은 여기 오면 안 된다는 거예요. 민중현은 아주 위험한 인물이에요. 그는 정치계에도 국방부에도 인맥이 아주 강력하답니다. 일부 경찰권까지도 손을 쓸 수 있는 인물인데…… 당신이 여기 와서 그의 눈에 띈다면 분명 당신을 죽이려 들 거예요."

"하지만 이미 우리 가족들과 친구들이 제가 살아 있는 걸 알고 있지 않습니까?"

반박하는 종훈에게 백승현이 담담하게 말했다.

"그들에게 진짜 당신은 지하에 누워 있는 저 허벅다리일 수도 있어요. 그걸 누가 예상할 수 있나요?"

종훈은 그녀의 말에 더 이상 무어라 대꾸할 수가 없었다.

"그러니 절대로, 적어도 이 건물만큼은 다시 들어오시지 말라는 거예요. 그리고 저도 잘은 모르지만…… 서인국 대변인, 만약에 무슨 문제가 생겨 도움이 필요하다면 그에게 가보세요. 어제 당신을 살려낸 장본인이니까 아마 도움이 될지도 모르죠."

종훈은 도망치듯 복지센터를 빠져나와 차를 집으로 돌렸다. 죽음에 대한 공포 때문일까. 어쩌면 자신의 현실을 부정하고 싶어서일 수도 있었다. 그는 뒤도 돌아보지 않았다.

교통체증이 심한 거리는 수많은 생각을 하기에 더없이 적절한 장소였다. 특히나 그 생각이 기괴할 때는 더욱더.

'무엇이 현실이지? 그 시뻘겋게 그을린, 고깃덩이같이 생긴 허벅다리인가? 아니면 점이나 상처, 티끌 하나 없이 존재하고 있는 지금의 나인가?'

종훈은 철학적인 사람은 아니었지만 가끔 죽음에 관해 생각하곤 했다. 어쩌면 존재 자체에 관한 것이라고 말할 수도 있었다. 매일 밤 잠들며 그는 이것이 바로 죽음일 수도 있다는 생각을 했다. 내일 아침 일어나는 것은 어제까지 자신이 가지고 있던 기억을 물려받은 새로운 영혼일 수도 있다고 말이다.

그런 과정은 잠시 졸다 깰 때도 발생할 수 있지 않을까? 어쩌면 그렇게 소모할 수 있는 영혼의 수가 인간의 수명을 정하는 것일 수도 있는 걸까? 그렇다면 지금의 나는 전혀 다른 육체와 새로운 영혼을 가진 또 다른 김종훈이란 말인가? 아니면 그저 김종훈처럼 말하고 생각하고 움직이도록 만들어진 고깃덩어리란 말인가?

문득 2년 전 시청에서 있었던 한 강연회에서 연설자가 했던 이야기가 생각났다.

"과연 어제의 여러분과 오늘의 여러분은 같은 존재인가요? 인간의 몸은 수없이 많은 세포로 구성되어 있고 그 세포는 더 작은 단위의 탄수화물 단백질 지방으로 이루어져 있으며 결국에는 엄청나게 많은 원자 단위의 집합체라고 할 수 있습니다. 이 원자는 영원히 당신을 구성할까요? 아닙니다. 이 원자는 계속해서 순환합니다. 어쩌면 당신의 신장에 있는 탄소 원자는 한 달 전 이웃집 누군가의 간에 있었던 탄소 원자일 수도 있죠. 당신이란 존재는 그렇다면 무엇이란 말입니까? 무엇이 당신을 정의하는 거죠? 당신의 육체라고 생각한다면 그것은 다소 논쟁거리가 될지도 모릅니다. 어쩌면 우리 스스로를 정의할 다른 무엇인가를 찾을 때가 된 건지도 모르겠군요."

종훈은 당시 그 연설자가 무슨 말을 하는지 잘 이해가 가지 않았지만 지금은 그 연설자의 말이 옳았기를 간절히 바라고 있었다. 모든 것을 제쳐두고 지금 가장 중요한 것은 자신이 김종훈이란 사실이었다.

'그걸 잊으면 안 돼. 난 김종훈이야. 난 누가 뭐라 해도 김종훈이라구.'

그러나 그 순간 김종훈은 또 다른 충격으로 눈물을 흘려야만 했다. 죽음의 순간이 또렷하게 기억나고야 만 것이다.

'아, 그래…… 난 죽었었어……'

수납공간의 철로 된 날카로운 부분이 머리를 찍으며 피가 등줄기를 타고 흘러내렸던 기억이 생생히 났다. 통증은 없었지만 온몸이 몽롱해지며 공중에 붕 떠 자유낙하하고 있었다. 주변에서 들려오는 굉음과 아무것도 볼 수 없는 어둠, 그리고 공간을 꽉 메우던 사람들의 비명소리가 주는 극한의 자극 때문이었을까? 마지막 순간까지도 그는 자신이 죽을 것이라고는 전혀 생각하지 않았다. 그런 생각 자체가 불가능했다. 그저 아무 생각 없이 오감을 통해 전해져오는 자극을 느낄 뿐이었다. 어쩌면 인간의 마지막 순간은 다 그런 것일지도 모른다. 얼마나 많은 사람들이 자신의 죽음을 정확히 인지하고 눈을 감게 될까? 죽음의 엄습을 모른 채로 죽는 것은 신이 인간에게 주는 마지막 선물일지도 모른다. 그런 극도의 공포를 그는 견뎌낼 수 없었다. 이런저런 생각 끝에 종훈은 집 근처 신호등 앞에 멈춰 섰다.

그런데 여기가 어딘가? 집이 아니었다. 그는 삼청동에 와 있었다. 이곳은 청와대로 가는 길목이 아닌가. 신호등 건너편에는 경호원과 헌병들이 서 있었다. 국가 비상사태이다 보니 경비가 삼엄해 보였다.

'어? 내가 왜 여기로 온 거지? 이상하네? 생각을 너무 많이 했어. 정신이 하나도 없었나 보군.'

그는 다시 길을 돌려 자신의 집으로 향했다. 집으로 돌아오는 길에 그는 불도저 대통령에 대한 생각이 났다. 맘에 들지는 않았지만 어쨌거나 대통령이었다. 대통령도 같은 기차 안에 있었고 사망했다.

그렇다면 왜 대통령은 다시 살려내지 않은 거지? 난 평범한 회사원일 뿐인데. 대통령처럼 중요한 사람이라면 처음부터 사망 사실을 숨기고 다시 살려낼 수도 있지 않았을까? 대통령 정도의 사람이라면 자신의 사망 사실을 담담하게 받아들였을지도 모르겠군. 어쩌면 그가 스스로 거부한 것일까? 아니야. 시신을 아직 찾지 못했을 수도 있어. 대통령 시신을 공개하지 않는다고 했던 이유가 아직 시신을 찾지 못해서인지도 몰라. 그렇다면 난 범인의 단서를 제공할 수 있는 유일한 증인이기 때문에 선택받은 것이란 말인가? 날 살려내는 게 가능했다면…… 다른 사람들은? 시신을 찾아낸 사람들이 더 있었을 텐데. 그들은 모두 죽은 채로 두는 건가? 죽은 사람을 살려내는 게 윤리적으로 잘못이라 하더라도…… 유족들을 생각하면 그들 품에 망자를 돌려주는 것도…….

종훈은 끝없이 이어지는 생각들 끝에 어제 집에서 보았던 아내의 얼굴을 떠올렸다. 그는 그녀의 표정 속에서 자신의 존재를 확인할 수 있었다. 같이 기차를 탔던 다른 누구에게도 이러한 자비가 없었다는 것은 불공평한 일이었다. 그는 선택받은 것이다.

5-5-8-4-3-2-6. 또 실수를 했다. 집에 도착한 종훈은 도어록에 어제와 똑같이 잘못된 번호를 입력시켰다. 고개를 저으며 다시 번호를 제대로 입력하고 집으로 들어가자 아내와 아들이 그를 반갑게 맞아주었다.

'그래. 난 김종훈이야.'

그는 마음을 다잡았다. 이를 악무는 그에게 아내가 말했다.

"근데 자기야. 거실에 손님이 와 계셔……."

::

　김종훈을 돌려보낸 백승현은 퇴근 시간을 한참 넘기고서도 사무실을 나설 수가 없었다. 그녀는 엄청난 혼란 속에 자신이 어떻게 해야 할지를 결정할 수가 없었다. 분명 어제 자정쯤까지 그녀는 자기 스스로를 복제해야 하는지 고민하고 있었다. 바로 지금 이 의자에 앉아서. 그런데 그다음부터는 기억이 나지 않았다.

　그녀는 오늘 아침 출근 시간이 조금 넘었을 때 사무실에서 눈을 떴다. 어떻게 보면 그녀는 출근해서 잠시 사무실 소파에 누워 잠을 청한 것처럼 보였다. 그저 기억만 나지 않을 뿐. 그러나 논리적으로 생각해보면 그녀는 복제되었을 가능성이 컸다.

　'설마 내가 복제된 건가? 내가 복제물이란 말야?'

　김종훈을 돌려보낸 것도 이 때문이었는지 모른다. 어차피 자신도 복제된 개체라면 김종훈과 다를 게 없는 것이다. 그래서 그를 민중현에게 넘기고 죽음으로 내모는 것이 어쩐지 망설여졌던 건지도.

　자신이 복제물인지 아니면 잠시 기억을 잃어버린 백승현 자신인지 확인해볼 방법이 없는 것은 아니었다. 복지센터 컴퓨터는 누군가 복제될 경우 자동으로 그 사람의 유전자 지도를 저장하게 된다. 혈액에서 추출된 유전자와 신체 조직에서 추출된 유전자를 각각 저장하게 되며, 이를 통해 별도의 개인정보가 입력되지 않더라도 누가 복제되었는지를 알 수 있다. 하지만 이것이 최종적으로 생존해 있는 개체가 복제물이라는 증거가 되지는 못한다. 그녀는 그런 식으로 자신의 복제 사실을 확인하고 싶지는 않았다. 이를 확인할 확실한 방법이 다른 두 가지나 있었기 때문이었다. 그중 하나는 소변으로 임신을 확인해보는 것. 복제가 되었다면 분명 태아가 사라진 상태일 것이다. 그러나 이 방법만큼은 피하고 싶었다. 그녀는 오랜 고민 끝에 결단을 내렸다.

사회자: 이제 잠시 방청객과의 대화를 가져보겠습니다. 혹시 하실 말씀이 있으시거나 궁금한 점이 있으신 분은 손을 들고 참여를…… 아, 네. 왼쪽 두 번째 줄에…… 네, 마이크 받으시고 자기소개 부탁드립니다.

방청객 1: 저는 서울시 성북구에서 온 함상원이라고 합니다.

사회자: 네. 말씀해주십시오.

방청객 1: 저는 김현철 박사님께 질문 드리고 싶습니다. 김현철 박사님께서는 세계적으로 잘 알려진 학자 중 한 분입니다. 이름을 모르는 사람이 없을 정도죠. 저는 특히나 박사님께 관심이 많습니다. 개인적으로는 팬입니다. 실제로 인터넷 팬카페에도 가입했습니다. 그곳에서 방금 말씀하신 노르웨이 소년의 이야기도 접할 수 있었죠. 그런데 전혀 다른 이야기들도 있습니다. 아직 제대로 된 박사님의 답변이 없어서 많이들 궁금해하고 있습니다만…… 남미나 중국 등지에서 최근 들어 죽었던 사람들이 다시 살아나 돌아다닌다는 이야기 들어보셨습니까? 어쩌면 해외에서는 이미 이런 기술이 민간에서도 이용되고 있는 것은 아닐까요? 혹시 박사님께서 아시는 부분이 있다면······.

김현철: 아뇨, 설마요. 그건 낭설일 뿐입니다. 그래요, 저도 그런 이야기를 인터넷 카페에서 봤습니다. 누가 그런 이야기를 지어냈는지······.

사회자: 죄송하지만 이 질문은 오늘의 주제와 조금 맞지 않는 것 같습니다만······ 시간상 다음 질문으로 넘어가는 게 좋을 것 같습니다.

김현철: 네, 저도 그 질문에 대해서는 잘 몰라서 드릴 말씀이 없군요. 죄송합니다.

사회자: 그러면 다음 분으로 마이크를 넘기겠습니다. 이번에는 오른쪽에······ 네, 성함부터 말씀해주시고요.

방청객 2: 저는 부산에서 온 문형숙이라고 합니다. 최현 부서장님께 질문드리겠습니다. 저는 기차 사고로 남편과 딸을 잃은 사람입니다. 두 사람은 딸의 대학 진학 상담을 위해 입시 박람회에 갔다가 오는 길에 사고를 당했습니다. 외동딸이었는데 우리 가족 중에 남은 사람은 저뿐입니다. 제가 두 사람의······ 시신을 확인했을 때의 감정을 당신은 알기나 할까요? 왜 그 사람만 살려준 건가요? 우리 남편과 딸은 자격이 없었나요? 폭발 현장을 목격하지 못해서? 아니면 제가 자격이 없었나요? 저는······ 저는 다시 살려내서라도······ 아니 복제를 통해서라도 가족과 함께하고 싶습니다. 제 남편과 제 딸이 살아 숨 쉬는 걸 보고 그들과 함께 살고 싶습니다. 왜 그 사람만 살려준 건가요? 이런 기술이 있는 줄은 당시에는 아무도 몰랐습니다.
이런 걸 숨긴 이유가 뭐죠? 제게도 행복한 과거로 돌아갈 권
리가 있습니다!

::

　백승현은 계단을 이용해 천천히 지하로 걸어 내려갔다. 지하
에는 두 가지 시설이 있었다. 시신을 보관하는 영안실과 시신
및 생체 증거물의 처리를 위한 소각장. 그녀는 전날 밤의 마지막
기억들을 더듬었다. 자신을 복제하는 것도 큰 고민거리였지만
복제 후 복제 이전의 자신을 어떻게 해야 할지도 고민하지 않을
수 없었다. 복지센터 밖으로 나가서 자살을 하게 되면 누군가에
의해 시신이 발견되고 복제된 사실이 알려지게 될 수도 있는 노
릇이었다. 게다가 그녀는 죽고 싶었지만 고통을 원하는 것은 아
니었다. 고통 없이 죽고 증거를 남기지 않을 수 있는 가장 확실
한 방법은 소각 시설의 타이머를 돌려놓고 스스로 그 안에 들
어가 정맥으로 마취제를 투여하는 방법이었다. 물론 남은 뼈 조
각에서 치열을 통해 신분이 확인될 수도 있겠지만 복제된 자신
이 남은 먼지와 뼈 조각을 처리하면 되는 것이었다. 복제물에게
간단한 메모를 남겨놓는 것도 나쁜 생각은 아닌 듯했다. 그러나
아침에 일어났을 때 메모 따위는 발견할 수 없었다.
　늦은 시간 텅 빈 지하 복도는 어둠뿐이었다. 그녀의 걸음 소
리는 사방을 둘러싼 벽에 반사되어 으스스한 분위기를 더했다.
그녀는 지하실의 구조를 잘 알고 있었다. 앞이 보이지 않는 어
둠 속에서도 그녀는 익숙한 몸놀림으로 조명 버튼을 올렸다.
소각장으로 들어가는 문이 보였다. 그녀는 의외로 담담해지는

자신을 확인할 수 있었다. 어떻게 보면 돌이킬 수 없는 것이었다. 간단하게 확인만 하면 되는 것이었다.

'저 문만 열고 들어가면 모든 것을 확인할 수 있겠지……'

그때 철제문이 열렸다. 백승현이 손잡이를 잡기도 전에 열린 문이었다. 그러니 분명히 백승현이 연 것이 아니었다. 아니다. 문을 연 것은 백승현이었다. 문 밖에 서 있던 백승현과 방금 문을 연 또 다른 백승현. 두 명의 백승현이 서로의 얼굴을 마주 보았다.

::

"안녕하십니까. KBC 조용선 PD라고 합니다. 먼저 이렇게 불쑥 찾아와 죄송하단 말씀부터 드려야 하겠군요. 여기 제 명함……."

오늘 하루 너무 많은 일을 겪어야 했던 종훈은 신경이 날카로워져 있었다.

"이렇게 불쑥 찾아오시는 건 조금 예의가 아닌 거 같군요. 다음에 전화 주시고 다시 방문해주시기 바랍니다. 오늘은 얘기 나누기 힘들 것 같습니다."

PD는 종훈의 반응에 당황해하는 기색이 역력했다. 아내는 미안해하는 눈치였다. 하지만 방송인 본연의 직업정신 때문인지 PD는 자리에서 떠날 생각 없이 말을 이었다.

"죄송합니다. 많이 힘드실 텐데 제가 좀 무리해서 온 것 같습니다. 다만 조금 시간이 촉박해서 그러니…… 잠시만 말씀드리고 싶습니다."

종훈이 더 이상 거절하지 않자 기다렸다는 듯 PD가 말을 이었다.

"사실 방송은 항상 신속 정확해야 합니다. 뉴스 프로그램은 국민의 알 권리를 위해 더욱 그래야 합니다. 모두들 기차 사고의 유일한 생존자가 누구인지 궁금해하죠. 당연한 것 아니겠습니까? 그런데 사실 오늘 아침 출근하시는 모습이 방송을 타고 나서……."

"방송을 탔다구요? 제 동의 없이요?"

다시 종훈의 말에 날이 섰다.

"아, 미처 거기까지는 생각 못한 모양입니다. 하지만 그게 기쁘지 않나요? 유일한 생존자이지 않습니까. 아무튼 말입니다. 이제 당신은 유명인입니다. 저도 그래서 온 겁니다. 저녁 황금시간대 토크쇼의 단독 주인공이 되시는 거죠. 그것도 생방송으로! 생각해보세요. 당신은 기적의 사나이입니다. 털끝 하나 다치지 않고 돌아온 겁니다. 어쩌면 당신 얼굴을 한 슈퍼맨 인형이 나올지도 모르죠. 그런 건 다…… 조금은 경박스러울지는 모르겠지만 모두 돈이 되는 겁니다. 큰돈 말입니다. 김종훈 씨, 저희는 당신에게 도움이 되기 위해 온 겁니다. 물론 우리도 당신으로부터 더 큰 도움을 받는 거죠. 시청률이 하늘을 찌를 테니 말입니다. 우리는 시청률로 먹고삽니다. 김종훈 씨가 저희에게 큰 도움을 주셨으면 합니다. 내일 오후 시간대를 저희에게 투자해주십시오."

차갑게 가라앉은 목소리로 종훈이 말했다.

"당신들, 미쳤습니까?"

종훈은 피곤했다. 이런 방송 관계자들과는 단 한 마디도 더 섞고 싶지 않았다. 그런데 그 순간 문득 서인국의 충고와 함께 한 가지 생각이 머리를 스쳤다. 서인국은 종훈이 대중들에게 노출되는 것에 대해 극도로 꺼릴 것이지만, 사고 후 단 이틀 만에 방송국 PD가 집에 찾아올 정도라면 대중의 눈길로부터 숨어 지내는 것은 불가능한 일일 수도 있다. 그렇다면……

'오히려 대중에게 더 크게 알려질수록 민중현이 날 건드리기 점점 더 어려워지지는 않을까?'

PD는 생각에 잠긴 종훈을 보며 어떤 가능성을 읽었는지 밝은 미소를 지어 보였다. 여의도의 밤거리에서 술과 고기, 그리고 담배에 절어 사는 뚱뚱한 샐러리맨. 그의 미소 뒤에 놓인 다부진 뚝심은 오늘 기어이 종훈의 승낙을 받고야 말겠다는 눈치였다. 잠시 침묵이 이어지자 PD가 먼저 말을 꺼냈다.

"아, 지금 당장 대답하기 힘드시다면……"

"잠시만 생각을 더 해봅시다."

종훈은 손으로 이마를 쓸어내리며 거실로 와 소파에 풀썩 주저앉았다. 그를 따라온 아내가 옆에 앉았다.

"미안해. 자기 오기 30분 전쯤 왔는데…… 나중에 전화하라고 하고 돌려보내려 해도 막무가내였어. 문 앞에서 계속 기다린다고 하길래 보기에도 좋지 않으니깐 잠시 들어와서 기다리라고 한 건데……."

"괜찮아. 잘했어. 그냥 생각 좀 하려고. 방송이라니……."

"난 별로 좋은 생각은 아닌 거 같아. 자기가 이렇게 살아 있는 건 감사할 일이지만 자랑할 일도 아니잖아? 다른 유족들이 보면 어떻겠어?"

"하긴…… 나도 별로 내키지는 않지만……."

걱정스러워하는 아내를 안심시키려는 듯 종훈은 여유 있는 미소를 지으며 말했다.

"그래도 혹시 모르지. 경주에서 조금 더 좋은 호텔에 묵을 수도 있는 거잖아? 출연료를 얼마나 줄까?"

아내는 그런 종훈의 반응이 의외라는 듯 말했다.

"뭐야, 그 미소는? 유머감각도 없던 사람이? 돌려서 은근슬쩍 말하고 능숙하게 설득하는 게 꼭 무슨 바람둥이나 정치인 같아. 방송국 구경이라도 하고 싶은 거야?"

"방송국 구경해서 나쁠 것도 없지."

종훈은 스스로도 놀라울 정도로 능청스럽게 말하고 있었다. '정치인이라…… 그래, 그러고 보면 남대철 대통령도 꽤나 달변가였지.'

아내와 다시 눈빛을 교환한 종훈은 결심한 듯한 표정으로 일어서서 PD에게 말했다.

"좋아요. 출연하죠. 그 출연료가 얼마나 됩니까?"

::

"왜지? 죽음의 순간에 이르니 두려웠던 건가? 스스로를 회개하고 싶어 했으면서 이따위가 겁이 났어?"

문 밖에 있던 백승현이 문 안에 있던 백승현에게 말했다.

"남의 이야기하듯 하지 말아줬으면 좋겠어……."

문 안에 있던 백승현의 눈에는 눈물이 고였다.

"최소한 난, 난 여기서 너의 주검을 볼 거라고 생각했어. 마치 흙에서 와서 흙으로 돌아가는 것처럼…… 불로 죄를 사하고 남아 있는…… 그런 의미 없는…… 아니 순수한 먼지더미를 기대했지…… 그런데 고맙게도 너의 그 잘난 망설임 덕에…… 그래…… 이젠 내가 누군지도 모르겠다고…… 이게 네가 나에게 마지막으로 해줄 수 있는 것들이었어?"

"무슨 말인지 모르겠어. 내가 네게 마지막으로 해줄 수 있는 것들이라니? 나는 너로 다시 태어난 거야……."

"그렇다면 최소한 내 앞에 살아서 나타나지는 말았어야지 않아?"

"미안해. 하지만 꼭 내 눈으로 확인하고 싶었어……."

"뭘 말야?"

"정말로…… 네가 다시 태어나서…… 그러니까……."

"솔직히 말해도 돼."

"내가…… 다시 태어난 것처럼……."

주저대는 백승현을 보며 또 다른 백승현이 차갑게 내뱉었다.

"내가 이전의 너처럼 잘 작동하는지 네 눈으로 직접 확인해야만 했다는 이야기를 하고 싶은 거잖아?"

"그렇게 이야기하지 말아줘."

복제된 백승현은 아직 살아 있는 백승현을 차갑게 바라보고 있었다.

"진심이야…… 너나 나나 자기혐오에 빠진 우울증 환자라는 걸 부정하는 건 아니지만 이젠 모든 게 제자리를 잡은 거야……."

"정말로 그렇게 생각해?"

"그래. 진심이야. 그리고 이제 우리는 함께 그 마지막 단계를 완성하는 거야. 그래서 내가 이렇게 너를 기다리고 있었던 거고. 내가 널 기다리고 있었던 가장 큰 이유지."

원래의 백승현의 말뜻을 이해한 듯 잠시 침묵하던 복제된 백승현이 말했다.

"그걸 꼭 내 손으로 하게 해야 하는 거야?"

"내 손이기도 해."

"너무 잔인한 방법이란 생각은 해보지 않았어? 너에게나…… 나에게나……."

"하지만 이렇게 하는 것만이 스스로의 더러워진 과거를 씻어 낼 유일한 방법이야."

"내 손으로 직접 말이야?"

"우리의 손으로 직접."

두 백승현은 서로를 응시하며 잠시 망설였다. 둘 모두 서로가 무엇을 해야 할지 잘 알고 있었다.

"모두 준비해 뒀어? 주사도 수액도 맞춰제도?"

"준비는 모두 해 뒀어. 소각실 안에……."

소각실 안에는 백승현이 미리 준비해 둔 마취 약제와 주사 장비 그리고 수액이 준비되어 있었다. 누가 봐도 분명한 자살의 현장이었다. 소름이 돋을 법도 했지만 두 사람은 최소한의 이성을 잃지 않고 있었다.

"이런 방법으로 천국에 갈 수 있다고 생각해? 혹시 이런 방식으로 자살을 피하면 천국행 티켓을 딸 수 있을 거라고 생각하는 건 아니겠지?"

"이미 난 죄를 지은 몸이야. 절대로 천국에 갈 수 없지. 그리고 너는 나야. 이건 명백한 자살 현장이고. 난 이 부분에 대해서 어떤 의심도 없어. 망설이지 않아도 돼. 난 이미 긴 시간 동안 널 기다리면서 모든 마음의 준비를 끝냈으니까."

백승현은 엷은 미소를 띠며 소각실 안으로 천천히 들어갔다. 소각실은 가로 세로 2미터 정도에 높이 3미터 정도 되는 작은 방 같았다. 강철로 이루어진 벽은 차갑고 메말라 보였다. 듬성

듬성 뚫린 화염 구멍에서 한 사람을 지옥으로 날려버릴 만큼의 강력한 불꽃이 나올 것이라고는 상상이 가지 않을 만큼⋯⋯. 백승현은 그 미소의 의미를 쉽게 파악하기 힘들었지만 다음으로 자신이 무엇을 해야 하는지에 대해서는 정확히 알고 있었다. 그녀와 함께 소각실에 들어가 팔에 수액 라인을 잡은 다음, 준비된 다량의 마취제를 수액에 섞어 주사기로 투여한다. 소각실 밖으로 나와 그녀가 의식을 잃은 것을 확인한 뒤엔 점화 레버를 올리면 되는 거였다. 그리고 잠시 모든 과정이 끝날 때까지 기다린 후 남은 먼지를 어둠 속으로 쓸어내면 되었다. 그렇게 간단한 일이었다.

백승현이 밖으로 나왔을 때였다. 그 순간 소각실 안에서 희미한 소리가 들려왔다. 그것은 그녀가 지금까지 들은 소리 중 가장 혐오스러운 것이었다.

"우리 딸아이를 잘 부탁해. 세상에서 가장 소중한 보물이니까. 물론 너도 잘 알겠지만⋯⋯."

분명 백승현은 복제된 그녀가 또 다른 자신이란 것에 아무런 의심이 없다고 했다. 그토록 자신의 딸을 사랑했다면⋯⋯ 아무리 어려운 시련이 닥쳐도 딸을 지켜내기 위해 살아남았어야 한다. 그런데 백승현은 지금 자기 자신인지도 확신하지 못하는 어떤 환생체⋯⋯ 분신⋯⋯ 복제물⋯⋯ 아니⋯⋯ 괴물을 남겨두고 세상을 등지려 하고 있는 것이었다. 사랑하는 딸을 남겨두고 자신이 책임져야 할 모든 것들로부터 도망치듯 등을 돌리는 것은 분명 잘못된 것이었다. 이기적인 행동임에 분명했다. 벌을 받아야 마땅한 그녀가 선택한 평온한 마지막은 너무나 큰 자비처럼 느껴지기도 했다.

방 밖에 서 있던 백승현은 조용히 문을 닫고 잠갔다. 그녀는 방 안의 상황을 지켜볼 수 있도록 방화유리로 만들어진 조그만 창문을 외면하기 위해 재빨리 고개를 돌렸다. 두꺼운 강철로 된 문 건너편에서는 더 이상 어떠한 소리도 새어 나오지 않았다. 어쩌면 이러한 마지막을 예상했던 것일 수도 있었다. 백승현은 점화 레버를 올렸다. 방 안에서는 정체를 알 수 없는 희미한 소리가 들려왔다. 비명소리인지 그저 벽에서 뿜어져 나오는 화염이 진동하는 소리인지 알 수 없었다. 그 소리는 마치 일요일 새벽 미사 전 텅 빈 성당을 채우는 하느님의 숨결처럼 그녀를 에워쌌다. 그녀는 조용히 자리에 꿇어 앉아 기도를 시작했다. 마치 고해성사를 하듯이……

∷

PD가 집을 떠난 후 잠자리에 들 때까지 종훈은 아무런 말이 없었다. 오늘 보았던 광경은 그의 정체성을 뒤흔들어놓기에 충분한 것이었다. 지금 아내 옆에 누워 있는 자신은 죽은 김종훈을 대신해 누워 있는 복제물일 뿐이라는 생각, 스스로가 괴물이나 다름없다는 생각이 그를 괴롭혔다. 그는 아무리 고민해봐도 인천의 한 건물 지하에 누워 있을 차디차게 얼어붙은 김종훈의 시신과 자신 간에 연결 고리를 찾을 수가 없었다. 아내의 손길이 그의 가슴을 쓸어내리자 전날 밤과는 전혀 다른 이질감이 느껴졌다. 분명 그것은 자기혐오였다. 종훈은 아내의 손을 부드럽게 밀어냈다.

"자기, 갑자기 왜 이러는 거야?"

"무슨 말이야?"

"아까부터 계속 말이 없잖아. 밖에서 무슨 일 있었어?"

차분한 말투였지만 아내가 화가 나 있다는 걸 종훈은 느낄 수 있었다. 열차 사고 전 그들 사이에 찾아왔던 짧은 권태기는 결코 가볍지 않았다. 아내는 이 문제에 대해 종훈보다 훨씬 더 심각하게 받아들이고 있었음이 분명했다. 꽤 오랫동안 그만두었던 직장 생활을 다시 시작하기 위해 최근 일자리를 알아보는 모습만 봐도 충분히 알 수 있었다. 아내는 내색하지 않았지만 부부관계를 다시 생각해보는 것 같아 보이기도 했다. 그런 의미에서 어쩌면 열차 사고는 그들의 결혼 생활에 새로운 생명력을 불어넣은 사건일 수도 있었다.

'그래, 열차 사고가 일어나지 않았더라면 우리 부부에게 어젯밤과 같은 날이 다시는 찾아오지 않았을지도 몰라. 하지만 난 이미 죽은 사람인걸. 어쩌면 우리 부부는 그렇게 끝날 운명이었던 걸까? 난 김종훈으로서 살아가도 되는 건가?'

종훈은 아내가 가졌을 고민의 깊이를 생각하면서도 아직까지는 확신이 서지 않았다.

"미안해. 오늘은 아무래도 따로 자야 할 것 같아."

기어코 내뱉은 종훈의 말에 아내가 당황스러운 표정을 지었다.

"갑자기 왜 그래? 밖에서 정말 무슨 일 있었던 거 아니야?"

종훈은 고개를 천천히 저으며 얼버무렸다.

"열차 사고 때문에 아직은 많이 피곤한가 봐. 좀 혼란스러운 것 같기도 하고."

섭섭한 듯 아내는 잠시 말이 없었다. 그러다가 문득 불안이 묻은 목소리로 말했다.

"이해는 하지만, 어제는 괜찮았잖아? 그런 큰 사고를 겪고 와서 또다시 이렇게 우리 사이가……."

종훈은 아내가 더 나쁜 생각을 하기 전에 입을 막았다.

"그런 거 아냐. 우린 이전보다 괜찮을 거야. 그냥 지금은 좀 힘들어서. 미안해."

종훈은 그 말을 끝으로 거실로 나와 소파에 누웠다. 아내의 슬픈 얼굴이 떠올라 마음이 아려왔다. 그럼에도 종훈은 자신이 아내와 한 침대에 들 수 있는 자격이 있는지 의아했다. 그녀에게는 너무나 미안한 마음이었지만 지금 그는 스스로를 추스를 여유조차 없었다.

수요일

토크쇼에서 사회자는 뻔한 질문들을 쏟아냈다.

"대참사의 유일한 생존자가 된 기분이 어떠십니까?"

"가족들의 반응은 어떤가요?"

"어떻게 해서 이렇게 상처 하나 없이 살아남을 수 있었나요?"

쇼는 밤 9시 30분부터였지만 종훈은 오전 10시부터 방송국에 와 있었다. 그에게 쏟아지는 끝없는 관심과 스포트라이트 속에 전날 밤 그의 머릿속을 메웠던 고민들이 끼어들 틈이 없었다. 의상도 정리하고 화장도 했다. 그리고 이미 짜인 질문으로 꽉 찬 대본을 자신의 답변과 함께 정리했다. 별다른 이야깃거리가 없자 방송작가는 일상생활에 대한 것까지 꺼냈다. 평소 가정에서의 생활이나 회사에 관한 것들…… 지루하기 짝이 없는 내용들이었다. 출연료에 대해 미리 협상이 되지 않았더라면 더 짜증이 났을지도 몰랐다.

"김종훈 씨? 김종훈 씨?"

"아, 네. 죄송합니다. 제가 잠시 딴생각을 했네요."

"아닙니다. 여러분, 김종훈 씨는 그 큰 사고를 당한 지 겨우 사흘밖에 되지 않았습니다. 이런 힘든 상황 속에서도 시청자들을 만나기 위해 와주신 김종훈 씨께 다시 한 번 큰 박수를 부탁드립니다."

종훈은 고개를 숙여 방청객들의 박수에 감사를 표했다. 그러나 그는 사실 전날 밤 아내와 있었던 일로 토크쇼에 집중을 할 수가 없었다. 아침에 집을 나설 때도 아내는 최대한 아무런 일도 없었던 것처럼 행동하려고 노력하는 모습이었다. 집을 나서는 그를 향한 응원의 말도 잊지 않았다. 그런 그녀에게 종훈은 미안한 마음뿐이었다. 자신이 힘들었던 만큼 그녀도 힘들었을 것이 분명했다. 그는 전날 밤 일을 크게 후회하고 있었다.

'그래, 어제 복지센터에서 있었던 일들은 다 잊자. 그냥 없었던 일들이라 생각하고 잊으면 되는 거야. 오늘 집에 들어가면 꼭 미안하다고 말해야겠어. 그리고 다시는 그런 모습 보이지 말아야지.'

그때 카메라맨 사이를 오가는 PD의 표정이 눈에 띄게 굳었다. 방송국 사정을 전혀 모르는 종훈이 보기에도 뭔가 심상치 않은 일이 생겼다는 걸 충분히 느낄 수 있었다. 무대 왼쪽 구석에 광고라는 조명등이 들어오자 방송 관계자들 사이의 혼란이 눈에 들어왔다. 종훈은 사회자에게 물어보았다.

"왜 저러는 거죠? 무슨 문제가 생긴 것 같은데요……."

"글쎄요, 광고가 잘못 나갔나? 하하, 걱정 마십시오. 뭐 방송 사고는 없었지 않습니까? 너무 긴장하지 마시고…… 그저 평소 말씀하시는 것처럼 하시면 됩니다. 이제 2부에서는 일상생활에 관한 이야기들이 나올 건데…… 정말로 와이프 되시는 분은 안 오시는 건가요?"

"네, 방송에 나오는 걸 내키지 않아 하더군요."

"그래요? 대개 흥미를 느끼던데…… 안타깝네요."

"괜찮다면 잠시 광고가 나가는 동안 아내와 통화해도 되겠습니까?"

"급한 일인가요? 꼭 하셔야 되는 게 아니라면…… 지금은 생방송 중이니까요."

"중요한 통화라서…… 간단하게 통화만 하겠습니다."

FD로 보이는 여자가 무대 위로 올라와 종훈을 등지고 서서 사회자에게 귓속말을 하기 시작했다. 종훈은 얼른 휴대폰을 꺼내어 아내에게 전화를 걸었다. 이틀 전, 델 베키오 피노에서의 저녁 식사 후 급하게 구입한 스마트폰이었다. 신호음만 들릴 뿐 아내는 전화를 받지 않았다. 어쩌면 일부러 받지 않는 것일 수도 있었다. 그때 무대로 올라온 여자가 사회자에게 작은 쪽지를 건넸다. 그들이 하는 말을 들을 수는 없었지만 상당히 당황해하는 사회자의 모습은 볼 수 있었다. 그는 꼭 그렇게 해야 하는 거냐며 심각한 표정을 지었지만 여자는 고개를 끄덕이고는 이내 무대 밖으로 나갔다. 사회자는 걱정스러운 표정에서 이내 겁먹은 얼굴로 종훈을 힐끔힐끔 바라볼 뿐이었다. 확실히 무슨 사고가 난 것이 분명했다.

"뭔가 큰 문제가 생긴 거로군요. 혹시 제가 휴대폰을 사용해서 문제가 됐다면……."

"아뇨. 아닙니다."

사회자는 어색한 미소로 짧게 받아쳤다. 그는 쪽지에서 눈을 떼지 못하고 있었다. 잠시 후 방송 시작 큐 사인을 받은 사회자는 천천히 입을 열기 시작했다.

"시청자 여러분, 안녕하십니까. 계속해서 이번 대참사의 유일한 생존자 김종훈 씨를 만나고 있습니다. 먼저 시청자 여러분께 말씀드릴 중요한 내용이 있습니다. 지난번 KBC에서는 이번 열차 사고의 원인이 단순한 사고가 아닌 폭탄 테러임을 CCTV 영상 단독 보도를 통해 최초로 밝혀낸 바가 있습니다. 이처럼 KBC에서는 항상 가장 신뢰할 수 있는 소식을 빠르고 정확하게 알려드리기 위해 노력하고 있습니다. 이러한 노력에는 기자와 카메라맨……."

종훈의 귀에 상투적인 이야기들이 흘러가고 있었다. 자신이 속한 부서와 회사를 향한 온갖 낯간지러운 언행들, 결국 KBC도 여느 회사와 마찬가지란 느낌이 들었다. 그러던 중 종훈의 귀를 번쩍 뜨이게 만들 이야기가 들려왔다.

"결국 KBC는 이러한 노력으로 대참사극의 테러범이 누구인지를 최초로 밝혀내게 되었습니다. 또한 범인의 검거 현장을 직접 생방송으로 중계하게 되었습니다."

떨리는 목소리로 거기까지 말한 사회자는 자리에서 벌떡 일어서더니 비틀거리며 두세 번 뒷걸음질 쳤다. 그러자 무대 양쪽에서 양복을 입은 사람들과 경찰이 권총과 소총을 들고 무대로 난입하기 시작했다. 얼핏 봐도 엄청난 숫자였다. 관객석은 아수라장이 되고 말았다. 종훈도 겁이 났다.

'벌써 테러범이 누구인지를 밝혀냈단 말야? 그리고 지금 이곳에 테러범이 있다고?'

종훈도 자리에서 벌떡 일어날 수밖에 없었다. 그러나 다음 순간 종훈은 더 이상 움직일 수 없었다.

::

무대 뒤편의 권무신은 특유의 짜증으로 신경이 곤두서 있었다. 그의 등 뒤에는 특별수사본부 대원들뿐만 아니라 경찰특공대까지 투입되어 있었다. 어차피 범인은 아무런 무장이 되어 있지 않았다. 이런 마당에 경찰특공대가 가지고 온 소총은 너무 요란스러워 보였다. 오히려 방송 관계자들은 이런 모습을 더 좋아하는 눈치였지만.

'정말이지 뇌가 없는 놈들이야.' 권무신은 속으로 욕설을 내뱉었다. 권무신의 눈에는 사회자 역시 그들과 마찬가지로 보였다. 온갖 미사여구로 마치 자신들이 범인을 밝혀낸 것처럼 이야기하다니. 물론 이번 작전에서 방송의 기여도를 무시하기는 힘들었지만 경찰이든 언론이든 제 이미지만 생각하는 모습이 권무신으로서는 아니꼬울 뿐이었다.

범인은 지금 독 안에 든 쥐였다. 놓칠 염려는 없었다. 그럼에도 검거 모습을 전국적으로 생방송으로 내보내는 것이 권무신에게는 달갑지만은 않은 일이었다. 만에 하나 실수라도 생긴다면 전국적으로 망신당할 테니까. 권무신은 기다림에 지쳐 무대 반대편에서 대기하고 있는 유정엽에게 무전기를 통해 중얼거렸다.

"씨발, 저 사회자 새끼 엄청 뜸들이네. 도대체 언제 들어오라는 거냐?"

그런 권무신을 다독이듯 유정엽이 말했다.

"잠깐이면 될 겁니다, 선배."

그 순간이었다. 약속한 대로 사회자가 자리에서 일어나자 유정엽이 바로 신호를 보냈다. 양쪽에 대기하고 있던 대원들과 경찰들이 우르르 한꺼번에 무대로 뛰어들었다. 그들의 시선과 총구는 오직 한 사람을 향하고 있었다. 권무신은 기다렸다는 듯이 큰 소리로 외쳤다.

"김종훈! 손들고 무릎 꿇어!"

'새끼, 넌 이제 박살난 거야.' 당황해 어쩔 줄 모르는 종훈을 보며 권무신은 다시 한 번 소리쳤다.

"김종훈! 이제 다 끝났다. 도망갈 생각 마! 이미 모든 사실이 밝혀졌어! 조금이라도 반항하면 실탄을 쏘겠다!"

종훈은 아무런 말도 하지 않았다. 극도로 공포에 질린 표정. 무슨 말을 할 정신도 없는 것 같았다. 경찰들이 시키는 대로 무릎을 꿇고 손을 들자 방탄조끼를 걸친 사람 두 명이 권총을 들고 달려왔다. 현재 상황은 전국에 생방송되고 있었지만 그들의 손길은 억세고 폭력적이었다. 그들은 순식간에 종훈의 어깨를 잡고 그를 바닥으로 내리쳤다. 발로 무릎을 걸어차인 종훈은 그대로 바닥에 엎어진 상태가 됐다. 이내 양팔은 등 뒤로 꺾인 채 두 손이 수갑에 채워졌다.

'이럴 순 없어! 내가 테러범이라고?'

수사대에게 끌려 차에 오를 때까지는 상당한 시간이 소요되었다. 기자들 때문이었다. 그랬다. 이곳은 방송국이었다. KBC뿐만 아니라 온갖 방송사와 신문사의 기자들이 이미 토크쇼 무대 출입문에서부터 그들을 환송하고 있었다. 어떤 사람들은 엘리베이터까지 따라 들어왔다. 로비에서는 기자들뿐만 아니라 방송인들과 시민들까지 한데 섞여 욕설과 야유를 퍼붓고 있었다. 종훈은 그 야유가 죄 없는 자신을 향한 것인지 자신에게 누명을 씌우고 있는 수사대를 향한 것인지 혼란스러웠다. 도망갈 곳은 없었다. 방송국 앞에는 이미 십여 대의 경찰차와 여러 차

랑들이 그들을 기다리고 있었다. 종훈은 큼직한 검은색 차량의 뒷좌석에 타게 되었다. 운전석과 조수석에는 덩치 좋은 경호원들이 이미 타고 있었다. 관용 차량 같은 그 차의 내부는 훌륭했다. 넓은 내부 공간에 고급 가죽 시트는 그가 타본 차 중 가장 훌륭한 것이었다. 곧이어 한 사내가 김종훈을 따라 옆 좌석에 앉았다. 큰 키는 아니었지만 까무잡잡한 피부의 다부진 체격을 한 사내는 강렬한 인상을 풍겼다.

"휴, 죽겠구먼! 방송국 원래 이러냐? 씨발, 사람 졸라 많네."

사내는 후련한 표정으로 씨익 웃으며 자신을 특별수사본부 팀장인 권무신이라고 소개했다. 그러더니 갑자기 약간은 내키지 않는 표정으로 종훈의 수갑을 풀어주었다.

"내가 이러고 싶어서 이러는 건 아니고, 다 위에서 시키니깐 이렇게 편하게 모시는 거요. 어쨌거나 아주 고맙소. 김종훈 씨 당신 덕분에 이런 고급차를 타고 청와대도 가보고!"

종훈은 남자의 말이 비아냥인지 진심인지 알 수 없었다. 다만 자신이 왜 이런 궁지에 몰리게 된 것인지, 결백을 어떻게 증명해야 할지 머리를 굴리고 있을 뿐이었다. 이들은 자신이 복제인간인 것을 알고 있을까? 어떻게든 자신이 그런 끔찍한 일을 저지르지 않았다는 걸 호소해야 하는데 방법이 보이질 않았다. 누군가 자신을 모함하는 것이 분명했다.

'하지만 누구란 말인가? ……그래, 민중현! 바로 그 사람이다!'

민중현이 자신을 제거하기 위해 결국 이렇게 누명까지 씌운 게 분명했다. 권무신이라는 남자는 지금 청와대로 가고 있다고 했는데, 그렇다면 청와대에서 서인국 대변인을 만날 수 있을지도 몰랐다. 아니, 상황이 나쁘다면 민중현이 그곳에서 기다리고 있을지도. 자신에게 들이닥칠 위기를 예측할 수 없는 현실은 종훈을 괴롭게 했다. 지금과 같은 달리는 차 안에서 종훈이 할 수 있는 것은 아무것도 없었다.

'그래. 청와대에 도착하면 그때 생각하자. 서인국을 찾아야 해. 그러면 어떤 방법이 있을 거야……!'

청와대에 도착할 때까지 그의 머릿속에는 단 하나의 생각뿐이었다.

'살아남아야 해!'

목요일

남대철 대통령은 입맛이 까다로웠다. 게다가 고급스러운 요리만을 좋아했다. 그러나 내빈이 방문한다든가 방송이 있는 날이면 청와대의 밥상은 그렇게나 소박해질 수가 없었다. 올해 초 장관급 인사들과 새해맞이 오찬이 있었던 날에는 대통령이 직접 지시해 떡국 조리법까지 정해주었다. 뉴스를 타고 방송된 이날 식사의 메뉴는 청와대 조리장 이수근의 자존심을 완전히 뭉개버리는 것이었다. 시골 국물도 아닌 멸치 다시마 국물에 약간의 대파와 마늘 외에는 떡이 전부였다. 아무도 신경 쓰지 않을지는 몰라도 이런 싸구려 떡국이 자신의 작품으로 공중파를 타는 것은 그에게 수치였다. 내년의 같은 날에는 떡라면을 내놓으라 할 것만 같았다. 아마도 대통령 정도의 성격이라면 라면의 종류와 조리법까지 정해주었을 것이다. 그런데 그러던 대통령이 목숨을 잃었다. 시신조차 제대로 발견하지 못했다는 소식에 조리장 이수근은 연민을 느꼈다. 생각해보면 대통령이 평소 즐기던 사치스럽고 까다로운 밥상은 요리사에게는 새로운 모험과 도전이었다. 역대 대통령의 조리장 중 그 누구도 자신만큼 호화로운 요리에 도전해본 사람은 없었을 것이다.

청와대 조리장 이수근은 지금 대통령이 자주 즐기던 랍스터를 곁들인 등심 스테이크를 집무실로 올리고 있었다. 이 요리를 받을 사람이 대통령이라면 그는 평소처럼 즐거웠을 것이다. 그러나 지금 집무실에 있는 사람은 대통령을 사망케 한 열차 테러범이다. 왜 저런 인간을 감옥이 아니라 대통령 집무실에 두고 이런 훌륭한 음식을 아침부터 제공하는 것인지 도무지 이해할 수 없었다. 어쩌면 자신의 요리에 대한 또 한 번의 수치였다.

집무실 앞에는 경호원 두 명이 버티고 있었다. 옆에 앉아 있던 권무신이 그에게 다가왔다.

"어디 한번 봅시다."

플레이트의 덮개가 열리자 그의 눈이 휘둥그레졌다. 이수근은 어깨가 으쓱해졌다.

"세상에. 대통령이 평소에 이런 걸 먹는단 말입니까? 그것도 아침부터? 허 참, 왜 대통령 하려고 그렇게들 난리인지 이제 알 것도 같습니다. 위험할 수도 있으니 저와 함께 들어갑시다."

권무신은 청와대에 처음 와봐서인지 현재 상황과는 어울리지 않게 다소 들뜬 모습이었다. 어쩌면 테러범을 대통령 집무실에서 보호하고 있으라는 황당한 지시 때문에 짜증이 난 스스로를 다스리기 위해 짐짓 가벼워지려고 애쓰는 건지도 몰랐다. 집무실 문이 열리자 테러범을 확인할 수 있었다.

종훈은 자리에서 일어날 기운조차 없었다. 어젯밤 방송국에서 검거된 이후로 한숨도 자지 못했다. 빠져나갈 구석이라고는 없었다. 아내에게 연락도 할 수 없었다. 대통령 집무실의 전화선은 이미 끊어진 상태였다. 그의 휴대폰도 전날 검거 과정에서 액정이 깨지고 송신부와 수화부가 파손되어 전원만 들어올 뿐 먹통이 되어버린 상태였다. 집무실 문이 열리고 코끝을 찌르는 향내와 함께 아침식사가 들어왔지만 식욕이라고는 없었다. 요리사로 보이는 남자는 무덤덤해 보였지만 권무신은 신이 난 듯 연신 주변을 두리번거렸다.

"이봐요, 권무신 씨! 제가 범인이라는 증거가 어디 있습니까?"

"우리는 명령대로 할 뿐입니다. 우린 잡으라면 잡고 놓으라면 놓고……."

권무신은 대수롭지 않다는 듯 능청스럽게 대꾸했다.

"누가 그런 명령을 내립니까? 혹시…… 민중현입니까?"

"그런 건 당신이 알 바 아니고, 국정원 차원에서 이미 수사 종결됐고, 당신이 테러범으로 결론이 내려졌습니다."

권무신은 그렇게 대답하고는 집무실을 계속해서 두리번거렸다. 그는 마치 관광객이라도 된 것 같았다. 잠시 정적이 흐르고 요리사가 문 밖으로 사라지자 권무신도 따라나섰다. 권무신이 문 밖으로 사라지기 직전 종훈은 나지막한 목소리로 물었다.

"제가 범인이라면 왜 청와대로 끌려온 겁니까?"

권무신은 더 이상 참지 못하겠다는 표정으로 짜증스럽게 대답했다.

"아, 이 사람이 진짜! 나야말로 그게 의문이오. 나는 이런 취향이 아니라서 말입니다. 당신 덕분에 청와대 구경은 잘 합니다만 난 생각만큼 친절한 인간이 못 됩니다. 아시겠소? 내 식대로라면 당신은 이미 반쯤 죽어 있어야 해. 그런데 지금은 대통령 집무실에서 아침부터 범인에게 랍스터 스테이크나 서빙하고 있소! 젠장 맞을, 서인국은 왜 이런 말도 안 되는 일을 시키는 거야!"

집무실 문이 쾅 하고 닫히며 문 건너편에서 권무신의 신경질적인 발자국 소리가 전해져왔다.

'서인국!'

서인국이 지시한 것이라면 다행이었다. 종훈은 안도의 한숨을 내쉬었다. 열차 테러범이라는 누명을 쓰고 검거된 사실을 알게 된 서인국이 자신을 구해내기 위해 청와대 대통령 집무실로 불러들인 것이 분명했다. 하지만 어떻게 해서 이런 누명을 쓰게 된 것인지는 짐작이 가지 않았다. 역시나 떠오르는 건 민중현밖에 없었다. 민중현은 자신을 어떻게든 제거하기 위해 누명을 씌우고 잡아들이려고 했을 것이다. 의사인 민중현이 왜 이렇게 자신을 해치려 드는 것인지 종훈은 이해할 수 없었다. 어쨌거나 여기는 청와대이고 서인국은 대통령 대변인이니 어쩌면 이곳은 종훈에게 가장 안전한 곳일지도 몰랐다.

긴장이 풀리자 허기가 몰려오면서 식욕이 급습했다. 향긋한 고기 냄새와 허브에 저민 랍스터…… 종훈은 놀라울 정도로 빠르게 음식을 흡입하기 시작했다. 그릇을 싹 다 비우고 나서야 그는 어리둥절해졌다. 사실 그는 채식주의자에 가까웠다. 태생부터 육류를 별로 좋아하지 않을 뿐만 아니라 해산물은 입 근처에도 가져가지 않았다. 그가 섭취하는 단백질은 콩뿐이었다. 회식 때나 어쩔 수 없이 한두 점 고기를 먹던 그였는데 조금 전엔 혀와 치아 사이사이를 흐르는 육즙의 만족감을 즐기고 있었던 것이다. 열차 사고의 충격으로 입맛까지 달라진 걸까? 복제되는 과정에서 입맛이 변하게 된 걸까? 알 수 없었다.

식사를 마친 종훈은 창밖을 보았다. 대통령 집무실에서는 광화문이 한눈에 내려다보였다. 광화문은 아름답지만 또한 피의 역사가 묻어 있는 곳이기도 했다. 그러한 시선은 종훈에게는 낯선 것이었다. 정치와 역사에는 전혀 관심이 없는 그가 모르던 광화문의 또 다른 이면. 기차에서 사망하던 순간과 오버랩되던 방송국에서의 검거되는 순간. 그 공포감은 머릿속에 또 다른 기억을 투영하기 시작했다. 그를 향해 달려오는 전경들, 등 뒤에서 고동치는 군중들의 함성소리, 광화문을 가득 메운 열기와 숨 막히는 최루탄 냄새, 아스팔트에 흘러내리는 피, 전경들에게 결박당하던 순간! 단언컨대 종훈에게 그런 경험은 단 한 번도 없었다. 그런데 아련하게 피어오르는 추억 같던 순간들이 점점 더 선명하게 다가오기 시작했다. 마치 태평양을 휘젓는 크루즈의 스크루처럼 출처를 알 수 없는 기억들이 그의 머릿속을 휘젓기 시작했다. 속이 울렁거리고 어지러웠다. 다리가 후들거렸다.

종훈은 대통령의 의자에 무너지듯이 주저앉았다. 책상 위의 물건들이 일그러지고 있었다. 의자에 앉은 상태에서도 그는 현기증에 쓰러질 것만 같았다. 종훈은 힘없이 책상을 손으로 짚으며 몸을 의지했다. 그 순간 책상에 놓여 있던 무언가에 손바닥이 눌려 통증이 일었다. 계산기였다. 평범한 사무실에 아무렇게나 널려 있을 법한 이 계산기의 용도를 그는 정확히 알고 있었다.

'설마……'

천천히 그의 손가락이 숫자들을 눌렀다. 5-5-8-4-3-2-6. 사고 후 자신의 집 현관문 도어록에 매번 실수로 입력하던 번호. 마지막 6까지 찍어 넣자 책상의 두꺼운 상판 사이에 숨겨져 있던 작은 서랍이 자동으로 열렸다. 모든 혼란이 일순간에 정리되며 종훈의 머리카락이 쭈뼛거렸다. 서랍 속에 설치되어 있는 작은 레버를 잡아당기자 책상 아래 카펫의 둥그런 문양이 회전하더니 이내 커다란 맨홀 같은 통로가 생겼다. 하마터면 종훈은 의자에 앉은 채로 그대로 굴러떨어질 뻔했다. 한쪽에는 사다리가 있었고 내부에는 어둡지만 조명도 설치되어 있었다. 끝은 보이지 않았지만 안전해 보였다. 분명 탈출로였다.

이곳이라고 해서 서인국이 확실히 날 살릴 거란 보장은 없지 않은가? 만약에 내가 여기 있는 걸 민중현이 알게 된다면 또 어떻게 나올지 모를 일이야. 나를 이곳에 데려오게 했다는 서 대변인이 아직 한 번도 얼굴을 보이지 않은 것도 수상하고. 그래…… 일단은 여기서 도망쳐야 해!

종훈은 익숙한 몸놀림으로 통로를 기어가기 시작했다. 어디로 가는 것인지 알 수 없는 통로가 끝없이 이어지고 있었다. 길고 긴 통로는 한 사람이 지나가기에 충분한 여유가 있었다. 하지만 평균적인 키를 가진 종훈이 완전히 서서 걸을 정도로 크지는 않았다. 얼마를 걸었을까? 30분쯤 지나자 허리와 어깨에 통증이 왔다.

얼마를 더 갔을 때 큼직한 문이 보였다. 은빛의 문은 두꺼운 강철로 되어 있었고 특이하게 생긴 잠금 장치를 가지고 있었다. 지문 인식기와 일종의 스캐너가 있었는데 턱을 괴는 곳이 있는 것을 보니 사람의 홍체를 인식하는 듯했다. 그는 이곳에서 잠시 쉬기로 했다.

잠깐의 육체적 휴식은 엄청난 정신적 질문으로 전환되었다. 자신의 머릿속에서 일어나고 있는 일들은 절대로 평범한 상황이라고 볼 수가 없었다. 그는 이런 통로를 처음 보지만 낯설지가 않았다. 청와대 집무실에서 통로의 입구를 여는 방법도, 비밀번호도 익숙했다. 살아오면서 반정부 데모는 단 한 번도 참여한 적이 없었는데, 지금 그는 검거되던 상황의 느낌을 생생하게 떠올릴 수 있었다. 뭔가 복제 과정에서 문제가 생긴 것이 분명했다. 민중현이라면 분명 해답을 쥐고 있을 것이다. 하지만 그런 위험한 사람을 스스로 찾아갈 수는 없는 일이었다. 백승현도 무엇이 문제인지 알고 있겠지만 그녀에게 접근하는 것도 이제는 위험해 보였다. 게다가 그는 지금 엄청난 누명을 쓰고 도주하고 있었다. 잘못하다가는 길거리에서 실탄을 맞고 비명횡사할 수도 있었다. 목숨을 부지하기도 힘든 상황. 일단은 살아남고 봐야 했다. 절대로 혼자서는 이 상황을 헤쳐나갈 수는 없을 것 같았지만 도움을 청할 곳이 없었다.

어떻게 해야 하나? 누구에게 도움을 청해야 하나? 국가의 원수를 죽인 테러범에게 누가 도움의 손길을 건네겠는가? 다시 터널을 걷기 시작하며 종훈은 자신의 고장 난 휴대폰을 버렸다. 거추장스럽기만 할 뿐 자칫 위치 추적을 당할지도 모를 일이었다. 종훈은 부지런한 사람이었지만 영리하거나 대범한 사람은 아니었다. 그러나 지금은 죽음의 위기가 엄습해오고 있어서일까? 그 어느 때보다 민첩하고 대담하게 움직이고 있었다. 종훈은 전에 없던 심장이 자신의 가슴 속에서 박동치고 있는 것만 같았다.

30분 정도를 더 걸어가자 출구로 보이는 문이 나타났다. 현관문처럼 생긴 그 철제문을 열자 통로는 평범한 건물의 복도 같은 모습을 하고 있었다. 약 5미터 정도의 복도 끝에는 또 다른 복도가 직각으로 놓여 있었다. 그곳에는 다섯 개의 문이 있었고 오른쪽에서 두 번째 문으로 들어서자 얼마 있지 않아 또 다른 교차점이 나타났다. 미로였다. 그는 순식간에 길을 잃었다. 한참을 헤매던 그는 용기를 내어 몇 개의 문을 열고 통과했고 어느덧 하나의 문 건너편에서 낯익은 소음을 들을 수 있었다.

군중들의 발걸음 소리, 웅성거림, 우아하게 흘러나오는 클래식, 그리고 물 내리는 소리…… 화장실인 것 같았다. 문을 열자 청소 도구가 가득한 작은 방이 나왔다. 그곳으로 들어가 문을 닫자 다시 문을 열 수 없었을뿐더러 문틈이 타일 사이에 가려 문의 존재 자체를 전혀 알 수가 없었다. 반대쪽으로 난 철제문을 열자 그제야 화장실이 나타났다. 화장실을 나서자 놀랍게도 그곳은 교보문고였다. 평소 교보문고는 문화와 여유가 있는 휴식 공간이었지만 지금 그에게는 가장 불안한 곳 중 하나였다. 수도 없이 깔려 있는 CCTV가 그를 감시하고 있을 것이다. 게다가 이곳에서 나가 종로 한복판에서는 상주하는 경찰 병력의 감시를 피해야만 했다. 그는 서점 한쪽에 마련된 공중전화로 가서 아내에게 전화를 걸었다. 아내의 울먹이는 목소리는 절망적이었다.

"어떻게 된 거야? 괜찮아? 자기가 대통령 암살범이라고 온 방송에서 난리야. 어제 토크쇼 보다가 정말 기절하는 줄 알았다구……. 도대체 무슨 일이 벌어진 거야? 지금은 어디 있는 거야? 내가 그리로 갈게."

"너무 걱정하지 마. 괜찮아. 난. ……자기야. 내가 그런 거 아냐. 알지? 어떻게 된 건지 나도 모르겠어. 하지만 곧 누명을 벗게 될 거야. 그러니까 걱정 말고 나만 믿고 있어……."

"어떻게 하려고? 일단 집으로 오는 건 어때?"

"아냐. 집은 위험해. 그러니까 지금 바로 현금만 갖고 밖으로 나와. 짐은 싸지 말고. 휴대폰도 두고 나와. 알았지? 운전하지 말고 택시 이용해서 한적한 교외로 이동한 다음…… 우리 회사 이 대리 알지? 이 대리에게 공중전화로 전화해. 내가 상렬이에게 부탁해서 준비해 놓을게."

혼란스러웠지만 더 이상의 감상적인 시간은 허용되지 않았다. 그녀에게 꼭 하고 싶었던 미안하다는 말을 할 만한 여유도 없었다. 아내와의 짧은 통화를 마치고 종훈은 이상렬에게 전화를 걸어 아내와 아들을 부탁했다. 그는 이상렬로 하여금 제3자의 이름으로 교외에 호텔을 구해 아내와 아들을 피신시키도록 했다. 지금으로서는 그 방법이 가장 안전해 보였다.

이상렬과의 통화를 끝낸 그는 뒤로 돌아서 잠시 한 곳을 응시했다. 베스트셀러들이 진열된 곳이었다. 그중 눈에 띄는 책이 한 권 있었다. 정치 관련 서적이었다. 그리고 책 표지의 인물! 전혀 알지도 못하던 사람이었지만 기억 속에 얼굴과 이름이 선명하게 다가왔다. 순간 그 인물이 자신에게 어떠한 도움이 되리란 것도 직감할 수 있었다.

'그래, 저 사람을 찾아가면 무슨 방법이 생길지도 몰라……'

벽에 걸린 시계는 오전 10시 30분을 가리키고 있었다. 이미 청와대에서는 상황을 다 파악하고 그를 쫓기 시작한 지 꽤 시간이 흘렀을 것이다. 종훈은 빠른 걸음으로 교보문고를 빠져나왔다.

::

'목요일. 그러고 보니 사건이 있은 지 4일째로군……'

권무신은 연신 입을 삐죽거리며 경호실장실 소파에 앉아 있었다. 경호실장인 강상호는 이미 30분 전에 자신을 호출해 놓고서는 아직까지 나타날 기미가 없었다. 분명 자신을 문책하기 위해 부른 게 틀림없었다. 강상호는 육군사관학교 출신에 원 스타(준장)였고 이미 별을 두 개 확정지은 엘리트 중 엘리트였다. 반면 권무신은 해군 UDT 부사관 출신이었다. 권무신으로서는 지금의 상황이 견딜 수 없을 만큼 거북스러웠다. 대통령 암살범을, 그것도 대통령 집무실 안에서 놓쳐버린 것도 분통이 터지는데, 문책받기 위해 30분째 얌전히 대기하고 있는 자신의 신세라니. 권무신은 자꾸만 속에서 올라오는 분노를 애써 참아내고 있었다.

잠시 후 강상호와 배 나온 중년 남성이 방으로 들어왔다. 이제 오십대 중반을 바라보는 강상호는 이른 나이에 찾아온 백발 탓인지 본래보다 나이가 더 들어 보였다. 강상호는 권무신에게 서인국을 소개했다.

"두 사람 다 일단 자리에 앉지……."

"어제 방송국에 있을 때 전화 주셨던 서 대변인이시군요."

"네, 그렇습니다."

"잘됐군요. 안 그래도 한번 만나고 싶었습니다. 도대체 그놈을 대통령 집무실에 두라고 한 이유가 뭡니까?"

적반하장 격으로 따지는 권무신이 못마땅한 듯 서인국도 큰소리를 내었다.

"범인을 놓친 게 장소 탓입니까? 범인이 그렇게 사라질 동안 눈치도 못 채고 대체 뭐 하고 있었습니까?"

권무신은 억울했다. 범인을 놓친 것은 분명 잘못이었지만, 그렇게 마술처럼 순식간에 증발해버린 것을 어쩌라는 건가!

"두 사람 다 그만하게. 이렇게 노닥거릴 상황이 아니지 않나?"

긴 한숨을 내쉰 강상호는 말을 이었다. 중저음의 낮게 깔린 그의 목소리에는 전혀 흥분이나 떨림이 없었다.

"사실 어제 토크쇼 방송 중에 익명의 제보가 있었네. 대포폰으로 걸려온 전화라서 제보자의 신원을 파악할 순 없었지만, 자신을 일본 극우 단체의 일원이라고 소개하며 김종훈을 밀고 하더군. 뭐 동료가 죽었는데 혼자 살아남아선 방송에 나와 영웅 행세나 하고 다닌다며 비난하는 거였지. 김종훈이 일본 극우 단체에서 활동했던 걸 보여주는 관련 문서도 도착했고. 물론 익명으로 말야. 시간이 촉박해서 자료의 진위 여부를 파악하진 못했어. 확신은 없었지만 밀어붙일 수밖에 없었네. 밑져야 본전 아니겠나 싶었지. 여론이 너무 나빠지고 있었으니까 일단은 범인이든 아니든 잡아놓고 비난 여론을 잠재울 필요가 있었어. 대중들은 쇼를 좋아하니까. 그렇게 생방송까지 내보내며 소란을 떨었던 건데……."

강상호는 고개를 저으며 말을 이었다.

"전국에 생방송으로 내보낸 게 실수였을까? 이제 와서 어제 잡은 그 범인을 놓쳤다고 정정 보도를 내보내게 할 수는 없잖은가. 서 대변인 자네는 왜 범인을 대통령 집무실에 감금시킨 건가? 자네 제정신으로 했던 일은 아니겠지? 그는 대통령 암살범이야. 그런 인물을 청와대의 가장 깊숙한 곳까지 투어라도 시킨단 말야?"

"죄송합니다."

"됐네. 책임 같은 건 나중에 한꺼번에 묻도록 하지. 일단 이 일을 수습하는 게 우선이니까. 사실 상황이 아주 안 좋아."

강상호는 인터폰으로 문 밖에 대기 중이던 비서에게 노트북을 가지고 들어오라고 지시했다. 책상 위에 올려진 노트북의 바탕 화면에는 동영상 파일이 두 개 있었다. 비서는 두 개의 동영상 파일을 차례대로 실행시켰다. 동영상 속 인물은 김종훈이었다. 그가 거리를 활보하는 모습이 CCTV에 잡힌 것이다.

"사실 어제 체포를 지시할 때까지만 해도 김종훈이 범인인지에 대한 확신이 없었는데, 이걸로 익명의 제보는 사실로 밝혀진 거야. 놈은 극도로 위험한 인물이다. 우리가 청와대와 주변 골목만 수색 중일 때 이미 종로 한복판을 휘젓고 다녔어."

권무신의 눈이 휘둥그레졌다.

"어떻게 저게 가능합니까? 저 새끼는……."

"이미 국가의 기밀까지 다 파악하고 있는 놈이야. 자네들에게도 쉽게 말해줄 수 없네만…… 대통령 집무실에는 비상시 이용하는 비밀 지하 탈출로가 있네. 그 사실을 알고 있는 사람들은 나와 대통령을 비롯해 청와대에 상주하는 몇 사람들뿐이네. 게다가 종로에는 청와대의 비밀 통로와 유사한 지하 통로가 몇 군데 있는데, CCTV로 녀석의 행방을 추적해봤더니…… 그 통로들을 이용하는 바람에 더 이상 추적이 불가능하네. 주도면밀한 놈이야. 그래서 말인데…… 좀더 강도 높은 수사가 요구되는 상황이네. 두 사람 다 총력을 기울여야 할 거야. 대통령 경호대도 수사에 참여하겠네. 물론 경찰 병력도 총동원할 거고. 그리고 수사 과정에 민중현과 그의 의료팀이 자문으로 참여하게 될 거다. 그 점 참고하도록."

서인국은 반사적으로 강상호를 바라보며 상황에 맞지 않을 정도로 큰 목소리를 냈다.

"그게 무슨 말씀입니까? 민중현이라뇨?"

"왜 그리 흥분하는 건가. 그는 그냥 자문으로 참여하는 거야. 그 이상의 어떠한 권한도 없네."

"이유가 뭡니까?"

"이유? 그건 자네가 더 잘 알지 않나? 솔직히 난 겨우 두 시간 전에야 최현 부장으로부터 그 소식을 처음 들었네. 우리는 모든 특수성을 감안해야 하네. 게다가 민중현도 아주 긍정적으로 받아들이더군. 의료팀에서 이렇게 협조적으로 나오는 것도 드문 일이니 다행이지."

"그가 먼저 참여하겠다 한 건가요?"

"아닐세. 내가 먼저 요청했지. 왜 그러는 건가? 둘이 잘 아는 사이도 아닌 것 같던데."

서인국이 긴 한숨을 푹 내쉬자 권무신은 아무것도 모르겠다는 표정으로 두 사람을 번갈아 볼 뿐이었다.

"그런데…… 수사 과정에 의료팀의 자문이 왜 필요하단 거죠?"

사회자: 자, 이제 다음 주제로 넘어가보겠습니다. 진행상 네 분 패널께 서 더 하시고 싶은 이야기는 끝나기 전에 다시 한 번 시간을 드리도록 하겠습니다. 사실 아마도 제 생각에는 시청자 여러 분이 이 부분을 가장 궁금해하실 것 같습니다. 그만큼 패널분 들로부터 듣고 싶은 이야기도 많으실 것 같은데요. 왜냐하면 이 주제는 국가 안보와도 큰 관련이 있기 때문이죠. 바로 김종 훈 씨에 관한 이야기인데요.

정리해보면 결국 김종훈 씨는 사망했던 것이고 우리가 알고 있는 유일한 생존자였던 김종훈은 이른바 복제 인간인 것이 죠. 그런데 아주 잠깐 이 김종훈이 열차 테러범으로 몰렸습니 다. 실제로 그의 검거 장면이 전국에 생중계되기도 했고요. 그 리고 바로 다음 날, 김종훈이 청와대에서 실종된 걸로 알려지 고, 며칠 후에는 다시 테러범이란 사실이 누명인 것으로 판명 되었는데…… 사건이 종결되고 얼마 있지 않아 김종훈이 돌연 사망한 것으로 알려졌죠? 당시 국회에서 발견된 출처 불명의 쪽지를 통해 알려지게 되었습니다. 복제 과정에서 발생한 심장 기형으로 급성 심장마비가 발생해서 사망했다고 알려졌지만 정확히 확인된 바는 없었고요. 역시나 공식적으로 보도된 사실도 없습니다. 결국 아직까지도 그의 생사에 관한 것은 정확히 알려진 바가 없다고 할 수 있겠는데요. 게다가 사건이 있고 나서 수개월 후부터는 괴담이 돌기 시작했는데…… 그중에는 사실은 대통령이 살아 있다는 소문도 있었고, 복제된 것은 김종훈이 아니라 대통령이었다는 소문도 있었습니다. 이러한 이야기들이 SNS상에서 불거지고 끊임없이 이어지자 최근에는 정부가 해명을 하기까지 했는데요. 먼저 당시 대통령 사망 사진을 내놓았고요. 사망했다던 김종훈에 대해서는 현재 어딘가에서 국가의 보호를 받으며 평범하게 살고 있다는 발표를 했죠? 그런데 김종훈이 국가의 보호를 받는다면 그럴 만한 이유가 별로 없다는 점에서 오히려 의혹만 증폭되고 있습니다. 오늘 확인된 내용처럼 복제가 되었다고 하더라도 그것이 특별히 보호를 받을 만한 이유가 되지는 않는 것 같습니다.

최근에는 열차 사고 당시 큰 충격으로 초자연적 현상이 벌어져 대통령이 김종훈으로 환생했다고 믿는 사람들까지 생겨나고 있습니다. 그럼 이쯤에서 정확히 김종훈이 어떤 인물인지 설명해주실 분 있습니까? 먼저 어느 분이…… 아…… 역시 이 주제에 관해서는 이야기하기를 힘들어하시는 것 같습니다. 사실 저희도 이 주제를 어떻게 할까 많이 고민했는데요. 김종훈의 복제에 근거가 되었던 12조 8항이라는 법령은 아직까지도 유효한 것인가요? 표면적으로는 폐기되었다고 하지만 아직까지도 복제 시설은 철거되지 않은 것으로 알고 있습니다. 어느 분께서 답해주실 수 있을지.

최　현: 제가 말씀드렸듯이 12조 8항은 전혀 문제가 없었습니다. 이 프로젝트는 아주…….

김현철: 어째서 이게 아무런 문제가 없습니까?

최　현: 문제는 프로젝트가 아니라 사람이죠. 이 프로젝트를 담당하던 사람 말입니다.

사회자: 고 민중현 박사를 말씀하시는 건가요?

김현철: 민중현 박사뿐만이 아니죠.

강상호: 하지만 발단은 민중현 박사였죠.

사회자: 네, 조금만 정리를 해보도록 하죠. 그러니까 12조 8항이라는 프로젝트가 진행되는 과정에서 문제가 일어났던 거군요. 그 민중현이란 의사에 의해서요. 그렇다면 그가 일으킨 어떠한 문제로 인해 김종훈 씨에게도 안 좋은 결과가 있었던 것 같은데…….

권무신: 네, 맞습니다. 그 덕에 골탕 좀 먹고 일만 꼬였죠.

사회자: 권무신 팀장님, 조금만 더 구체적으로 설명해주실 수 있습니까?

권무신: 그러니까 그게…… 결과적으로…….

김현철: 그만합시다. 그냥 제가 설명드리는 편이 나을 것 같군요. 그래요, 어떻게 보면 프로젝트는 아무런 문제가 없을지 모릅니다.

복제 과정은 크게 3단계로 나눠집니다. 먼저 배아세포를 형성하고 안정되면 다음의 노화 과정을 시작하죠. 노화 과정은 체세포분열 과정을 거쳐 태아, 신생아, 소아, 성인의 과정을 통해 사망한 사람의 나이 수준까지 진행됩니다. 10년의 노화 과정이 약 한 시간 단위로 진행됩니다. 마지막으로는 안정화 단계라고 하는데 새로 태어나는 복제물의 신경계가 과도하게 민감하다 보니 이 부분을 조절하게 됩니다. 조금 전에 메모리 프로틴에 관해서 말씀드렸는데 아마 기억하실 겁니다. 우리말로는 기억 단백질이라고 하죠. 혈액뇌장벽이 생성되기 전에 이 기억 단백질을 주입해야 기억 정보가 뇌에 전달된다고 말씀드렸죠. 복제 과정은 가로 3미터, 세로 1미터, 높이 2미터 크기의 수조에서 진행됩니다. 일종의 배양액과 조그만 크기의 착상 조직을 포함한 이 수조를 복제풀이라고 부르는데 배아 조직이 완성되고 나면 일정량 이상의 기억 단백질을 수조에 주입하게 됩니다. 그렇게 일정 수준 이상의 농도를 유지해주면 자연스럽게 그 기억이 뇌 속으로 스며드는 거죠. 실제로 이 정도 양의 기억 단백질을 얻으려면 약 250밀리리터 정도의 혈액이 필요한데 레드박스에 실리는 혈액의 양은 고작 5밀리리터 정도입니다. 사실 약 3밀리리터 정도의 혈액에는 한 인간이 가지는 기억 정보의 100퍼센트가 단백질의 형태로 존재합니다. 레드박스나 사망자의 사체로부터 이렇게 소량의 혈액을 얻게 되면 먼저 이 단백질을 추출해냅니다. 그 후에는 필요한 만큼의 기억 단백질이 확보될 때까지 증폭 복제를 하게 됩니다. 제 생각에는 이 단계에서 민중현 박사가 실수를 한 게 아닌가 합니다. 그러니까 김종훈의 혈액과 다른 사람의 혈액이 섞였던 거죠. 아주 극소량의 혈액이라도 섞이게 되면 이 증폭 과정을 통해서 충분한 양의 단백질이 복제물에게 전달될 수 있는 겁니다. 물론 완벽한 형태는 아니겠지만 부분적으로 다른 사람의 기억이 들어와 마치 하나의 사람 안에 두 사람이 존재하는 듯 보이는 거죠.

사회자: 그러니까…… 한 사람의 기억이 다른 사람에게로 전이된다는 겁니까? 그게 가능하다면 섬뜩하군요. 예를 들어 저와 똑같이 생긴 복제물이 실제로는 스스로 전혀 다른 사람이라고 생각할 수도 있다는 거군요.

김현철: 정확히 그렇지는 않습니다. 쉽게 설명하면 하드웨어에 맞는 소프트웨어를 입력해야 시스템이 완벽하게 구현된다고나 할까요? 예를 들어 김영수란 사람의 육체에 김영수의 기억 단백질을 입력하면 복제물은 완벽하게 김영수란 인물로 살아가게 됩니다. 그런데 김영수라는 사람의 육체에 김철수라는 인물의 기억 단백질을 입력하면 복제물은 작동을 하지 않습니다. 의식 자체가 돌아오지를 않는 거죠. 뇌신경세포가 기억 단백질을 흡수하는 과정에서 일반적인 기억과 관련된 부분이라든가 신체적 습관, 취향 등의 모든 정보는 문제없이 처리가 됩니다. 그런데 자아를 인식하는 부분에 있어서는 세포가 전혀 단백

질을 받아들이지 않죠. 그러니까 한 육체에 다른 사람이 존재하거나 두 사람이 존재하는 일은 벌어지지 않습니다. 학계에서는 이 현상을 '영혼의 열쇠'라고 부르고 있습니다.

사회자: 정말 놀랍군요. 그러니까 김종훈은 누군가 다른 사람의 기억을 복합적으로 가진 아주 혼란스러운 상태였다는 말씀이군요.

김현철: 네, 잘 이해하셨군요. 그런데 그런 상태가 되려면 약 3일 정도가 걸립니다. 그러니까 처음에는 김종훈으로 깨어나서 점점 더 다른 누군가의 기억을 떠올리게 되는 거죠.

사회자: 그리고 그 기억이 바로 대통령의 것이었던 거죠?

김현철: 말하자면 그렇게 되는 겁니다.

권무신: 하지만 실수가 아니라 고의였을 수도 있는 거 아닙니까?

강상호: 무슨 말씀인지 모르겠군요. 고의적으로 그런 끔찍한 일을 벌일 사람이 누가 있습니까.

최 현: 굳이 그런 부분을 부인할 필요도 없지 않습니까?

김현철: 흠, 사실 실수로 그런 일이 발생할 수 있었다면 당연히 고의로 이런 일을 하는 것도 가능하죠. 그런데 실제로 김종훈은 사고 당시 1호 열차에서 사망했고 반면 대통령은 20호 열차에 있었죠. 그러니까 실수로 이러한 일이 발생하는 것은 어찌 보면…… 불가능하다고 보는 게…….

사회자: 그러면 민중현 박사가 고의적으로 대통령의 기억을 김종훈에게 주입시켰다는 겁니까?

최 현: 맞습니다. 김현철 박사가 말하려는 부분이 바로 그겁니다. 시

스템을 잘못된 사람에게 맡겼던 거죠.

사회자: 하지만 그게 사실이라면, 민중현 박사는 도대체 왜 그런 짓을 한 거죠?

　오피스텔 문 앞에 서서 종훈은 한참을 고민했다. 무슨 말부터 꺼내야 할지 감이 잡히지 않았다. 우선 자신이 이 사람을 어떻게 알게 되어 여기까지 왔는지에 대해 설명할 길이 없었다.

　이 사람은 자신을 전혀 모를 것이다. 아니 적어도 TV에서는 봤겠지. 그렇다면 상황은 더 나빠진다. 어떻게 도움을 청한다지?

　그 순간 갑자기 문이 열렸다. 순간 어딘가로 향하던 그녀와 눈이 마주쳤다. 종훈보다 조금 어려 보이는 그녀는 책 표지의 사진보다는 조금 수척해 보였다. 종훈을 알아본 그녀는 이내 겁에 질린 얼굴이 되었다. 대통령 테러범이 현관 바로 앞에서 자신을 기다리고 서 있었던 것이다.

　"살…… 살려주세요……."

　그녀는 주저앉아 겨우 말했다.

　"왜 이러세요. 저는 위험한 사람 아닙니다. 대통령이 보내서 왔습니다. 당신과 대통령이 어떤 관계인지도 다 알고 있습니다. 일단 저를 좀 숨겨주시면 안 되겠습니까? 부탁드립니다."

　그는 무슨 뜻인지도 모를 말을 둘러댔다. 그녀는 혼란 속에 뭔가를 생각하는 것 같더니 곧 침착하게 움직였다. 복도를 잠시 살핀 뒤 그를 집안 거실로 안내했다.

　"당신을 알아요. 어젯밤 TV에서 다 봤어요. 열차 테러범 김종훈."

"저는 테러범이 아닙니다. 누명입니다."

진실을 읽으려는 듯 그녀가 종훈의 눈을 빤히 보았다. 그녀의 말씨에는 강한 경계감이 서려 있었다.

"그런데 아까 대통령이 보내서 왔다고 하셨잖아요…… 설마 그가 살아 있는 건가요? 언론에서는 죽었다고……."

"네, 대통령은 사망했습니다. 사실 정확히 말하면 대통령이 보낸 것은 아닙니다."

"무슨 말씀이신지 모르겠군요. 저와 대통령 사이에 관해서는 정확히 뭘 안다는 거죠?"

"전부 다요. 아마도 당신이 지금 상황에서 저를 도와줄 수 있는 유일한 분일 거란 것도요."

"저는 사실 대통령과는 알지 못하는 사이인데…… 제가 당신을 도와야 하는 이유가 있나요?"

"이유는 없습니다. 하지만 당신과 대통령이 알지 못하는 사이라는 게 당신의 거짓말이라는 걸 전 압니다. 말도 안 되는 소리 같겠지만…… 저는 남대철 대통령의 기억을 가지고 있습니다."

여자가 멈칫했다.

"그게 무슨 말이죠?"

"저도 어떻게 된 일인지는 모릅니다. 다만 오늘 아침부터 머릿속에 전에 경험하지 못했던 이상한 기억들이 부분적으로 나타나더니 이제는 모든 게 선명해졌습니다. 여기 도착하기 두 시간 전쯤부터는 이 모든 게 남대철 대통령의 기억이라는 것도 알게 되었습니다."

"정말 말도 안 되는 소리만 늘어놓으시는군요. 더 이상은…… 이제 나가주셨으면……."

"두 사람의 관계는 아직 아무도 모르지 않습니까?"

"네?"

"당신의 이름은 박지민입니다. 8년 전에 당신은 남대철 대통령과 고아원에서 처음 만났죠. 고아로 자랐던 당신은 그곳에서 봉사 활동 중이었고…… 당시 국회의원이었던 남대철 대통령이 고아원에 자금을 지원하겠다며 개인적인 만남을……."

"그만! 당신이 그걸 어떻게 알고 있죠?"

"방금 말했듯이 저는 남대철 대통령의 모든 기억을 가지고 있는 것 같습니다."

"말도 안 돼. 당신 기자인가요?"

"어떻게 해야 믿겠습니까? 또 다른 이야기도 해볼까요? 당신과 남대철은 2주 전 한미 정상회담 때 미국에서 마지막으로 만났습니다. 같은 호텔의 다른 객실을 잡은 후 자정이 넘어서 대통령과 만났고…… 당시에 룸서비스로 샌드위치와 호두치즈를 주문했는데 너무 짜서 둘 다 먹지도 못했죠. 당신은 선물이라며 항공사에서 선물로 받은 싸구려 파커펜을 대통령에게 줬는데 대통령은 다음 날 백악관 방명록에 그 펜으로 서명을 했습니다."

잠시 떨리는 눈빛으로 아무 말 못하던 그녀는 속으로 무슨 결론을 내렸는지 처음보다 한껏 누그러진 목소리로 말했다.

"아…… 그 펜으로 서명했던 건 몰랐네요……."

박지민은 고개를 떨어뜨렸다. 지금 이 남자가 말하고 있는 것은 모두 대통령이 아니라면 알 수 없는 내용들이었다. 하지만 이런 말도 안 되는 상황을 어떻게 현실로 믿을 수 있단 말인가? 한참을 창밖을 응시하던 박지민은 종훈을 바라보며 입을 열었다.

"정말로 당신이 남대철 대통령의 모든 것을 알고…… 아니 기억한단 말이죠?"

그때 그녀의 휴대폰이 울렸다. 그녀는 종훈에게서 눈을 떼지 않고 조용히 전화를 받았다. 그녀의 목소리는 조금 전과는 다르게 다정다감했다.

"미안해. 일이 좀 있었어. 미리 전화했어야 했는데…… 기다렸지? 아니, 안 가려던 건 아냐. 나서는데 갑작스럽게 손님이 와서. 그게…… 김종훈이라는 사람이야. 응? 근데 이 사람 말이……."

잠시 종훈과 떨어져 통화를 하던 그녀가 다시 종훈 곁으로 와서 그를 뚫어져라 쳐다보았다. 아무것도 모르겠다는 표정으로 그녀가 말했다.

"이런 경우는 정말 드문데…… 저하고 좀 같이 가주셔야 할 것 같아요. 방금 전화 온 사람이 당신을 좀 만나고 싶어 하네요."

'누구지? 내 위치가 노출된 건가? 위험한 인물일 수도 있는데……. 아니지…… 날 잡을 계획이었다면 나 모르게 바로 이

집으로 쳐들어왔겠지…….' 종훈은 긴장되었지만 달리 선택권
이 없었다. 누구든 만나서 도움을 청해야만 했다. 잠깐의 망설
임 끝에 종훈은 그녀를 따라나섰다. 지하 주차장에서 차에 타
기에 앞서 그녀는 종훈에게 다시 한 번 다짐을 두었다.

"다시 한 번 말씀드리는데…… 지금 우리가 만나는 사람에
대해서는 이후에 누구에게도 이야기해서는 안 돼요. 아셨죠?"

"잘 알겠습니다."

그녀의 차는 서울 시내에서 자주 볼 수 있는 외제차였지만
종훈에게는 자신이 지금까지 타본 차 중에 가장 좋은 차였다.

"대통령에게는 이 차를 보여준 적이 없군요."

"……정말로 당신은 대통령의 기억을 모조리 다 가지고 있나
보네요. 특이한 경험일 것 같아요. 다른 사람의 기억을 마치 내
것처럼 가진다는 것. 열차 사고 후에 그렇게 된 건가요?"

"네, 혼란스러울 뿐입니다. 왜 제게 이런 일이 일어나는지. 저
는 테러범이 아닙니다. 열차 사고의 생존자일 뿐이죠. 모두 저
를 죽이기 위한 누명이에요."

"누가 당신을 죽이려 하나요? 왜죠?"

"어쩌면 제가 가진 대통령의 기억 때문인지도 모르죠. 하지
만 정확한 이유는 저도 모릅니다."

"하긴 당신이 대통령의 모든 기억을 가지고 있다면 모든 국가
기밀도 다 알고 있겠군요. 대통령이 저를 통해서…… 비자금을
모두 관리하고 있다는 사실도 알고 있는 건가요?"

"네, 알고 있습니다."

"음…… 어쩌면 그래서 지금 만날 분이 더 당신에게 관심이 있는지도 모르겠군요."

"그는 어떤 사람이죠?"

"그는…… 한때 저와 아주 가까운 사이였어요. 지금은 서로 못 만난 지도 오래 됐죠. 사실 오늘 저녁 약속은…… 8년 만에 다시 만나는 거예요. 그 사람과……."

"대통령은 모르는 사람이군요……."

"네, 제게는 대통령보다 훨씬 특별한 사람이죠. 그 사람은 생각보다 꽤 능력이 있는 사람이니 분명 당신에게도 큰 도움을 줄 거라 믿어요."

그들이 탄 차는 서해안을 향하고 있었다.

"그의 집으로 가는 겁니까?"

"네. 시간이 늦었다면서 약속 장소를 바꿨어요. 사실 그 사람 집은 저도 처음 가봐요."

서해안의 한적한 곳에 홀로 자리 잡은 집에 도착할 때까지 그들은 별다른 말이 없었다. 도착한 집은 외관만 봐도 어마어마하게 크고 고급스러웠다. 대문 앞 공터에 차를 세우고 벨을 누르기 직전 박지민이 종훈에게 질문을 했다.

"사실 당신의 얘기를 들었을 때부터 궁금했는데 계속 망설였어요. 이런 질문이 조금 부적절한 것 같아서요. 물론 그와 저 사이의 관계부터가 이미 부적절했죠. 그래도 알아야겠어요. 대통령은…… 남대철은 저를 진심으로 사랑했나요?"

순간 종훈은 박지민의 눈빛에서 진심을 읽을 수 있었다. 그녀는 고아로 자랐다. 그리고 너무나 가난했다. 그런 그녀에게 남대철은 자신의 인생의 커다란 한 부분이었던 것이다.

"그를 진심으로 대했었군요."

종훈은 그녀에게 무슨 말을 해줘야 할지 아무런 생각도 나지 않았다. 대통령은 행복한 유부남이었다. 영부인과 함께 세 자녀를 두고 있는 가장인 대통령에게 그녀와의 만남은 그저 잠깐의 외도에 불과했다. 그것도 최근 5년간은 단순한 비자금 관리자로의 연락책일 뿐이었다.

"음, 그도 진심으로 당신을 좋아했던 것 같군요. 하지만 저는 그의 기억은 알 수 있어도 그의 감정까지 모두 알지는 못합니다. 제가 드릴 수 있는 말씀은…… 당신에 대한 그의 마음은 영부인과 자녀들에 대한 감정과는 또 다른 것이었다는 겁니다."

종훈은 겨우 그렇게 말할 수 있을 뿐이었다. 잠시 생각에 잠겼던 그녀는 눈시울을 붉혔다.

"알고 있어요. 언젠가는 끝내야 했는데…… 그러질 못했죠. 더 이상 아무런 말씀 안 하셔도 돼요. 아…… 그리고 알고 계시겠지만 지금 만나실 분은 실질적인 비자금 관리자예요. 저는 중개 역할을 할 뿐이죠. 모든 건 그가 관리하고 있어요."

그녀가 벨을 누르자 기다렸다는 듯이 문이 열렸다. 두 사람은 꽤 넓은 정원을 지나 높은 계단을 올라갔다. 문 앞에는 한 남자가 그들을 기다리고 있었다.

"어서 오세요. 기다리고 있었습니다."

::

직원들이 모두 퇴근하고 아무도 남아 있지 않을 무렵 백승현은 다시 텅 빈 복지센터 건물에 들어섰다. 그녀는 급한 발걸음으로 복제실에 갔다. 어떤 방법을 써서라도 복제실 메인 컴퓨터에 남아 있는 복제 기록을 지워야만 했다. 어두컴컴한 복제실은 그녀가 태어난 곳이자 어찌 보면 무덤이기도 했다. 그녀가 백승현으로 탄생하는 순간 백승현이란 존재는 사라졌던 것이다.

메인 컴퓨터는 구동하는 데 상당한 시간이 걸렸다. 보안 레벨이 높았던 그녀는 메인 컴퓨터 구동 후 복제 기록에 어렵지 않게 접근할 수 있었다. 그러나 복제 기록의 삭제 버튼을 누르자 삭제를 거부하는 메시지가 떴다.

'보안 법규 확인 후 다시 명령어를 입력하시기 바랍니다.'

그녀는 당황해서 반복적으로 삭제 버튼을 눌렀지만 계속 거부 메시지만이 뜰 뿐이었다. 그 순간 등 뒤에서 민중현의 목소리가 들렸다. 인기척을 느끼지 못한 상태에서 그녀는 놀라 하마터면 고함을 지를 뻔했다.

"복제 기록은 삭제가 안 되네. 당연히 유전자 기록도 삭제되지 않지. 아마도 메인 컴퓨터를 파괴하더라도 복제 기록은 없어지지 않을 거야. 24시간 실시간으로 백업이 되거든."

백승현은 최대한 아무 일도 없었던 것처럼 행동하려 했지만 민중현의 다음 말을 듣는 순간 얼음장처럼 굳어버릴 수밖에 없었다.

"자네 복제 기록을 봤네. 설마해서 소각장도 살펴봤지. 개인 적으로 자네가 호기심에 한번 복제를 해보고는 복제물을 불태워버렸다고 믿고 싶었지만…… 자네가 하나 놓친 부분이 있더군. 손목에 있던 상처 말일세…… 그날 이후로 자네를 유심히 살펴봤지. 그날 밤의 일 때문에 너무 힘들어하더군. 2주쯤 전에 자네 손목의 상처를 발견했을 때는 도무지 어떻게 해야 할지 모르겠더군. 그동안 자네가 애써 두꺼운 팔찌로 가려온 것도 잘 알고 있어……."

백승현은 자신의 왼쪽 손목을 살펴봤다. 손목 안쪽에 남아 있던 가로로 그은 한 줄기 상처가 사라져 있었다. 그녀는 너무나 괴로운 마음에 스스로 손목을 그었지만 자살에 실패했었다. 그런데 지금은 그 상처가 사라져 있었다. 분명 백승현이 자신을 복제하며 의도적으로 복원하지 않았음이 틀림없었다.

"그렇다면 내가 소각장에서 발견한 약간의 먼지는…… 백승현이었던 거로군. 세상에…… 도대체 왜 이런 짓을 한 거지?"

"……제가 백승현이에요."

"아니, 넌 백승현이 아니라 그저 백승현의 복제물……."

백승현이 아니면서 또한 백승현인 그녀가 슬픈 눈으로 말했다.

"아이가 있었어요."

"뭐라고?"

"그날의 실수 때문에 아이가 생겼었어요. 알게 되었을 때는 지우기에 이미 너무 늦었던 때였고요……."

"이런, 세상에. 왜 말하지 않았던 거지?"

"당신과는 더 이상 이야기하고 싶지 않았어요. 복제를 통해서 다시 태어나는 건 제가 할 수 있는 유일한 선택이었어요. 아이를 지우고 더러운 육신을 새것으로 바꿔 다시 사랑하는 딸의 곁으로 돌아갈 수 있으니까."

"정말로 그렇게 생각하나? 그러니까 백승현이 다시 태어난 거라고?"

백승현은 무슨 말을 해야 할지 떠오르지 않았다. 민중현은 아주 위험한 인물이었다. 지금 민중현이 무슨 일을 벌이고 있는지 모르는 바가 아니었다. 민중현과 잠자리를 갖던 그날, 새벽에 깨어난 민중현은 거실에서 전화 통화를 했다. 민중현은 백승현이 잠들었다고 생각했지만 방에 있던 그녀는 모든 내용을 똑똑히 듣고 있었다. 백승현은 그때를 말하며 비밀을 지켜주는 대가로 자신의 복제 사실을 숨겨달라고 할 수도 있었지만, 자칫 상황이 더 안 좋아질 수도 있는 노릇이었다.

"대령님, 이 모든 게 제가 벌인 실수라는 거 인정해요. 하지만 대령님도 지금 제 상황에 큰 원인이 되셨다는 거…… 알고 있잖아요? 이 모든 걸 그저 모르는 척 해줄 수 없는 건가요?"

민중현은 부부관계가 원만하지 않았다. 아내는 자녀 유학을 핑계로 이미 몇 년째 해외에서 생활하고 있었다. 대한민국의 전형적인 기러기 아빠로서의 인생은 민중현이 꿈꾸던 것과는 거리가 한참 멀었다. 그런 민중현에게 백승현은 단순히 하룻밤 상대인 것만은 아니었다. 그녀가 이런 선택을 했단 사실에 민중현은 어느 정도 책임과 슬픔을 느끼고 있기도 했다. 잠시 고민하던 민중현이 말했다.

"알겠네. 하지만 메인 컴퓨터의 기록이나 백업 기록은 나로서도 어쩔 수 없는 것들이야. 여기까지가 내가 해줄 수 있는 최선이네……"

"고마워요."

"난, 다만…… 내가 자네를 가볍게 생각했던 것만은 아니라는 걸 알아줬으면 좋겠군……"

"알고 있어요. 당신 문제가 아니에요. 제가 문제였던 거죠."

"나가보게……"

백승현은 떨리는 가슴을 쓸어내리며 복제실 밖으로 발을 돌렸다. 그녀도 민중현의 가정사에 대해서 모르는 바가 아니었다. 돌이켜보면 민중현도 지금 그가 벌이고 있는 끔찍한 일을 저지르기 전까지는 사연 있는 가엾은 사람이었다. 복제실을 나서려던 백승현은 갑자기 앞으로 민중현이 김종훈을 어떻게 하려고 하는지 궁금해졌다. 어찌 보면 김종훈과 자신은 비슷한 존재였다.

"대령님."

"음?"

"어제 김종훈이 방송국에서 검거됐다는 뉴스 보셨나요? 그리고 오늘은 김종훈이 탈출해버렸다는 뉴스도 있었고요."

"나도 봤네. 어제 그 토크쇼 말일세……."

"어쩌면 그와 저는 비슷한 존재예요. 그 사람에 대해서는 어떻게 하실 건가요? 대령님은 김종훈을……."

민중현은 등을 돌려 메인 컴퓨터의 전원을 내리며 대답했다.

"그는 열차 테러범이라더군. 당연히 벌을 받아야겠지. 하지만 복지센터를 떠나면서 이미 김종훈 일은 내 소관이 아닌 것 같군. 방송국에서의 검거도 나와는 전혀 상관없는 일이네. 불안해하지 말게. 자네와의 약속은 꼭 지킬 거니까."

::

종훈과 박지민을 반갑게 맞이한 남자는 두 사람을 거실로 안내했다. 남자는 종훈과 비슷한 또래로 보였는데, 큰 키에 누가 봐도 호감이 갈 만한 잘생긴 얼굴이었다. 거실의 심플한 인테리어는 마치 고급 부티크처럼 꾸며져 있었고, 넓게 펼쳐진 창밖에선 밤바다의 황혼이 마치 모닥불처럼 불타고 있었다. 한쪽에 마련된 미니바에는 특별한 날이 아니어도 항상 그곳에 마련되어 있을 것만 같은 술과 간단한 다과가 준비되어 있었다. 미니바 바로 옆의 작은 책장에는 대부분 영어로 된 잡지와 경제 관련 서적이 가득했다.

"안녕하세요. 김종훈이라고 합니다."

"아, 네. 김종훈 씨, 반갑습니다. 어떻게 지민이에게 오시게 된 건지 정말로 궁금하군요. 아마도 고생이 많으셨을 것 같습니다. 저도 정말 그 이야기가 듣고 싶군요. 그런데 사실 오늘 제가 지민이와 선약이 있었거든요. 우린 아주 오랜만에 만나는 겁니다. 이리로 오시게 한 건 김종훈 씨를 보호하기 위해서였죠."

"저에 대해 아시나요?"

"물론이죠. 열차 테러범 아니십니까?"

"아뇨, 그건……."

"압니다, 알아요. 농담이었어요. 사실 저는 그렇게 심각한 사람 아닙니다. 그보다는 저희에게 시간을 좀 주시는 게 어떨까요. 우리 자세한 이야기는 내일 하도록 하죠. 잠도 거의 못 주무셨을 텐데 우선 좀 주무십시오. 위층에 식사와 잠자리를 마련해두었습니다."

남자는 엷게 미소를 짓더니 종훈을 2층의 방으로 안내했다. 방은 생각보다 넓었다. 킹사이즈 침대와 TV, 옷장 등 호텔 스위트룸처럼 꾸며진 방의 한가운데에는 방 분위기와는 다소 어울리지 않게 순두부찌개와 공깃밥이 준비돼 있었다.

"이 방은 손님들을 위해 준비한 방입니다. 개인적으로 손님이 많은 편은 아닙니다만…… 실은 거의 없다고 해도 무방합니다.

여기 보시면 욕실과 화장실도 있고, 옷장에는 사이즈별로 편하게 입을 수 있는 간단한 옷도 있습니다. 식사는 뭘 좋아하실지 몰라서 여기 아주머니께서 제일 자신 있어 하시는 한식으로 마련했습니다. 맛은 괜찮을 겁니다. 식사 끝나시면 좀 씻고 옷도 갈아입고 주무시는 데 불편함이 없도록 준비해두었습니다. 빨래는 문 밖에 바구니에 넣어두시면 됩니다."

　남자는 종훈을 방에 남겨두고 밖으로 나갔다. 공깃밥과 뚝배기에 담겨진 순두부찌개는 언제 준비했는지 아직도 뜨끈한 열기를 뿜어내고 있었다. 아침 식사 후 하루 종일을 걸어다녔던 종훈은 채 10분도 안 되어 순두부찌개를 해치웠다. 옷장에 마련된 옷은 순백색의 작업복 모양에 천은 실크로 되어 있었다. 갈아입을 옷을 챙겨 욕실로 들어간 그의 살갗에 뜨거운 물이 흐르자 사고 순간 등줄기를 흐르던 피가 생각났다. 모두 다 씻어내고 싶었다. 빨래를 밖에 두기 위해 문을 여니 2층 복도 틈으로 거실이 내려다보였다. 박지민과 남자는 소파에 마주 앉아 끝날 것 같지 않은 이야기를 하는 듯했다. 간혹 웃거나 눈물도 흘리는 듯했지만 둘 사이에는 약간의 벽이 있어 보였다. 남자에 대해 더 궁금하기도 하고, 이 상황에 대해 무슨 이야기를 나누는 건지 들어보고 싶었지만 종훈의 눈꺼풀은 자꾸만 감겼다. 그는 지난 주말의 모든 것들을 다 씻어낼 듯 거세게 몰려오는 졸음을 막지 못하고 이내 잠에 빠져들었다.

금요일

　하루를 잤지만 마치 한 달이 지나간 듯했다. 평소 운동을 즐기지 않던 종훈은 온몸이 뻐근해 오전 10시나 되어 거실에 나올 수 있었다. 거실에서는 어제 그를 반겨준 남자가 창밖의 바다를 바라보며 러닝머신 위를 달리고 있었다. 인기척을 느꼈는지 남자는 러닝머신을 멈췄다. 벽과 바닥 사이에 설치된 조그만 버튼을 발로 밟자 러닝머신은 벽 속으로 사라져버렸다.

　"잠시 기다려주시면 샤워 좀 하고 나오겠습니다. 그럼 잠시만"

　남자의 유쾌한 웃음에 종훈은 마음이 조금은 놓이는 듯했다. 자신에게 나쁜 짓을 할 사람은 아닐 것 같았다. 적어도 그러한 인상을 심어주기 위해 노력하는 듯했다. 거실을 둘러보던 종훈은 이 남자가 약간의 결벽증이 있을 것 같다고 생각했다. 미니바도 거실의 소파도 어젯밤 많은 부분 흐트러졌을 테지만 오늘 아침은 마치 새것처럼 정리되어 있었다. 심플하면서도 고급스러운 집의 인테리어도 대부분 화이트 톤이었다. 일하는 아주머니가 있는 것 같기는 했지만, 인테리어나 이렇게 넓은 공간이 먼지 하나 없이 깨끗하게 정돈된 모습으로 유지되는 데에는 주인의 성향도 영향을 미칠 것 같았다.

잠시 후 남자가 나왔다. 종훈과 똑같은 모양의 하얀 작업복을 입은 남자는 이야기하는 내내 여유를 잃지 않았다.

"앉으시죠. 어제 지민이에게서 당신 얘기를 들었을 때 정말이지 깜짝 놀랐습니다. 꼭 한번 만나야겠다 싶었습니다."

"무슨 말씀이신지? 저를 아십니까?"

"오, 지금 대한민국에서 당신을 모르는 사람이 있기는 할까요?"

"하지만 전 테러범이 아닙니다. 모든 게 누명이죠."

"그래요. 알고 있습니다. 분명히 그럴 것이라 믿고 있습니다. 사실 처음에는 김종훈 씨를 약간 색안경을 끼고 봤습니다만…… 좋은 방향으로 생각하기로 했습니다. 도움이 필요하시다고요?"

"네. 지금 누명을 쓰고 쫓기는 상황입니다. 그리고 저를 죽이려드는 사람도 있습니다."

"민중현을 말씀하시는 거로군요."

"그걸 어떻게?"

남자의 입에서 나온 '민중현'이라는 이름에 종훈은 순간 긴장했다. 설마 이 남자도 민중현과 한패인 건가 염려되었던 것이다. 그러나 다행히 그건 아닌 것 같았다.

"민중현은 대단히 위험한 인물입니다. 그자는…… 아, 그전에 먼저 제 소개를 해야겠군요. 저는 박준수라고 합니다. 대통령의 비자금을 관리하고 있죠."

"남대철 대통령의 비자금 말입니까?"

"네. 그래서 제게로 찾아오신 것 아닌가요?"

"저는 박지민 씨를 찾아간 겁니다. 대통령과는 각별한 관계였기에 도움을 청할 수 있을 것이라 생각했죠. 이미 들으셨겠지만 저는 사고 후 이상하게도 대통령의 기억들을 가지게 되었습니다. 저는 지금 목숨이 위험합니다. 대통령 비자금에는 관심이 없습니다."

"글쎄요. 하지만 돈이 얼마냐에 따라 생각이 바뀌실 수도 있죠."

"규모는 저도 알고 있습니다."

박준수는 잠시 굳어진 표정으로 김종훈을 바라보았다. 어쩌면 그의 표정은 걱정스러워 보이기도 했다.

"남대철 대통령은…… 사실 전 개인적으로 그를 싫어합니다만…… 분명 영리한 인물임은 틀림없습니다. 물론 남대철의 기억들을 다 가지고 계시니 아시겠지만, 혈액을 통해서 기억이 전달될 수 있다는 사실을 알자마자 자신의 비자금 관리를 박지민에게 넘겨버렸죠. 게다가 박지민에게 지시해서 자신이 모르는 제3자에게 비자금을 관리하도록 하고 박지민은 중개인으로 남겨뒀습니다. 그래서 제가 이 일을 맡게 된 겁니다. 대통령은 오직 자신의 비자금이 어느 정도 모였는지만 보고받고 필요한 만큼 가져갈 뿐이었죠. 뭐…… 물론 덕분에 저도 이렇게 잘 살고 있는 거지만요."

"그렇다면 이제 그 엄청난 돈도 당신의 것이 되는 것 아닌가요? 그 누구도 비자금의 행방을 알 수가 없게 된 것 아닙니까?"

"당신은요? 당신은 관심이 있습니까? 저는 관심 없습니다. 이미 제가 평생 먹고살 만큼의 몫은 마련해두었습니다. 제가 돈을 굴리면서 세운 철칙 한 가지가 있는데 바로 과유불급입니다. 지금은 비자금을 노리는 사람들이 너무 많아요. 위험한 돈이죠. 누구든 가까이하게 되면 다칩니다. 그래서 당신의 목숨이 위태로운 겁니다. 그건 저도 마찬가지고……"

"제가 그 돈 때문에 목숨의 위협을 받고 있다는 말씀입니까?"

"아직 상황을 전혀 파악하지 못하셨나 보군요."

"저는 열차 테러범으로 누명을 쓰는 바람에……"

"그건 핑계일 뿐입니다. 그렇다면 당신은 민중현이 당신에게 무슨 짓을 했는지도 모르는 거로군요."

"……?"

"당신은 이번 열차 사고의 테러범이 아닙니다. 유일한 생존자는 더더욱 아니죠. 대통령은 복제에 동의하지 않아 사망 처리되었지만 당신은 이번 사건의 해결을 위해 복제된 증거물일 뿐입니다."

"어떻게 그런 사실들을 알고 있는 겁니까? 사실 저도 제가 복제되었다는 건 알고 있었습니다. 하지만 저는 증거물이 아니라 김종훈입니다."

"다행입니다. 복제 사실을 알고 계시다니 조금이나마 받아들이기가 수월하겠군요."

"무엇을 말입니까?"

"민중현은 현재 아주 위험한 인물입니다. 당신에게는 더욱더 그렇죠. 민중현은 이번 12조 8항이라는 프로젝트를 아주 치밀하게 준비해왔습니다. 비자금을 손에 넣기 위해 말입니다. 처음에는 대통령의 채혈 관리를 자신이 하려고 들더니 복제 시설이 완공되자 시험적으로 대통령을 복제하려고 했죠. 복제물의 단독 처리 권한을 자신이 가지고 있으니 말입니다. 어떻게든 대통령의 세포 조직과 혈액만 확보하면 된다고 생각했던 거죠. 일이 생각대로 되지 않자 민중현은 이번 열차 사고까지 계획한 겁니다."

종훈은 구역질이 나올 것만 같았다. 수많은 사람들이 죽어버린 이 엄청난 사건이 결국 돈 때문에 벌어진 일이라니.

"열차 테러가 민중현의 짓이라고요?"

"일본에서는 지난 방사능 사태 이후로 백혈병이 창궐하고 있습니다. 테러를 저지른 일본인의 아들도 백혈병으로 죽어가고 있었죠. 그런데 민중현이 치료비를 약속했습니다. 테러를 실행하는 대가로 말입니다. 아시죠? 그 새로 개발되었다는 신약 말입니다. 가격이 정말 엄청나더군요."

"끔찍하군요. 하지만 테러를 통해서 어떻게 비자금을 가지려했단 말인가요?"

"레드박스라는 물건이 있습니다. 이 12조 8항이라는 프로젝트를 통해 복제될 수 있는 대상자들이 가지고 다니도록 되어 있는데, 복제에 필요한 재료를 보관하는 역할과 남은 시신으로는 복제가 불가능하도록 하는 두 가지의 기능을 하고 있죠. 민중현이 레드박스를 관리하는데 미리 대통령의 레드박스에서 두 번째 기능을 망가뜨려 놓았습니다. 열차 테러가 발생하면 대통령이 살았건 죽었건 어떻게든 혈액을 얻을 수 있게 되겠죠. 그리고 수사과정의 증거 확보를 위해 증인을 복제하는 겁니다. 이때 전혀 다른 사람의 몸을 통해서 대통령의 기억을 복원시킨 다음…… 단독으로 증거물을 제거하는 과정에서 복제물로부터 비자금의 행방을 알아내려 한 거겠죠. 교활한 놈입니다. 원래는 복제물을 생존 처리해 살려주는 것으로 되어 있었는데 이번 일을 위해 죽여버리는 걸로 수정까지 했습니다."

"그렇다면 민중현이 제게 대통령의 기억까지 주입시킨 겁니까? 제가 대통령의 기억을 가지게 된 것도 결국 민중현 때문이었나요?"

"더 정확히 해야죠. 김종훈 씨. 열차 사고를 당한 것부터가 민중현 때문인 거죠."

종훈은 이런 충격적인 이야기를 의외로 담담하게 받아들이고 있는 자신이 오히려 낯설게 느껴졌다. 어쩌면 단시간 내에 너무 많은 일을 겪어와서일까? 그와는 상관없는 사람들이 벌인, 그를 둘러싸고 벌어지고 있는 모든 일들이 자신의 이야기가 아닌 그저 영화의 한 장면처럼 느껴졌다. 그러나 한 가지 사실만큼은 그 충격을 떨쳐내기 힘들었다. 자신은 점점 더 이상한 존재가 되어가고 있다는 것……. 복제물. 그것도 다른 사람의 기억을 복합적으로 가지고 있는 괴물 같은 존재……!

"그렇다면 왜 제가 열차 테러범이라는 누명을 쓰게 된 거죠? 그것도 민중현 때문인가요?"

"글쎄요. 그 부분은 아직 들은 바가 없습니다. 개인적으로 민중현의 짓이라고 생각하고 있습니다. 아마도 당신을 열차 테러범으로 몰고 구속된 후에 수사 과정을 통해 다시 당신을 만나려는 것이었을 수도 있고요. 그렇게 하면 당신을 단독으로 신문하거나 처리할 수 있는 기회가 생길지도 모르니까요."

"처리라고요?"

"아, 기분 나쁘셨다면 죄송합니다. 하지만 김종훈 씨가 이렇게 탈출하지 못하셨다면 결과는 법정 최고형이 아니겠습니까? 집행되기 전에 민중현이 먼저 손을 쓰겠지만 말입니다."

"사형을 말씀하시는 거군요. 하지만 제가 비자금에 관해서 알려주지 않는다면 과연 민중현이 제가 죽도록 놔둘까요?"

"김종훈 씨, 민중현에게 중요한 건 비자금에 대한 정보일 뿐입니다. 당신이 죽더라도 당신의 혈액만 확보해둔다면 민중현에게는 아직 기회가 있는 거죠."

한동안 침묵이 흘렀다. 민중현은 종훈이 생각했던 것보다 훨씬 더 위험한 인물이었다. 어떻게 의사라는 자가 이렇게 잔인하단 말인가. 종훈은 몸서리를 쳤다.

"그런데 당신은 어떻게 이러한 사실들을 다 알고 있는 겁니까?"

"저는 비자금 관리자입니다. 힘 있는 친구들이 더러 있습니다. 힘이 있으면 정보도 모이는 법이죠."

"이제 어떻게 하실 건가요?"

"저는 빠질 겁니다. 이 썩은 돈은…… 일단 당신에게 넘길 겁니다. 그다음은 당신에게 달렸죠. 어떻게 처분할지는 당신이 결정하면 됩니다."

"제가 그 엄청난 돈을 어떻게 감당합니까?"

"글쎄요. 제 생각에는 만약에 욕심이 전혀 없다면야 사회에 환원하는 것도 좋겠죠. 아무튼 돈이 증발해버리면 당신을 쫓을 이유는 없어질 테니 말이죠. 하지만 민중현이라면 충분히 보복도 할 만한 작자입니다. 조심해야 할 겁니다. 누구든 당신을 돕는 것만으로도 위험해질 수도 있죠. 그런 위험을 감수하고서라도, 김종훈 씨, 저는 당신을 도울 생각입니다. 대신에 당신에게서 듣고 싶은 이야기가 있습니다."

"무슨 말씀이신지?"

"아마도 제 생각에는 얼마 있지 않아 신세계가 펼쳐질 겁니다."

"신세계?"

"네. 복제의 일반화를 넘어서서 인간의 존재에 대한 개념 자체에 변화가 오는 거죠."

"사람들이 죽으면 아무렇지도 않게 복제할 거란 말씀인가요?"

"그 이상이죠. 예전에 미국의 모 의료회사에서 불치병에 걸린 부자들을 치료방법이 개발될 때까지 냉동 상태로 보관하는 서비스를 팔았던 것 기억하십니까? 이제는 치료법을 기다릴 필요도 없어지는 겁니다. 새롭게 육체를 만들고 그 속에 들어가 살면 되는 거죠. 이제 자신의 영혼을…… 그러니까 실존 자체를 말입니다. 기억 단백질로 인식하게 되는 사회가 될지도 모릅니다. 어쩌면 우리는 노화를 멈추게 하는 약물을 개발할 필요도 없어지게 될 겁니다. 죽는 순간 새로운 젊은 육체를 복제해서 그 속에서 살면 되는 거니까요."

"말도 안 됩니다. 그게 어떻게 자기 자신이라고 확신합니까? 오리지널 버전과 이미테이션이 어떻게 같을 수 있단 말입니까? 한 사람이 죽으면 그걸로 끝인 거죠. 어떻게 그 기억 단백질과

한 사람의 영혼을 같은 것으로 생각한단 말이죠? 생각해보세요. 그런 식으로 복제하다가 똑같은 사람이 여럿 존재하게 된다면 정말 끔찍할 겁니다."

"김종훈 씨가 그렇게 말씀하시다니 의외로군요. 저는 긍정적인 반응을 기대했는데요."

종훈은 더 이상 아무 말도 할 수가 없었다. 그 자신도 복제 인간이었다. 어느 순간부터인지 종훈은 그 사실을 잊고 있었다.

"상처를 주고자 한 말은 아니었습니다."

"아닙니다. 괜찮아요."

"제가 듣고 싶은 말은…… 그러니까 알고 싶은 것은…… 김종훈 씨는 분명 복제된 상태입니다. 제가 아는 사람 중 유일하게 복제된 사람이죠. 게다가 이미 스스로가 복제되었다는 사실을 다 알고 있구요. 그리고 어떻게 생각하면 다른 사람의 기억을 함께 가지고 있는 부분도 혼란스러울 것 같습니다. 그런 상황에서도 김종훈 씨는, 스스로의 영혼에 어떠한 의심도 없으십니까?"

::

'아니 이럴 거면 특별수사본부 팀장 자리는 왜 만든 거야? 자기들끼리 잘들 알아서 하는구면.'

권무신은 기분이 떨떠름했다. 지금 눈앞에서는 몇십 년 후 벌어질 일이라고 해도 믿기 어려울 사실들이 프레젠테이션되고 있었다.

"잠깐, 이름이 송연중이라고 했지? 그러니까 연중이 자네 말에 따르면 김종훈이가 복제 인간이란 말이지?"

송연중은 위기관리복지센터의 보안부 부팀장이었다. 복지센터에 복제 시설이 들어서기 전까지만 해도 그는 자신의 직업을 바꾸는 것을 심각하게 고려했다. 이제 곧 서른을 앞둔 그는 이대로 살다가는 나이 들어 복지센터 경비나 하고 있지나 않을지 우려하고 있었던 것이다. 그러나 복제 시설이 들어서면서 그는 자신의 일에서 새로운 자부심을 찾게 되었다. 특히 오늘은 복지센터 보안팀과 특별수사팀을 비롯해 청와대 경호팀과 실장인 강상호, 위기관리위원회의 임시 책임자인 대통령 대변인 서인국까지…… 그동안 접할 수 없었던 주요 인사들 앞에서 프레젠테이션을 하고 있는 것이다. 오늘은 앞으로 자신의 입지에 있어서 중요한 전환점이 될 수 있는 날일지도 몰랐다.

송연중은 이 자리에 민중현이 없는 것을 안타깝게 생각했다. 사실 그가 프레젠테이션 하는 내용 중 전문적인 내용들은 모두 민중현이 가르쳐준 것이었다. 이곳에 오기 직전 민중현과 전화 통화를 했지만 민중현은 한사코 나타나려 하지 않았다. 대신 수사 진행 과정만 자주 알려달라고 했을 뿐이다. 그의 목소리는 어딘지 불안해 보였다.

송연중은 정성껏 준비한 프레젠테이션 중 갑작스럽게 끼어드는 것이 예의가 아니라고 생각했지만 방 뒤편에서 쩌렁거리는 목소리의 주인공이 특별수사본부 팀장임을 확인하고는 어색하게나마 표정을 고치려고 애썼다.

"그런데 말야…… 내가 궁금한 건 복제 인간이 되면 슈퍼맨이 되는 거냐는 거지……."

"무슨 말씀이신지 모르겠습니다."

"그놈은 대통령 집무실에서 단 몇 시간 만에 증발하듯 사라졌는데, 알고 보니 대통령만 아는 비밀통로를 이용해 종로로 도망치고 결국 거기서도 증발해버렸네. 도대체 어디서 그런 능력이 나오는 건가?"

"일단 복제가 되고 나면 신체의 모든 조직이 새것입니다. 당연하게도 근육도 신선하고 신경조직도 민감하죠. 인공적으로 안정화를 시키기는 하지만 복제 이전과는 확실히 다를 겁니다. 그렇다 하더라도…… 제 생각에는…… 김종훈은 복제 이전부터 테러범이 아니던가요? 이미 국가 기밀 정보도 상당 부분 파악하고 있을 가능성이 높다고 하던데요. 그래서 탈출을……."

"그런가? 그러고 보면 복제가 문제가 아니었던 거야, 안 그래? 그런데 우리가 왜 자네들의 도움을 받아야 하지?"

"그렇게 해야 조금 더 수사의 진행이 수월해질 것 같습니다만……."

"어떻게?"

"가장 큰 문제는 아마도 제가 생각하기에 이 방을 가득 메우고 있는 담배 연기가 아닐까 합니다. 저는 안 피는데 다들 정말로 많이 피시는군요. 아시는지 모르겠지만 우리가 쫓는 대상은 담배 연기에 상당히 취약합니다. 물론 직접 피지 않으면 큰 문제가 아닐 수도 있겠지만 말입니다. 살아 있는 김종훈을 보고 싶지는 않으신가요?"

방에 있던 사람들 중 열에 여덟은 담배를 입에 물고 있었다. 권무신은 불쾌한 표정으로 담배를 눌러 끄며 받아쳤다.

"농담은 그만하쇼. 담배 얘기는 나도 알고 있소. 그거 말고 현실적으로 어떻게 수사를 진행할지 들어봅시다. 솔직히 말해 행방에 대해 전혀 단서도 없는 상황에 특별수사본부로서는 어떻게 풀어가야 할지 난감하단 말야. 그놈의 와이프도 애새끼도 다 사라져버리고……"

강상호도 담배를 끄며 한숨을 푹 쉬었다.

"그래, 그건 우리도 마찬가지네. 그 녀석 직장에서도 행방을 전혀 모르더군. 동네 사람들도 모르고…… 일가친척들도 아무도 모르지 않던가?"

"네, 게다가 아직 어떤 테러 단체에 소속되어 있는지도 밝혀진 게 없습니다. 지난번 검거 전에 들어왔던 자료는 국과수 조사 결과 위조라고 결론 내려졌고요."

그들의 대화를 듣는 송연중은 한숨이 나왔다. 이 프로젝트에 대해서만큼은 누구보다 열의가 있는 그로서는 조금 맥이 빠졌다.

며칠간 밤을 새우다시피 프레젠테이션을 정리하면서 그는 이번 프로젝트에서의 가장 큰 의문점이자 문제점을 발견했다. 그것은 바로 기억 단백질의 시간차 확산 문제였다. 12조 8항은 유용한 인명 백업 프로그램이었지만 분명한 한계점을 안고 있었다. 복제된 인간이 이전의 모든 기억들을 온전히 가지고 있을 것 같지만 실제로는 약간의 차이가 존재했기 때문이다. 뇌에서 기억 단백질이 만들어지고 나면 그 단백질이 뇌척수액이나 혈액으로 퍼질 때까지 약간의 시간차가 발생했다. 일반적으로 두 시간이라고 알려져 있었지만 실질적으로는 개인차가 심했다. 짧은 경우에는 5분 이내로 확산이 되기도 하고 긴 경우에는 네 시간이 넘게 걸리기도 한다. 어쩌면 사망한 대통령이나 정치인 같이 중요 인명을 복구하는 용도라면 이 정도의 시간차는 큰 문제가 되지 않을 수도 있었다. 하지만 사망 직전의 급박한 상황을 증언해야 할 증인을 복제하는 경우에는 이야기가 달랐다. 복제를 해도 사망 직전의 상황을 전혀 기억하지 못할 확률이 너무 컸기 때문이다. 이 때문에 프로젝트 초기에 이러한 증인 복제가 '동의 없는 인간 복제' 혹은 '복제 후 증인 제거'라는 윤리적인 문제점들을 무릅쓰고서라도 감행할 가치가 있는지에 대한 논란이 있기도 했었다. 의외로 그러한 논란은 간단하게 정리되었다. 정치인들은 어떻게 해서든 이 프로젝트를 한 번이라도 시행해보는 것에 큰 의미를 두는 듯했고, 특히 민중현이 가장 적극적이었다. 다행히 복제된 김종훈은 사망 전의 열차 사고 현장의 상황을 똑똑히 기억하고 있었다. '뇌에서 만들어진 기억 단백질이 거의 즉시 혈액으로 퍼지는 게 가능한가?' 확률적으로는 쉽지 않은 일이었다. 어쩌면 바닥에 숨어 있었던 터라 사고 이후 의식을 잃고 바로 사망에 이르지는 않았던 건지도 몰랐다.

익명의 제보자가 있었다지만 그 제보자가 건넨 자료는 모두 가짜로 밝혀졌다. 김종훈이 만약 정말로 테러의 공범이라면 왜 의심받기 전에 진작 도망가지 않았던 것일까? 역시 원점대로 그는 단순히 열차 테러의 목격자일 뿐이란 말인가? 의문 속에서 그는 내내 생각해두었던 말을 내뱉었다.

"그래서 말인데, 제 생각에…… 우리는 중국인과 접촉을 해야 합니다."

김현철: 중국도 이 분야에 있어서는 상당 수준의 기술력을 갖추고 있
　　　 으니까요. 중국 업체에 하청을 주는 것은 어려운 결정이 아니
　　　 었습니다. 특히나 복제에 쓰이는 복제액에…… 우리는 이것을
　　　 인공 양수라고 부르고 있습니다만…… 고농도의 산소를 주입
　　　 하고 일정 수준의 농도를 유지하는 기술은 우리보다 앞설 정
　　　 도입니다. 인천 차이나타운에는 중국 제약회사들이 공장을 두
　　　 고 있어서 운송비까지도 절감되니 저렴한 비용으로 프로젝트
　　　 를 유지할 수 있죠. 국내 업체에 비교하면 절반이 좀 안 되는
　　　 비용입니다.

사회자: 하지만 오늘 오전 제가 전달받은 자료에 의하면 파나메딕이라
　　　 는 회사가 복제 시설의 기획부터 완공, 그리고 소모품까지 독
　　　 점적으로 공급하지 않던가요?

최　현: 네, 맞습니다. 아시는 것처럼 파나메딕이 책임지기는 합니다
　　　 만…… 자금 이용 과정에서 비리라든가 그런 문제는 없습니
　　　 다. 이미 이 문제는 6개월 전 청문회 때 해결된 것이죠? 자료
　　　 에도 그렇게 나와 있을 텐데요.

사회자: 저는 그걸 말씀드리는 것이 아닙니다. 방금 말씀하신 대로 이미 6개월 전 문제가 없는 것으로 결론지어졌죠. 그런데 생각해보면 이렇게 파나메딕이 모든 시설을 지원하다 보면 이 프로젝트에 이용된 핵심 기술 등이 유출될 수도 있지 않았을까요? 특히나 당시 파나메딕을 이렇게까지 끌어들인 것은 전적으로 사망한 민중현 박사의 결정이었다고 했는데, 사실 이 부분은 어떤 이유에서인지 청문회 과정에서도 잘 다루어지지 않았던 것으로 보이더군요. 하지만 비리는 제쳐두고서라도 최근 불거져나오는 추가적인 복제 시설의 존재 가능성이 바로 이런 문제에서 비롯된 것이 아니냐는 말씀을 드리고 싶은 겁니다.

강상호: 그러니까 사회자 말씀은 인간 복제 시설이…… 더 있을 수도 있단 말씀이십니까? 파나메딕이 너무 깊숙이 관여하는 바람에?

사회자: 적어도 그런 문제를 막기 위해서라도 이런 하청은 여러 회사를 통해 분산시켜야 하는 것이 맞지 않았나 하는 것이죠.

강상호: 하지만 사회자 말씀은 꼭 복제 시설이 더 있을 거라고 가정하는 것 같군요.

사회자: 조금 전 객석에서도 말씀하셨지만 요즘 공공연하게 그런 이야기들이 있습니다. 게다가 파나메딕이 실제로 이 시설을 독자적으로 만들어낼 능력이 충분하다면 말입니다. 가능성이 있는 이야기죠. 제가 기억하기로는 1년 전 권무신 팀장께서 김종훈

을 검거하던 때 복제 시설이 다수 존재한다는 이야기를 하신 걸로 알고 있습니다.

권무신: 여긴 공중파 토론 프로그램 아닙니까? 사회자께서 이렇게 억측들을 끼워 맞춰 이야기를 만들어나가시다니 믿을 수가 없군요. 저는 당시에 사망한 부팀장으로부터 보고를 받았을 뿐입니다. 직접 보지는 못했어요. 아마 부팀장은 복제 시설이 정확히 어떤 것인지도 잘 모르고 말했던 것 같습니다. 착각했던 거겠죠.

김현철: 뭐 물론 이런저런 문제가 있었던 것은 사실이지만 현재로서는 추가적인 복제 시설은 확인된 바가 없습니다. 특히나 파나메딕이 이렇게 깊이 관여하게 된 것은 어쩔 수 없는 결정이었죠. 초기에 민중현 박사가 레드박스를 설계할 무렵 우리는 아주 어려운 난관에 봉착했습니다. 레드박스는 최소 72시간가량 유지되는 초소형 냉각 장치인 마이크로 프리저를 탑재하고 있습니다. 엠네틱 엔자임을 보관하고 비상시 채혈된 혈액을 보관하는 데 필수적인 장치이죠. 레드박스는 휴대용 장치로 일반적인 남성용 단지갑 정도의 크기를 가지고 있죠. 우리는 마이크로 프리저를 꼭 사용해야만 했습니다. 이 장치는 파나메딕의 고유 기술일 뿐만 아니라 독점적인 특허권도 그쪽이 가지고 있죠. 물론 우리도 개발을 시도해봤지만 어떠한 방법으로도 만들 수가 없었습니다. 중국의 이런 초소형 전자 기술은 현재로서는 최고 수준입니다. 이 마이크로 프리저는 48시

간마다 정기적으로 충전해주면 거의 영구적인 내구성을 가지고 있었죠. 파나메딕은 이 기술을 무상으로 제휴하는 조건으로 복제 장치의 독점적인 하청을 따낸 것이죠. 당시 이런 조건으로 엄청난 비용 절감을 할 수 있었습니다.

사회자: 하지만 파나메딕의 입장에서는 단순히 마이크로 프리저를 납품하는 것이 더 큰 이익이었을 텐데…… 속된 말로 이렇게 남는 장사를 쉽게 포기할 만한 이유가 있었을까요? 뭔가 얻어가는 게 있었을 텐데요.

김현철: 아마도 제 생각에 파나메딕은 먼 미래를 위해 투자한 것이 아닌가 합니다.

사회자: 먼 미래 말입니까?

김현철: 네, 먼 미래요. 조금은 영화 같은 이야기입니다만…… 이로써 파나메딕은 최초로 정형화된 인간 복제 시설을 생산한 기업이 되었죠. 만약에 이런 인간 복제가 일반화된다면 말입니다. 파나메딕으로서는 괜찮은 장사였던 겁니다.

최　현: 설마요, 박사. 끔찍하군요. 제가 장담하는데 절대로 그런 일은 벌어지지 않을 겁니다.

::

민중현은 자신의 집 거실에 앉아 홀로 위스키를 마시고 있었다. 그는 전날 저녁 백승현과 헤어진 후부터 정신이 나간 사람처럼 TV 앞에 우두커니 앉아 있을 뿐이었다. 그는 지금도 김종훈이 검거되던 이틀 전 저녁 토크쇼의 장면을 잊을 수가 없었다. 지금 그의 얼굴에 흐르는 천박한 조소는 자신의 피조물이면서도 유일한 생존자로 영웅 행세를 하던 김종훈을 향한 것일까. 아니면 자신의 일생을 건 이번 계획에 잿가루를 뿌려버린 서인국을 향한 것일까. 어쩌면 단지 돈을 위해 이런 엄청난 일을 벌여버린 스스로를 향한 것일 수도 있었다.

테러를 일본 극우 세력의 음모로 계획한 것은 잘한 일이었다. 아직까지 자신을 의심하는 사람이 없을뿐더러 김종훈을 복제할 기회도 생겼으니 말이다. 그런데 그의 눈앞에서 믿을 수 없는 일들이 벌어졌다. 충격적인 생방송 중의 검거 장면…… 서인국이 바보처럼 우려했던 가능성이 현실이 되어버렸다. 김종훈은 정말로 테러범이었던 것이다.

하필이면 복제한 인간이 테러범이라니…… 정말로 내가 모르는 사이에 일본 극우 단체가 이 일에 개입을 했단 말인가? 그럴 리가…… 이 일은 전적으로 파나메딕과 내가 꾸며낸 일일 뿐인데……. 그 일본인도 평범한 민간인이었을 뿐인데…….

게다가 김종훈은 테러범으로 검거된 후에 도주해버리기까지

했다. 민중현에게는 이제 남아 있는 대통령의 기억 단백질마저 없었다. 김종훈을 복제한 후 증거를 남기지 않기 위해 모두 파기해버렸던 것이다. 열차 폭발 직후 현장으로 불려가 대통령의 시신을 확인하는 순간에도 필요한 만큼의 혈액만을 뽑아두었을 뿐 여분의 혈액을 추가로 보관해둘 생각은 하지 못했다. 일이 이렇게 나쁘게 흘러갈 줄은 전혀 예상할 수가 없었기 때문이다. 모든 것이 한순간에 물거품이 되어버린 느낌이었다.

물론 아직도 기회는 남아 있을지 모른다. 민중현은 집념의 사나이였다. 이렇게 거대한 열차 테러까지 준비했던 그였다. 못할 것이 없었다. 강상호 경호실장이 김종훈의 수사에 도움을 요청해왔을 때도 민중현은 다시 한 번 찾아온 기회를 놓치지 않았다. 김종훈의 검거에 성공한다면 어떻게 해서든 개입해서 그를 단독으로 처리할 여지가 남아 있었다. 김종훈은 테러범이기 전에 복제 인간일 뿐이니까. 민중현 스스로도 자신이 점점 더 대담해지고 있음을 느꼈다. 대통령의 기억 단백질을 손에 넣으려는 수차례 시도가 실패로 돌아갈수록 그는 점점 더 대담한 행동들을 서슴지 않게 되었다. 마치 돈을 잃을수록 더 빠져드는 도박 중독자처럼…….

그러나 이 같은 대단위 테러 계획의 시작은 파나메딕이었다. 처음 파나메딕의 제안을 받았을 때는 민중현도 망설였던 것이 사실이었다. 그러나 탐욕이 결국 그를 파나메딕과 손잡게 했다. 민중현도 테러의 계획 단계에서는 이렇게까지 모든 승객들이 사망할 거라고는 생각하지 못했다. 대통령의 사망도 가능성만 예상했을 뿐이었다. 대통령이 사망하지 않더라도 사고 후에 검진 과정을 통해서 충분히 혈액을 확보할 수 있으리라는 계산이었다. 그러나 열차 폭발과 함께 처참한 인명 피해가 일어나면서 그의 현실감각도 사라져가는 듯했다.

어쨌거나 테러를 계획하면서 예상했던 대로 그에게는 아직 활동 반경에 여유가 있었다. 이렇게까지 대규모로 열차 테러를 계획한 것도 바로 이 때문이었다. 아직까지 아무도 복지센터 메인 컴퓨터의 복제 기록을 살펴볼 만한 엄두조차 못 내고 있었다. 정상적으로 복제 및 수사가 진행되었더라면 어제 저녁쯤에는 위기관리위원회가 서버 점검을 시작했어야 하지만 오늘 아침까지도 복지센터로부터는 아무런 소식이 없었다. 아마 3개월이 지나도 정부 기관들은 사망자 유족 처리와, 대통령 사후 관리에 정신이 없을 것이다. 김종훈만 다시 손에 넣을 수 있다면 충분히 대통령의 비자금을 빼돌릴 수 있을 것 같았다. 지금은 조용히 숨을 죽이고 김종훈이 검거되는 순간만을 기다리면 되는 것이었다.

사회자: 이쯤에서 인터넷 게시판과 SNS를 통해 시청자 여러분께서 올려주신 의견과 질문들을 살펴보도록 하겠습니다. 2745님께서 올려주신 내용입니다. 열차 사고를 일으킨 일본 극우 단체의 정체를 밝혀내는 것도 중요합니다. 하지만 대통령이 함께 탑승한 열차의 보안을 철저히 관리하지 못한 청와대 경호팀의 안일한 근무 태도도 문제였던 것은 아닐까요. 다음은 7415님의 의견입니다. 열차 폭발은 단순한 사건이 아닙니다. 현재 일본 극우 단체에 대한 수사만이 진행 중에 있지만 민중현과 중국 의료 회사인 파나메딕도 이 사건에 깊게 연루되어 있을 가능성이 있습니다. 여기에 대한 더 적극적인 조사를 해야 합니다. 네…… 잠시 이 의견에 관해서 이야기를 해봐야 할 것 같습니다.

강상호: 무슨 의견 말입니까?

사회자: 6개월 전, 자발적 네티즌 수사 단체인 어나니머스anonymous가 폭로했던 일종의 음모론이 있는데요…… 민중현이 이 열차 폭발을 꾸몄다는 발표를 했었죠.

강상호: 발표라고요?

사회자: 아, 죄송합니다. 약간 부적절한 단어였던 것 같군요. 아무튼
당시에 어나니머스가 자신들이 밝혀낸 사실이라고 한 내용을
보면 민중현이 대통령의 비자금을 가로채기 위해 이 열차 폭
발을 계획했고 일본의 민간인을 사주하여 테러로 둔갑시켰다,
그리고 이런 대규모 테러를 실행하기 위해 중국계 의료 회사
인 파나메딕과 손을 잡았는데…… 파나메딕은 대한민국에서
복제의 합법화를 추진하기 위해 이 테러에 협조했다는 내용이
었습니다. 남대철 대통령은 인간 복제에 대단히 부정적이었는
데, 당시 파나메딕은 인간 복제와 관련된 사업을 한국에서 추
진하려 했다고 합니다. 그래서 대통령을 제거할 목적이 있었
다고 하죠. 또 하나, 결국 증인 복제가 실행에 옮겨지고 사회
적으로 이슈가 되고 나면 어느 정도 자신들의 복제 사업에 도
움이 될 거라는 계산이 있었다는 겁니다. 여기서 또 하나의 놀
라운 점은 파나메딕이 대한민국에서 복제 사업을 준비하고 있
다는 어나니머스의 폭로 내용이었습니다.

최 현: 어떤 종류의 사업 말입니까?

사회자: 어나니머스도 그 부분에 관심이 많았지만 당시 발표에 의하면
파나메딕의 보안이 너무 철저해서 해킹에 실패했다고 했죠.

최 현: 글쎄요. 어나니머스는 그저 젊은이들이 좋아하는 음모론을 꾸
며내는 집단일 뿐입니다. 저희가 파악하고 있는 바로는 그런
인간 복제와 관련된 사업이나 시도는 이번 열차 사고와 관련

된 일 이외에 대한민국에서 단 한 번도 없었습니다.

사회자: 그 말씀은 파나메딕이 열차 폭발과 관련되어 있을 가능성은 전혀 없다는 말씀인가요?

강상호: 파나메딕뿐만 아니라 고 민중현 박사도 열차 폭발 자체와는 아무런 관련이 없습니다.

사회자: 강상호 준장님께서는 당시 경호실장으로서 열차 테러로 가장 곤혹스러웠던 분들 중 한 분이셨습니다. 사실 경호실로서도 열차 테러는 어쩔 수 없는 상황이 아니었습니까?

강상호: 민감한 부분이라 이런 말씀은 쉽게 드릴 수가 없군요. 하지만 당시에 경호실장으로서 대통령의 TF호 시승을 강력하게 반대했던 것은 사실입니다.

사회자: 보통은 이런 경우 시승을 하더라도 짧은 구간 내에서 소량의 차량을 이용하게 되죠. 특히나 민간인과 함께 시승을 하는 것은 흔치 않은 일입니다. TF호는 총 22개의 차량으로 되어 있죠. 앞뒤의 기관실을 제외하면 20개의 객실 차량이 있고요. 좌석 수는 985개인데 당시 맨 뒤의 객실차량 2대를 대통령 일행이 쓰고 있어서 민간인과 승무원 그리고 대통령 일행을 합한 총 인원이 916명이었습니다. 그중 민간인은 870명이었죠. 이렇게 열차 전량에 많은 수의 민간인과 함께 시승을 한다는 것은 어떻게 보면…… 약간은 이슈를 만들고 싶어 했던 대통령의 의도도 담겨 있었던 것 같습니다.

강상호: 어떻게 됐든 간에 경호실로서는 보안에 허술한 점이 없도록

최선을 다했어야 합니다만…… 사실 아직까지도 어떻게 폭탄이 열차 내부에 들어갈 수 있었는지 명확하게 밝혀진 바는 없습니다. 열차가 선로에 들어서기 전에 전 차량의 내부를 철저히 검사했을 뿐만 아니라 승객들의 열차 탑승 시에는 분명 검색기 통과를 통해 위험 물품이 없는지 소지품 검사도 철저히 했으니까요.

사회자: 열차는 전량 중국에서 제작된 것이었죠? 일본에서 제작되었다면 열차를 만들 당시 일본 극우 단체가 폭탄을 심어놨을 가능성도 생각해볼 수 있겠습니다만…….

강상호: 아무튼 조금만 더 기다려주시면 테러의 배후와 과정을 철저히 밝혀낼 수 있을 것이라 기대하고 있습니다.

::

이제 본격적인 가을에 들어섰음에도 운전석에 앉은 유정엽의 왼팔에 닿는 정오의 햇살엔 약간의 뜨거움이 남아 있었다. 유정엽은 주말을 반납하고 연장 근무를 하는 것엔 익숙해져 있었지만 금요일 오후의 한가로움을 포기하는 일은 그다지 달갑지 않았다. 게다가 조수석에 앉아 있는 송연중은 차 안이 덥다며 이내 창문을 닫고 에어컨을 틀었다. 유정엽은 평소 기름 값을 아끼려고 어지간해서는 에어컨을 잘 틀지 않았다.

송연중은 담배 냄새가 난다고 투덜거리기 시작했다. 차에 배어있는 담배 냄새는 모두 권무신의 입에서 나온 것이었다. 유정엽은 짜증이 났지만 권무신의 얼굴을 봐서 꾹 참는 중이었다. 특별수사본부와 국가위기관리위원회 의료부 및 보안팀이 연합으로 수사를 진행하면서 권무신은 유정엽과 송연중이 한 팀으로 움직일 것을 지시했다. 평소 사려 깊은 스타일이 아니었음에도 권무신은 송연중에 대해선 상당한 신뢰와 호감을 나타내며 유정엽에게 잘 부탁한다고 했다. 송연중의 프레젠테이션에 참석하지 못했던 유정엽으로서는 무슨 일이 있었는지 상당히 궁금했다.

"송연중 씨, 그러니까 우리가 지금 인천의 차이나타운으로 가고 있는 것은 잘 알겠습니다만…… 왜 가는 건지 설명을 좀 들을 수 있을까요?"

"조금 전 설명회에서 못 들으셨나요?"

"아, 오전에 다른 업무가 있어서 오늘 설명회는 참석 못했거든요."

"아, 그랬군요. 제가 실례했습니다. 그럼 유정엽 씨는 지금 우리가 차이나타운으로 가는 이유나 그곳에 가서 무엇을 할 건지를 전혀 모르시는 거군요."

"네."

"음, 어디서부터 설명을 해야 할지…… 그래요. 최근 3년 전부터 인천 차이나타운이 서울 지역 대학생들의 새로운 명소로 떠오르고 있는 것은 아시죠?"

"네, 저도 아직 가보지는 못했지만 강남이나 신촌처럼 엄청나게 규모가 커졌다고는 들었습니다."

"네, 정말 화려하죠. 그런데 생각해보면 서울과는 거리가 제법 되는데도 젊은이들이 왜 그곳에 모이는 걸까요? 거기에는 그만한 이유가 있습니다. 바로 신종 마약 때문이죠."

"신종 마약이요? 이미 수도권에서 마약이 사라진 지가 5년이 넘지 않았습니까?"

"표면적으로는 그렇죠. 하지만 이 신종 마약은 아직 의료법상 마약으로 분류가 되어 있지 않은 게 문제입니다. 우리가 쫓는 김종훈이 복제 인간이란 사실은 들으셨죠?"

"네, 어젯밤 권무신 팀장님께 전화상으로 대충 설명은 들었습니다만…… 뭐 김종훈을 복제한 다음에 혈액에서 기억 단백질이란 걸 추출해 복제물에 기억을 입력한다더군요."

"맞습니다. 다 자란 성체에는 기억 단백질을 주입해도 입력이 되지 않습니다. 혈액뇌장벽이란 구조 때문이죠. 이 때문에 혈액 뇌장벽이라는 구조가 발생하기 전인 복제 초기에 기억 단백질을 주입하게 됩니다. 그런데 실제로 혈액뇌장벽이란 구조가 기억 단백질을 완벽하게 막지는 못합니다."

"음, 좀 어렵군요. 되도록 알아듣기 쉽게 설명해주셨으면 합니다만……."

"그래요…… 흠…… 그렇다면 기초적인 것부터 시작해봅시다. 기억에도 여러 가지 종류가 있죠. 먼저 우리가 일반적으로 생각하는 지식과 관련된 정보를 담당하는 기억이 있습니다. 또한 우리의 신체 동작 및 몸을 이용한 기술 등을 담당하는 기억이 있죠. 그리고 기분 및 감정을 담당하는 기억도 있습니다. 뇌에서는 이런 종류의 기억들이 만들어지고 단백질의 형태로 저장됩니다. 효과적인 이용을 위해 뇌는 기억 단백질을 대량으로 생산해내게 되는데, 쓰고 남은 단백질은 대부분 두 시간 안에 뇌 밖으로 배출시켜버리죠. 그러니까 혈액에서 기억 단백질을 추출하게 되면 최소한 두 시간 이전의 모든 기억들이 저장되어 있게 됩니다."

"모든 기억이라고요? 하지만 제가 알기로 단백질은 빨리 상하지 않습니까? 그러니까 제가 궁금한 건 얼마나 많은 기억들이 혈액 속에 존재하느냐 하는 거죠."

"아, 좋은 질문입니다. 방금 뇌에서 생산된 기억 단백질의 대부분이 뇌 밖으로 배출된다고 설명드렸죠? 그런데도 과잉 생산되다 보니 뇌에는 여전히 잉여 단백질들이 남아 있게 됩니다. 이때 우리 뇌는 엠네틱 엔자임이란 걸 만드는데 우리말로 하면 기억상실 효소이죠. 이 효소가 우리 뇌에 남아 있는 기억 찌꺼기들을 청소하게 됩니다. 수면 중에 이러한 활동이 가장 활발하게 나타나게 되는데 이때 발생한 전기 신호가 바로 꿈입니다. 이 과정을 거쳐 우리 뇌는 뒤죽박죽 섞여 있던 기억들을 마치 하나의 잘 정리된 거대한 도서관처럼 꾸며 놓게 되죠. 고등학교나 대학교 때 경험하셨을지 모르겠지만…… 시험 전날 밤을 새서 공부하는 것보다 잠깐이라도 자고 일어나서 시험을 보게 되면 더 기억이 잘 나는 것도 바로 이 때문입니다."

"재미있군요. 하지만 여전히 제 질문에 대한 답은 아닌 것 같은데요."

"아, 그래요. 다시 시작해봅시다. 기억상실 효소가 있다는 것은 아시겠죠?"

"네."

"그런데 생각해보면 이 기억상실 효소는 매우 위험한 물질입니다. 기억상실을 유발하니까요. 그래서 반감기도 아주 짧을 뿐만 아니라 뇌 속에 림빅시스템(대뇌변연계)이라는 구조의 히포캄푸스(해마)라는 제한된 공간에만 존재합니다. 우리가 알고 있는 기억상실의 대부분이 바로 이 효소 때문에 발생합니다. 아무튼 우리 뇌는 아주 걱정이 많은 신체 기관 중 하나입니다. 이렇게 기억상실 효소를 이용한 정리 작업이 이루어지고 나면 자신이 정리한 거대한 기억의 도서관을 복제하기 시작하죠. 정말로 방대한 작업이 시작되는 겁니다. 방금 제가 기억의 종류를 설명드렸죠? 정보, 동작, 감정 세 가지로 말입니다. 기억은 다시 세 가지로 갈라지는데 시간에 따라 초단기, 단기, 장기 기억으로 구분됩니다. 뇌는 마지막 복제 작업을 거쳐서 장기 기억을 완성하게 되는데 안정적인 보관을 위해 엄청난 양의 복사본을 만들어내게 되고 다시 혈액으로 방출하게 되죠. 결국 지금 당신의 혈액에는 당신이 느끼는 거의 모든 기억들이 똑같이 존재하게 되는 겁니다."

"대충 분위기 정도만 파악이 되는군요. 저로서는 조금 어렵습니다. 아무튼 무슨 이야기를 하고 있었죠? 제 생각에는 신종 마약을 말씀하시다가 갑자기 기억 단백질을 설명하셨던 것 같은데 말입니다."

"네, 맞습니다. 신종 마약을 이해하려면 필수적으로 알아야 할 것들이라서요. 최초로 기억 단백질이 발견되었을 때 사람들은 엄청난 기대를 했습니다. 생각해보십쇼. 정보가! 기술이! 주사 한 방으로 전달되고 익혀지는 것입니다. 장시간 책을 읽지 않아도, 위험한 연습의 과정 없이도 필요한 정보와 기술을 나눌 수 있는 세상 말입니다. 그러나 혈액뇌장벽구조가 기억 단백질을 차단해버려서 결국 그러한 일들은 불가능한 것으로 밝혀졌습니다. 모두들 엄청난 실망을 했을 뿐 아니라 마지막에는 생각지도 못한 결과를 보게 되었죠. 방금 말씀드렸던 정보, 동작, 감정 세 가지 종류의 기억 중 감정을 담당하는 기억 단백질만큼은 자유롭고 빠르게 혈액뇌장벽구조를 통과할 수 있었던 것입니다."

"설마 그 단백질이 마약으로 쓰이고 있다는 말씀이신가요?"

"바로 그겁니다. 결국 위대한 과학적 발견이 경박한 쾌락의 도구로 전락한 거죠. 실망스럽지만 마약상들에게는 희소식이었습니다. 그들은 마약을 투여받고 쾌락의 극치에 있는 사람의 혈액에서 시간 단위로 기억 단백질을 추출한 뒤, 증폭 복제를 해서 쾌락의 단계별로 가격을 붙여 팔고 있습니다. 이 단백질을 투여받으면 기존의 마약 없이도 똑같은 정도의 쾌락을 경험하게 되는 거죠. 일단은 현재까지 아편 등 마약류로 분류되어 있는 약물과는 전혀 다른 기억 단백질이다 보니 법적으로 제한이 없습니다. 또한 법적으로도 마약으로 분류하기도 애매한 것이, 부작용이나 중독성이 거의 없거든요. 보고에 따르면 다시 찾고 싶은 감정의 정도가 대략 커피나 콜라와 비슷하다더군요. 중독성이 담배만도 못한 거죠. 우리나라에서는 3년 전부터 인천 차이나타운의 갱단이 지역에 들어온 파나메딕이라는 중국계 제약회사를 통해 이 단백질을 생산, 판매하고 있습니다."

"그 마약 때문에 대학생들이 몰리는 거로군요."

"네, 거의 모든 클럽과 술집들이 이 마약으로 유지되고 있죠."

"어떻게 막을 방법이 없습니까?"

"글쎄요. 우리나라뿐만 아니라 해외에서도 이 신종 마약을 제한하기 위해 여러모로 검토 중입니다만…… 아마 얼마 있지 않아…… 제 생각에는 2년 안으로 법적인 절차가 마련될 겁니다. 하지만 최근에는 문제가 더욱 심각해지고 있는 실정입니다."

"무슨 문제 말입니까?"

송연중은 자신의 가방에서 작은 필통 크기의 물건을 꺼냈다. 은회색 빛의 금속성 직육면체로 날카로운 모서리와 몇 개의 LED 그리고 버튼을 가지고 있는 그 물건은 꽤나 묵직해 보였다.

"이건 3개월 전에 차이나타운 마약상으로부터 우리가 입수한 물건입니다. 파나메딕이 곧 대량생산 체제에 들어갈 거라더군요. 이 장치를 이용하면 한 사람의 혈액으로부터 약 1분 안에 기억 단백질을 추출하게 됩니다. 이렇게 추출된 기억 단백질은 소량이지만 타인에게 감정을 전달하기에는 충분한 양이죠."

"그러니까 이 작은 기구를 이용하면 단시간 안에 신종 마약을 만들 수 있다는 겁니까?"

"그렇습니다. 단순히 마약을 한 사람이 아니더라도, 예를 들면 조증이 있는 사람의 혈액을 이용한다든가 성적 쾌락을 경험한 사람의 혈액을 이용한다면 품질은 다소 떨어지겠지만 충분히 마약으로 활용 가능한 거죠."

"그 기계가 상용화된다면 정말로 큰일이군요."

"글쎄요. 사실 최근에는 개인적으로 많이 혼란스럽습니다. 중독성도 전혀 없는 이 단백질을 가지고 마약으로 분류하는 것이 옳은지 말입니다. 인체에 무해한 방법으로 즐거움을 맛보는 것은 잘못이 아니죠. 단백질을 투여받는다고 해서 폭력성이 높아지거나 정신적으로 문제 행동을 하는 것도 아닙니다. 오히려 미래에는 일반적인 오락 문화로 자리잡을지도 모르지 않습니까? 그저 서로의 감정을 나누는 정도로 흥미로운 경험이죠. 실제로 유럽의 한 제약회사는 이 단백질로 비만을 치료하는 신약을 개발 중에 있습니다."

"비만을 치료한다고요?"

"네…… 충분히 가능한 이야기죠."

"어떻게 말입니까?"

"혹시 점심 드셨나요?"

"아닙니다. 사실 아침도 먹지 못해서 배가 많이 고픕니다. 차이나타운에 가면 먼저 식사부터 하자고 할 생각이었습니다만……."

"그럼 잘됐군요. 사실 저는 아침식사를 했고 유정엽 씨를 만나기 직전에 점심식사도 끝냈습니다. 지금은 상당히 배가 부른 상태죠."

송연중이 은회색 물체의 버튼을 누르자 한쪽 모서리에서 주사 바늘이 용수철처럼 튀어나왔다. 다른 한쪽 끝의 뚜껑을 열자 알코올 솜이 나왔다. 그는 주사를 자신의 팔꿈치 안쪽 혈관에 찔러 넣어 소량의 혈액을 뽑아내기 시작했다.

"걱정 마십쇼. 아주 간단한 과정일 뿐이니까요. 방금 말씀드렸듯이 인체에 무해하기도 하고요. 중국 놈들 정말로 잘 만들었습니다. 이 기계 하나로 총 5회까지 사용 가능하도록 설계해 놨어요."

"뭐하시려는 거죠?"

채혈이 끝나자 주삿바늘은 바로 기구로부터 분리되어 떨어졌다. 기구에서는 빨간색 LED가 반짝거리면서 모터가 돌아가는 소리와 일련의 기계음이 반복적으로 들렸다. 소리는 그다지 크지 않았다.

"이 안에는 초소형 원심분리기가 있습니다. 신기하죠? 이 녀석은 우리가 실험실에서 쓰는 대형 원심분리기와 거의 비슷한 성능을 냅니다. 그리고 몇 가지 세팅된 시약을 통해서 기억 단백질을 추출해내는 거죠. 완료가 되면 파란 불이 들어올 겁니다. 그러고 나면 반대편으로 주삿바늘이 나오게 됩니다."

"지금 그걸 저에게 주사하려는 겁니까?"

송연중은 대답 없이 싱긋이 웃더니 엄지손가락을 세워 보였다. 유정엽은 무슨 의미인지 알 수가 없었다. 잠시 후 파란 LED에 불이 들어왔다. 버튼을 누르자 정말로 반대편으로 작은 주삿바늘이 튀어나왔다.

"겁낼 것 없습니다."

송연중은 능숙한 손놀림으로 알코올 소독 후 그 물체가 만들어낸 결과물을 유정엽의 혈관에 주사하기 시작했다. 주사 부위가 따끔하긴 했지만 별다른 통증은 없었다. 잠시 후 30초도 지나지 않아 유정엽은 놀라움을 금할 수 없었다.

"세상에, 이게 어떻게 된 겁니까?"

"신기하죠? 제가 느끼고 있는 포만감이 유정엽 씨에게 전달된 겁니다. 배가 부르다는 제 감정도 일종의 기억인 거죠. 그게 당신의 뇌로 전달된 겁니다. 일시적으로 제 포만감이 고농도로 전달되다 보니 유정엽 씨의 허기짐이 사라져버린 겁니다. 물론 이런 효과는 30분 정도만 누릴 있습니다. 이후에는 다시 같은 정도의 허기짐이 느껴지게 되죠. 30분 정도면 마약으로서 충분한 가치가 있지만 약으로 쓰기에는 모자랍니다. 제약회사에서는 이 시간을 늘려서 약으로 쓰려 하고 있는 거구요. 아무튼 차이나타운에 도착할 때쯤이면 다시 배가 고파질 겁니다. 도착하면 먼저 식사부터 하시도록 하죠."

유정엽은 실제로 상당한 포만감을 느끼고 있었다.

'세상에. 정말로 신세계가 오려는가 보군……'

마약에 대한 부정적인 감정과 신세계에 대한 유쾌한 상상이 혼란스럽게 그의 머리를 채우고 있었다. 그때 오른쪽 차선에서 달리던 승합차가 요란한 경적 소리를 내며 지나갔다. 유정엽이 잠시 딴생각을 하던 통에 옆 차선을 침범해버린 것이었다.

"오…… 유정엽 부팀장님, 안전 운전하셔야죠. 자동차 사고 나면 아무도 살려주지 않는단 말입니다."

"무슨 말씀이시죠?"

"DNR 말입니다."

"DNR이요?"

"자동변속기 레버 옆에 보면 알파벳이 쓰여 있지 않습니까?"

"네. 주차의 P, 후진의 R, 중립의 N, 주행의 D이죠."

"아래쪽의 3개를 거꾸로 읽어보면 DNR입니다."

"이해를 못하겠군요. DNR이 뭐죠?"

"DNR은 Do Not Resuscitate의 약자이죠. 말 그대로 심폐소생술을 하지 말라는 의미입니다. 보통 응급실이나 중환자실에서 보호자나 본인의 동의하에 위중한 환자들을 대상으로 심폐소생술을 시행하지 말 것을 표시할 때 쓰는 말인데…… 자동차에도 그 표시가 되어 있는 거죠. 어때요, 재미있지 않나요?"

"글쎄요. 솔직히 조금 오싹하군요."

"제가 모시고 있는 민중현 대령님께서 해주셨던 농담이었습니다."

"민중현 대령이라면 위기관리위원회의 마취과장을 말하는 거로군요."

"뭐 우스갯소리지만 대령님은 오히려 DNR을 원한다고 하더군요……. 자동차 사고가 한번 나면 크게 나서 차라리 죽는 게 낫다고요."

그 순간 그전에 없던 중압감이 유정엽의 머리를 가득 채우기 시작했다. 원인 모를 중압감은 두통까지도 유발하는 듯했다.

불안해진 유정엽은 당황스러운 얼굴로 송연중을 쳐다봤다.

"그런데 말입니다. 혹시 부작용 같은 것도 있나요? 사실……
갑자기 좀 우울한 기분이 들어서 말입니다. 그냥…… 뭔가 원
인을 알 수는 없지만 상당한 스트레스를 받는 느낌인데요. 어
떻게 된 건지……."

"하하, 너무 걱정 마십쇼. 사실 기억 단백질을 약으로 쓰려면
그런 것 또한 해결해야 할 과제죠. 선택적으로 필요한 감정만을
전달할 수 있는 기술은 아직까진 없습니다. 지금 느끼시는 그런
감정은…… 제가 느끼고 있는 모든 감정이 전달돼서 그런 현상
이 생긴 겁니다. 요즘 개인적으로 엄청나게 스트레스를 받고 있
거든요. 오늘 오전에 프레젠테이션도 그렇고요. 제가 평소에 하
던 일도 아닌 데다가 정말로 중요한 일들이기도 하다 보니 말입
니다."

"아, 그런 것이었군요. 그럼 지금 제가 느끼는 이 정도로 심한
중압감을 느끼고 계시다는 거로군요."

송연중은 잠시 아무 말 없이 창밖을 바라보며 미간을 찌푸렸
다. 이번 일로 큰 부담감을 느끼고 있는 것이 분명해 보였다.

"아마도 다른 감정들 말입니다. 뭐…… 조급한 느낌 같은 것
들 말이죠. 이런 감정들도 잠시 느껴질 수 있습니다. 제가 이전
에 가졌던 감정들이 모두 복합적으로 전달이 되기 때문이죠.
물론 포만감을 가장 크게, 가장 먼저 느끼시는 이유는 제가 조
금 전에 점심식사를 했기 때문이죠. 가장 최근의 기억 단백질

이다 보니 혈중에 농도가 높아서 가장 빠르고 강하게 느껴지는 겁니다. 오래된 감정일수록 더 늦고 약하게 전달됩니다. 하지만 여기에 또 재미있는 점이 있죠."

"어떤 것 말입니까?"

"예를 들어서 제가 점심식사를 바로 직전에 끝냈다면 제 기억 단백질을 주사하더라도 포만감이 전달되지 않았을 겁니다."

"그건 또 어째서 그런 거죠?"

"조금 전에 설명드렸던 내용이기도 합니다만…… 뇌에서 기억 단백질이 형성되더라도 약 두 시간 정도의 시간이 지나야 혈액으로 퍼져나가기 때문이죠."

"기억의 형성과 혈액에서의 검출 사이에 약 두 시간 정도의 시간차가 생긴다는 말씀이신가요?"

"잘 이해하셨습니다. 하지만 정확히 두 시간은 아닙니다. 개인차가 좀 있죠. 지금으로서는 약 두 시간 정도라고 알려져 있습니다. 짧은 경우에는 5분이 채 걸리지 않는다고 하기도 하고, 길 경우에는 두 시간 이상이라고 알려져 있기도 합니다. 어떤 논문을 보면 이 시간차가 무려 평균 네 시간에 이른다는 연구결과도 있구요."

"이런…… 이렇게 흥미로운 내용들이었다면 오늘 설명회에 꼭 참석할 걸 그랬습니다."

"어…… 그리고 말입니다. 방금 설명회에 오시지 않으셨다니 몇 가지 중요한 내용을 말씀드려야 할 것 같습니다."

"뭡니까? 이런 흥미로운 내용이라면 언제든 대환영입니다."

"어떻게 불러야 할지 난감합니다. 김종훈을 테러범이라고 불러야 할지 말입니다. 복제물이긴 합니다만 검거하는 건 명목상 일단은 테러범이기 때문이니까요. 아무튼 복제된 인간은 정상적인 인간과 완벽하게 똑같지는 않습니다. 현재 우리가 아는 바로는 가장 크게 두 가지 큰 취약점이 있습니다. 먼저 담배 연기입니다. 담배 연기의 무슨 성분 때문인지 모르겠지만 직접흡연을 할 경우 천식 발작으로 사망을 하게 됩니다. 물론 간접흡연으로도 호흡곤란이 유발될 수 있습니다. 그리고 현재로서는 신경계의 급격한 노화와 관련되어 있다고 예측만 할 뿐 정확한 원인을 모릅니다만 뇌간이 아주 취약합니다. 초고주파의 음파에 노출될 경우 순간적으로 뇌간이 녹아 사망해버립니다. 일반적으로 쓰이는 라디오 범위에서는 안전하지만 군용으로 쓰이는 범위에서는 위험할 수 있죠. 포항 해군 부대에 있던 진돌이라는 충견을 기억하실지 모르겠군요. 그 개가 사망하자 해군에서 복제를 요청해왔죠. 그런데 복제 후 부대에 돌려보내고 얼마 안 있어 뇌간이 녹아 사망한 채로 발견되었습니다. 부대 내에서 사용하는 레이더 때문이었다고 하더군요. 인간 복제에서도 문제는 마찬가지입니다. 중국 마약상들은 이 범위의 음파를 발생시키는 장치를 가지고 있습니다. 이 장치는 반경 10킬로미터 이내에서 영향력을 발휘하죠. 최후의 순간에 제가 이 장치를 이용할 것을 건의했지만, 반대에 부딪쳤습니다. 특히 청와대 대변인인 서인국 대변인이 아주 부정적이더군요. 그 사람은 어떻게든 생포할 것을 주장했습니다. 아무튼 대통령과 수많은 사람의 목숨을 잃게 만든 테러범이니까 생포해서 조사를 하고 죗값을 치르게 하는 것이 맞겠죠. 하지만 아주 위험한 인물이라고 하니 긴급한 경우에는 이 장치를 이용하는 것도 충분히 고려해볼 만합니다."

"네. 하지만 사안이 간단하지 않은 만큼 그 배후를 철저히 밝혀낼 필요가 있죠. 되도록 생포하는 것이 옳을 듯합니다. 우리 그 방법은 최후의 보루로 남겨두기로 합시다."

"그렇군요. 알겠습니다."

"그런데 단순히 그 기구만을 구하려고 마약상들을 만나는 것은 아닐 텐데요⋯⋯."

"맞습니다. 마약상들은 생각보다 발이 넓죠. 상당히 많은 사람들이 이 마약을 즐기기 위해 이들과 접촉하고 있습니다. 그리고 우리가 김종훈을 복제할 때 파나메딕이 복제 세트를 납품했는데 그 세트에 쓰이는 원료 중 일부를 마약상들이 조달해줍니다. 그들은 자신들이 관련된 일이라면 대충 넘어가는 일이 없습니다. 의지할 만한 인간들은 아닙니다만 믿을 만한 정보는 넘쳐납니다. 일단 한번 만나볼 가치는 있죠."

::

근사한 점심식사 후 박준수는 한껏 빼입고 종훈 앞에 나타났다. 요란스럽지는 않았지만 누가 봐도 화려함 이상의 기품이 풍기는 수트에서 그가 얼마나 돈이 많은지 다시 한 번 느낄 수 있었다.

"이제 출발하시는 건가요?"

"네, 5일쯤 걸릴 겁니다. 금요일이니까 오늘 저녁 비행기로 출국하면 아마 수요일쯤 들어오게 될 겁니다. 그때까지 이 집에 머무시면 됩니다."

"당신 같은 사람들은 정말 인생을 멋지게 사는군요. 저 같은 월급쟁이들은 꿈도 못 꿀 것 같습니다. 마치 택시 타듯 그렇게 스위스까지 갔다가 온단 말입니까?"

"하하, 김종훈 씨. 하이 리스크 하이 리턴High risk, High return이란 말 들어보셨습니까. 제 인생은 이미 갈가리 찢어질 대로 찢어졌습니다. 제 입장에서는 김종훈 씨야말로 부럽습니다. 사랑하는 아내와 아이가 있지 않습니까? 그런 평범한 인생을 이룩하기가 얼마나 어려운 일인지 전 잘 알고 있습니다. 모두에게…… 누구에게나 자기 인생의 스토리가 있는 법이죠."

"음, 그렇군요. 혹시…… 남대철 대통령과 어떤 사연이 있으신 건가요?"

"글쎄요. 긴 이야기죠. 그건 이번 일이 끝나고 나면 한번 술자리를 가지도록 합시다. 아무튼 이 집만큼은 안전하니까 안심하셔도 됩니다. 오늘 아침에 보셨던 아주머니께서 대부분 도와주

실 겁니다. 식사도 청소도 빨래도 그분께서 해주십니다. 제가
이 세상에 믿고 사는 몇 안 되는 사람 중 한 분이죠."

"그렇군요. 그렇담 이 집의 깔끔함도 모두 그분의 손길이었군
요."

"그런 셈이죠."

박준수는 창밖으로 펼쳐진 바다를 보면서 큰 한숨을 내쉬더
니 낮은 목소리로 말을 이었다.

"김종훈 씨, 제가 알고 있다는 그 힘 있는 친구들 말입니다.
그들 중에는 몇몇 중국인들도 포함되어 있습니다. 저는 비자금
을 관리하고 있을 뿐 아니라 성격상 비자금과 관련된 대통령의
지출 내역도 꼼꼼히 감시하고 있었죠. 당신이 복제된 그 시설
에는 대통령의 비자금도 일부 쓰였습니다. 이 지출을 확인하던
중 파나메딕이라는 중국계 제약·의료 회사와 차이나타운 마약
상들을 알게 되었죠. 그들은 이 복제 프로젝트에 깊숙이 관여
되어 있습니다. 사실 김종훈 씨의 복제에 관한 소식도 상당 부
분은 그 친구들을 통해서 들었습니다."

"그랬군요."

"그들의 복제 인간에 대한 지식은 무시 못할 수준입니다. 제
생각에 김종훈 씨가 아셔야 할 것들이 있습니다. 담배에 대해
서는 점심식사 때 말씀드렸죠. 하지만 더 큰 문제는 당신의 뇌
간입니다. 무슨 이유에서인지 복제 동물이건 인간이건 뇌간이
아주 약합니다. 초고주파의 음파에 노출되면 즉시 녹아버립니

다. 일반적인 라디오 주파수에서는 상관없지만 군사 지역에서
는 위험할 수 있단 얘기입니다. 무서운 사실은 중국인들이 이
주파수의 음파를 만들어내는 휴대용 기기를 가지고 있다는 것
입니다. 이 기기를 작동시키면 10킬로미터 이내에서 영향력을
행사합니다. 오늘 오전에 들리는 말에 의하면 수사기관에서 이
기기를 구하려 한다고 합니다. 아마 민중현이 이 기구의 사용
을 최대한 늦추려 들겠지만 우리는 그전에 이 일을 마무리 지
어야 합니다. 무슨 말씀인지 아시겠죠?"

"끔찍하군요. 그런데 박준수 씨께서는……."

종훈이 조금은 의아한 눈빛으로 박준수를 바라보았다.

"무슨 말씀을 하시려는 건지……."

"이러한 위험한 상황에서도 저를 도와주시려는 이유가 뭔지
궁금하군요. 단순히 오늘 오전 제게 하신 질문에 대한 답만을
원했다고 하기엔……."

"글쎄요. 자세한 이야기는 모든 일이 끝나고 하고 싶었습니다
만…… 솔직히 김종훈 씨께 원하는 바가 하나 있기는 하죠."

"그게 뭐죠?"

"제가 남대철 대통령을 별로 좋아하지 않는다는 사실은 이
미 아시죠?"

종훈은 고개를 끄덕였다.

"솔직히 그 사람 임기가 끝나고 나면 저도 이런 생활 청산하
고 멀리 해외로 나가든…… 아무튼 좀 자유롭게 생활하고 싶

었습니다. 일종의 칩거 말입니다. 하지만 그거로는 만족할 수가 없었죠. 그 사람이 헤집어놓은 제 인생을 생각하면 충분히 복수할 가치가 있거든요. 그래서 준비해둔 것이 있습니다. 일종의 폭로성 문서인데…… 남대철이 싸질러놓은 온갖 것들을 일목요연하게 정리해놓은 문서죠."

"정말로 남대철 대통령을 싫어하시는가 보군요."

고개를 끄덕이던 박준수가 씁쓸한 미소를 지으며 말했다.

"그런데 대통령이 죽어버렸지 뭡니까."

"그렇다면 그동안 준비해왔던 복수를 거두시려는 건가요?"

"제가요? 왜요? 절대로 그런 의미가 아닙니다. 제가 준비해둔 문서 말입니다. 제가 폭로를 하더라도 가장 결정적인 문제가 남아 있습니다."

"어떤 문제 말이죠?"

"이러한 문제들을 최종적으로 직접 확인해줄 당사자가 사라져버린 거니까요."

종훈은 잠시 할 말을 잊었다. 도대체 대통령은 이 사람에게 어떠한 짓을 저질러서 이토록 큰 원한을 산 건지. 박준수와 대통령 사이에 어떤 사연이 있는지 정확하게 알 수 없었지만, 대통령을 향한 그의 증오는 쉽게 풀릴 수 있는 성질의 것이 아닌 듯했다.

"그래서 김종훈 씨, 정말로 제가 원하는 바가 있습니다. 이 일이 모두 끝나고 당신이 완전히 안전해지고, 당신이 어떠한 사람인지 모두가 알게 되었을 때…… 그때가 시간이 많이 흐른 뒤라고 해도…… 제가 이 문서들을 폭로하면 당신이 그 내용을 확인해주실 수 있겠습니까? 당신이 가진 대통령의 기억들을 이용해서요. 아니…… 부디 그렇게 해주셨으면 합니다."

박준수의 표정은 진지했다. 물론 만난 지 겨우 하루 되었을 뿐이지만 쾌활한 그의 이미지를 생각해보면 이런 심각한 모습을 찾아보기란 힘들 것 같았다. 종훈은 당황스러웠다. 그런 마음을 읽었는지 박준수는 엷게나마 미소를 보이려고 노력했다.

"솔직히 지금은 제 자신도 추스르기 힘들어서 뭐라 말씀드려야 할지 모르겠군요. 박준수 씨가 저를 도와주는 것에 정말로 감사하고 있습니다만 아직 대통령의 기억을 제가 완벽하게 다 떠올리고 있는지도 장담하기 힘듭니다. 아직은 많이 혼란스럽기만 합니다. 아무튼 말씀하신 그런 부분들에 있어서 제가 도움 닿는 데까지 최선을 다해보겠습니다. 꼭 그렇게 하겠습니다."

간절한 박준수의 눈빛에 종훈도 진심을 담아 말했다. 박준수가 고맙다는 듯 환하게 웃어 보였다.

"근데 박준수 씨, 저도 드릴 말씀이 있는데요."

어떤 중요한 부탁을 하려는 걸까? 박준수는 짐짓 긴장된 눈으로 종훈을 바라보았다.

"다음 주말까지는 모든 상황이 정리되었으면 합니다."

"왜죠?"

"제가 그때까지 휴가를 받아서 말입니다. 그 후에는……"

"하하. 김종훈 씨. 정말이지 지민이 말이 맞군요. 당신은 좋은 사람 같습니다. 앞으로 오래도록 이 순간을 잊지 못할 것 같군요."

박준수가 이전의 활기찬 모습으로 돌아와 호쾌하게 웃었다.

::

유정엽은 처음 보는 거대한 차이나타운 유흥가의 규모에 놀라고 있었다. 10층이 넘는 건물들로 빽빽이 들어찬 유흥가는 적어도 50블록이 넘는 것이 확실했다. 대부분의 건물 지하에는 클럽들이 위치하고 1층에는 카페, 2층은 레스토랑, 3층부터는 술집과 모텔이 엉겨 붙어 있었다.

"이곳은 강남이나 신촌, 종로와는 좀 다른 분위기군요……"

"대부분의 신도시에서 유흥가가 이러한 형태를 취하고 있죠. 다른 점이라면 거의 모든 건물의 지하 1층 클럽에서 마약이 판매되고 있다는 겁니다. 신종 마약 말입니다. 이쪽에 대로 끝으로 쭉 가다 보면 파나메닉이 나옵니다. 엄청난 규모의 공장을 포함하고 있는데 아마도 그곳에서 마약이 생산되고 있는 듯합니다. 물론 아직 직접 확인하지는 않았습니다만…… 나중에 처벌 규정이 정해지고 나면 확인할 수 있겠죠. 공장이 있는 반대편 끝 쪽으로 가면 이 지역의 가장 큰 클럽이 있습니다. 바로 그곳이 오늘 우리가 들러볼 곳이죠."

이제 막 점심시간이 지난 낮의 유흥가는 밤의 화려한 모습과는 다르게 지저분하기 짝이 없었다. 마치 유령도시 같았다. 사람들도 거의 보이지 않았다. 드문드문 이제 막 잠에서 깬 듯한 사람들이 비틀거리며 거리를 빠져나갈 뿐이었다. 상호들도 몇몇 해장국 가게에만 불이 들어왔을 뿐 대부분 문을 닫고 있었다. 6년 전만 해도 이런 골목에는 오전 시간만 되면 약에 취해 바닥을 기어 다니는 마약 중독자들로 가득했다. 유정엽이 종로 강력계에 신참으로 근무를 시작했을 무렵 환경 미화원들은 마약 중독자들이 사용한 주사기가 거리에 너무 많이 나돌아 처리에 골머리를 앓고 있을 지경이었다. 결국 정부에서는 수도권에서 마약을 뿌리 뽑기 위해 대대적인 마약 퇴치 작전을 펼쳤고, 결과적으로 현재 수도권에서는 마약을 찾아볼 수 없게 되었다.

지금 유정엽이 걷고 있는 이 거리는 새로운 마약 거래의 중심지라고 하기에는 예전의 종로 거리와 많은 차이가 있었다. 어쩌면 송연중이 말한 대로 이 기억 단백질은 신종 마약이라기보다는 그저 단순한 오락거리일 수도 있겠다는 생각이 들었다.

그들이 도착한 클럽은 큼직한 입구에서부터 벌써 그 규모를 짐작할 수 있었다. 문 앞에 서자 기다렸다는 듯이 문지기가 나와 그들을 안내했다. 유정엽은 우락부락하고 문신을 잔뜩 한 조직폭력배가 나올 것이라 예상했지만 의외로 문지기는 정장 차림에 말쑥한 외모를 한 앳된 젊은이였다. 외모에서 풍겨오는 은근한 중국인의 이미지만 아니라면 정말 한국인이라고 생각할 정도로 그는 유창한 한국어를 구사했다. 그를 따라 그들은 지하 2층의 널찍한 방으로 갔는데, 온통 붉은색과 금색으로 치장된 방은 중국풍의 갱단 소굴이었다. 어둑어둑한 방에서 사납게 생긴 사내가 까만 선글라스를 쓰며 그들을 맞이했다.

"죄송합니다. 제가 워낙 인상이 좋지 않아 처음 보는 손님을 맞이할 때는 이렇게 선글라스를 씁니다. 송연중 씨도 상당히 오랜만에 보는군요."

"이런 곳에 자주 들락거리는 게 보기에 좋지는 않잖아요."

"물론입니다. 혹시 오늘 처음 오신 분은 누구신지 알 수 있을까요?"

선글라스 사내가 유정엽을 눈짓하며 물었다. 유정엽은 손을 내저으며 대꾸했다.

"아니, 전 아마 오늘 이후로 올 일이 없을 듯해서요. 뭐 나쁜 뜻은 없습니다. 제가 기대했던 것보다 많이 친절하시군요."

"물론입니다. 우리는 언제나 한국 정부와 친하게 지낼 준비가 되어 있습니다. 우리는 스스로를 마약상이라고 생각하지 않습니다. 물론 현재로서는 그 단어 외에는 우리를 표현할 방법이 없지만 말입니다. 곧 좋은 이름이 만들어지리라 기대하고 있습니다. 지난번에 제가 송연중 씨께 말씀드리지 않았던가요? 그……."

"멕스조이프로틴 말입니까? 그건 꼭 단백질 보충제 이름 같던데요……."

"네, 뭐…… 사실 저희도 어떻게 이름 붙일지 전혀 감을 못 잡고 있긴 합니다만 말입니다. 어쨌거나 한국에서의 저희 사업이 합법화되는 게 그렇게 어렵지는 않기를 바랍니다. 물론 저희는 성의 표시에도 전혀 게으르지 않다는 점을 잘 알아주셨으면 합니다."

마약상은 아무런 망설임도 없이 하얀 봉투를 내밀었고, 송연중 역시 자연스럽게 봉투를 받아 양복 안주머니에 넣었다. 유정엽은 당황스러웠지만 어찌 보면 당연한 일이기도 했다. 그가 종로 강력계에 있을 때도 이런 일은 일상적이었다. 송연중은 표정에 아무런 변화 없이 말을 이었다.

"올 때마다 이래서 제가 자주 오지를 못하는 겁니다. 그건 그렇고 제가 오늘 이걸 받으려고 온 게 아니란 걸 알지 않습니까?"

"그 장치 말이군요. 물론 준비되어 있습니다. 나가실 때 드리도록 하죠."

"그럼 본론으로 들어갑시다. 누군가 이미 복제되었다는 것은 알고 있을 거고……."

"물론입니다."

"그게 김종훈이란 것도 짐작하고 있겠죠."

"갑자기 생존자가 생긴 걸 보고 단번에 알았습니다. 물론 파나메딕을 통해서도 확인은 했습니다."

"우리는 김종훈을 찾고 있습니다."

"그는 이미 검거된 것 아니었습니까? 뉴스에는 그렇게 나오던데……"

송연중은 시치미를 떼는 사내에게 말했다.

"왜 이러세요. 이미 다 알고 있지 않습니까."

사내는 잠시 무언가를 생각하는 듯하더니 입을 열었다.

"음, 이 이야기는 다른 분하고 하셔야 할 것 같습니다."

"다른 분이라니 누구 말입니까?"

"파나메딕 말입니다."

"아직은 파나메딕과 접촉할 생각이 없는데요."

"사실 이미 기다리고 있습니다. 그쪽에서 먼저 만나고 싶어했습니다."

내내 침착하던 송연중의 얼굴에 당황하는 기색이 역력했다.

"이런 일은 미리 말해야 하는 거 아닙니까?"

"죄송합니다. 만나기 꺼려하실 것 같아서 저도 그렇게 얘기했습니다만, 제가 몰랐으면 하는 부분이 있는 것 같습니다. 굳이 직접 이야기하겠다고 하더군요. 워낙에 뜻이 강해서 제가 어떻게 할 수가 없었습니다. 아시겠지만 그쪽에서 공급을 끊거나 품질을 떨어뜨리면 저도 많이 어려워집니다. 그럼 좋은 이야기 나누시기 바랍니다."

유정엽은 송연중의 불쾌한 표정에서 약간의 불안감을 느꼈다. 그들은 마약상 갱단 소굴에 들어와 있는데 권총 두 자루가 무장의 전부였다. 그들이 들어왔던 입구 반대편으로 나 있는 조금 더 작은 문으로 마약상이 사라지고 또 다른 중국인이 나타났다. 작은 키의 통통한 중년 여성이었다. 가슴에는 중국어로 된 이름표가 붙어 있었고 파나메딕의 로고가 선명하게 찍혀 있었다.

"우리 때문에 금요일 오후에 이렇게 나와주실 필요는 없었을 텐데요."

송연중은 불쾌감을 감추지 않았다. 그러나 여자는 아랑곳하지 않고 또박또박 자신의 말을 했다.

"이미 오래전부터 우리는 대한민국 정부와 이 향정신성 단백질의 합법화를 위해 접촉을 시도해왔죠. 하지만 우리를 너무 피하시더군요. 조금은 섭섭했습니다만…… 오늘 같은 금요일 오후는 정기적으로 이 지역 클럽들을 방문하고 있습니다. 어떻게 생각하실지 모르겠습니다만 우리는 이 단백질의 안전하고 위생적인 투여를 위해 일종의 관리를 하고 있습니다. 금요일은 이 지역 주말 성수기의 시작이죠. 특별히 이렇게 방문해서 관리를 하는 것은 어떻게 보면 당연한 겁니다. 대한민국 정부에도 좋은 인상을 줄 수 있고요."

"그런 노력에 대한 설명을 듣고 싶지는 않습니다. 필요한 이야기만 합시다."

여자는 얼핏 입가에 미소를 짓는 것도 같았다.

"김종훈을 찾으신다고요?"

잠시 송연중은 유정엽을 바라본 뒤 다시 여자를 향해 물었다.

"찾을 방법이 있습니까?"

"김종훈은 어떻게 보면 평범한 인간이나 마찬가지입니다. 위치 추적 장치가 있는 것도 아니고…… 하지만 지금 어디 있는지는 알고 있습니다."

"어디 말입니까? 당신들은 어떻게 위치를 아는 거요?"

"그보다 상황이 조금 복잡합니다. 단순히 김종훈만의 문제였다면 직접 만나려 하지는 않았을 겁니다."

"무슨 문제가 있습니까?"

"사실 조금 미심쩍은 부분이 있어서 확인하고 싶은 것뿐입니다. 한 사람을 복제할 때 말입니다. 분명 우리는 복제 키트kit를 한 세트만 납품하기로 하지 않았습니까? 그런데 이번에 김종훈을 복제하면서 민중현이 두 개의 세트를 요구했습니다. 그것도 추가된 하나의 세트에 대해서는 무상으로 말입니다. 물론 우리가 헐값에 계약을 하기는 했지만 손해 보는 것은 원치 않습니다. 한 세트의 가격이 얼마가 나가는지는 잘 알고 계시겠죠?"

"그게 뭐가 문제라는 겁니까? 별로 대수롭지도 않구먼……. 돈이 문제라면……."

"돈이 문제가 아니라…… 두 개의 세트를 가져갔다는 것은 두 사람을 복제했다는 의미입니다. 그런데 우리가 알기로 복제된 사람은 한 사람뿐이죠. 그리고 오늘 오전 아주 이상한 이야

기를 들었는데…… 김종훈이 대통령의 비자금을 노리고 있는
것 같습니다."

"대통령의 비자금?"

"남대철 대통령은 비자금을 제3자를 통해서 관리하고 있었
는데 김종훈이 그 사람과 접선 중입니다. 물론 비자금 관리자
도 우리에게는 큰 고객입니다만 우리는 이번 일로 곤경에 처하
는 것을 원치 않습니다."

"무슨 소리를 하는지 하나도 알아들을 수가 없군요. 대통령
이 복제되었다는 거요? 그리고 김종훈이 대통령을 볼모로 잡고
있다고?"

"그게 아니라 저희가 생각하기에, 김종훈이 대통령의 기억까
지 가진 상태로 복제되었을 가능성이 있다는 겁니다."

옆에서 잠자코 있던 유정엽은 깜짝 놀라 끼어들었다.

"잠깐만! 그게 무슨 말입니까? 기억을 섞어서 복제한다고요?
그게 가능합니까?"

"물론 가능합니다. 하지만 민중현 박사님이 그런 엉뚱한 짓을
뭐하러 하겠습니까? 당신 지금 제대로 알고 하는 소리입니까?"

혼란스러워하며 송연중이 중국인에게 따지듯 말했다. 중국
인은 담담하게 자리에서 일어서며 말했다.

"그건 저희도 의문입니다. 민중현을 의심하고는 있지만 저희
와는 전혀 상관없는 일이니까요. 결과적으로 사실은 사실이니
알려야 한다고 생각했습니다. 그보다도 김종훈의 현재 위치를

알려드리기 전에 약속받고 싶은 것이 있습니다."

"뭡니까?"

"우리가 김종훈의 위치를 알려드리는 것은 큰 협조를 하고 있는 겁니다. 분명 말씀드리지만 비자금 관리자는 우리의 큰 고객입니다. 그는 자신의 위치가 노출되는 것을 극도로 꺼립니다."

중국인은 자신의 안주머니에서 주소가 적힌 작은 쪽지를 꺼내 송연중에게 건넸다.

"이건 비자금 관리자의 집 위치입니다. 김종훈은 지금 그곳에 머무르고 있습니다. 다만……."

"다만?"

중국인은 유정엽과 송연중 두 사람을 번갈아 보더니, 다짐을 두듯 천천히 말했다.

"그곳에서 뭘 보시건 간에 그것은 저희와는 상관없는 것으로 해주셔야 합니다."

::

종훈은 뜻밖의 여유로운 시간에 어리둥절했다. 힘들게 숨어 지낼 아내와 아들이 걱정되면서 자신만 여유로운 것 같아 미안할 뿐이었다. 박준수가 떠나고 나서 종훈은 내내 혼자 거실에서 TV를 봤다. 조금 전에는 일하는 아주머니가 차려준 저녁도 먹었다. 아주머니는 친절할 뿐만 아니라 요리솜씨도 뛰어났다. 냉장고 안에는 음료수와 간식이 꽉 차 있었고 집 밖으로 나갈 수 없다는 것만 빼면 모든 것이 완벽했다. 창밖으로 보이는 석양과 노을을 적시는 파도가 마치 한 폭의 그림 같았다. 다음 주 수요일까지 거의 일주일 동안 갇혀 지내려면 힘들 것 같기도 했지만 이 정도면 나쁘지 않았다. 파도 소리는 마치 자장가처럼 그의 귀를 간질였다. 어제까지의 피로가 풀리지 않아서일까? 종훈은 아직 햇살의 끝자락을 머금은 붉은 하늘을 보며 잠이 들었다.

얼마나 시간이 흐른 걸까? 종훈은 덜그럭거리는 소리에 잠에서 깼다. 거실의 불은 온통 다 꺼져 있고 종훈은 이불에 덮여 있었다.

'어라? 아주머니가 왔다 가셨나? 지금 몇 시지?'

어두운 거실에 빛이라곤 먼 바다 오징어잡이 배의 빛줄기 한 점뿐이었다. 종훈은 벽시계 쪽을 바라보려고 두리번거렸지만 너무 어두워서 알아볼 수가 없었다. 해변을 비추던 간이 조명까지 다 꺼진 걸 봐서는 아마도 새벽 시간일 것이다. 일찍 잠들어서인지 종훈은 잠이 더 오지는 않을 것 같았다. 종훈이 개운치 않은 기분으로 어둠 속을 더듬거리며 거실 조명 버튼을 찾으려고 하던 찰나, 등 뒤 2층 복도 난간에서 인기척을 느낄 수 있었다.

'누구지?'

뒤를 돌아봤지만 호리호리한 형태의 사람이 서 있는 게 보일 뿐 누군지는 알아볼 수가 없었다. 그 사람은 잠시 머뭇거리더니 뒤에 있는 방문을 열고 사라져버렸다.

'이 집에 나 혼자만 있는 게 아니었나? 아주머니가 같이 계시나?'

무얼 하든 일단 거실에 불을 켜고 봐야 했다. 종훈은 아직까지 이곳 조명 버튼의 위치를 온전히 파악하진 못하고 있었다. 구조도 생소한 집에서 그는 최대한 실수를 하지 않기 위해 천천히 움직였다. 어둠 속에 팔을 뻗어 휘젓던 그의 손에 뭔가 버튼 같은 물체가 닿았다. 하지만 조명 버튼이라고 하기에는 위치가 애매했다. 창문 가까이에 있는 그 버튼을 누르자 벽 안에서 전기 모터가 돌아가는 소리가 들렸다. 종훈은 반사적으로 뒤로 물러섰다. 순간 벽 사이에서 빛줄기가 새어 나왔다. 그리고 러닝머신이 부드러운 마찰음과 함께 벽에서 나왔다. 하마터면 러닝머신에 부딪힐 뻔했다. 박준수가 아침에 이용하던 러닝머신을 벽 밖으로 빼내는 버튼이었던 것이다. 밝을 때는 몰랐는데 러닝머신을 감추고 있던 벽 안쪽 공간에서는 은은한 LED 조명이 새어 나오고 있었다. 덕분에 2층 복도를 어렴풋이나마 알아볼 수 있게 되었다. 방금 누군가 사라졌던 방의 방문은 굳게 닫혀 있었다.

'잘못 본 건가? 아무도 없는 건가?'

그러나 곧 더 큰 호기심이 종훈의 눈에 가득 찼다. 러닝머신이 나온 벽 안 공간에 계단이 있었고 그 계단은 지하로 연결되어 있었다. 마치 비밀 통로 같은 그 공간은 종훈이 대통령 집무실에서 탈출할 때 지나왔던 통로와 많이 닮아 있었다.

'설마 비밀 탈출로? 이런 게 필요하단 말인가? 어디로 이어지는 거지?'

잠시 고민하던 종훈은 상체를 반쯤 넣어 계단 아래를 내려다보았다. 얼마 되지 않는 곳에 바닥이 보였다. 아래쪽에서는 시원한 에어컨 바람이 새어 나오고 있었다. 단순한 통로 같아 보이지는 않았다. 종훈은 궁금했지만 또한 큰 문제를 일으키는 것은 원치 않았다.

'어쩌면 그냥 얌전히 있는 편이 좋겠어……'

그 순간 창문 쪽에서 엄청난 충돌음이 났다. 총소리였다. 창밖에서 다시 사람들의 고함소리가 들리더니 또다시 창문으로 총을 쏘기 시작했다. 놀란 종훈은 통로 안으로 급히 몸을 숨긴 후 창문 쪽을 바라보았다. 창문은 멀쩡했다. 그는 창밖에서 누군가 외치는 소리를 똑똑히 들을 수 있었다.

"씨발! 방탄유리야! 야, B조! 그냥 위로 들어가!"

누군가의 명령이 떨어지자 바로 2층에서는 유리창 깨지는 소리가 들렸다. 그 소리에 이어 곧장 사람들의 구둣발 소리와 여자의 비명소리가 뒤섞여 들려오기 시작했다. 박지민의 목소리였다. 종훈에게는 더 이상 고민할 이유도 시간도 없었다. 그는 최대한 빨리 계단으로 내려가 뛰기 시작했다.

::

새벽 1시. 권무신은 집에 들어가기 전 여의도역 근처 바에 들러 다이어트 콜라와 튀김 안주를 주문했다. 생각 같아서는 맥주를 한잔하고 싶기도 했지만 강동구에 있는 집까지 운전하려면 다이어트 콜라도 나쁘지 않을 것 같았다. 지금 그에게는 술보다는 짭짤한 간식거리가 더 필요했다.

몇 시간 전 김종훈의 위치를 파악했다며 오늘 밤 검거하겠다는 유정엽의 전화가 걸려왔다. 사실 권무신은 유정엽을 거의 전적으로 신뢰하고 있었다. 그를 정식으로 처음 만난 것은 유정엽이 종로 마약쟁이들 퇴치에 큰 공로를 세우고 표창을 받던 날이었다. 유정엽의 근무태도는 깔끔했고, 침착하면서도 의욕적인 태도로 어떻게 해서든 원하는 결과를 얻어냈다. 자신과는 상반되는 스타일이었지만 권무신은 유정엽의 실력을 인정하고 있었다. 그런데 오늘의 전화 이후로는 어쩐지 불안한 마음이 지워지지 않았다.

권무신은 테이블 자리보다는 바 자리를 선호하는 편이었다. 특히나 이렇게 퇴근 무렵 혼자 들를 때면 더욱 그러했다. 이젠 제법 얼굴을 익힌 바텐더가 슬쩍 다가왔다.

"무슨 일 있으세요? 오늘은 표정이 좀 안 좋아 보이십니다."

"그런가? 조금 티가 나는가 보군. 나름 포커페이스라고 생각했는데……."

"일이 좀 안 풀리나 보죠?"

"그건 아닐세. 오늘따라 걱정이 많이 돼서 그래."

"너무 염려 마시고 맛있는 것 드시면서 기분 푸세요. 제가 신경 좀 썼습니다. 나름 오늘의 스페셜이죠."

잠시 후 다이어트 콜라와 튀김 안주가 서빙되었다. 치즈가 가득 뿌려진 감자튀김 위로는 사워크림과 베이컨, 파슬리가 잔뜩 뿌려져 있었다. 치즈의 진한 향과 사워크림의 알싸한 향이 어우러져 권무신의 코를 자극하자 안도감이 몰려왔다. 한쪽 면이 야외로 완전히 개방되어 있는 바 안으로는 시원한 가을 밤바람이 몰려왔다. 가을을 타는 것일까? 약간은 어둑한 조명도 그의 노곤해지는 의식과 잘 어울렸다.

권무신은 내일모레 마흔을 바라보지만 아직 결혼을 하지 못했다. 적절한 짝을 못 만난 탓도 있겠지만 직업에 충실하다 보니 여자를 만날 수가 없었다. 유정엽은 그런 권무신을 위해 자신의 노모와 아내가 만들어준 소중한 음식들을 자주 나누어 주곤 했다. 그럴 때면 유정엽의 배려가 고마웠고, 자신보다 훨씬 일찍 안정적인 가정을 꾸려나가는 모습이 그렇게나 부러울 수 없었다. 물론 괄괄한 성격의 권무신은 유정엽 앞에서 이런 자신의 속마음을 티 내지는 않았다.

입안에 가득 찬 부드러운 감자 조각을 다이어트 콜라 한 모금으로 씻어내는데 전화벨이 울렸다. 유정엽이었다.

"음, 그래. 좀 괜찮나?"

권무신은 평소 말씨가 무뚝뚝했지만 상념에 젖었던 탓인지 조금은 부드러운 목소리가 흘러나왔다. 그런 권무신의 태도에 유정엽은 약간 당황했다. 권무신이 자신을 많이 아끼는 것을 알고는 있었지만 표현할 만큼 자상한 성격은 아니었던 것이다.

"전 괜찮습니다. 그런데 팀장님, 무슨 일 있으십니까? 목소리가 평소와 다른 것 같아서요."

"일은 무슨. 청와대 집무실에서 테러범 놓쳐서 현장에 나가기 껄끄러워진 놈이 무슨 특별한 일이 있을 게 뭐 있냐."

누구보다 사무실 분위기를 갑갑해하고 현장의 피땀을 좋아하는 권무신이었지만, 지난번 실수 이후 당분간은 사무실 내에서 전체 총괄만을 하고 있었던 것이다.

"그나저나 내가 놓쳤던 김종훈, 검거는 했어?"

수화기 너머 아주 짧은 침묵이 흘렀다.

"팀장님, 죄송합니다. 김종훈 검거는 실패했습니다."

"뭐? 검거에 실패해?"

잔잔하던 권무신의 목소리에 다시 힘이 실렸다. 무언가 더 상스러운 욕이 나오려 하는데 이를 막듯 유정엽이 빠르게 내뱉었다.

"우리가 도착했을 때 이미 김종훈은 이곳을 떠난 상황이었습니다. 그보다도 여긴 서해안 쪽인데 중국인들 말로는 김종훈이 숨어 있던 이 집이 실제로 대통령의 비자금을 관리하던 자의 집이라더군요."

"중국인들이라면 그때 이야기했던 파나메딕을 말하는 거야?"

"네, 파나메딕 관계자가 이 집의 위치를 알려줬습니다. 물론 그 사람들도 조금 석연치 않은 구석이 있기는 합니다만……."

"어떤 부분에서?"

"갑자기 민중현에 대한 이야기를 꺼내더군요. 뭔가 의심된다고 말이죠. 사실 우리는 김종훈의 행방만을 요구했을 뿐이었거든요. 이곳으로 오는 도중에 생각해봤는데…… 뭔가 파나메딕과 민중현 사이에 이해관계가 있었던 것 같습니다. 파나메딕이 의도적으로 민중현을 밀고하려는 것 같은 느낌을 지울 수가 없더군요……."

"그래? 민중현이 이 사건과 무슨 연관이 있는 거야? 그리고 대통령 비자금은 또 무슨 얘기야?"

"대통령 비자금과 관련해서는 얘기들이 계속 흘러나오기도 했었잖습니까. 중국인들은 김종훈이 대통령 비자금을 노리고 있다는 얘기도 하더라구요."

"음, 김종훈이 대통령 비자금을 노려? 그런데 대통령 비자금은 우리 소관은 아니지 않아?"

"그보다 더 큰 문제가 있습니다. 이 집 말입니다. 여기 정말 엄청난 것이 있습니다."

"무엇 말인가?"

"여기 올 때 복지센터 송연중과 같이 왔는데 송연중 말로는 이 집 지하에 있는 시설이⋯⋯."

이어지는 유정엽의 말은 실로 충격적이었다.

"바로 복제 시설이라더군요."

"뭐? 복제 시설?"

"예, 인간 복제 시설 말입니다. 송연중 말로는 국가위기관리위원회 복지센터에 있는 시설과 동일하다고 합니다. 재미있는 건 여기는 이 시설이 더블로 설치되어 있어서 동시에 두 명을 복제할 수 있다고 하더군요. 그러니깐 이곳 시설이 실제로 더 크다 이 말입니다."

머릿속으로 생각을 정리하며 잠시 숨을 돌린 권무신이 입을 열었다.

"알겠네. 일이 복잡해지는군. 다른 보고사항은 더 없나?"

"그리고 이곳에서 여자를 한 명 발견했습니다. 비자금 관리자는 아닌 것 같습니다. 중국인들이 비자금 관리자는 남자라고 했거든요. 박지민이라고 하는데 상백이 말이 베스트셀러 작가라고 하더군요. 무슨 정치계 뒷이야기를 폭로하는 책이었다던데⋯⋯."

"그 여자는 왜 거기 있었다던가?"

"그걸 모르겠습니다. 도대체가 아무런 이야기도 하지 않고 조금 혼란스러워 보이는데⋯⋯ 자다 깨서 그런 건지⋯⋯ 일단은 내일 아침 신문해볼 생각입니다. 조금 전에 국과수로 데리고 갔습니다."

"갑자기 국과수는 뭐하러? 그냥 여의도로 데리고 오지 않고."

"그게…… 민중현 대령이 그렇게 지시했다고 합니다. 누구든 발견되는 자는 그쪽으로 데리고 오라고 말입니다."

"뭐 일단 알겠네. 김종훈 행방 추가로 알아보고, 정리해서 자네도 얼른 복귀하게."

"네, 좀 둘러보고 상백이에게 맡긴 다음 출발하겠습니다. 그리고……."

"또 뭔데?"

"그게…… 여기서 문서가 발견된 게 있는데…… 아, 아닙니다. 제가 확실해지면 내일 오전에 출근해서 바로 보고드리겠습니다."

"그래, 알겠네."

뚜뚜뚜. 권무신과의 통화를 끝낸 유정엽에게 옆에서 기다리던 조상백이 다가왔다.

"지문은 계속 조사 중인데요. 지금까지 네 사람 정도의 지문이 나온 것 같습니다. 확실치 않은데…… 아무튼 그 대박 건 외에는 다른 소지품이라든지 특별한 건 없습니다. 집주인과 관련된 물건은 하나도 없고 말입니다. 박지민이라는 여자도 차키와 지갑뿐입니다."

"너무 이상하지 않아?"

"뭐가요?"

"이곳에 그 문서들 말고는 그 어떤 것도 남아 있지 않다는 것 말이야……."

"글쎄요…… 지문은 남아 있지 않았나요?"

"그거야 너무 갑작스러워서였을 수도 있는 거고. 어쩌면…… 모두 준비해놨던 건지도 몰라……."

"준비해놨던 거라뇨? 뭘요?"

"뭐라니? 그 문서들 말이야. 마치 발견되기만을 기다리고 있었다는 듯 있었어."

"사실 전 발견만 했을 뿐이지 부팀장님께 드리고 아직 내용은 파악을 못해서요. 대체 그게 무슨 내용이길래요?"

유정엽은 혀를 내둘렀다.

"폭로. 내가 조금 전까지 죽 훑어봤는데…… 이거야말로 대형 사건이야. 남대철 대통령……."

"대통령에 대한 내용인가요?"

"그동안은 모두 추측만 했지. 사실 어떻게 수사할 엄두도 내지 못했어. 게다가 워낙 철저하게 관리를 해서 실마리조차 찾을 수 없었거든? 그런데 그 문서에 다 나와 있더라고…… 그동안의 정치적 비리와 비자금, 대기업과 유착, 그리고 온갖 실정에 관한 내용들 말이야……. 전혀 알려지지 않았던 새로운 내용들까지……."

"그 문서가 그런 내용들을 담고 있었단 말인가요?"

"아직 나도 완전히 살펴보지는 못했어. 내용이 워낙 많아서 말이지……. 내일 권 팀장님한테 보고하고 정확히 수사해보면 아마 대박날 것 같다."

"그럼 문서는 어디로 옮기죠? 국과수로?"

"뭐하러? 민중현 때문에?"

"민중현이 뭐든 간에 일단 국과수로……."

"그건 누구라도 발견됐을 때 이야기고…… 이건 문서잖아! 이건 우리 꺼지!"

"그러고 보니 그렇네요……. 발표하면 파장이 꽤 크겠는데요?"

그제야 조상백도 일의 무거움을 깨달은 듯 눈을 빛냈다.

"아직 지하실에 있지?"

"네."

"알았다. 지문이랑 증거물들 잘 정리해놓고 기다리고 있어. 난 일단 지하로 가서 한 번 더 둘러보고 문서 조금 더 살펴보고 있을 테니까. 일 끝나면 내려와서 문서 가지고 같이 복귀하자고."

유정엽은 문득 유쾌한 기분이 들었다. 어마어마한 폭로성 문서를 발견한 것도, 그걸 내일 보고하면 뿌듯해할 권무신을 떠올리는 것도 그에겐 제법 기분 좋은 일이었다.

지하에 들어온 유정엽은 미래세계에 온 것만 같았다. 이 시설은 분명 파나메딕이 만들었을 것이다. 어쩌면 파나메딕은 이미 여러 곳에 복제 시설을 만들었을지도 모를 일이었다. 큰돈이 될 만한 일을 중국인들이 마다할 리 없을 테니.

지하실 중앙의 테이블에는 문서가 담겨 있는 박스가 놓여 있었다. 일반적인 라면 박스의 절반 정도 되는 크기, 그 속을 가득 메운 A4 용지들……. 그동안 수많은 사람들이 알고 싶어 했던 비밀들이 들어 있었다.

유정엽은 특별히 정치적인 성향이 뚜렷한 건 아니었다. 그럼에도 남대철 대통령 취임 후로 많은 힘없고 가난한 사람들의 희생이 있었던 것은 분명한 사실이었다. 그는 상백이 돌아올 때까지 문서의 내용들을 찬찬히 살펴보기 시작했다. 특히 하천 정비 사업 등 그의 눈길을 사로잡는 부분들이 있었다. 암호화되어 표기된 부분도 있었지만 담고 있는 내용 탓에 흥미진진하고 빠르게 읽혔다.

종훈은 유정엽이 문서의 이런저런 내용들을 기웃거리는 동안 구석의 철제 캐비닛 안에 숨어 그 모습을 지켜보고 있었다. 문을 안에서 걸어 잠그는 바람에 처음 이곳에 들어왔던 사람들이 별 관심 없이 지나쳤던 것이다. 캐비닛은 종훈이 숨기에 충분히 컸지만 장시간 갇혀 있자니 답답하고 숨이 막혀 왔다. 한참 후 또 다른 남자가 방으로 내려왔다. 종훈은 두 사람의 대화를 똑똑히 들을 수 있었다.

"부팀장님! 아직까지도 보고 계신 거예요? 저는 위에서 정리하느라……."

"야! 너도 이거 좀 읽어봐…… 꽤 재밌다."

"전 됐어요. 내일부터는 주구장창 그것만 볼 텐데요 뭐. 아무튼 이 집은 정말이지 영화에서나 볼 법하군요."

"여기 복제 시설 말이야? 아니면 저 위에 펜트하우스 말이야?"

유정엽은 문서에서 눈을 떼지 않은 채 건성건성 대꾸했다.

"아, 그러고 보니 저 위의 펜트하우스도 만만치 않네요. 하지만 전 복제 시설을 말하는 거였는데요."

"그건 그렇고. 더 나온 건 없어? 김종훈은 여기 있다더니 도대체 어디로 간 거야?"

"글쎄요. 중국인들은 원래 믿을 만한 인간들은 아니니까요. 비자금 관리인도 중국인들에게 큰 고객이었다면…… 우리가 올 걸 미리 알고 있었던 건지도 모르죠."

"그럼 그 여자는 뭐야?"

"박지민이요?"

"그 여자만 남겨둘 이유가 있나? 설마 김종훈이 여기 어디 숨어 있는 거 아냐? 잘 찾아본 거지?"

"예, 안 본 곳은 없는데…… 그런데 부팀장님, 제 느낌일 뿐인데 말입니다. 민중현이 오히려 의심스러운데요? 뭐하러 대통령의 기억을 섞어서 사람을 복제합니까?"

"그러게…… 그나저나 여기 좀 봐. 수조 벽면이 축축하지 않아? 바닥에도 물이 있고……."

"그러게요. 최근에 이 기계를 사용한 것 같은데요?"

"복제 말이야?"

순간 그들의 등 뒤에서 끼익거리는 금속 마찰음과 함께 철제 캐비닛 문이 천천히 열렸다. 두 사람은 반사적으로 뒤로 돌아서며 권총을 꺼내들었다. 캐비닛 안에선 종훈이 두 손을 들고 서 있었다.

"야, 조상백! 너 다 뒤져봤다며! 김종훈! 나와서 무릎 꿇어!"

"죄송합니다. 저 캐비닛은 잠겨 있었는데……."

종훈이 긴장한 얼굴로 천천히 걸어나와 무릎을 꿇고 두 손을 바닥에 대고 엎드리자 조상백이 다가가 제압하고 결박했다.

"방금 민중현 이야기하는 것 저도 숨어서 들었습니다. 이제 누명을 벗을 수 있는 겁니까? 저는 테러범이 아닙니다."

그의 목소리에는 절박함이 담겨 있었다. 유정엽은 옆에 있던 선반에 권총을 올려놓았다. 순간적으로 긴장했던 탓인지 다리가 후들거렸다. 김종훈에게 무슨 말이라도 해주고 싶었지만 그럴 만한 여유가 없었다. 사실 무슨 말을 해야 할지도 몰랐다. 지금에 와서는 유정엽도 심증으로는 김종훈보다 민중현을 의심하고 있었지만 어디서부터 실마리를 잡아야 할지 답이 없었다.

그때 왼쪽 벽에서 삐 하는 전기 신호 같은 소리가 들려왔다. 소리 나는 쪽으로 고개를 돌리자 벽에서 조금 전에는 볼 수 없었던 빨간 불빛이 마치 경고라도 하는 듯 강렬하게 나오고 있었다. 유정엽은 그것이 폭탄이란 것을 바로 직감할 수 있었다. 그의 허벅지에는 그 어느 때보다 강력한 힘이 들어갔지만 어디로 뛰어야 할지 방향을 정할 수 없었다. 폭탄이 언제 터질지 전혀 짐작할 수 없었다. '당황해서는 안 된다! 어서 이곳에서 도망쳐 나가야 한다!' 유정엽은 평소처럼 침착하게 그리고 신속하게 행동하려 했지만 잘 되지 않았다. 조상백은 이미 꿇어앉은 김종훈의 뒷덜미를 잡아채고 뛰기 시작하고 있었다. 신참이었지만 그의 동물적 감각은 유정엽보다 빨랐다. 종훈은 갑작스러운 상황에 혼이 나간 듯 보였다. 어쩌면 그는 아직까지도 벽의 작은 빨간 불빛과 경고음이 폭탄을 의미한다는 것을 모르고 있는 것도 같았다. 유정엽은 재빨리 뒤로 돌아 테이블 위의 문서 박스를 들어 올렸다. 종이로 가득 찬 박스는 그 내용이 지닌 무게만큼이나 무거웠지만 이 집에서 도망쳐 나가는 시간에 큰 영향을 주지 않을 것 같았다. 게다가 이 문서는 분명 김종훈만큼이나 중요했다. 조상백과 김종훈은 벌써 위층으로 뛰어 올라가고 있을까? 고개를 들어 위층으로 올라가는 계단의 입구 쪽을 바라보았으나 그들은 보이지 않았다. '벌써 입구까지 갔을지도 몰라.' 유정엽은 다시 한 번 허벅지에 강하게 힘을 줬다. 한 발을 내딛는 순간 번갯불 같은 섬광이 번쩍였다. '폭발인가?' 그러나 폭발음은 들리지 않았다. 그때 유정엽의 시야에 조상백과 김종훈이 들어왔다. 그들은 아직 이 지하실을 벗어나지 못했던 것이었다.

천정 가까이에서 완만한 포물선을 그리며 오른쪽에서 왼쪽으로 떨어지고 있는 조상백과 김종훈! 그들은 떨어진다기보다도 날아가는 것처럼 보였다. 투수가 던진 야구공이 포수에게 날아갈 때처럼 그들은 그렇게 우아한 포물선을 그리며 비행하고 있었다. 그들의 허리와 다리는 어색한 각도로 휘어져 있었다. 그런 모습은 너무나 낯선 것이었지만 그들이 왜 그렇게 높은 곳에서 날아가고 있는지 이해하기는 그리 어렵지 않았다. 그들이 지하실 바닥에 착륙하기도 전에 유정엽은 그 이유를 알 수 있었다. 그들이 지나간 자리를 메우며 순식간에 퍼져나가는 강력한 불꽃! '폭발이다!' 지면으로부터 왼쪽 다리를 통해 강력한 반동이 전해져 오자 무릎 관절에 날카로운 통증이 느껴졌다. 전신을 통해 전해져 오는 대기의 진동, 그리고 뒤이어 찢어질 듯 고막을 때리는 강력한 폭발음. 시간은 느리게 흘러가는 듯했지만 모든 것이 끝나는 순간까지 그리 긴 시간이 걸리지 않았다. 유정엽이 할 수 있는 생각도 오직 한 가지뿐이었다. '제길, 이건 정말 아프겠는데……'

토요일

　권무신은 출근 직후 접한 뜻밖의 소식에 화가 치밀어 올랐
다. 송연중과 유정엽을 한 팀으로 묶었던 것은 자신의 지시였
다. 새벽에 있었던 폭발로 사망한 것은 유정엽뿐만이 아니었다.
위기관리위원회 보안팀까지 모두 7명이나 사망했다. 열차 사고
가 난 지 6일 만에 또다시 이런 참사가 일어난 것이다. 권무신에
게는 이제 이 사건이 전쟁처럼 느껴졌다. 전날 밤 통화에서 유
정엽이 다음 날 보고하겠다고 했던 게 무엇이었을까. 무엇보다
마지막 통화에서 조금 더 따뜻하게 대해주지 못한 것이 마음에
걸렸다.

　이번 폭발 역시 김종훈이 일으킨 것일 수도 있었다. 아니면
중국인들의 함정일 수도 있었다. 어쩌면 비자금 관리자라는 사

람이 또 다른 위험인물일 수도 있었다. 어수선한 생각들 속에 권무신은 박지민을 직접 신문할 생각으로 국립과학수사연구원으로 출발했다. 지금의 슬픔과 분노가 범벅된 마음 같아서는 어떻게든 직접 이 사건을 해결해 관련자들은 모조리 죽여버리고 싶다는 생각이 들 정도였다.

국과수에는 사건 수사와 관련된 사람들이 다 모여 있었다. 모두가 어두운 표정이었다. 그중에도 권무신의 눈에 가장 띄는 것은 강상호였다. 어떻게 보면 그는 이번 사태의 최고 책임자였다. 그럼에도 불구하고 강상호는 수사에 대한 의욕보다는 귀찮음이 앞서는 듯했다. 전형적인 관료의 모습. 권무신으로서는 그런 강상호가 마음에 들지 않았다.

향후 수사 방향을 논의하기 위해 모였지만 방 안에 앉아 있는 누구도 선뜻 말을 꺼내려 하지 않았다. 그때 송연중이 사체 사진 몇 장을 들고 방으로 들어왔다. 송연중이 보고를 끝내고 나가자 강상호는 고민스러운 얼굴로 잠시 침묵했다가 입을 열었다. 모두의 시선이 강상호에게 쏠렸다.

"여기 있는 사람들 모두 이번 사건으로 많이들 피곤할 것 같군. 어쩌면 우리는 사건을 조금 더 빨리 종결시킬 수 있을지 모르겠네. 오늘 새벽 1시 30분에 그 집이 폭발하면서 사망한 7명 중 한 사람이 김종훈이라는군. 사체 손상 정도가 너무 심해서 바로는 확인이 안 되었던 모양인데, 조금 전 사체의 신원 확인이 끝났다고 하네. 백승현이라는 외과 의사가 위기관리위원회

복지센터 지하 영안실에서 신원 파악을 진행했고 치열로 최종 확인했다는군. 흠, 이제 어떻게 해야 할지 누구 의견 있는 사람 있나?"

"김종훈이 사망했다는 말씀이십니까?"

서인국은 꽤 많이 놀란 듯했다. 애써 나지막한 목소리를 냈지만 표정에서 그가 얼마나 놀라고 있는지를 느낄 수 있었다.

"어떻게 보면 김종훈은 이미 죽었던 거지 않나. 지금 여기 있는 사람들 외에는 국가위기관리위원회 복지센터의 몇몇 관계자만 제외하면 김종훈이 복제되었다는 사실을 아는 사람도 없지 않나? 그냥 표면적으로는…… 그러니까 일단 우리 선에서는 그냥 상황을 원점으로 되돌리면 되는 거야. 그리고 언론에는 수사 과정 중에 사망한 걸로 알리도록 하고. 열차 테러는 비극으로 끝나고 범인들은 모두 죽어버린 거야. 그렇게 정리하자고. 그리고 유족에 대해서는 서인국 자네가 책임자니까 알아서 하도록 하게. 민중현 자네는 복지센터로 가서 직원들 입단속 잘 시키게. 난 청와대로 돌아가 일본인 문제를 어떻게 할지 논의하겠네."

강상호는 서둘러 사건을 덮어버리려는 것 같았다. 권무신도 평소 일이 복잡해졌을 때는 사건을 덮어버리는 것도 나쁘지 않다고는 생각했지만, 이번만큼은 물러설 수 없었다.

"우리 대원들도 사망했습니다. 열차 사고야 일본 우익과 김종훈의 소행으로 결론 내린다 해도 이번 폭발의 범인은 잡아야 되는 거 아닙니까?"

"김종훈은 이미 죽었다고 하지 않았나……."

"저는 집주인을 말하는 겁니다. 비자금 관리자 말입니다."

"자네 마음은 이해하네. 하지만 이쯤에서 사건을 종결했으면 하네. 폭발은 김종훈 때문인 것 같군. 난 그렇게 생각하네."

"그럼 박지민은 어떻게 하실 겁니까?"

"박지민이나 비자금에 관해서는 국정원에 넘길 생각이네. 그 비자금 관리자니 뭐니 하는 작자에 대해서도 마찬가지고. 더 이상 우리 소관이 아냐. 우리는 이제 할 만큼 했어. 그나저나 비자금 관리자 집은 어떻게 알았다고? 중국인? 이걸 어떻게 설명하고 국정원에 넘길지가 고민이군……. 민중현 대령이 그쪽에 아는 사람이 좀 있지?"

뭔가 깊은 고민에 빠져 있던 민중현은 잠시 머뭇거렸다.

"어디 말씀이십니까?"

"국정원 말이야. 그냥 자네가 해결하게……. 여기서 박지민에게 조사할 것 몇 가지 챙긴 다음에 바로 국정원에 넘겨버리게. 비자금도 저 여자도 이제 모두 손 털자고."

"예."

서인국은 잠시 눈치를 보더니 강상호에게 말했다.

"박지민이라면 저도 좀 궁금한 점이 있습니다."

"어떤 점 말인가?"

"김종훈과 저 여자 그리고 비자금 관리자가 모두 한 집에 있었다는 이야기인데…… 그렇다면 세 사람이 모두 테러에 관련되어 있을 수도 있지 않겠습니까?"

"물론 그럴 수도 있겠지. 하지만 주범인 일본인과 그 한용택이라는 노인 그리고 김종훈 모두 사망했네. 비자금 관리자가 뭐하러 자기 돈줄인 대통령을 죽이겠나? 저 여자에 대해서는 더 생각하고 싶지 않군. 그냥 민중현에게 맡겨두게. 자네는 나랑 같이 가면서 얘기 좀 하지."

강상호는 서인국과 함께 밖으로 나갔다. 잠시 후 권무신이 창밖으로 두 사람이 차를 타고 사라지는 것을 확인할 때까지 방 안에 남은 사람들은 머뭇거릴 뿐 아무도 자리를 뜨지 않았다. 권무신이 민중현에게 다가갔다.

"대령님, 어떻게 하실 겁니까?"

"글쎄요. 어떻게 해야 할지. 이제 국정원에서 새롭게 수사가 시작되겠죠. 그냥 간단히 넘기면 될 것 같습니다만…… 힘드실 텐데 다들 가서 쉬도록 합시다. 저와 송연중 부팀장이 남아서 뒤처리를 하겠습니다. 아무튼 직접 지시를 받았으니 말입니다."

"제가 한번 만나봐도 되겠습니까?"

"박지민을요? 뭘 물어보시게요?"

"김종훈과 어떤 관계인지 확인해봐야겠습니다."

"그걸 확인해서 뭐가 달라집니까? 후배들의 복수라도 하시게요?"

"말씀이 조금 지나치시군요."

"권 팀장이 지금 얼마나 무거운 마음일지는 이해합니다만 이렇게 감정에 휘둘릴수록 다시 생각해보는 게 좋을 것 같습니다. 어쨌건 이제 우리는 손 떼라고 명령을 받았으니 그걸로 충분합니다. 모두들 돌아가도록 합시다."

권무신을 비롯한 모든 사람들이 꺼림칙한 표정을 지었지만 더 이상 어떻게 할 도리가 없었다. 몇몇은 밖으로 나갔지만 아직도 대부분은 안에서 삼삼오오 모여 이번 일에 관해 쑥덕거렸다. 개운치 못한 기분을 뒤로하고 민중현은 송연중과 함께 1층 증인 보호시설로 내려갔다. 박지민은 밤을 지새운 듯 매우 초췌해 보였다. 그녀의 양손은 수갑으로 의자에 결박되어 움직일 수도 없는 상태였다.

"이것부터 풀어주시면 안 될까요? 제가 범죄자도 아닌데 이런 수갑이 필요한가요?"

"죄송하지만 박지민 씨는 비자금 관리자의 집에서 발견되셨습니다. 게다가 김종훈과 같이 있었고요. 이들과 어떤 관계인지 알기 전에는 풀어드릴 수 없습니다."

"저는 그 사람들 모른다고 몇 번을 말씀드렸잖아요?"

"대령님, 어떡할까요? 사실 밤새 이 상태로 있어서 많이 힘들긴 할 텐데."

"음, 조금 곤란하군. 그 집에 있었다는 점부터가 의심의 여지가 충분하네. 자네는 나가서 국정원 사람들이 언제쯤 도착할지 좀 알아보고 있게."

"네……."

민중현은 머릿속이 복잡했다. 어쩌면 미련이 남아서인지도 모른다. 김종훈이 사망했다는 이야기를 듣는 순간 미련을 버리려고 했지만 쉽지 않은 일이었다. 그는 테이블 하나를 사이에 두고 박지민과 마주 앉았다. 평소 담배를 자주 피지는 않았지만 이 순간만큼은 담배가 간절했다.

"혹시 담배 핍니까?"

민중현은 담배를 꺼내며 박지민에게 물었다.

"지금은 별로 피고 싶지 않습니다."

민중현은 더 권하지 않고 담배 한 모금을 폐 깊숙이 빨아들인 뒤 큰 한숨으로 내뱉었다. 모든 것을 처음부터 되짚어볼 필요가 있었다. 그는 이번 일을 지난 2년에 걸쳐 준비했다. 천문학적 규모의 비자금은 한 사람만의 것으로 하기에는 너무 아까웠다. 누구라도 그렇게 생각했을 것이다. 그리고 그 비자금을 손에 넣을 수 있는 기회가 있다면 누구라도 포기하지 않았을 것이다. 그는 그렇게 자신을 합리화했다. 2년 전 최현이 이 프로젝트를 제안하는 순간부터 그는 엄청난 돈이 걸린 이 기회를 머리에서 떨쳐낼 수가 없었다. 필요한 건 대통령의 혈액 3밀리리터뿐이었지만 대통령은 철저하게 방어적으로 행동했다. 그때 파나메딕이 제안한 아이디어는 획기적인 것이었다. 결국 그는 불가피하게 열차 테러를 계획할 수밖에 없었다. 그러나 이런 대담한 시도까지도 서인국이라는 의외의 변수 때문에 실패로 돌아가고 말았다. 마지막으로 희망을 걸었지만 김종훈이란 존재도 이제 완전히 사라져버렸다. 대통령의 비자금에 대한 정보를 담고 있을 혈액은 이제 어디에도 존재하지 않는 것이다.

그러나 지금 그의 앞에는 박지민이라는 여자가 앉아 있다. 어떻게 보면 그가 지금껏 찾아왔던 바로 그 사람일 수도 있었다. 그녀는 민중현이 만난 사람 중 비자금에 가장 가까이 있는 사람인 것이다. 분명 그에게 다가온 마지막 기회가 손끝에 걸려 있었다. 당연하게도 그의 첫 질문은 비자금 관리자에 관한 것이었다.

"집주인과는 어떤 관계요?"

박지민은 민중현과 눈을 마주치지 않고 전혀 관심 없다는 듯 건성으로 대답했다.

"집주인이라니 무슨 말인지 모르겠네요. 저는 제가 어떻게 거기에 있게 된 건지도 모릅니다."

"집주인은 비자금 관리자였소. 남대철 대통령의 비자금 말이오."

그러나 박지민은 아무런 대답이 없었다. 민중현도 더 이상 아무런 말을 하지 않았다. 잠깐의 침묵이 지나고 민중현은 못 참겠다는 듯 언성을 높였다.

"이제 곧 국정원 사람들이 들이닥칠 거요. 그 사람들이 어떤 사람들인지 알고 있겠지? 지금 다들 당신이 테러와 관련이 있다고 생각하고 있소. 상황이 많이 어려울 거요. 그냥 쉽게 쉽게 합시다. 비자금 관리자, 지금 어디 있습니까?"

그녀는 여전히 대답하지 않았다. 다시 잠깐의 침묵이 흐르고 어느새 담배 연기가 방을 꽉 채웠다. 박지민은 거북한 듯 헛기침을 하기 시작했다. 아니, 헛기침이 아니었다. 순간 민중현은 뭔가를 직감한 듯 담배 연기를 그녀를 향해서 뿜었다. 그녀가 더 심하게 기침을 하자 민중현은 그녀의 등에서 폐가 있는 부위에 손을 대보았다. 비록 청진기는 없었지만 손바닥을 통해서 들려오는 미세한 떨림이 느껴졌다. '담배를 핀다고 했는데……설마 천식 발작?' 그는 의도적으로 더 많은 연기를 그녀의 얼굴에 뿜은 뒤 목을 건드려보았다. 그녀는 괴로워하며 피하려고 했지만 의자에 결박되어 있어 심한 기침만 내뱉을 수 있을 뿐이었다. 민중현은 황급히 담배를 끄고 방을 환기시켰다. 증거는 없었지만 민중현은 이미 확신하고 있었다. 그녀는 복제 인간이었다. 언제부터 복제된 상태였는지, 스스로 복제된 사실을 알고 있는지는 알 수 없지만 분명 복제 인간이었다. 그때 박지민이 나지막한 목소리로 대답했다.

"당신이 무슨 짓을 벌였는지 다 알고 있어요. 대통령에게도…… 김종훈에게도…… 비자금 관리자가 다 말해줬어요. 설마 이런 엄청난 짓을 하고도 아무도 모를 거라 기대한 건 아니겠죠? 이제 국정원 사람들이 오면 어려워지는 사람은 내가 아니라 당신이 될 테니 지금이라도 제정신이면 어디든 숨는 게 좋을 거예요."

264

민중현은 온몸의 혈관이 경련하는 것을 느꼈다. 손가락과 발가락 끝이 저려오고 안구가 뻐근하게 조여왔다. 순간적으로 심장이 엄청난 가속도를 내며 뛰기 시작했지만 각각의 박동이 다 따로따로 느껴질 정도로 그의 모든 감각에 가시가 돋았다. 상황은 정확히 그녀의 말 대로였다. 더 이상 고민할 시간이 없었다. 결정을 해야 했다. 어찌 된 일인지 그녀는 모든 걸 다 알고 있었다. 이제 국정원 사람들이 오면 전부 알려지게 될 것이다. 그가 할 수 있는 것은 아무것도 없어 보였다. 이 자리에서 그녀를 죽일 수도 없는 노릇이었다.

민중현은 착한 사람은 아니었지만 머리가 비상한 사람임에는 확실했다. 이런 급박한 순간에도 난관을 모면할 방법이 그의 머리를 스쳐갔다. 어차피 복제물일 뿐이었다. 방에는 자신과 그녀 둘뿐이었고 그 흔한 CCTV마저 설치되어 있지 않았다. 그는 아무런 망설임도 없이, 아무런 양심의 가책도 없이 자신의 레드박스를 꺼냈다. 그는 행동을 시작했다. 그것은 호랑이의 아가리 안에서 살려고 버둥거리는 토끼의 그것과도 같았다. 모든 행동은 민첩하고 간결하게, 하지만 정확하게 진행되었다. 민중현은 자신이 해야 할 일을 차근차근 해나가기 시작했다. 먼저 그녀의 등 뒤로 다가선 뒤, 뒤통수의 머리채를 잡아 목을 옆으로 꺾고 그녀 앞에 있는 책상 위에 그대로 눌러 그녀의 머리를 고정시켰다. 민중현은 힘이 세지는 않았지만 지금만큼은 그녀의 엄청난 몸부림에도 전혀 흔들리지 않았다. 그녀의 짧고 날카로운 비명소리도 그가 다음으로 취할 행동을 막지는 못했다. 민중현은 정수리의 위치를 확인했다. 부드럽고 동그란 살결 아래로 강인한 두개골이 느껴졌다. 측두골 두 개와 후두골 하나가 이루는 세 개의 선이 만나는 그 지점이 눈에 보이는 듯했다. 레드박스의 파란 버튼을 누르자 바늘이 튀어나왔다. 기억상실 효소를 투여하기 위해 설계된 이 바늘은 굵기는 매우 가늘었지만 비상시를 위해 단단하게 만들어졌다. 쉽게 굽혀지거나 부러지지 않았다. 정수리를 잘 찾아 정확하게 내리꽂을 수만 있다면 분명 뚫릴 것 같았다. 그는 오른팔을 이용해 수직으로 바늘을 내리꽂았다. 뚫렸다! 그리고 충분히 깊이 삽입한 후 기억상실 효소를 투여했다. 남김없이 모조리 다. 충분하다고 생각될 때까지 그는 바늘을 빼지 않았다. 얼마 있지 않아 그녀의 몸동작이 둔해지기 시작했다. 그녀의 표정은 마치 컴퓨터의 하드를 리셋한 것처럼 텅 비어 있었다. 바늘을 뺐지만 자국은 머리카락에 가려졌다. 민중현은 레드박스를 안주머니에 넣고 물러서 반대편 벽에 기대 그녀를 응시했다. 만약에 림빅 시스템 근처에 성공적으로 기억상실 효소가 투여되었다면 그녀의 모든 기억이 사라졌을 것이다. 그녀는 살아 있었고 눈을 뜨고 있었지만 의식이 없는 듯 보였다. 마치 영혼이 사라진 듯. 그에게는 성공을 의미했다. 잠시 후 문이 열리고 송연중이 들어왔다.

"방금 무슨 비명 소리가 들리지 않았습니까?"

"그래. 내가 좀 실수했네. 질문 몇 가지 했는데 대통령을 모욕

하더군. 감정이 좀 격해져서 말이야. 걱정 마, 별일 아니니까. 국
정원은 언제 온다고 하던가?"

"네, 한 30분쯤 걸릴 것 같다고……."

"그래, 잘됐군. 30분이면 충분할 거야."

"충분하다니, 그게 무슨……?"

"아, 아닐세. 내가 여기서 직접 기다리다가 인계할 테니 자네
는 나가서 사건 관련해 인계할 사항 좀 정리하고 있게."

민중현은 의자 하나를 끌고 와 그가 서 있던 벽 근처에 앉았
다. 그는 국정원 사람들이 올 때까지 그녀에게서 눈을 떼지 않
았다. 그녀는 멍한 표정으로 아무런 말도 없이 가만히 앉아 있
을 뿐이었다.

::

'음…… 분명 난 거실에서 잠들었던 것 같은데…….'

잠에서 깨어난 종훈은 큰 고민 없이도 이곳이 어제 잠들었
던 그 집이 아니란 걸 알 수 있었다. 그가 누워 있는 곳은 호텔
방이었다. 그의 전신을 통해 느껴지는 이불의 질감은 몽롱한
와중에도 그 고급스러움이 느껴졌다. 창밖으로는 빌딩들이 빽
빽이 들어서 있었다. 서울의 중심가인 듯했다.

그가 잠들었던 침대 옆에는 또 하나의 침대가 있었다. 그리
고 그곳엔 박준수가 누워 있었다. 분명 종훈은 어제 저녁 아주

이른 시간 잠이 들었는데 침대 중간에 있는 전자시계는 토요일 오전 9시가 조금 넘은 시간을 가리키고 있었다. 거의 열두 시간이 넘게 잔 것이다. 그럼에도 불구하고 개운한 기분은 전혀 없었다. 온몸을 두드려 맞은 것처럼 뻐근했다.

종훈은 자리에서 일어나 창밖을 바라보았다. 낯익은 건물 몇몇이 눈에 들어왔다. 이곳은 분명 강남 어딘가일 것 같았다. 박준수는 매우 피곤한 듯 오만상을 찌푸리며 잠들어 있었다. 종훈이 움직이며 만들어낸 약간의 바스락거림도 박준수의 숙면에 별다른 영향을 미치지 못했다. 박준수는 종훈이 샤워를 다 끝내고 나왔을 때가 돼서야 겨우 일어났다. 그도 종훈만큼이나 개운치 않은 모양이었다. 그는 피곤이 가시지 않은 와중에도 유머감각을 잃지 않으려고 노력했다.

"아, 이런. 조식을 놓쳐버렸군요. 이 호텔은 조식이 꽤 쓸 만한데 말입니다. 사실 저는 호텔을 평가할 때 가장 먼저 조식 뷔페를 봅니다. 베이컨이 있으면 일단 합격입니다만…… 정말이지 이 호텔은 음식 맛이 훌륭하거든요."

"저는 조식보다는 우리가 어떻게 여기 있게 된 건지가 더 궁금합니다."

"아, 그러시겠죠. 사실 계획에 약간의 변동이 생겼습니다. 일단 먼저 샤워부터 하겠습니다. 저쪽 옷장에 보면 옷도 한 벌 준비했습니다."

옷장의 옷은 종훈에게는 약간 큼직했다. 지금의 낯선 상황이 종훈은 어색했지만 박준수와 함께 있다는 사실이 그에게 안도감을 주었다. 종훈이 TV를 켜자 주말 오전에나 볼 수 있는 재미있지도 재미없지도 않은 오락 프로그램이 흘러나왔다. 소리를 줄이며 그는 생각에 잠겼다.

'도대체 무슨 일이 벌어진 거지?'

사회자: 그러니까 민중현이 이런 일을 꾸몄던 것으로 볼 수도 있겠군요. 다시 한 번 정리해보면 민중현 박사가 대통령의 혈액을 이용하면 비자금을 손에 넣을 수 있다고 생각한 거죠. 그래서 12조 8항을 계획하고 책임자가 된 다음 이런 이벤트가 생기니 대통령의 기억을 복제할 기회를 잡은 거죠. 아직 테러를 자행한 일본 테러 집단에 대한 수사의 결론이 명확치가 않은데요. 여전히 오리무중입니까?

최　현: 물론 몇몇 과격 단체들이 거론되고 있지만 아직도 결론이 나지 않은 상태입니다. 하지만 일본인이 이 테러를 자행한 것은 확실합니다. 그리고 12조 8항을 설계한 것은 저였습니다.

사회자: 그랬군요. 죄송합니다. 아무튼 결과적으로 김종훈이 검거되면서 그 비자금도…… 액수가 엄청납니다. 1조 2천억 원이나 되는 비자금은 다행히 다시 국고로 돌아오게 되었고 어떻게 보면 사건이 잘 종결이 된 것 같습니다.

강상호: 물론입니다. 저희는 국민 여러분의 심려를 최소화하기 위해 이 사건을 해결하는 데 총력을 기울였습니다.

사회자: 그럼에도 불구하고 깔끔치 못한 부분들이 있죠? 예를 들면 비자금과 관련하여 국정원의 조사를 받았던 박지민 씨 문제가 남아 있죠? 더욱이 비자금을 관리했다고 알려진 사람은 행방은 고사하고 이름조차 모르고 있고요. 그리고…… 사건 종결 후 대통령 제1대변인이었던 서인국 씨가 행방불명되었습니다. 혹시 이 문제는 어떻게 진행되고 있는지 말씀을 들어볼 수 있을까요?

권무신: 박지민 씨는 그저 기억상실일 뿐입니다.

사회자: 하지만 그게 국정원 조사 과정에서 받은 고문 때문이란 말이 있습니다.

강상호: 낭설입니다. 제가 검거 직후 직접 만나봤지만 이미 그때부터 기억상실증이 있었습니다. 말도 못하고 자신의 이름도 모르고 정말로 백짓장이 되어버렸더군요. 사실 의사들이 기억상실증이라고 말해주지 않는다면 그녀의 상태는…… 뭐랄까요…… 마치 식물인간 같더군요. 그저 의식이 있는 상태로 통증이나 소리 같은 자극에 대해서 반응만 했거든요.

사회자: 그렇다면 검거 과정에서 어떤 폭력이 행사되었거나 큰 충격을 받았던 것은 아닐까요? 원인이 무엇이건 심각한 문제라고 볼 수도 있습니다. 아무튼 수사 과정의 과실이 아니었다면 아무런 이유 없이 기억상실이 발생했다고밖에 볼 수 없는데…… 확률적으로 가능성이 조금 떨어지는 이야기고요. 박지민 씨는 정치적인 비리를 폭로한 책을 썼던 베스트셀러 작가여서

의심의 눈초리가 많은 게 사실입니다. 일각에서는 추가적인 폭로를 막고 보복을 하기 위해서 이번 사건에 억지로 끼워 맞춰진 것이 아니냐는 이야기도 있습니다. 물론 비자금을 관리했다고 알려진 사람의 집에서 발견되었다지만 정확히 둘이 어떤 관계인지는 모르는 거죠?

강상호: 그녀가 어떤 이유로 기억상실에 걸린 채로 검거되었는지는 저희도 잘 모르겠습니다. 그녀가 발견된 직후 그 집에서 있었던 폭발 때문인지도 모르겠다고 짐작되기도 했습니다. 물론 그 집에 있었으니 이번 사건과의 관련성을 의심하는 것은 어찌 보면 당연한 일입니다. 정치적 보복이라뇨.

사회자: 네. 아무튼 대부분의 사람들은 사건이 중대한 만큼 신중한 수사가 필요했다고 생각하는 것 같습니다. 그렇다면 이제 서인국 대변인에 대해서 이야기해보도록 할까요?

::

　샤워를 하고 나온 박준수는 종훈의 의문을 하나씩 풀어주었다.

　"제게 중국인 친구가 좀 있다고 말씀드렸죠? 마약상들과 파나메딕 말입니다. 역시나 믿을 만한 놈들은 아니었습니다. 어제 녀석들이 당신의 위치를 정부에 넘겼다더군요. 당연하게도 저의 정체와 제 집의 위치도 모두 알려지게 된 겁니다. 공항에서 소식을 듣고는 상당히 고민을 많이 했습니다. 물론 그길로 집은 버리고 당신을 다른 곳으로 옮길 수도 있었겠지만…… 다시 생각해보니 그저 도망을 가게 되면 끝까지 우리를 찾아내려 들 것 같더군요. 그래서 일단은 당신을 사망한 것처럼 보이게 하려고 속임수를 좀 썼죠. 그렇게 되면 아무래도 활동에 자유가 생길 테니까요."

　"하지만 어떻게 말입니까?"

　"제가 공항에서 소식을 접하고 돌아왔을 때 김종훈 씨는 일찌감치 잠이 드셨더군요. 일단은 김종훈 씨의 혈액을 뽑아서……."

　"혈액을 뽑아요?"

　"네. 아, 물론 고통을 느끼지 않도록 가스마취제를 약간 쓰기는 했습니다. 그러니까…… 김종훈 씨는 복제된 경험이 있으니까 절대 동의 안 하시리라고 생각했습니다만……."

"저를, 또, 복제했단 말입니까?"

종훈은 느닷없는 박준수의 말에 불쾌감보다 당황스러움이 앞섰다.

"예, 죄송합니다. 어쩔 수 없었습니다. 아무튼 마취 후에 혈액을 뽑아 김종훈 씨를 한 번 더 복제했죠. 미리 말씀드리지 않았지만 지하실에 개인적으로 비상시에 사용하기 위한 복제 시설을 마련해두었거든요. 이번 기회에 빛을 발한 거죠. 그리고 복제물을 잠든 자리에 그대로 두었죠."

"하지만 그렇다면 제가 두 명이 되는 것 아닙니까?"

"하하, 걱정 마십쇼. 집은 폭파됐습니다. 이런 일이 있을 때를 대비해서 만들어놓은 일종의 함정이죠. 안타깝게도 경찰 몇 명이 같이 사망해버려서 마음이 걸리긴 합니다만……. 게다가 말씀드렸던 그 폭로성 문서 말입니다. 대통령에 관한…… 그 문서도 유일한 원본이 그 집 지하실에 있었는데…… 상황이 급박해서 가지고 나오질 못했습니다. 뭐 물론 기본 자료는 다 있는 내용이라 다시 만들면 되긴 하지만…… 좀 아깝죠……. 그보다도 놈들이 당신의 복제물을 살아 있는 채로 잡아 갔다가는 정말로 상황이 난감해지는 거니까요. 아무튼 걱정 마십쇼. 아마 놈들은 지금쯤 사건 정리하느라 정신이 없을 겁니다."

"혼자서 잠든 저를 이리저리 끌고 다녔단 말입니까? 불가능했을 것 같은데요."

"제가 친구가 많다고 말씀드렸죠? 더 이상의 깊은 질문에 대해서 대답하기는 곤란한 점, 양해해주시기 바랍니다."

종훈은 자신의 존재가 마치 넝마처럼 느껴지기 시작했다. 학창시절 생물 실습시간에 플라나리아를 이리저리 잘라내듯 그렇게 이리저리 잘려나가는 그의 존재. 슬프기도 했지만 상황이 상황이니만큼 강해져야 했다. 이윽고 마음을 다잡은 종훈이 박준수에게 물었다.

"알겠습니다. 그런데 당신은 어떻게 합니까?"

"알아봤더니 중국인들이 제 개인정보에 관해서는 일체 이야기하지 않았더군요. 집에는 제 신분을 알 만한 어떠한 증거물도 남아 있지 않았고요. 저는 비자금을 찾으러 해외로 나가야 하는데 사망 처리가 되면 안 되잖아요. 다행히 아무런 문제는 없습니다."

"그렇군요. 그럼 이제 다시 나가보시는 건가요, 공항으로?"

"그럴 참입니다. 아마도 지금쯤이면 김종훈 씨 소식이 TV에 나오지 않을까요?"

박준수는 흥미롭다는 표정으로 TV 채널을 이리저리 돌리기 시작했다. 종훈은 그의 흥분된 표정에서 일종의 자긍심을 느낄 수 있었다. 그는 자신이 생각해낸 계략에 상당히 만족하고 있는 듯했다. 그의 예상대로 케이블 채널의 한 뉴스 프로그램에서 이미 종훈의 사망 소식을 담은 특보를 전하고 있었다.

"하하. 여기 나오고 있네요. 역시나 미끼를 물었군요. 이제 김종훈 씨도 한시름 놓으신 겁니다. 제가 돌아올 때까지 이 호텔에서 머리 식히고 계십시오. 아, 가족들이 소식을 듣고 너무 놀라실지 모르니 먼저 연락부터······."

그러나 박준수는 다음 속보가 전해지면서 더 이상 아무런 말도 하지 않았다.

"그러니까 검거 과정에서의 폭발로 김종훈이 사망하기 전, 박지민 씨가 그 집에서 검거되었던 거로군요. '권력의 허와 실'이란 책을 쓴 베스트셀러 작가 박지민 씨가 맞습니까?"

"네. 현재로서는 박지민 씨가 김종훈이나 비자금 관리자로 알려진 사람과 어떠한 관계인지는 모릅니다. 정확한 사실관계를 알려면 국정원의 수사 결과를 기다려봐야 할 것 같습니다만 비공식 소식통에 의하면 더 이상 알아낼 수 있는 정보가 없다는 얘기가 있습니다."

"그건 무슨 말이죠?"

"박지민 씨가 현재 심각한 기억상실 상태에 있다고 합니다."

"기억상실이라고요? 의심스럽군요. 뭔가 숨기려고 진술을 거부하는 게 아닐까요?"

TV 화면에는 국정원 건물 앞에서 끌려가는 박지민의 얼굴이 클로즈업되었다. 조금 전까지의 유쾌한 분위기가 한순간에 얼음장으로 변해버렸다. 박준수는 미동도 하지 않았다. 종훈도 무슨 말을 해야 할지 몰랐다. 이건 분명 박준수의 계획에는 없었던 일이었다.

"박지민 씨가 왜 그 집에 있었을까요?"

조심스럽게 입을 연 종훈의 말에 박준수는 고개를 저었다.

"저도 모르겠습니다. 그저께 밤에 집으로 돌려보냈는데……."

어떤 생각에 깊이 잠긴 듯 잠시 침묵하던 박준수가 말을 이었다.

"저 얼굴…… 저 표정을 본 적이 있습니다."

"그게 무슨 말이죠?"

"작년 여름에 차이나타운 클럽에서 중국인 친구들을 만날 때였습니다. 놈들은 돈에 있어서는 이해관계가 철저하죠. 약을 투여받고도 돈을 지불하지 않던 놈이 있었는데 금액이 커지자 결국…… 그를 죽여버리더군요. 아주 교묘하고도 우아하게 말입니다. 그들은 그걸…… '영혼 삭제'라고 부릅니다. 저도 현장에 있었습니다. 살아 있는 채로 한 사람의 영혼이 삭제되는 건 정말이지 끔찍한 일입니다."

"영혼이 삭제된다고요?"

"그 사람의 머리에 작은 구멍을 뚫고는 뇌의 중심부에 기억 상실 효소를 투여하는 겁니다. 그러면 모든 기억이 사라져버리는 겁니다. 컴퓨터의 하드를 리셋시키는 것처럼……."

"그렇다면 박지민 씨도……?"

"그녀는…… 아아, 어떻게 이런 일이……."

박준수의 두 눈에 금세 눈물이 고였다. 눈물 흘리는 모습을 보이고 싶지 않은 듯 그는 곧장 화장실로 들어가 문을 잠가버렸다. 화장실 안에서 그는 한참을 흐느껴 울었다. 종훈은 난감했다. 아직 박준수와 박지민이 정확히 어떤 관계인지도 모르는 상황이었다. 처음에는 두 사람이 연인 사이라고 생각했지만, 같은 성을 쓴다는 점에서 남매지간일 수도 있다는 생각을 하기도 했다. 연인이든 남매든 다른 어떤 관계이든, 각별했던 두 사람의 현재 상황이 종훈에게도 아프게 다가왔다. 한참 후 박준수는 화장실에서 나와 호텔 방 밖으로 나갔다. 그의 뒷모습에서 퍼져나오는 지독한 슬픔이 종훈에게도 전해졌다.

"죄송합니다, 김종훈 씨. 제게 시간을 좀 주십쇼. 저녁때쯤 돌아오겠습니다."

::

집무실로 돌아온 강상호는 타이레놀 두 알을 아껴두던 위스키와 함께 급히 삼켰다. 이 지긋지긋한 사건을 조기에 종결시킬 수 있게 되어 기뻤지만 어디에도 깔끔한 구석은 없었다. 대통령은 사망했고 테러범들도 모두 사망했다. 그나마 생포됐던 테러범은 검거 후 탈출했다가 엉뚱하게 대통령의 비자금과 관련된 것으로 보이는 박지민이라는 여자만 남겨두고 사망한 채 발견되었다. 수사 과정 중에 수사관들도 사망했다. 그런데 조금 전 국정원에서는 박지민이 기억상실이라고 연락이 왔다. 이 상황을 어떻게 덮어야 할지 머리가 지끈지끈 아파왔다.

대통령은 사생활도 지저분했을뿐더러 금전 문제도 깔끔하지 못했다. 청와대 경호실의 실장으로서 강상호는 대통령의 생명과 관련된 신변 문제보다 오히려 사생활과 돈 문제로 더 많은 골머리를 앓아야 했다. 물론 비서실에서도 최선을 다하고 있었지만 기자들의 공세를 막아내기에는 역부족이었다.

취임 후 세계적인 경제난의 여파가 불어닥치자, 대통령은 한국형 뉴딜 정책을 주장하며 정부 주도하에 대단위 국책 사업을 무리할 정도로 추진하기 시작했다. 오랜 기간 대통령과 함께 해왔던 강상호는 그에게 비자금이 있을 거라고 짐작하기는 했었지만, 이렇게 대통령이 사망하고 나서 직접 확인하게 될 줄은 몰랐다. 아마도 엄청난 액수일 것이다.

두통이 채 가시기도 전에 서인국이 노크도 없이 강상호의 집무실 문을 열고 들어왔다. 두 사람은 친분은 있었지만 벽이 없을 정도로 편한 사이는 아니었다. 강상호는 짜증이 몰려왔다. 언성을 높이려는 찰나 권무신도 씩씩거리며 나타났다.

"두 사람 다 지금 뭣들 하는 건가? 최소한 노크는 해야 하는 거 아닌가?"

"죄송합니다, 실장님. 하지만 소식 들으셨습니까? 저는 지금 막 권무신 팀장에게서 들었습니다. 박지민 말입니다."

"박지민? 기억상실 얘긴가?"

두 사람 다 당장이라도 박지민을 만나고 싶어 했다. 두 사람이 흥분하는 것도 이해가 되는 일이었다. 그들에게는 분명 그럴 만한 명분도, 기회도 있었지만 강상호는 민중현을 통해 이미 그녀를 국정원에 넘겨버린 뒤였다.

"흥분들 가라앉히게. 내가 보기에는 이미 그 집에서 발견됐을 때부터 기억상실이 아니었나 생각되는군."

그러나 권무신의 얘기는 달랐다.

"아닙니다. 제가 박지민 검거 직후 저희 팀원들과 통화했습니다. 약간 어안이 벙벙해 보인다고는 했지만 저런 멍청이 같은 상태는 아니었단 말입니다. 송연중 부팀장에게서 확인했었습니다. 분명 의식이 또렷했다고 합니다. 그런데 지금은 눈만 뜨고 멀뚱거리면서 돌아다닐 뿐이라더군요. 언론에는 말하기 좋게 기억상실이라고 했지만 사실 완전 정신이 나가버린 듯하답니다."

"그게 가능한가? 무슨 정신병 같은 건가? 어쩌면 검거되면서 스트레스를 받았다거나 정신적으로 충격을 받아서 미쳐버린 건 아닌가?"

권무신은 고개를 내저으며 단호하게 말했다.

"제 직감으로는…… 민중현의 짓이 아닌가 합니다."

그 말에 강상호는 왈칵 짜증을 내었다.

"권무신 자네는 입 좀 조심하게. 민중현 대령은 대통령 주치의야. 그가 박지민을 고문이라도 했단 말야? 그 짧은 시간에?"

경호실장의 질책 어린 말에도 권무신은 자신의 뜻을 굽히지 않았다.

"하지만 박지민이 그렇게 되기 전에 분명 민중현과 단둘이 있었다고 합니다."

"국정원은 어떤가? 그놈들 원래 그런 놈들이잖나. 뭔가 캐내려다가 도를 넘었을 수도 있어. 난 차라리 그편이 더 말이 되는 것 같은데……"

"경호실장님, 제가 생각하기에도 민중현 대령이……"

서인국 역시 권무신의 의견에 동조하며 말하려는데 그 말을 끊으며 강상호가 말했다.

"그만들 좀 하게. 그게 이렇게나 부산 떨며 날 찾아올 일인가? 난 조금 쉬고 싶군. 지금 머리가 아파 죽겠네. 두 사람 다 정 그렇게 찜찜하면 국정원에 가서 직접 확인해보든지. 자네들이 갈 거라고 국정원에 내 미리 전화를 넣어두도록 하지."

::

권무신은 다혈질일 뿐만 아니라 자타가 공인하는 자동차 폭주족이었다. 그러나 대통령 대변인인 서인국을 태우고 운전하는데 평소처럼 운전할 수는 없었다. 답답함을 누르며 권무신이 말했다.

"그런데 말입니다. 솔직히 제가 먼저 가보자는 이야기를 꺼내기는 했습니다만…… 그런 머저리 같은 상태를 확인하는 것 말고 우리가 할 수 있는 일이 또 있겠습니까? 민중현이 그런 짓을

했는지 아니면 정말로 강상호 실장님 말씀처럼 국정원 자식들
이 그런 짓을 했는지 알아내기도 힘들뿐더러 별다른 의미도 없
을 것 같습니다만……."

"권 팀장은 민중현이 했다고 생각하나요?"

"네, 저는 대변인께서도 그렇게 생각하시는 줄 알았습니다."

"물론 저도 그렇게 생각합니다. 그래서 확증을 찾아볼 생각
입니다."

"확증이요?"

"아주 가능성은 희박합니다만……."

"어떤 걸 찾으시려는 건지 들을 수 있을까요?"

"한 대 피워도 되겠습니까?"

서인국은 담배를 꺼내 보이며 권무신에게 물었다. 권무신은
서인국의 갑작스러운 행동에 잠시 당황했지만, 이내 지금의 상
황이 그에게도 큰 중압감을 주고 있으리라 생각했다.

"물론입니다. 보시다시피 제 차는 흡연 구역이니까요."

"감사합니다."

서인국은 양복 안주머니에서 라이터를 꺼내 담배에 불을 붙
이고 깊게 한 모금 마셨다. 잠시 후 서인국이 낮은 목소리로 말
을 이었다.

"기억 단백질을 이용한 복제 기술이 가능해지고 나서 많은
것들이 바뀌고 있습니다. 혈액이나 인체 조직이 단순한 유기물
에서 정보 유기체로 바뀌어버린 거죠. 청와대 입장에서는 매우

난처한 일이 아닐 수가 없습니다. 국가 기밀 유지를 위해 신경 써야 할 부분이 몇 배 이상으로 늘어난 겁니다. 생각해보십쇼. 누군가 중요 정보를 알고 있는 사람이 건강검진이라도 받는다고 한다면 우리는 건강검진의 전 과정을 감시해야 할 뿐만 아니라 약간의 혈액이나 인체 조직이라도 검사가 들어갈 경우, 그게 폐기되는 순간까지 안심할 수가 없습니다. 하다못해 간단한 소변검사마저도 불안하기는 마찬가지입니다. 아시는지 모르겠습니다만 정상적인 소변에는 단백질이 없습니다만, 만에 하나 신장에 병이 생겨서 단백뇨가 발생하게 되면 소변에도 기억 단백질이 섞여 나가게 됩니다. 우리는 언제 어디서 문제 될 일이 발생할지 예상할 수 없는 겁니다."

권무신은 머리가 지끈거렸다. 그에게는 이런 얘기들이 그저 복잡한 먼 나라의 이야기처럼 느껴졌다.

"그렇군요. 기술의 발전이 항상 좋은 것만은 아닌가 봅니다. 하지만 그런 불상사를 예방하기 위해서 레드박스가 만들어진 것 아닙니까? 저도 이번에 송연중 부팀장의 프레젠테이션 때 들었습니다만……."

"엠네틱 엔자임을 말하는 거로군요."

"네, 기억상실 효소 말입니다. 제게는 상당히 흥미롭게 느껴지더군요."

"흥미롭죠. 사실 저도 그 부분을 의심하고 있습니다."

서인국은 눈살을 찌푸리며 뭔가 중요한 이야기를 하려는 것 같았다.

"그건 또 무슨 말씀이시죠?"

"프레젠테이션에서 빠진 내용이 있습니다. 비상시에 우리가 기억상실 효소를 안심하고 혈관 내에 주입할 수 있는 이유는 이 효소가 혈액뇌장벽이라는 구조를 통과할 수 없기 때문입니다. 이 구조가 지켜주는 덕분에 우리 혈액 속에 있는 기억 단백질만 제거되고 뇌 속에 저장된 기억은 보호받을 수 있는 것이죠."

"정말로 그렇군요. 거기까지는 생각하지 못했습니다. 혈액뇌장벽 구조가 그 효소를 막아주지 못한다면 기억상실증이 유발되겠군요. 가만…… 그렇다면?"

"예. 맞습니다. 바로 그거죠. 박지민에 대해서 사람들이 기억상실증이라고 표현하지 않나요? 만약에 기억상실 효소가 혈액뇌장벽 구조를 뚫고 들어가 직접 뇌에 작용하게 되면 바로 그런 상태가 되는 겁니다."

"그렇다면 민중현이 그 효소를 투여한 거로군요!"

끔찍했다. 살인이나 마찬가지였다. 민중현은 박지민이라는 여자가 가지고 있는 기억을 모조리 다 지워버린 것이었다. 주사 한 방으로……. 하지만 왜! 도대체 무얼 숨기려고 이런 짓을 한 거지? 혹시 원한 관계인가? 두 사람은 원래도 알던 사이란 말인가?

잠시 한 인간에 대한 경멸감에 사로잡혔던 권무신은 조심스럽게 새로운 의문점을 제기했다.

"하지만 어떻게 효소가 뇌로 들어간 거죠? 방금 말씀하신 그 혈액뇌장벽의 기능이 박지민의 경우 망가지기라도 한 겁니까?"

"아뇨. 박지민의 혈액뇌장벽은 정상이었을 겁니다. 그보다도 레드박스는 총 2회의 기억상실 효소 투여가 가능하도록 설계되어 있습니다. 약실도 두 개이고 바늘도 두 개죠. 우리는 그것을 비상시를 대비한 것이라고 해두었습니다만 사실 초반에 계획은 전혀 달랐습니다. 그러니까 혈액 내의 기억 단백질이 파괴되었더라도 뇌 속에는 그대로 기억 정보가 단백질 형태로 살아 있기 때문이었죠."

"그렇다면 하나는 혈액 내에 투여하고 또 하나는 뇌에다가 투여한단 말입니까? 그건 조금 잔인해 보이지 않습니까?"

"그래요. 그렇게 반감이 생길 게 뻔했기 때문에 그저 비상시를 대비한 걸로 해두었던 겁니다."

"하지만 바늘이 어떻게 두개골을 뚫고 들어갑니까?"

"바늘도 비상시를 대비한 특수 바늘입니다. 길고 가늘지만 아주 강한 강도를 가지고 있죠. 어지간해서는 구부러지거나 부러지지 않습니다. 하지만 굳이 두개골을 뚫을 필요는 없죠. 사실 뇌척수액이 나오는 부위라면 어떤 부위에라도 주사를 할 경우 기억상실 효소의 양이 워낙 많아 모든 기억이 사라지게 됩니다. 등에 만져지는 척추 뼈 사이 공간으로 검지손가락 깊이 정도만 주삿바늘을 넣더라도 쉽게 경막을 뚫고 뇌척수액까지 접근이 가능합니다. 비상사태 발생으로 중요 인물이 사망한 경우, 우리는 제3자가 이런 투여를 시행할 것을 공식화하려 했습니다. 하지만 도리어 반감만 늘어나고 오히려 이런 무시무시한 방법을 알리는 꼴이 될까 봐 소수의 사람들만 알고 있기로 한 거죠. 이런 이야기는 너무 위험해서 알고 있는 사람이 정말로 몇 없습니다. 아마도 공식적으로는 저와 대통령 그리고 김현철이라는 이 프로젝트의 이론적 기초를 세운 과학자 세 명 정도일 겁니다. 생각해보십쇼. 살인을 하지 않고도 사람을 죽일 수 있는 겁니다. 간단하게 척추 뼈 사이에 주사 한 방 놓음으로써 한 사람의 영혼을 지워버리는 거죠."

권무신의 눈이 휘둥그레졌다.

"민중현이 그 방법을 알아냈을 가능성이 있는 거로군요!"

"그럴 가능성이 크죠. 제 생각에는 100퍼센트입니다."

"그렇다면 민중현은 정말로 위험인물입니다."

"일단 확인부터 해봅시다."

서인국은 국정원에 도착할 때까지 줄줄이 담배를 피워댔다. 그의 줄담배는 국정원 입구의 금연 팻말이 보이고 나서야 겨우 멈췄다. 경비는 신분을 확인하다가 눈살을 찌푸리며 공공기관 건물 내에서는 금연임을 다시 한 번 강조했다. 권무신은 이제 국정원도 옛날의 그 국정원이 아님을 실감할 수 있었다.

박지민이 수감된 방에 들어선 권무신은 고개를 내저었다. 의료 지원을 받았다고는 하나, 그의 눈에 박지민은 이곳이 아니라 입원 치료를 받아야 할 사람처럼 보였다. 서인국이 던지는 몇 가지 질문에 그녀는 그저 멍한 얼굴로 가끔 눈만 끔벅거릴 뿐이었다. 이내 서인국은 그녀의 몸을 더듬어 주삿바늘 자국을 찾으려 했다. 이를 지켜보던 권무신이 머뭇거리며 말을 꺼냈다.

"조금 전에 생각해봤습니다만…… 기억 단백질 말입니다. 만약에 기억상실 효소와 같은 방법으로 뇌척수액에 직접 주사한다면 어떻게 되는 겁니까?"

"아, 물론 그런 방법을 생각해볼 수도 있겠죠. 하지만 전혀 효과가 없다고 하더군요. 김현철 교수님 말씀으로는 혈뇌장벽구조 이외에도 다른 무언가가 기억 단백질의 직접적인 이식 과정을 방해하는 것 같다고 합니다. 이 부분은 아직 연구가 진행 중이기는 한데 사실 민중현이 그 분야에 관해서 논문을 낸 적이 있죠. 하지만 어차피 불가능한 방법으로 알려져 있을 뿐만 아니라 윤리적인 문제도 상당히 큰 부분이고 해서 애초에 깊이 연구되지가 않았습니다."

"연구가 진행되면 가능해지는 날도 올 수 있다는 말인가요?"

"글쎄요. 하지만 우리는 필요한 기억 정보만을 골라서 이식할 수는 없습니다. 다른 사람의 평생의 기억을 통째로 가지고 싶습니까? 저라면 별로 그러고 싶지 않을 것 같군요. 그리고 그건 기억의 주인 입장에서도 그리 달갑지 않을 겁니다."

"그렇겠군요."

"이런, 이상하군요. 주삿바늘 자국이 있어야 하는데……"

서인국은 박지민의 등허리와 엉치뼈 부위에서 주삿바늘 자국을 찾을 수 없자 조금은 짜증스러운 듯 뒤로 물러서며 담배를 꺼냈다.

"여기는 건물에 전 구역이 모두 금연 구역이던데요."

"아, 이런. 깜빡했습니다."

권무신의 지적에 서인국은 담배를 도로 집어 넣었다.

"그런데 말입니다. 만약에 민중현이 그런 끔찍한 일을 저질렀다 해도 말입니다. 공범이 있지 않았다면 혼자서 해야 했을 텐데…… 그게 가능할까요?"

"무슨 말이죠?"

"척추뼈 사이로 주사를 넣고 정확히 뇌척수액을 찾아 주사하는 과정이 쉽지는 않을 것 같아서요."

"물론 그렇습니다. 쉽지 않을 뿐만 아니라 주변에 다른 장기들도 있어서 위험하죠. 뭐 폐라든가…… 신장도……."

"그렇다면 박지민이 엄청나게 저항을 했을 텐데 말입니다. 그런 몸부림을 혼자서 제압하고 주사를 성공시킬 확률이 얼마나 될까요? 그러니까 제 말은 공범이 있다면 아마도 같이 있었던 송연중이…… 무슨 일이 있었는지 송연중을 신문해보는 것도……."

"설마……."

서인국은 권무신의 말을 무시한 채 뭔가가 떠오른 듯 갑자기 박지민의 머리카락을 파헤치기 시작했다. 박지민의 정수리에는 주삿바늘 자국이 선명하게 남아 있었다.

"뭐하시는 겁니까?"

"바로 이겁니다. 제길, 민중현 자식. 생각보다 똑똑한 놈입니다."

"그게 주삿바늘 자국입니까?"

"그래요. 여기는 정확히 정수리인데…… 레드박스의 주삿바늘 정도면 잘만 찔러 넣어 두개골의 정수리 약한 부분을 관통할 수 있죠. 당신 말이 맞습니다. 만약에 주사를 맞을 대상이 부동자세라면 척추 사이로 들어가는 게 더 쉽겠지만 반항이 심한 경우라면 세게 눌러 머리를 고정시키고 여기 정수리 부위로 주사하는 게 더 쉬울 수 있죠. 머리카락 때문에 자국도 쉽게 숨길 수 있고 말입니다."

"그렇다면 당신 말이 맞았군요. 민중현이 박지민에게 한 짓 말입니다. 하지만 왜 그랬을까요?"

"뭔가 숨기고 싶은 게 있었겠죠. 그러니 입을 막으려고 이런 짓을 한 겁니다."

"하지만 뭘 숨깁니까?"

"이제부터 우리가 알아봐야 할 것 같군요."

"일단 민중현부터 잡아야겠습니다."

"민중현에 관해서라면 제가 좀 알아보겠습니다. 일단은 강상호 실장님께 보고하고 청와대 경호실과 함께 움직이도록 하죠. 아, 정말 머리가 다 아파오는군요. 담배 한 대 펴도 되겠습니까?"

"네, 뭐 물론이죠. 이 정도 어려운 단서는 아무나 찾아내는
게 아니니까요. 충분히 자격이 있습니다. 저도 한 대 피겠습니
다."

두 사람은 놀라운 사실을 알아낸 것에 대한 흥분으로 금연
인 것도 아랑곳하지 않고 담배를 피우기 시작했다. 권무신은 열
차 사건과 관련된 사람들이 이미 모두 죽어버린 상황에서 사망
한 자신의 동료들과 민중현, 그리고 대통령의 비자금 사이에 어
떠한 연결고리도 찾을 수 없어서 머리가 아파왔다. 서인국은 뭔
가 알고 있는 듯했지만 자세한 이야기를 물어보기는 껄끄러웠
다. 두 사람이 내뿜는 담배 연기가 거북했는지 가만히 있던 박
지민이 갑자기 연거푸 기침을 하기 시작했다.

"이 아가씨가 담배는 피지 않았던 모양이로군요."

권무신은 깊게 담배를 한 모금 빨아 마신 뒤 내뱉었다. 박지
민 얼굴로 담배 연기가 퍼지는 순간 그녀는 괴로워하며 쓰러질
듯 기침을 했다. 그녀의 기침소리는 마치 천식 발작을 하는 환
자의 천명음처럼 들렸다. 순간 서인국은 눈을 번뜩이더니 급히
담뱃불을 끄며 말했다.

"아…… 잠깐! 이러다 사람 죽이겠소."

"그저 담배 연기일 뿐입니다. 사실 이 여자가 제 동료들을 죽
이는 데 일조했을지도 모를 일 아닙니까?"

"지금 그게 중요한 게 아닙니다. 이런 세상에! 이 여자!"

놀란 서인국이 말을 이었다.

"이 정도 담배 연기로 천식 발작을 일으킨다면 이건…… 복제 인간입니다. 세상에, 이 여자는 복제 인간이에요. 당신도 프레젠테이션 때 듣지 않았습니까?"

그제야 상황이 좀 파악이 된 권무신도 놀란 얼굴이 되었다.

"지금 정말로 그렇다고 생각하시는 겁니까? 하지만 누가 어디서 복제를 합니까?"

"가능성이 있는 이야기 아닙니까? 민중현이 했을 수도 있죠. 진짜 박지민을 빼돌리려고 말입니다. 하지만 시간이 부족했으니 그럴 가능성은 적습니다. 어쩌면 진짜 박지민이 죽고 나서 누군가가 복제했을지도 모르는 일이죠. 그 비자금 관리인이라는 사람은 우리가 생각하는 것보다 더 대단한 인물일 수도 있겠군요. 아마도 이 여자를 복제하는 데 복지센터의 복제 시설이 이용되지는 않았을 겁니다. 그런 위험을 감수하지 않아도 충분히 복제할 수 있는 곳이 대한민국에 한 곳 있으니까요."

"복제 시설이 또 있습니까? 복지센터 말고요?"

"네. 우리가 프로젝트를 진행할 때 복제에 필요한 물품을 전량 납부하는 중국계 의료 회사가 있습니다. 파나메딕이라고 하는데……."

"인천의 차이나타운에 있는 회사를 말하는 거로군요."

"알고 계셨군요."

"유정엽 부팀장이 사망 전에 이야기했었습니다. 그곳에서는 상상도 못할 일이 벌어진다더군요. 그 단백질을 이용한 신종 마약 말입니다."

"그 이상도 있죠. 아직 공식적으로 확인되지는 않았습니다만 파나메딕은 이미 우리 것과 똑같은 복제 시설을 보유하고 있는 것으로 알고 있습니다. 아주 위험한 일입니다만…… 중국계이다 보니 처벌을 위한 법적 제재의 근거를 마련하고 있는 중이었죠. 하지만 이렇게 일이 커진 이상……."

"그 부분은 제가 좀 알아보도록 하죠."

"그렇게 하시겠습니까?"

"이런 식의 게릴라성 수사는 원래 제가 전문입니다. 그렇게 하는 게 효율적일 겁니다."

두 사람은 서둘러 국정원 건물을 빠져나왔다.

::

종훈은 호텔에서 나와 되도록 멀리 있는 공중전화를 찾아 걷기 시작했다. 휴대폰이 보급되면서 도심의 공중전화는 빠른 속도로 사라졌다. 그나마 지하철역에서 간간이 찾아볼 수 있었지만 CCTV 때문에 사용하기가 불안했다. 그는 예전에 시사 주간지에서 강남 사거리 구석의 공중전화를 바람피우는 유부남들이 단골로 이용한다는 이야기를 읽은 적이 있었다. 그 공중전화가 아직도 있을지 모를 일이었다. 어쩌면 도심 속 거미줄 같은 감시망을 피해 사용할 수 있는 유일한 공중전화일 수도 있었다. 아무리 자신이 사망한 것으로 되었다지만 강남 한복판을 걸어 다니기란 여간 부담스러운 것이 아니었다. 정말로 공중전화는 강남 사거리 근처 후미진 곳에 위치하고 있었다. 주간지에서 읽은 것처럼 눈에 안 띄는 비밀스러운 장소는 아니었지만, 가족들에게 안부를 알리기 위한 잠깐의 통화를 하기에는 괜찮아 보였다.

대통령도 그런 사람들 중 한 사람이었다. 자신의 욕정을 채우려고 가족의 눈을 피해 뒷골목으로 모여드는 남자들…… 밖으로는 버젓이 모범적인 가장으로 행세하면서 뒤로는 자신의 천박함을 몰래 표출하는 위선적인 사람들……. 그뿐이 아니었다. 대통령이 저질러왔던 수많은 비리. 엄청난 규모의 비자금이 형성될 때까지 행해왔던 모든 부정 축재의 과정이 한꺼번에 종훈의 머릿속에 쏟아져 들어오기 시작했다. 그의 집권 기간 동안 수많은 서민과 소외 계층은 경제 불황 속에서 국가의 경제 살리기란 명목하에 힘든 삶을 살아야 했다. 그런데 대통령이란 사람은 나랏돈을 집행함에 있어 자신의 치적 쌓기에만 급급했을 뿐 민생과 복지에는 관심이 없었다. 게다가 임기 후 자신의 평안을 위해 뒷주머니에 비상금을 두둑이 챙겨둔 것이다. 종훈은 구역질이 났다.

갑자기 박지민이 떠올랐다. 어떻게 보면 박지민은 대통령의 그런 비열한 욕망에 의한 희생양이었다. 대통령에 대한 실망감과 추악한 인간의 모습에 대한 괴로움, 분명한 잘못들을 묵인해온 사회에 대한 경멸감, 이러한 문제점에 대해 아무런 관심도 가지지 못했던 자신에 대한 자괴감, 그리고 박지민에 대한 연민의 감정이 뒤섞여 종훈은 머리가 깨질 것만 같았다.

종훈은 공중전화기의 수화기를 들었다. 그러나 아내에게 직접 전화할 수는 없었다. 아내의 전화기는 도청당하고 있을지도 몰랐다. 망설이다 그는 이상렬에게 전화했다.

"세상에, 선배! 저는 선배가 죽은 줄로만 알았습니다. 방송 보셨습니까?"

"그래, 나도 방송 봤어. 그냥 조금 착오가 있었던 거야. 와이프가 많이 놀랐을 것 같은데…… 아직 잘 살아 있다고 걱정하지 말라고 꼭 좀 전해줘. 내가 직접 전화할 수 없는 상황이라……"

"물론입니다. 그건 그렇고, 정말 괜찮으신 겁니까?"

"그래. 염려 마. 길게 통화하기가 힘들군. 내가 나중에 다시 연락하겠네."

"선배, 상황이 너무 불안합니다. 잘 계신 거 맞죠?"

종훈은 자신이 위치한 호텔의 이름을 언급하며 괜찮다고 말해주고는 급히 전화를 끊고 호텔로 향했다. 아내에 대한 걱정과 미안한 마음속에서도 종훈의 머릿속에는 한 가지 떨칠 수 없는 생각이 자리잡기 시작했다. 조금 전 아내에게 잘 살아 있다는 소식을 전하라고는 했지만 정작 그는 스스로가 잘 살아 있는 것인지 의심스러웠다. 어떻게 보면 자신은 이미 죽은 사람이었다. 게다가 어제 저녁 한 순간에는 또 하나의 자신이 더 존재했고 그마저도 짧은 생을 마감했다. 겨우 살아남은 자신도 다른 사람과 기억이 뒤섞여버린 변종 같은 존재였다. 마치 삶이 난도질당한 듯한 기분을 지울 수가 없었다.

호텔로 돌아오는 강남역과 압구정의 뒷골목은 화려한 중심가와는 달리 조용하고 허름하기까지 했다. 종훈은 소박한 사람이었지만 이런 뒷골목보다는 중심가의 대로를 좋아했다. 항상 큰길로 다니는 이유는 모든 것에 그르침 없이 정석대로 일을 해나가는 그의 성격 때문이기도 했다. 그런데 지금은 이런 뒷골목이 편안하게 느껴졌다. 단순히 숨어 다닐 수 있기 때문일 수도 있었다. 하지만 조금 전부터는 좁은 길 사이를 헤매며 빠른 길을 찾아가는 자신의 모습에서 희열을 느끼고 있었다. 이전에 느끼지 못했던 이질적인 감정 때문에 종훈은 괴로워졌다. 이것은 분명 대통령의 모습일 것이다. 대통령은 큰길보다는 좁은 길로 다니기를 좋아했다. 학창시절 등하교 길에 남들이 모르는 좁은 골목길 사이로 다니며 조금이라도 빠른 길을 찾아다니곤 했던 대통령이었다. 어쩌면 종훈은 단순히 대통령의 기억이 주입된 것 이상일 수도 있겠다는 생각이 들었다. 대통령의 경험이나 지식과 같은 기억들은 마치 예전에 봤던 영화를 생각해내는 듯한 느낌으로 다가왔다. 어디까지나 남대철 대통령의 것일 뿐 종훈 자신의 것처럼 느껴지는 착각은 없었다. 그러나 대통령의 성격이나 취향 같은 것들은 달랐다. 복제 후 종훈은 전과 다르게 육식에 끌렸다. 평소 즐겨 찾던 레스토랑에서도 자신의 입맛이 많이 변한 듯한 느낌을 지울 수 없었다. 지금도 분명 좁은 길을 더욱 편안하게 느끼고 있지 않은가. 아직까지 심각한 성격이나 기질에 변화를 느끼고 있지는 않았지만 점점 불안해져오는 게 사실이었다. 종훈은 남대철 대통령과 같은 사람으로 살고 싶지는 않았다.

'설마 내가 완전히 대통령처럼 변하는 건 아니겠지……. 안돼…… 난 그렇게 살기는 싫어…….'

종훈은 괴로운 마음으로 호텔을 향해 발걸음을 재촉했다.

::

토요일 낮 시간 차이나타운은 평소와는 다른 밝고 활기찬 모습이었다. 모든 상권이 주말 성수기로 붐비고 있었다. 초기에 신종 마약을 기반으로 한 클럽 주변에만 몰리던 인파는 밤의 쾌락을 찾아 모여든 젊은 남녀들뿐이었다. 그러나 얼마 되지 않아 돈이 몰리면서 대단위 유흥가와 쇼핑몰, 레스토랑이 들어섰고 낮 시간에는 가족 단위로 이곳을 찾는 사람들까지 생겨나기 시작했다. 지금 이 순간 이곳의 실상을 잘 모르는 사람이라면 밤의 모습이 얼마나 경박스러운지 상상도 못할 것 같았다. 박준수는 평소 토요일 밤이면 한 주 동안 쌓인 스트레스를 풀기 위해 모여든 젊은 남녀들을 구경하려고 이곳을 찾는 편이었다. 박준수는 도덕적인 사람은 아니었지만 술과 마약에 절어 쾌락으로 허덕이는 이곳의 밤거리는 그의 눈에도 가관이었다. 그런 모습을 보고 있을 때 박준수는 스스로 살아 있음을 느끼곤 했다. 적어도 그 시간만큼은 그들보다 훨씬 도덕적일 수 있었다.

물론 그가 이곳을 찾는 실질적인 이유는 따로 있었다. 모든 마약은 현금으로 거래되었고, 비자금 관리자로서 차이나타운은 돈세탁을 하기에 가장 손쉬운 곳이었다. 대한민국이라는 좁은 땅덩이 속에서 자유롭게 돈세탁을 하기란 쉬운 일이 아니었다. 게다가 중국인들은 저렴한 수수료로 돈세탁을 대행해주기까지 했다. 박준수와 마약상은 항상 좋은 관계를 유지하고 있었지만 아직 텅 빈 클럽을 들어서는 그의 발걸음은 경직되어 있었다. 그를 맞이하는 중국인은 갑작스러운 그의 방문에 긴장한 표정이었지만 당황하는 기색은 없었다.

"오실 거라고 생각했습니다. 기다리고 있었던 건 아니지만요."

"내 집의 위치를 노출시킨 것까지는 넘어가줄게."

"나가서 이야기하시죠."

"박지민은 왜 그랬어?"

"여기는 깊은 이야기를 하기에 좋지 않습니다. 파나메딕 사람들이 곧 주말 점검을 시작할 겁니다. 일단 조용한 곳으로 모시겠습니다."

중국인은 리무진으로 박준수를 안내했다.

"죄송합니다. 파나메딕 사람들은 불시에 들이닥칠 뿐만 아니라 가끔은 우리들의 이야기를 엿듣기도 합니다. 항상 조심해야 합니다. 그들은 우리가 자신들의 통제하에 있기를 바라죠. 물론 이곳에서 감염 같은 사고 없이 위생적이고 안전한 운영을 하려면 그들의 도움이 필요하겠지만 말입니다. 솔직히 성가신 존재입니다. 그들은 우리가 독립적인 존재가 돼서 단백질 거래를 할까 봐 항상 걱정하는 것 같습니다. 물론 돈이 걸린 일이니……."

"박지민도 그래서 넘긴 거야? 돈 때문에?"

"저희가 박준수 씨의 집을 노출시킨 것에 대해서는 유감스럽게 생각합니다. 같은 중국인으로서 대신 진심으로 사과드립니다. 아시다시피 집의 위치를 노출시킨 것은 파나메딕 사람들이지 우리가 아닙니다. 파나메딕은 상당히 불안해하고 있습니다. 그래서 정부와 일종의 거래를 원했죠. 김종훈을 넘기고 비자금의 실체를 알리는 대신에 지금 그들이 벌이고 있는 짓들에 대한 면죄부 같은 것을 바랐던 겁니다. 물론 저로서는 개입할 이유가 없었습니다만…… 우리의 옛정을 생각해 당신에게 귀띔해준 거죠. 저는 당신이 곤경에 처하는 것을 보고 싶지는 않습니다."

"지금 전혀 분위기 파악을 못하고 있는 것 같군. 난 지금 박지민 때문에 온 거야. 당신도 알고 있겠지. 그녀에게 어떤 일이 벌어졌는지."

"잘 알고 있습니다. 하지만 우리는 박지민과 아무런 관련이 없습니다. 우리가 왜 박지민을 해치려 한다고 생각하십니까? 사실 저도 많이 당황했습니다. 들리는 바로는 박지민은 정말로 당신의 집에서 검거된 것이라고 합니다. 제가 분명 그들이 곧 들이닥칠 거라고 말씀드렸는데도 당신은 김종훈과 박지민을 집에 남겨둔 이유가 뭡니까?"

"박지민이 집에서 검거된 거라는 말, 난 믿지 않아."

"정말입니다. 생각해보십쇼. 정부 입장에서 억지로 박지민을 이 사건과 끼워 맞출 이유가 전혀 없지 않습니까?"

박준수의 눈에 중국인 마약상이 거짓말을 하는 것 같지는 않았다. 하지만 박지민은 분명 그날 밤 집으로 돌려보냈다. 자신도 떠나 없는 집에 무엇 때문에 박지민이 다시 돌아왔단 말인가. 김종훈 때문인가? 아니면 그가 가진 대통령의 기억 때문에? 아직도 지민은 대통령에 대한 미련을 버리지 못했단 말인가?

"그렇다면…… 박지민을 저렇게 만든 이유는 뭐지?"

"그건 저로서는 아직 알 수 없습니다. 하지만 우리 정보원에 의하면 국정원에 넘겨지기 전 민중현과 있었다더군요."

"민중현?"

"네. 그자라면 이런 방식의 살인이 가능하다는 것을 아는 몇 안 되는 사람 중 하나가 아닐까 하는데요……"

그 말을 들은 박준수의 얼굴빛이 변했다.

"오, 이런 맙소사! 내가 그저께 지민이에게 이야기해줬는
데…… 박지민은 민중현이 무슨 짓을 했는지 다 알고 있었
어……. 그녀가 알고 있다는 걸 민중현도 알아채고 숨기려 한
거야!"

"유감입니다. 하지만 자책하지는 마십쇼. 당신 잘못이 아닙니
다. 그런데 민중현이 무슨 일을 벌였다는 겁니까?"

"민중현을 죽여버리겠어!"

박준수의 마음속엔 분노가 가득 차 올랐다.

"위험한 생각입니다."

"민중현 지금 어디 숨어 있는지 알고 있어?"

"민중현이 숨을 이유는 없죠. 주말이니 집에 있을 겁니다. 하
지만 정말로 이런 일을 벌여야 되는 건지 다시 한 번 생각해보
시라고 말씀드리고 싶군요."

대통령 비자금을 차지하려는 민중현의 계획을 모르는 중국
인으로서는 담담하게 박준수를 설득하려 했다.

"지금 이 상황에서 내가 제정신일 수 있겠어? 민중현 집주소
가 어떻게 되지?"

마약상은 잠시 망설이더니 설득을 포기한 듯 힘 빠진 목소
리로 대답했다.

"파주입니다."

"가족들은?"

"아내와 두 딸은 미국에 있습니다. 하지만……"

"하지만?"

"저도 쓸 만한 정보를 드리는 만큼 얻는 게 있었으면 합니다."

"어떤 거 말인가?"

"방금 민중현이 무슨 일을 벌였다고 하셨지 않습니까? 정확히 민중현이 무슨 짓을 한 겁니까?"

::

권무신과 그의 수사팀은 저녁이 다 되어서야 차이나타운에 들어설 수 있었다. 도로는 주말에 몰려드는 사람들을 감당해내기에 턱없이 좁았다. 하늘색으로 도색된 파나메딕의 큰 공장들은 제약 및 의료기 회사였지만 마치 자동차 공장처럼 거대했다.

"이 자식들…… 파나메딕이 생각보다 큰 회사인가 봅니다."

공장 내부에 들어서자 누군가 그의 등 뒤에서 수군거렸지만 권무신에게는 중요치 않았다. 공장의 규모가 얼마가 되었든 지금 그들이 보고 있는 건 모두 일반적인 의료기나 의약품의 생산 라인들일 뿐이었다.

"넌 왜 이렇게 내 뒤만 따라다니냐? 모두들 잡소리하지 말고 쓸 만한 것 좀 찾아봐. 아니면 쓸 만한 걸 아는 놈을 잡든가."

"아, 팀장님. 사실 지금 막 말씀드리려고 했는데……."

"뭘 말야?"

"조금 전에 사무실에서 신문 중인 파나메딕 직원이 수사팀

책임자와 이야기하고 싶다고 했답니다. 자신이 이 회사 임원이라나……."

"이 새끼야. 그런 건 바로바로 이야기해야 할 것 아냐. 어디야?"

"제가 이리로 데리고 오겠습니다."

권무신이 담배 한 대를 다 태웠을 때쯤 한 중국인 중년 여성이 그의 앞에 나타났다.

"당신이 파나메딕 사장입니까?"

"아닙니다. 파나메딕은 중국계 회사죠. 사장님은 중국에 계십니다. 전 한국 지사 책임자입니다."

"그래요. 날 만나고 싶어 했다던데? 무슨 이야기를 하고 싶은 겁니까?"

"어제 그쪽 분들 중 두 분과 만나 이야기를 했습니다. 분명 우리는 정보를 제공했고 대신 파나메딕은 아무런 상관이 없기로 한 것 아니었습니까?"

"그 친구 죽었소."

중년 여성은 잠시 당황해했지만 이내 침착하게 말을 이었다.

"유감이군요. 하지만 우리가 제공한 정보 때문은 아닐 겁니다."

"여기 복제 시설이 있다더군. 박지민을 언제 누가 복제한 거요?"

"박지민 말입니까? 그렇다면 당신들은 복제 시설 때문에 온

게 아니었군요."

파나메딕 관계자는 많이 놀라는 눈치였다. 그녀의 표정에서는 상황에 맞지 않는 안도감도 느껴졌다. 예상외의 반응을 보이자 권무신은 당황스러웠다. 그녀는 정말로 수사팀이 비자금 관리자의 집 지하에 있다던 복제 시설 때문에 왔다고 생각하는 것 같았다. 어쩌면 그런 식으로 박지민을 복제했던 것을 숨기려 하는 것일 수도 있었다. 이런 게릴라성 수사에서는 항상 조심해야 하는 부분이었다. 상대에게 허점을 보이게 되면 그만큼 수사에도 차질이 생기게 된다. 권무신은 내색하지 않으려고 눈을 부릅뜨며 언성을 높였다.

"오늘 오전에 뉴스로 봤겠지? 당신들이 알려준 집에서 박지민이란 여자가 발견됐고 원인은 모르지만 기억상실 상태요."

"박지민이 복제된 사람이란 것도 지금 처음 알았습니다. 우리는 그 부분에 대해서 아는 바가 전혀 없습니다. 하지만 박지민을 그렇게 만든 게 민중현이라는 건 알고 있죠."

"당신이 그걸 어떻게……? 아직 그 사실을 아는 사람은……."

"확증이 있어 드리는 말씀은 아닙니다. 하지만 박지민이 검거된 후 주변에 있었던 인물들 중에 그런 방식으로 사람을 해할 수 있는 건 현재로서는 민중현밖에 없으니까요."

권무신은 내색하지 않으려 애썼지만 파나메딕의 엄청난 정보력에 감탄하고 있었다. 분명 자신의 주변 어딘가에도 그들의 정보원이 있을 것만 같았다. 그때 공장 한쪽에서 수사팀 중 누군가가 권무신을 부르는 목소리가 들려왔다. 그는 지하로 난 무빙워크를 가리키고 있었다.

"팀장님! 저 아래 있는 시설을 보셔야 할 것 같습니다."

중년 여성과 함께 지하실로 들어선 권무신은 입을 다물 수가 없었다. 지하는 거대한 광장처럼 보였다. 높이가 5미터는 족히 넘을 만한 축구장 크기의 그 큰 공간에는 최소 50개가 넘는 복제 시설이 갖추어져 있었다. 위에서 내려다본 대단위 복제 시설은 마치 바둑판 같았다. 사람들을 생산하듯 찍어내는 공장. 권무신은 등골이 오싹했다. 각각의 복제 시설 사이에는 격자 형식으로 된 3미터 정도 넓이의 길이 닦여 있었고 이 길을 따라 이동하도록 고안된 전기 차에는 복제된 사람들을 실어 나르기 위해 설치된 듯한 침대가 있었다.

"이게 다 뭔지 지금 당장 설명해야 할 거요!"

중년 여성은 잠시 망설이더니 권무신을 지하 공간 구석에 있는 또 다른 지하 통로로 안내했다. 그곳에는 똑같은 규모의 공간이 또 있었다. 이번에는 복제 시설 대신에 커다란 양철 바닥만이 존재할 뿐이었다. 위층과는 다르게 그곳은 춥고 건조했다. 은빛의 양철 바닥은 사람들의 발길이 거의 닿지 않은 듯 반짝거렸다. 중년 여성은 권무신을 그 양철 바닥 위로 안내했다. 자세히 보니 양철 바닥에는 한 평쯤 되어 보이는 정사각형의 틈새가 상하좌우 사방으로 1미터 정도의 간격을 두고 반복되고 있었다.

"지금 우리는 거대한 냉동고 위에 서 있습니다. 죄송하지만 그 정사각형 위에는 올라가지 마셨으면 합니다."

"?"

"그 아래에는 한 사람의 영혼이 보관되어 있기 때문이죠."

"이게 모두 관이란 말인가? 여기 영안실이오? 죽은 사람들이 묻혀 있는 거냐고?"

"저는 '영혼'이라고 말씀드렸습니다. 복제에 쓰일 세포를 담고 있는 신체조직 일부와 충분한 양의 기억 단백질 말입니다."

"그렇다면 이 사람들 모두……."

"물론 아직 이 공간을 다 채우진 못했습니다. 지금은 약 70퍼센트 정도가 가동 중이죠. 하지만 곧 새로운 공간을 만들 겁니다. 그만큼 고객들이 빠르게 증가하고 있죠."

"고객이라니! 어떤 사람들을 말하는 거요?"

"고객의 개인정보를 말씀드리기는 어렵습니다. 하지만 어떠한 기준이 있는 건 아니죠. 유일한 기준이라면…… 돈입니다."

"얼마를 받고 있는 거요?"

"다양합니다. 일종의 옵션이죠. 정액제 같은 거요. 돈을 한꺼번에 많이 지불하게 되면 금액에 따라 원하는 만큼 이곳에 머무르는 겁니다. 그게 아니라면 원하는 기간만큼의 돈을 내거나 매달 납부를 한다거나……."

"무슨 뜻이지? 매달 납부를 한다니요? 죽은 사람들이?"

"죽다니요, 팀장님. 이 사람들은 이곳에 잠시 머무를 뿐입니다. 적절한 시기가 되면 다시 살아서 땅 위로 걸어 나갈 사람들이에요."

"적절한 시기라니?"

"대한민국이 사후 복제를 법적으로 인정하는 그때 말입니다. 이들은 합법적인 환생을 기다리는 일종의 티켓을 산 겁니다."

"그렇다면 이 사람들 모두 복제할 거란 말이오? 저 위에 있는 복제 시설로?"

"우리는 기다리고 있습니다. 언젠가 그런 날이 오겠죠?"

"말도 안 돼. 당신들 지금 제정신으로 이러는 거요?"

"물론 받아들이시기 힘들겠지만 현실입니다. 설마 지구상에 이런 시설이 이곳에만 유일하다고 생각하시는 건 아니겠죠? 중국 본토에도…… 미주와 남미 유럽에도 다수의 시설이 존재하고 있습니다. 사실 이들 중에는 아직 저 위에서 삶을 살고 있는 분들도 있죠. 그들은 이곳이 만원버스가 되기 전 미리 자리를 잡은 겁니다. 그 정도로 이제 사람들의 관심이 쏠리고 있죠."

"설마 이미 복제되어 나간 사람들도 있는 거요?"

"숨기지 않겠습니다. 비공식적으로 몇몇 사람들은 이미 복제되었습니다. 유족들이 요구했죠."

"하지만 정확히 다시 태어나는 것은 아니지 않나? 죽으면……."

"생각하기 나름입니다. 전…… 고객들에게 설명할 때 자주

SF영화의 예를 들죠. 순간이동 같은 거 말입니다. 한국에 있던 사람이 사라지고 미국에서 나타나는 그런 장면들 말입니다. 어쩌면 그렇게 순간 이동을 하는 주인공은 그 순간 죽었던 건지도 모릅니다. 그리고 다시 만들어지는 거죠, 지구 반대편에서요. 그 두 존재가 하나라고 누가 장담합니까? 어쩌면 그 둘은 서로 전혀 다른 별개의 존재일 수도 있죠. 지구 반대편에 새롭게 나타난 그 존재는 조금 전 한국에서 죽은 존재의 기억을 자신의 것으로 착각하고 살아가는 복제물일 수도 있습니다. 하지만 정말로 그것이 착각일까요? 같은 존재일 가능성은? 누구 하나 그런 장면을 보면서 주인공의 정체성을 의심하는 사람 있습니까? 이곳도 마찬가지입니다. 죽음을 넘어서 새로 태어나는 겁니다."

"하지만 질병이나 뭐 그런 게 아니라…… 늙어서 죽는다면 복제해봐야 무슨 소용이겠소?"

"그래서 옵션이란 게 존재하는 거죠. 이 상품의 가장 재미있는 부분입니다. 부가가치죠. 일단 자신이 원하는 나이를 설정할 수 있습니다. 보통 이십대 초반이나 십대 후반을 선택하시더군요. 어떤 나이건 가능합니다. 그리고 약간의 성형을 더할 수 있습니다. '영혼의 열쇠'라는 현상을 아십니까?"

"다른 사람의 기억을 이식할 경우 자신의 것으로 받아들이지 않는 걸 말하는 거요?"

"정확합니다. 그 때문에 다른 사람의 육신으로 태어날 수는 없죠. 대신에 복제 과정 중 일련의 조작으로 쉽게 성형이 가능합니다. 기본적인 틀을 바꾸는 거죠. 무리하지 않은 범위 내에서 키를 늘인다든가 골반과 허리, 흉곽 등을 조절해서 몸매를 바꾼다든가. 낮은 체지방의 날씬한 몸매는 기본이고 말입니다. 두경부에서는 코를 높인다거나 광대뼈의 사이즈를 조절한다거나 턱을 약간 줄여주는 시술 등이 가능합니다. 모두 칼을 대지 않고 가능한 아주 간단한 조작일 뿐이죠."

"그렇게 해서 늙어 죽은 사람들이 젊고 아름다운 모습으로 다시 태어난단 말인가?"

"모두가 원하던 것 아닙니까? 하지만 옵션의 가장 핵심은 바로 '기억 성형'입니다."

"기억 성형?"

"네. 다른 사람의 일생의 기억을 마치 내가 겪은 것처럼 느껴보는 거죠. 물론 영혼의 열쇠 현상 때문에 자신의 정체성을 잃어버릴 염려도 없습니다. 영화를 보는 것과는 차원이 다른 이야기죠. 마치 전자오락을 하는 것처럼 다른 사람의 기억을 즐겨보는 겁니다. 이 옵션을 위해 우리는 여러 사람들이 관심을 가져볼 만한 많은 기억들을 보유하고 있습니다. 예를 들면 세계 오지의 탐험가부터 익스트림 스포츠를 즐기는 모험가들까지……아니면 유명 연예인들의 기억 단백질도 보유하고 있죠. 혹은 수도 없는 여자와 잠자리를 가져본 바람둥이의 기억을 원하는 고객들도 있습니다. 살인을 한 사람의 기억도 있죠. 고객들의 요구와 취향은 천차만별입니다. 사실 가장 인기 있는 기억은 우주비행사들의 것입니다. 가장 저렴한 가격으로 누릴 수 있는 우주여행이니까요. 우리는 고객 모두를 만족시킬 만한 다양한 종류의 기억 단백질들을 보유하고 있습니다."

"놀랄 노 자구만. 변태 아냐, 모두들? 그런 걸 정말로 하고 싶어 한단 말이오?"

"그게 민중현이 원하던 거였죠. 아닌가요?"

"그건 또 무슨 말이오?"

"조금 전 비자금 관리자라는 사람이 중국인 마약상들과 접촉하고 갔습니다. 우리는 그들의 대화에서 놀랄 만한 사실을 알게 되었습니다. 민중현에 대해서 말입니다."

"민중현에 대해서?"

"제가 생각하기에 이 모든 사건을 풀어나갈 중요한 이야기라고 생각됩니다만……."

"그래서 무슨 말을 하고 싶은 거요? 수사에 협조할 테니 못 본 걸로라도 해달라는 거요, 뭐요?"

"팀장님을 불편하게 하려고 드리는 말씀은 아닙니다만, 우리가 이렇게까지 시설을 키울 수 있었던 건 그저 숨어서 몰래 해왔기 때문만은 아닙니다. 이미 많은 사람들이 관여되어 있죠. 높은 곳의 힘 있는 사람들도 함께하고 있단 뜻입니다. 지금 우리의 고객 상당수가 바로 그런 분들이기도 하구요. 우리를 걸고넘어지시려면 어려운 일이 한두 가지가 아닐 겁니다. 하지만 팀장님이 저희에게 호의를 베풀어주실 수 있지 않겠습니까? 그리고 우리는 그 보답을 하는 겁니다."

권무신을 큰 한숨을 쉬며 대답했다.

"공식적으로는 약속할 수 없소. 아무튼 그 얘기 좀 들어보지."

::

청와대 경호실의 회의실은 퀴퀴한 냄새가 가득했다. 민중현에 대한 권무신의 보고는 강상호로서는 믿을 수 없는 것이었다.

"세상에, 그러니까…… 열차 테러까지도 민중현이 꾸민 짓이란 말야?"

"아무튼 그 비자금 관리자라는 사람 말이 그러더랍니다."

"비자금 관리자가…… 중요한 사람이었군……."

"저도 같은 생각입니다. 일단 그 사람의 신원부터 파악을 해서 수배에 들어갈 생각입니다. 아마도 그렇게 하면……."

"그럴 필요 없네……."

"네?"

"폭파된 비자금 관리자의 집에서 발견된 지문들 중에 신원을 알 수 없는 지문이 하나 있었네. 자네도 알고 있지?"

"네, 그렇다더군요."

"오늘 자네가 차이나타운에 갔다 오는 사이에 서인국이 민중현의 집을 수색했네. 그런데 웬 총을 든 사람이 그의 서재에 있었다더군. 그 사람과 대치하는 과정에서 우리 쪽 대원이 우발적으로 총을 쏜 모양이야. 그런데 사망한 그자의 지문이 그 신원을 알 수 없는 지문과 일치한다는군."

"설마……."

"그래, 우리는 잠정적으로 그 사람이 비자금 관리자라고 결론짓고 있네. 그 지문은 그 집에서 가장 많이 발견됐으니 집주인의 것이라고 봐도 무방하지 않겠나?"

"서인국 대변인은 지금 어디 있습니까?"

"아마 자기 사무실에 있을 거야."

"잠시 만나보겠습니다."

권무신이 서인국의 방문을 열고 들어가자 서류 파일을 읽고 있던 서인국이 사무적인 태도로 그를 맞이했다. 권무신이 지금까지 느껴왔던 서인국의 분위기와는 좀 다른 것이었다.

"이야기 들었습니다. 비자금 관리자가 죽었다고요."

"네, 들으셨군요. 어쩔 수 없었습니다."

"어떻게 이렇게 부주의할 수가 있습니까? 그는 이번 사건을 풀 수 있는 핵심 인물이었단 말입니다."

"그래요. 하지만 당시 상황에서는 어쩔 도리가 없었습니다. 그리고 그때는 누군지도 몰랐어요. 나중에서야 비자금 관리자라는 걸 알게 된 거죠. 물론 확실한 것도 아니지만."

"민중현은 어떻게 된 겁니까?"

"찾지 못했어요. 집도 수색해봤지만 이번 사건과 관련해서 도움이 될 만한 것들은 없었습니다. 행방을 추적할 만한 단서도 없고……."

"일단 사람들한테 알려서 수배해야겠습니다."

"그건 안 됩니다."

"왜요?"

"당연한 거 아닙니까? 우리가 그를 의심하거나 쫓는 걸 모르게 하는 게 오히려 잡기 쉽지 않겠습니까? 그냥 내일 하루 지나고 월요일 출근할 때 덮쳐도 늦지 않습니다."

"이건 뭡니까?"

서인국이 보고 있던 서류 옆에는 혈액이 들어 있는 시약병이 놓여 있었다. 라벨에는 무명남이라고 적혀 있었다. 권무신은 직감적으로 그것이 조금 전 사망한 비자금 관리자의 혈액임을 짐작할 수 있었다. 서인국은 약간은 당황하는 듯했지만 이내 다시 냉소적인 표정을 유지했다.

"이 사람을 지금 복제하려는 겁니까?"

"그러려고 했죠. 최소한 비자금의 행방은 추적할 수 있을 테니 말입니다. 그런데 저도 지금 막 보고서를 받았습니다. 지금 보시는 이 서류인데…… 관심 있으면 한번 보시죠. 이 녀석이 이미 자신의 기억을 지워버렸습니다. 복제는 불가능해요."

"그럼 머리라도 열어서 하면 될 거 아닙니까? 뇌 속에도 기억 단백질이 있다고……."

"이미 늦었습니다. 일반적으로 혈액에 있는 기억 단백질은 사후 여섯 시간 정도 이용 가능하죠. 뇌 속에 있는 건 사후 세 시간 정도입니다. 우리도 이런 결과를 예상하지는 못했습니다. 하지만 뭐 비자금에 관해서라면 국정원에서도 조사가 들어갈 테니 크게 걱정할 필요는 없을 겁니다."

"그러면 복제는 왜 하려고 한 겁니까?"

"지금 무슨 이야기를 하고 싶은 겁니까? 당연한 거 아닙니까? 사건의 수사에 도움이 되기 때문이죠. 권 팀장은 차이나타운에서 뭘 하고 온 겁니까?"

"비자금 관리자가 생각보다 더 중요한 인물이었던 것 같습니다. 오늘 그가 차이나타운 마약상들과 접선했다고 합니다. 파나메딕이 마약상들을 24시간 감시하고 있는데 그 대화 내용을 저희에게 알려주더군요."

권무신은 그가 파나메딕으로부터 전해 들은 내용을 서인국에게 말해주었다. 이야기를 다 들은 서인국은 의외로 전혀 놀라지 않고 머리가 아프다는 듯 미간을 찌푸릴 뿐이었다.

"그랬군요. 이게 모두 민중현의 계획이었단 말이죠? 다른 이야기는 전혀 없었습니까?"

"제가 말씀드린 내용이 다입니다."

"그래서 민중현의 집에 비자금 관리자가 있었던 거군요."

"네, 박지민의 복수를 위해서 말이죠. 박지민과 비자금 관리자, 둘은 어떤 관계였을까요?"

"글쎄요. 연인이었을 수도 있고. 가족이었을 수도 있죠. 아니면 그저 돈을 관계로 엮인 사람들일 수도 있고……"

"돈 때문만이었다면 복수를 하려 하지는 않았겠죠."

권무신은 서인국이 이전과 다르게 사무적인 태도로 자신을 대하고 있다고 느껴졌다. 그는 분명 달라져 있었는데 그 이유는 짐작이 가지 않았다.

::

자신의 집에서 발생한 총격전을 목격하고서 다섯 시간이 지났지만 민중현은 아직도 강하고 빠르게 박동하는 자신의 심장을 그대로 느끼고 있었다. 파주에 있는 그의 집은 최근 유행하는 서양식의 담벼락 없는 집이었다. 마당의 잔디를 내려다볼 수 있도록 만들어진 그의 서재는 전면이 유리로 되어 있어 밖에서도 안이 훤히 들여다보이는 구조였다. 박지민을 처리하고 혼란스러운 마음을 가라앉히기 위해 청계천에서 산책한 후, 천천히 집으로 향하던 그는 서인국 일행과 정체를 알 수 없는 남성 사이의 총격전을 마치 영화를 보듯이 볼 수 있었다. 그리고 서인국이 자신의 집을 수색하는 모습까지…….

'서인국이 왜 수사팀을 데리고 날 조사하고 있는 거지? 도대체 죽은 그 남자는 누구지?'

민중현이 생각을 더 이어가기도 전에 갑자기 휴대폰의 벨이 울렸다. 전화는 송연중에게서 걸려온 것이었다. 민중현은 최대한 아무 일도 없었다는 듯한 말투로 전화를 받았다.

"음, 그래. 무슨 일인가?"

"보고드릴 일이 있습니다."

"말해보게."

"대령님께서 김종훈의 가족이나 친구, 직장 동료들에 대해서 조사하라고 하셨지 않습니까? 그런데 김종훈이 사망하고 난 후에도 우리 쪽 팀원 한 명이 전화 도청을 계속 실시하고 있었나 봅니다."

"난 또 무슨 일이라고. 그냥 중단하라고 하게……."

"그게…… 직장 후배 중 한 명이 오늘 김종훈과 통화했다고 합니다."

"오늘? 김종훈과 통화했다니 그게 무슨 말이야? 김종훈이 살아 있단 말야? 확실한 건가? 분명 백승현이 김종훈의 시신을 확인했다고 했는데, 그게 아니었단 말야? 무슨 이야기를 했다던가?"

"뉴스에는 자신이 죽었다고 나오지만 착오라면서 자신이 잘 살아 있다는 안부를 전해달라고 했다고 합니다. 그가 머무르는 호텔 이름도 함께 말해줬다는군요."

"이런, 세상에. 이 사실 아는 사람이 또 있나?"

"아뇨, 가장 먼저 대령님께 전화드렸습니다. 그런데 죽은 김종훈이 어떻게 다시 살아나서 전화를 한 걸까요?"

"나도 모르겠네. 아, 어쩌면…… 우리가 모르는 사이에 하나가 더 복제되었을지도 모르지. 내 이야기 잘 듣게나. 지금 이 내용에 관해서는 내가 별도의 지시를 내리기 전까지 다른 사람에게 이야기하지 말게. 일단 어떻게 할지에 관해서 내가 생각을 해볼 테니 말야."

"하지만 빨리 김종훈이 있는 호텔에 가봐야 되는 거 아닐까요?"

"자네는 그냥 잠자코 있게나. 알겠나?"

"네. 알겠습니다."

"그리고 따로 나에게 할 말은 없나? 혹시 서인국 대변인으로부터 나에게 연락 온 거 있냐는 말일세."

"없었습니다."

"알겠네. 그나저나 그 호텔 위치가 어떻게 되나?"

"혹시 호텔로 찾아가시려는 거면 저도 동행하겠습니다. 위험할 수도 있으니까요. 안 그래도 지금 막 복지센터 주차장에서 나서려던 참입니다."

"걱정해줘서 고맙네만 괜찮네. 그냥 호텔 이름만 불러주게."

전화를 끊은 민중현은 일분일초도 낭비할 시간이 없었다. 그는 자신의 차를 타고 김종훈이 머무르고 있다는 호텔로 향했다. 송연중은 아직 민중현이 의심받고 있다는 사실을 모르고 있는 듯했다. 수사망이 느슨할 때 빨리 움직여서 할 수 있는 것들을 해야 했다. 분명 죽은 줄로 알았던 김종훈이 살아 있었다.

그에게서 비자금을 넘겨받고 최대한 빨리 외국으로 나가야 했다. 설사 그동안 출국 금지령이 내려지더라도 그 돈만 있으면 어렵지 않게 배를 이용해 중국이나 일본으로라도 우선 가볼 수 있는 노릇이었다. 일이 엉망이 되어버렸지만 솟아날 구멍이 생긴 것이다.

송연중은 전화를 끊은 후 찝찝한 마음을 씻어낼 수가 없었다. 죽었던 김종훈이 살아 있다는데 아무에게도 말하지 말라니……. 그러고는 호텔의 위치를 묻고는 전화를 끊어버렸다. 분명 민중현은 김종훈을 만나러 갈 것이 틀림없었다. 하지만 왜 혼자서 만나려고 하는 것인지 알 수가 없었다. 위험할 수도 있는 노릇이었다. 이유야 어찌 되었건 송연중은 그저 아무것도 하지 않고 있을 수만은 없었다. 누군가에게 이 상황을 알려야만 했다. 그렇다면 누구에게? 이번 사태의 핵심적인 책임자는 서인국이었다. 이런 일이 발생했을 때 서인국에게 알리는 것보다 더 좋은 대안은 없는 것 같았다. 전화로 송연중의 보고를 받은 서인국은 다소 흥분된 목소리로 물었다.

"민중현 과장과 같이 있었나?"

"아닙니다. 그냥 전화상으로만 이야기했을 뿐입니다."

"어디라던가?"

"그건 잘 모르겠습니다. 따로 물어볼 이유는 없었습니다만…… 말씀드린 것처럼 그 호텔로 가는 것만은 확실한 것 같습니다."

"알겠네. 아, 이 내용에 관해서는 더 이상 신경 쓰지 말게. 아는 사람들이 많을수록 상황만 복잡해질 것 같으니까 말야. 내가 청와대 보안팀 사람들하고 직접 찾아가서 무슨 일인지 알아보도록 하지……."

"네, 알겠습니다. 민중현 대령님이 왜 단독으로 이 사건을 해결하려 하시는 건지는 모르겠습니다. 대령님께 별 탈 없도록 잘 부탁드립니다."

"걱정 말게."

송연중이 전화를 끊자 그의 등 뒤에서 낯익은 목소리가 들려왔다. 백승현이었다.

"이 늦은 주말 저녁에 무슨 통화를 그렇게 하세요?"

"아, 선생님. 토요일 저녁에 이곳엔 어쩐 일이십니까?"

"수술방 회식이 있었거든요. 이제 집에 가보려구요."

"대리운전이라도 불러드릴까요?"

"아니에요. 저 술 안 마시는 거 아시면서 그러세요. 그건 그렇고 표정이 심각해 보이시던데요. 무슨 일이라도 있으세요?"

"민중현 대령님이 걱정입니다."

"왜요? 무슨 일이라도 있나요?"

"그게…… 김종훈이란 인물이 살아 있는 것 같습니다. 그런데 민중현 대령님이 혼자서 그 사람을 만나려고 하는 것 같아서 말이죠. 위험하지나 않을까 걱정입니다."

"김종훈이 살아 있어요? 그럴 리가요. 오늘 새벽 제가 시신을 확인했었는데요……."

"저도 의문입니다. 분명 사망이 확인됐다고 했는데 뭔가 착오가 있었나 봅니다. 오늘 김종훈과 직장 동료 간의 전화 통화가 확인됐습니다. 통화 내용에서 김종훈이 지금 머무르고 있는 호텔도 알아냈고요."

"그래서 어떻게 하셨나요?"

"민중현 대령님은 아무에게도 말하지 말라고 하셨지만…… 도저히 걱정이 돼서 그냥 둘 수가 없었습니다. 일단은 서인국 대변인에게 알렸습니다."

"다행이군요. 잘하셨어요. 부팀장님은 어떻게 하실 건가요?"

"저는 퇴근해야죠. 토요일도 다 끝나가는데 더 늦었다가는 가족들이 저를 가만두지 않을 겁니다."

백승현은 잠시 뭔가를 고민하더니 다시 건물 안으로 들어가려 했다.

"나가시는 길 아니었나요?"

"아, 깜빡하고 차키를 두고 와서요. 주말 잘 보내세요."

"예. 그럼 다음 주에 뵙겠습니다."

::

청와대 뒷마당의 주차장에서 바라보는 종각의 야경은 아름다웠다. 그런 아름다운 풍경을 보고 있으면 권무신은 평소 경런하던 눈 주변의 근육이 이완되는 느낌을 받았다. 특히 지금처럼 머리가 아플 때는 더욱 그러했다. 그는 강상호에게 파나메딕에서 본 말도 안 되는 광경을 하나도 빠짐없이 보고했지만 강상호는 구두로만 보고하고 서류 작성은 하지 말라고 했다. 그 말은 결국 이런 사실들을 묵인하겠다는 뜻으로밖에는 받아들여지지 않았다. 권무신은 적절한 수사와 조치가 필요하다고 거듭 강조했지만 강상호는 그런 이야기들을 귓등으로도 듣지 않는 듯했다. 약간의 설전이 오갔지만 강상호는 머리가 아프다며 더 이상의 대화를 거부했다.

사무실 밖으로 나온 권무신의 눈에 서인국이 청와대를 나서고 있는 모습이 보였다. 평소 같았으면 주말을 잘 보내라는 인사 정도는 할 법도 했지만 서인국도 그의 두통에 일조를 하고 있어서 별로 아는 체를 하고 싶지가 않았다. 그저 물끄러미 서인국이 자신의 자동차 문을 여는 모습을 바라보던 중 눈에 띄는 물체가 서인국의 손에 들려 있는 것이 보였다. 총이었다. 분명 권총이었다.

'대통령 대변인이 권총을 지급받을 수 있나? 위기관리 시스템이 가동 중이어서인가? 하지만 이 밤중에 혼자 총을 가지고 어디로 간단 말이지?'

권무신이 느끼기에 오늘 서인국의 행동과 말씨는 어딘지 모르게 이상했다. 그는 이미 이런 생활을 15년 넘게 해온 베테랑 수사 반장이었다. 직감적으로 뭔가 있음을 알아챈 권무신은 서인국의 뒤를 밟기 시작했다.

::

시계가 밤 10시에 가까운 시각을 가리키고 있었다. 종훈은 아직 들어오지 않고 있는 박준수가 걱정되었지만, 그에게 연락을 해볼 방법이 없었다. 종훈에게 있어서 박준수는 이 난국을 헤쳐나갈 수 있는 유일한 희망이자 은인이었다.

'그래, 잠깐이라도 밖에 나가서 찾아봐야겠어. 많이 힘들어하고 있을 거야…….'

잠시 후 종훈은 호텔 로비로 내려왔다. 한산한 로비는 간혹 일본인이나 중국인 관광객들이 서성거릴 뿐이었다. 정문 앞에 선 그는 발걸음을 머뭇거릴 수밖에 없었다. 아무리 경찰의 수사망에서 벗어나 있다 하더라도 호텔 로비를 벗어나 밖을 활보하기란 부담스러운 일이었다.

'그래, 오늘 낮에는 이보다 더 멀리 나가서 공중전화도 사용하고 왔는데 망설일 이유가 없지…….'

호텔 정문에 서서 바라보는 길 건너편의 골목골목은 비틀거리는 취객들로 가득했다. 토요일 밤이면 볼 수 있는 익숙한 풍경이었지만 오늘은 왠지 모를 이질감이 느껴졌다. 마치 술을 한 잔도 마시지 않고 술자리에 앉아 있는 듯한 기분에 선뜻 골목길로 발길이 가지를 않았다. 길 건너편에 들어서자 아스팔트를 적신 술 비린내가 코끝을 찔렀다. 아찔한 듯 어지러운 현기증 사이로 그의 이름을 부르는 남자의 나지막한 목소리가 들렸다.

"김종훈 씨?"

오랜만에 듣는 목소리였지만 누구인지 똑똑히 알 수 있었다. 부드럽고 안정된 어조의 목소리였지만 종훈의 불안감을 순간적으로 증폭시키기 충분한 위협적인 목소리. 바로 민중현이었다. 뒤로 돌아서자 민중현이 우두커니 서서 자신을 바라보고 있었다. 종훈은 너무도 갑작스러운 상황에 현실감각이 무뎌졌다. 민중현은 옆에 있던 외제차의 운전석 문을 반쯤 열었다.

"기다리고 있었습니다. 일단 제 차에 타시죠."

종훈의 머릿속에는 온갖 생각이 스쳐 지나갔다. 지금 당장 좁은 골목으로 도망칠 수도 있는 일이었다. 민중현은 분명 이곳에 혼자 온 듯했다. 하지만 확실치 않았다. 어딘가에 매복하고 있는 경찰들이 있을지도 모를 일이었다. 최소한 토요일 저녁 강남 바닥에는 기본적인 치안을 위해 경찰들이 깔려 있을 것이었다. 민중현이 이곳까지 찾아온 것을 보면 박준수가 잡힌 것일 수도 있었다. 상황이 어떻게 된 건지 생각할 시간이 필요했다. 그리고 시간을 벌려면 도망쳐야 했다. 그러나 좀처럼 발이 땅에서 떨어지지를 않았다. 미칠 노릇이었다.

"고민할 것 없어, 김종훈. 지금 나한테는 권총이 있고 네가 도망이라도 가려 한다면 난 널 쏴버릴 거야. 그게 큰 문제가 되지 않을 거란 건 너도 잘 알고 있겠지? 그러니 지금 상황에서 너에게 있는 선택권은 차에 타서 살아남느냐, 도망가다가 죽느냐 둘 중 하나가 있을 뿐이야."

민중현의 목소리에는 전혀 떨림이 없었다. 위협적인 문구를 마치 독백하듯 나지막하고 부드럽게 읊어내리는 그의 말이 섬 뜩하게 다가왔다. 민중현이 먼저 뒷좌석 문을 열고 차에 타서 종훈을 바라보았다. 종훈은 천천히 운전석으로 들어갔다. 차는 앞뒤 유리까지 사방으로 선탠 필름이 부착되어 있어 늦은 밤에 안쪽을 구별하기가 쉽지 않았지만 민중현의 손에 들려 있는 권 총만큼은 선명하게 눈에 들어왔다. 문을 닫자마자 민중현은 권 총 손잡이로 종훈의 뒤통수를 세게 내리쳤다. 충격이 너무 커 서였을까? 비명조차 나오지 않았다.

"이런 배은망덕한 자식! 널 만들어준 게 누군지 똑똑히 기억 하도록 해. 알겠어? 넌 나 아니었으면 죽은 송장에 불과했어. 다 시 태어나게 만들어줬더니 도망질이나 해? 적어도 은혜에 보답 은 해야지. 안 그래? 자, 이제 밥값이나 해보실까?"

"무슨 말을 하는 겁니까? 당신이 아니었다면 난 죽지도 않았 을 것 아닙니까? 비자금 관리자에게 다 들었습니다. 당신이 열 차 테러를 일으켰다고……."

"지금 그게 중요한 게 아닐 텐데……! 일단 거두절미하고 복 지센터로 가지."

"인천에 있는 국가위기관리위원회를 말하는 겁니까?"

"설마 모르지는 않겠지? 너한테는 고향이나 마찬가지니까."

백미러를 통해서 보이는 민중현의 손에는 여전히 권총이 들려 있었다. 권총은 정확히 종훈의 뒤통수를 겨냥하고 있었다. 종훈은 아무 말 없이 운전을 시작했다. 인천에 도착할 때까지도 지금 상황을 헤쳐갈 묘안이 전혀 떠오르지 않았다. 액션영화에서 흔히 볼 수 있었던 그런 장면들을 따라 하는 것은 말도 안 되는 일이었다.

민중현이 자신을 찾아온 것을 보면 박준수는 무사할 수도 있을 것 같았다. 민중현에게 중요한 것은 비자금이었다. 박준수를 잡았다면 자신을 찾아올 이유가 없었다.

복지센터에 도착하자 민중현은 종훈을 앞장세워 건물 안으로 들어갔다. 어두운 건물 안에는 비상구를 가리키는 녹색 조명과 겨우 글을 읽을 수 있을 정도의 조명만이 켜져 있을 뿐 아무도 없는 것 같았다. 민중현은 총구를 여전히 종훈의 뒤통수에 갖다 대고 있었다.

"저를 죽이기라도 할 겁니까?"

"넌 이미 죽었어."

"그렇다면 제가 비자금을 당신에게 넘겨야 할 이유가 있습니까?"

"지금 거래라도 하자는 거야?"

"돈에는 관심 없습니다."

"내가 널 여기 데려온 이유가 뭔지 알아? 비자금을 넘겨받고 넌 소각해버리려고 그러는 거야. 내가 이런 일을 꾸몄다는 증거

324

를 남겨둘 것 같나? 네가 나에게 돈을 넘겨야 할 이유가 없다고? 네가 비자금을 넘기지 않으면 난 너의 혈액과 조직으로 또다시 널 복제할 거다. 그리고 네가 여전히 비자금을 넘겨주지 않으면? 넌 비자금을 나에게 넘길 때까지 고통스러운 죽음을 끝없이 반복하게 되는 거야. 무슨 말인지 알겠어? 그러니까 그냥 쉽게 한 번에 끝내자고."

그때 복지센터 로비 계단에서 누군가가 천천히 걸어 내려왔다. 조심스럽게 내려오는 그 사람은 백승현이었다. 두 사람을 본 백승현은 참담한 심정으로 민중현을 향해 차갑게 내뱉었다.

"당신, 정말 무서운 사람이군요. 정말로 이렇게까지 할 줄은 몰랐네요."

"백승현 당신 지금 이 시간에 여기서 뭐 하는 거야?"

"송 부팀장이 이야기해줬어요. 당신이 김종훈을 찾아갈 거라고. 저는 당연히 당신이 여기로 올 거라고 생각했죠."

"뭐라고?"

"최소한 김종훈의 기억 단백질을 확보할 수 있을 테니 이곳으로 오는 게 당연하죠."

"설마…… 모든 걸 알고 있었나?"

"당신이 김종훈에게 대통령의 기억 단백질을 혼합 주입한 사실 말인가요? 아니면 당신이 대통령의 비자금을 노렸다는 사실 말인가요?"

"그만해! 내가 지금 참고 있는 건 우리의 옛정을 생각해서……."

"네, 그래요. 당신이 무슨 짓을 하고 있었는지 다 알고 있었어요. 처음에는 그저 모르는 척 지나가려 했지만…… 당신이야말로 이제 그만하는 게 좋을 것 같아요. 이미 사람들이 오고 있을 거예요."

"뭐라고? 사람들이 온다고? 경찰에 신고했나?"

"송 부팀장이 서 대변인에게 알렸다고 했어요. 그는 김종훈이 당신을 해칠까 봐 걱정되어 그런 거구요."

고개를 숙이고 아무런 말이 없던 민중현은 잠시 고민하는 듯하더니 이내 무언가 결심한 듯한 표정으로 백승현을 쳐다보았다.

"당신은 선을 넘어버렸어. 난 최소한 당신을 존중해왔는데…… 한 인간으로서 말야. 이제 모두 끝나버렸군."

민중현이 총구를 옮겨 백승현의 머리에 총구를 겨누었다. 긴장된 순간, '탕!' 총성이 울렸다. 그러나 쓰러진 것은 백승현이 아니라 민중현이었다. 총성은 민중현의 총에서 나온 것이 아니었다. 종훈은 소스라치게 놀라는 백승현의 얼굴을 볼 수 있었다. 쓰러진 민중현의 오른쪽 두개골은 완전히 날아가버린 상태였다. 파손된 조직 사이로 펌핑하듯 뿜어져 나오는 피는 금세 복지센터 로비를 메워버릴 듯했다. 종훈은 고개를 돌렸다. 총알이 날아온 곳, 그곳에는 바로 서인국이 서 있었다.

강상호: 갑자기 서인국 대변인에 대한 이야기는 왜 하시는 건지 알 수
       가 없군요. 그는 그저 사건 종결 직후 실종되었을 뿐입니다.
       이번 사건과 특별한 연관성은 없는 것으로 발표된 걸로 알고
       있습니다만⋯⋯.

사회자: 하지만 타이밍이 너무 절묘하지 않습니까? 게다가 서인국은
       단순히 대통령 대변인이라기보다는 이번 사태의 해결을 위해
       일시적으로 만들어졌던 위기관리 기구의 총책임자였으니까
       요. 어떻게 보면 이번 토론회에서 꼭 다시 한 번 되짚어봐야
       할 인물인 거죠.

권무신: 사회자 양반이 너무 관심이 많군요. 깊숙한 이야기는⋯⋯.

강상호: 권무신 자네, 지금 무슨 말을 하는 건가?

사회자: 잠시만요. 깊숙한 이야기라는 말씀은 무슨 뜻이죠? 저희는 진
       실을 다루어야 합니다. 뭔가 숨기시는 게 있다는 말씀이신가
       요?

최 현: 이런, 오해하지 마십쇼, 하하. 아마 권무신 팀장께서 당황하신
       모양입니다. 사실 사전에 서인국 대변인에 대한 주제가 있을

것이라는 이야기가 없지 않았습니까? 갑자기 그런 질문을 던지시니 당황하는 게 당연하죠. 그렇죠, 권무신 팀장?

사회자: 하지만 시청자분들께서 실시간으로 인터넷을 통해 올려주시는 의견을 보면 이 부분이 다루어져야 한다는 글들이 많습니다. 왜냐하면…… 물론 열차 사고로 사망하신 모든 국민 여러분이 모두 피해자입니다만…… 사실 김종훈은 이번 사건에서 핵심적인 피해자가 아니겠습니까? 그렇게 억울하게 희생될 뻔한 것을 살려준 것이 바로 서인국 대변인이었습니다. 또한 더욱 중요한 것은 익명의 제보가 있었죠? 비자금 관리자와 관련해서 말입니다. 비자금 관리자라는 사람이 실존했고…… 수사 과정에서 그를 죽인 게 바로 서인국이라고요. 그런데 정부는 비자금 관리자의 실존 자체를 부정하고 있는 상황이죠. 이렇게 이번 사건에서 굵직한 자리에 서 있던 서인국 대변인이 사건의 종결과 함께 증발해버렸다면 국민 여러분이 당연하게도 관심을 가지지 않겠습니까?

"대변인님!"

종훈은 반가운 마음에 큰 소리로 서인국을 불렀다. 그는 김종훈이 민중현을 피해 만나고 싶었던 사람들 중의 한 명이었다.

"오, 이런 세상에! 정말 다행입니다. 제가 다 설명할 수 있습니다. 정말 하마터면 큰일 날 뻔……."

"당신은 백승현이지?"

거의 정신이 나간 상태로 바닥만 쳐다보고 있던 백승현은 갑자기 자신의 이름이 불리자 깜짝 놀라며 서인국을 쳐다보았다. 민중현이 죽었지만 서인국은 여전히 두 사람에게 총구를 겨누고 있었다.

"김종훈이 복제되던 날 당신을 본 적이 있어. 민중현과 함께 일하더군. 복제실에 있는 기계들 다 작동시킬 줄 알지?"

"네. 하지만 왜 그러시는지……."

"잘됐군. 다행이야. 두 사람 다 내 말 잘 들어. 일단은 조용히 복제실로 이동하자고……."

종훈은 지금의 상황이 이해가 가지 않았다. 서인국은 아주 냉정해 보였다. 뭔가 잘못된 느낌이었다.

"대변인님, 하지만 지금 복제실로 가야 할 이유가……."

"내가 뭐라 그랬지? 조용히 가자고. 하고 싶은 이야기는 복제실에서 하도록 하지. 두 사람 다 내 말만 잘 들으면 무사할 거야."

백승현이 조명 버튼을 올리자 시커먼 복제실에 대낮 같은 빛이 쏟아졌다. 서인국은 눈이 부신 듯 짜증스럽게 얼굴을 찡그리더니 방 한가운데 놓여 있는 넓은 실험실용 탁자에 걸터앉았다.

"이 방이 항상 그렇게 어두컴컴하기만 한 건 아니었나 보군. 자, 그럼 이제 김종훈 씨. 비자금은 어디에 있지?"

"그게 무슨 말씀이십니까?"

"비자금 말야. 내가 바보인 줄 알아? 어디에 숨겨둔 건가? 해외 계좌이든 어디든, 어떻게든 숨겨뒀을 것 아냐. 난 민중현처럼 너까지 죽이고 싶은 생각은 없어. 그러니까 그냥 어떻게 비자금을 찾을 수 있는지만 이야기하게."

종훈은 갑작스럽게 벌어진 상황에 어질했다. 옆에 있는 백승현 역시 놀란 얼굴이었다. 종훈은 지금까지 서인국이 자신을 보호해주고 있었다고 믿어왔다. 하지만 지금의 서인국은 비자금을 쫓아온 또 하나의 민중현이었다. 도대체 언제부터인지 감이 잡히질 않았다.

"처음부터 이렇게 하려고 저를 살려둔 겁니까?"

"처음부터? 그래, 이 탁자를 보니 생각이 나는군. 네가 복제되던 날, 이 탁자에 기억 단백질 보관용기가 두 개 준비되어 있더군. 민중현은 내가 그 정도도 못 알아볼 정도로 바보라고 생각했던 모양이야. 하지만 난 알 수 있었지. 뭔가 심상치 않다는 거 말야. 그래서 일단 널 살려두기로 한 것뿐이야."

"난 당신을 믿고 있었습니다. 절대적으로요."

"생각보다 영리하지는 못한 거 같군. 난 이리저리 빠져나가는 너 하나 잡으려고 정말 골머리를 썩고 있었거든. 아무튼 그러고는 민중현 모르게 복지센터 컴퓨터를 좀 뒤져봤지. 실제로 이름 없는 사람의 혈액에서 기억 단백질이 추출되었더군. 그런데 기억 단백질을 추출할 때 사람 이름 없이는 할 수 있어도 혈액을 통한 유전자 지도는 꼭 남겨두게 되어 있거든. 분명 누군가 중요한 사람이었을 것이란 생각이 들더군. 그래서 그 유전자 지도를 청와대로 가지고 와서 공직자 신상 데이터와 대조해봤지. 그랬더니 웬걸, 대통령의 혈액이었던 거야. 대통령의 혈액에서 기억 단백질이 추출되었던 거지. 그것도 열차 사고 후에 말야. 그런데 분명 대통령은 기억상실 효소를 투여받았다고 했거든. 대통령의 레드박스는 민중현이 관리하는데, 그렇다면 민중현은 이미 한참 전부터 치밀하게 이런 일들을 준비해오고 있었던 거야. 하지만 왜지? 결론은 하나뿐이었지. 사람을 이렇게까지 대담하게 움직일 수 있도록 하는 건 단 하나뿐이지. 돈. 그것도 대통령과 관련된 돈이라면…… 바로 비자금이었던 거야. 분명 천문학적인 액수의 비자금을 노리고 있었던 거야. 그리고 그돈은 이제 주인 없는 돈이지. 누구라도 욕심이 생길 수밖에 없네. 나도 인간이야. 안 그래?"

"하지만 방송국에서 검거되고 나서 저를 구해주지 않으셨습니까?"

"자네가 청와대 대통령 집무실로 온 거 말인가? 정말로 나를 철석같이 믿고 있었나 보군. 자네를 방송국에서 검거한 것부터가 나였네. 나도 생각보다 치밀하게 움직여야겠다는 생각을 했지. 민중현이 이 일에 손대지 못하게 해야 내가 움직이기 수월해지지 않겠어?"

"그렇다면 제가 열차 테러범이란 누명을 쓴 게 당신 때문입니까?"

"자네를 잡아들이는 데 그보다 간편한 방법도 없었네. 자네를 대통령 집무실로 불러들인 건 여러 이유에서야. 민중현이 자유롭게 자네에게 접근하는 게 어려워질 뿐만 아니라 대통령에게 익숙한 공간에 들어가면 대통령의 기억이 더 잘 복원될 거라 계산했지. 그 스테이크는 정말 먹을 만하지 않던가? 고마운 줄 알라고. 아무나 먹는 게 아냐. 나도 썩을 남대철과 3년 넘게 일했지만 단 한 번도 먹어본 적이 없다고. 그런데 자네가 그렇게 탈출까지 해버릴 줄은 몰랐어. 덕분에 상황만 복잡해지고 사람들만 죽어나갔지. 안 그래? 이렇게까지 일을 크게 만들고 다니지만 않았어도 박지민과 비자금 관리자는 무사했을 거야."

"박준수? 그에게 무슨 일이 생긴 겁니까? 박지민 씨도 당신 짓이었습니까?"

"아, 이름이 박준수였군. 뭐 이미 죽었으니 의미 없지만 말야. 박지민은 민중현이 그렇게 했네. 난 박지민과는 별 볼 일 없었어. 이렇게 흥분하는 걸 보니 비자금 관리자와 꽤 정이 들었던 모양이군. 박준수 일은 미안하게 됐네."

종훈은 절망적이었다. '박준수가 죽었다!' 그와 함께한 건 짧은 시간이었지만 그와는 어떤 유대 관계가 형성되어 있었다. 그러나 지금 이 순간 그에 대한 연민보다도 종훈을 엄습해오는 것은 두려움이었다. 박준수는 늪에 빠진 자신에게 지푸라기와도 같은 존재였다. 그런데 이제 그마저도 사라져버린 것이었다. 순간 멍해지는 의식 속에 종훈은 비틀거리는 몸을 추슬렀다.

"그 사람까지 죽일 필요는 없지 않습니까?"

"죽일 필요가 없다고? 그가 산 채로 검거되면 수사가 본격적으로 진행돼서 비자금이 내 주머니에 들어오는 게 불가능해지는데? 이봐, 나도 순간적으로 고민 많이 했다고."

"중국인들이 알려줬습니까? 그가 비자금 관리자라고?"

"중국인들? 난 중국인들은 만난 적도 없어. 원래는 민중현의 집에 비자금과 관련된 정보가 남아 있지 않나 싶어서 갔는데 어떤 남자가 총을 들고 서 있지 않겠어? 그래서 순간적으로 생각했지. 누군가 박지민과 관련해서 민중현에게 복수를 하려 한다고 말야. 그렇다면 그건 분명 비자금 관리자인 거지. 박지민이 그의 집에서 발견된 이상 두 사람이 분명 어떤 관계가 있는 게 분명했거든. 최소한 그 녀석의 혈액에서 기억 단백질 정도는 확보할 수 있을 거라 생각했는데 이미 죽을 각오를 했던 건지 뭔가 불안했는지, 자기 기억을 다 지워버리고 나왔더군. 정말 허탈했지. 그땐 말야, 자네가 이렇게 살아 있을 것이라고는 꿈에도 생각 못했네."

종훈의 두 손은 부들부들 떨리고 있었다. 서인국에 대한 배신감 때문만은 아니었다. 돈 때문에 인간이 어디까지 추해질 수 있는지 눈앞에 너무나 적나라하게 펼쳐지는 게 그를 떨리게 했다.

"제가 순순히 비자금을 넘겨드릴 거라 생각하십니까?"

"물론이야. 그렇지 않으면 지금 당장 널 죽일 생각이니까. 하지만 난 민중현과는 다르지. 네가 비자금을 넘겨주면 난 널 살려줄 생각이야. 그것만큼은 약속하겠네. 어차피 이런저런 지저분한 일들은 모두 민중현에게 뒤집어씌우면 돼. 넌 그냥 예전처럼 조용히 살면 되는 거야. 스스로가 복제 인간이란 걸 잊지 말라고. 설마 자신이 진짜 김종훈이라고 생각하고 있는 건 아니겠지? 죽었다 살아나 새 인생을 살게 되었는데 그 정도는 해줄 수 있을 거라고 믿네. 적어도 김종훈의 유족들은 행복한 두 번째 인생을 살게 될 테니. 비자금은 나에게 넘기고 이제부터 진짜 김종훈처럼 행복하게 살아보라고. 이게 모두 내 덕분이란 걸 절대 잊지 말고."

종훈은 구역질이 날 것만 같았다. 서인국은 그를 마치 죽은 김종훈을 대신해 만들어 놓은 인조인간인 것처럼 말하고 있었다. 감정을 뒤흔드는 현기증 속에서 오히려 흔들리던 그의 정체성은 더 단단해지고 있었다.

"그럴 수 없습니다."

"뭐라고?"

"돈은 넘겨드릴 수 없어요. 그 돈은 당신 돈이 아닙니다. 주인 없는 돈도 아니고요. 반드시 그 돈은 국고로 돌려놓을 겁니다."

"이 자식이 죽었다 살아나니 현실감각이 없어졌나. 미친놈아, 지금 총 들고 있는 건 바로 나야!"

서인국은 잠깐 흥분하더니 이내 격앙된 어조를 가라앉히고 백승현을 향해 사무적인 어투로 말했다.

"백승현 씨, 그렇담 이제 당신에게 할 일이 생겼군."

"뭐죠? 무슨 말씀이신지……."

"김종훈에게서 기억 단백질을 추출해요."

"그러고 나면요?"

"기억 단백질은 내가 가질 거요."

"김종훈은 죽일 거고요? 그렇다면 당신이 날 죽이지 않을 거란 걸 어떻게 믿죠?"

"그냥 믿으쇼. 어차피 당신도 복제되었다는 거 모르는 바가 아니니까. 내가 당신에게 하는 짓에 대해서 양심에 일말의 가책이라도 느낄 것 같나? 질문이나 의심 같은 건 하지 않는 게 좋아요. 그냥 시키는 대로 하면 되는 겁니다."

"제가 복제된 건 어떻게 알았죠? 복제 기록을 뒤지다가 알게 되었나요?"

"다시 한 번 말하지만 더 이상의 질문은 받지 않겠습니다. 자, 그럼 두 사람 다 이동해보실까? 어디로 가면 되는 거지?"

서인국의 총구가 백승현을 가리키고 있었지만 백승현은 좀처럼 움직이지 않았다. 김종훈은 그녀의 떨리는 눈동자를 볼 수 있었지만 그녀가 무슨 생각을 하고 있는지 읽을 수는 없었다. 뭔가를 결심한 듯 그녀가 말했다.

"서인국 씨, 혹시 혈액형이 어떻게 되시죠?"

"AB형이요. 그런 건 갑자기 왜 물어보는 거요."

"서인국 씨, 그렇다면 저와 거래를 해보시는 게 어떻습니까?"

"거래라고?"

"어차피 당신이 김종훈의 기억 단백질을 가지게 된다 하더라도 큰 의미는 없을 겁니다. 김종훈을 몰래 다시 복제하기도 쉽지 않을뿐더러 복제된 김종훈이 비자금을 넘길 거라는 보장도 없죠."

"그래서?"

"굳이 김종훈의 입을 거치지 않더라도 비자금을 가질 수 있는 방법이 있어요."

"그게 뭐지?"

"제가 이 방법을 말씀드리는 대신에 제게 약속해주셔야 될 게 있습니다. 김종훈은 반드시 살려두어서는 안 됩니다. 그가 살아 있으면 위험해요. 그리고…… 제가 비자금의 20퍼센트를 가지길 원해요."

"정말 돈이 사람 망친다니까. 그래, 김종훈은 내가 직접 처리하도록 하지. 하지만 20퍼센트는 너무 많아. 5퍼센트만 해도 충

336

분할 것 같군."

"좋아요. 10퍼센트로 하죠."

서인국은 날카로운 눈빛으로 한참 동안 백승현을 쏘아보더니 천천히 입을 열었다.

"어디 어떤 방법인지 들어나보고 결정하도록 하지."

"기억 단백질은 일반적으로 소량 확보해서 체외에서 증폭복제를 하게 되죠. 이를 통해 다량의 단백질을 확보한 후에 복제에 쓰이도록 되어 있어요. 이건 사망 후에 다량의 혈액을 확보할 수 없는 경우가 대부분이라 만들어진 일종의 고육지책입니다."

"그래, 그건 나도 알아."

"그리고 체외에서 증폭 복제된 단백질은 혈액뇌장벽이 만들어지기 전에 복제풀에 투여되죠. 이건 기억 단백질이 혈액뇌장벽을 통과할 수 없기 때문인데 실제로 여기에 잘 알려지지 않은 사실이 하나 있습니다."

"계속 말해보게."

"이성질체란 말을 들어보셨을 겁니다. 화학 물질 중에 서로 같은 분자식을 가진 물질이 서로 다른 배치에 의해서 그 성질이 크게 달라지는 현상이죠. 기억 단백질에도 이런 이성질체가 있습니다. 광학 이성질체로 L-form과 D-form이 있죠. 실제로 기본적인 화학적 특성은 거의 유사하고 약간의 차이가 있을 뿐입니다. 대부분의 단백질은…… 우리는 그것을 L-form이라고 부르고 있습니다만…… 90퍼센트 이상을 차지하고 있죠. 이 형태는 혈뇌장벽을 통과할 수 없습니다. 체외에서 증폭복제를 하게 되면 99.9퍼센트가 L-form입니다. 하지만 체내에는 정상적으로 약 10퍼센트 정도의 D-form이 존재하고 있어요. 그리고 이 D-form은……."

"혈액뇌장벽을 통과한단 말야?"

"네. 그렇습니다."

"그렇다면 살아 있는 김종훈의 혈액에서 직접 기억 단백질을 추출해 투여받으면 내가 대통령의 기억을 직접 이용할 수 있다. 그 말인가?"

"네. 하지만 D-form의 경우 불안정한 구조로 인해서 기억 단백질을 추출하는 동안에 모두 분해되고 말죠. 대신 기억 단백질이 포함된 혈장을 단시간 내에 혈액으로부터 분리해서 투여받으면 충분히 가능해요."

"왜 이런 사실이 알려지지 않은 거지?"

"말씀드렸지만 워낙 다량의 혈액을 확보해야 가능하므로……."

"알았네, 알았어……. 무슨 말인지 알겠네. 그렇다면 서둘러 시작해야겠군."

종훈은 절망적이었다. 백승현마저 이렇게 변하리라고는 상상도 할 수 없었다.

"백승현 씨마저 이렇게 변하실 줄은 몰랐습니다."

"세상에 돈만큼 중요한 것도 없죠. 안 그런가요? 미안하게 됐습니다만, 저도 인간이에요. 서인국 씨, 그러면 10퍼센트로 이야기가 된 건가요?"

"좋아, 그러도록 하지. 시간이 얼마나 걸려?"

"두 시간 정도 걸릴 겁니다. 자세한 이야기는 위층에 있는 채혈실에 가서 하시죠."

백승현은 앞장서서 두 사람을 복제실 위층에 있는 채혈실로 안내했다. 그곳에는 일반적으로 헌혈의 집에서 볼 수 있는 장비들이 갖추어져 있었다. 서인국은 약간의 미소를 띠며 상기된 얼굴로 두리번거렸다. 마치 즐거운 소풍에 앞서 설레는 듯한 그의 표정에서 종훈은 섬뜩한 느낌을 받았다.

"꼭 헌혈의 집 같군."

"네. 이곳은 평소에 채혈실로 쓰일 뿐 아니라 헌혈실로도 쓰이고 있죠. 김종훈 씨가 이쪽 침대에 누우면 제가 채혈을 시작할 겁니다. 그렇게 해서 적혈구를 걸러내고 남은 혈장 성분을 모두 서인국 씨에게 투여할 거예요. 그렇게 하면 혈장에 포함되어 있는 기억 단백질 성분이 서인국 씨의 뇌로 이식되는 겁니다. 그렇게 간단하게 끝나는 거예요."

"흠, 간단하군. 좋아. 그럼 김종훈, 침대에 눕도록 하지."

종훈은 반항할 방법이 없었다. 백승현은 침대에 눕는 종훈을 아무런 감정도 없이 물끄러미 바라볼 뿐이었다.

"너무 섭섭하게 생각하지 마세요. 어쩔 수 없는 일이니까요.

하지만 서인국 씨에게 부탁해서 최대한 고통 없이 끝내드릴 수 있어요. 아래층 수술실에는 마취약이 있어요. 모두 다 끝나고 그 약으로 잠들듯 그렇게 끝낼 수 있어요. 서인국 씨, 그 정도 배려는 해주실 수 있죠?"

"물론이지."

두 사람은 마치 정겨운 친구라도 된 것처럼 이야기하고 있었다. 종훈은 실험실의 생쥐가 된 기분이었다. 가슴이 쿵쾅거리고 헛구역질이 넘어왔지만 어떻게 할 방법이 없었다. 서인국의 총구는 여전히 종훈의 머리를 정확히 겨누고 있었다.

"오…… 그런데 백승현 씨, 잠깐. 저 혈액을 내가 그냥 투여받을 수가 있는 거야? 괜찮은 건가? 그 부적합 수혈 반응이란 게 있을 텐데……."

"물론 저도 잘 알고 있어요. 서인국 씨는 AB형이라고 했죠?"

"그렇소만."

"김종훈 씨는 O형이에요. 그러니까……."

"아, 그렇군. 그래, 나도 그 정도는 고등학교 생물시간에 배워서 알고 있어. O형의 혈액은 누구에게나 다 투여할 수 있다, 이거지? 안심이군."

고개를 주억대는 서인국을 뒤로하고 백승현은 종훈의 팔에 두꺼운 주삿바늘을 찔러 넣었다. 침대 옆에 설치되어 있는 복잡한 기계에 일련의 조작을 시작하자 종훈의 혈액이 기계 속으로 들어가 적혈구와 혈장으로 분리되기 시작했다. 분리된 혈장은 채혈백 안에 수집되고 적혈구는 사라진 혈장만큼의 수액과 혼합되어 다시 종훈의 몸으로 돌아왔다. 수액이 차가워서일까, 종훈은 혈관을 따라 차가운 기운이 온몸으로 퍼지는 것을 느낄 수 있었다. 소름이 돋았다. 혈관을 따라 주입되는 어두운 냉기는 마치 그를 엄습해오는 죽음처럼 천천히 퍼져 들어오고 있었다. 얼마 후 혈장이 500밀리리터 정도 모이자 백승현은 잠시 채혈을 멈추고 백을 분리한 뒤 새로운 백으로 교체했다. 그러고는 다시 기계를 조작해 혈장을 분리하기 시작했다.

"서인국 씨는 그쪽 건너편 침대에 누우세요. 얼른 투여를 시작해야 해요."

"오…… 이렇게나 빨리 말야?"

"방금도 말씀드렸듯 D-form은 L-form에 비해서 불안정해서 빨리 투여받아야 해요. 그러지 않으면 이 채혈백 안에서 모두 분해되어 없어져버릴 거예요."

"흠, 그래서 일반적으로 수혈을 받아도 기억 전이가 없었던 건가?"

"아마 그럴 거예요. 시간이 돈이랍니다. 어서 누우시죠."

서인국은 서둘러 침대에 누웠다. 백승현은 서인국의 왼팔에 두꺼운 수액 라인을 잡고 방금 수집된 뜨끈한 혈장을 최고 속도로 투여하기 시작했다.

"오, 너무 빠른 거 아닌가? 조금 천천히 해도……."

"말씀드렸다시피 D-form은 불안정해서 순식간에 분해되죠.

체외에서는 거의 한 시간이면 사라져버린다고 봐야 해요. 이렇게 빨리 투여할 수밖에 없습니다."

"그렇군."

서인국과 종훈은 서로 마주 보고 누워 있는 꼴이 되었다. 종훈은 되도록 서인국과 눈을 마주치고 싶지 않았다. 자정이 넘은 시간 창밖으로는 드문드문 불이 켜진 아파트만이 보일 뿐이었다. 갑자기 아내와 아들 생각에 눈물이 날 것 같았다. 그때 서인국의 기침 소리가 들렸다. 눈을 돌려 서인국을 보자 서인국은 약간 숨이 찬 듯 잔기침을 하고 있었다. 채혈백의 혈장은 거의 다 투여되고 있었다. 너무 빨리 투여되어서 힘이 들었던 것일까? 서인국은 굳게 쥐고 있던 권총도 옆에 있는 선반에 내려둔 상태였다. 종훈의 팔뚝에서는 여전히 혈장 성분이 분리되고 있었다. 약 300밀리리터 정도의 혈장이 모이자 백승현은 급히 백을 분리하고 기계를 멈춰 세웠다.

"이봐, 의사 양반. 내가 그랬잖아, 조금 빠른 것 같다고. 이거 숨이 좀 차는데 괜찮은 거야? 얼마나 더 맞아야 하는 건가?"

"여기 300밀리리터 더 준비됐어요. 이것만 더 맞으면 됩니다. 힘드시더라도 조금만 더 참으세요. 별일 없을 겁니다."

"그래야 할 거야."

서인국은 약간은 위협적인 말투로 이야기하며 백승현을 쏘아보았다. 백승현은 안심하라는 듯 살짝 미소를 머금은 얼굴로 새롭게 뽑은 혈장을 연결했다. 새로 연결된 혈장 역시 최고 속도로 투여되기 시작했다. 잠시 후 서인국은 김종훈의 눈에도 심각해 보일 정도로 병색이 짙은 모습이 되었다. 불과 한 시간 전과는 전혀 달라 보였다. 창백한 얼굴로 땀을 뻘뻘 흘리며 연신 기침을 해댔다. 서인국은 신경질적으로 고함을 지르기 시작했다.

"이런 제기랄……! 이것 봐…… 컥컥…… 뭔가 잘못됐어. 내 손발 찬 거 보라고. 젠장, 몸은 불덩어리야……. 이거 봐, 백승현. 어헉…… 무슨 짓을 한 거야!"

백승현은 당황하더니 겁먹은 듯 뒷걸음치기 시작했다. 서인국은 침대에서 일어나 앉아 옆에 있던 선반의 권총으로 손을 뻗었다. 그러나 그의 움직임에는 힘이 하나도 없었다. 서인국은 죽을힘을 다해 겨우 움직이고 있는 것 같았다. 권총을 향해 내뻗는 그의 손은 덜덜 떨리고 있었다. 뭔가 잘못된 게 분명했다. 겨우 권총을 손에 쥔 그의 팔은 권총의 무게를 지탱할 만한 힘마저도 남아 있지 않은 듯 휘청거렸다. 서인국은 백승현을 향해 총을 발사했지만 총알은 백승현이 서 있는 곳에서 한참 멀리 떨어진 곳으로 날아가버렸다.

"거짓말이지? 날 속인거야…… 헉헉…… 이런 방법이 가능했다면 민중현이 시도했겠지…… 오…… 이런……."

서인국은 무언가 마지막으로 말을 하려는 것 같았으나 너무 심하게 숨을 헐떡거려서 입 밖으로는 절망적인 숨소리만이 새어 나올 뿐이었다. 그는 공포감에 찬 얼굴로 침대에서 일어섰지만 발이 땅에 닫는 순간 바닥에 엎어지고 말았다. 넘어진 서인국은 숨만 겨우 몰아쉬고 있을 뿐이었다. 그의 마지막 남은 기력으로는 기침마저 할 수 없는 듯했다. 백승현은 천천히 움직이기 시작했다. 서두를 필요도 없는 것 같았다. 서인국에게 다가가 너무나 쉽게 그의 손에서 권총을 빼앗아 그의 뒤통수에 총알을 발사했다. 의외의 상황에 종훈은 아무것도 할 수가 없었다. 백승현은 미동도 없이 권총을 들고 서서 죽은 서인국을 바라볼 뿐이었다. 뒤통수가 다 날아가버렸지만 백승현은 그가 완전히 죽었는지 확인이라도 하는 듯했다. 잠시 후 백승현은 뭔가 서인국의 죽음에 확신이라도 얻은 듯이 평온한 표정을 되찾고는 종훈을 바라보았다.

종훈은 놀라지 않을 수 없었다. 대담한 여자였다. 외과 의사이기 때문이었을까? 이런 참혹한 광경 속에서도 그녀는 이성을 잃지 않았다. 종훈이 자리에서 일어서려 하자 백승현이 다가와 다시 그를 자리에 눕혔다.

"아직은 무리하지 마세요. 아무리 혈장 성분이라지만 피를 많이 뽑았으니 좀 쉬셔야 할 거예요. 어때요? 초코파이랑 주스라도 좀 드릴까요?"

백승현은 애써 농담을 하며 약간의 미소를 지어 보였다. 그녀의 표정에서 그는 일종의 동질감을 얻을 수 있었다. 종훈은 백승현의 아무 일도 없었다는 듯한 태도에 조금 당황스러웠지만 그녀가 자신을 해칠 마음이 없다는 것만큼은 확신할 수 있었다. 백승현은 건너편에 있는 냉장고에서 정말로 초코파이와 포도주스를 꺼내 와서 종훈에게 건넸다. 하지만 종훈은 그저 받아서 침대 옆 선반에 놓았을 뿐 서인국의 시체 앞에서 이런 것들을 먹고 싶지는 않았다. 백승현은 이내 자신의 행동이 조금 부적절했다고 느꼈는지 멋쩍은 표정을 지었다. 아마도 그녀 역시 너무 흥분한 탓에 어찌할 바를 모르고 있는 듯했다.

"설마 제가 돈 때문에 서인국과 손을 잡고 김종훈 씨를 해칠 거라 생각하셨던 건 아니죠?"

"저는 정말로 그런 줄로만 알았습니다. 도와주셔서 감사합니다. 선생님 아니었으면 죽을 뻔했습니다."

"솔직히 김종훈 씨와 저는 특별한 인연인 것 같아요. 그래서 당신을 더욱 돕고 싶었던 거고요."

"어떤 인연 말이죠?"

"한 사람의 시신을 두 번이나 받아본다는 게 흔한 일은 아니죠."

"네?"

"열차 폭발이 있었던 날 처음 당신의 시신을 받아보았죠. 당신은 이곳에서 복제가 되어야 했으니까요. 오늘 새벽에 여기서 가까운 서해안에서 폭발 사고가 있었는데 그곳에서 수거된 시신들이 이곳 복지센터 영안실로 옮겨졌죠. 듣기로는 비자금 관리자라는 사람의 집이었다고 하더군요. 대기 당직이었던 제가 연락을 받고 나와 부검을 하고 신원을 확인했는데…… 7구의 시신 중 하나가 바로 당신의 것이었죠."

"그랬군요. 아무튼 정말로 고맙습니다. 그건 그렇고 서인국은 도대체 어떻게 된 거죠? 혈장에 뭘 섞은 것도 아닐 텐데요."

"부적합 수혈 반응으로 죽은 거예요. 급성 반응이 발생할 경우에 이렇게 되는 거죠. 아마 총으로 쏘지 않고 그냥 뒀어도 죽었을 거예요."

"하지만 저는 O형 아닙니까?"

"아…… 그건 적혈구에서 적용되는 거죠. 우리가 일반적으로 알고 있는 ABO 혈액형의 교차반응은 적혈구를 수혈할 때 적용되는 거예요. 적혈구를 분리한 혈장 성분을 수혈할 때는 그 반대로 적용되죠. 혈장 성분에서는 AB형이 제너럴 도너 general donor가 되고 O형 혈장은 다른 혈액형에게 줄 수가 없어요. 서인국이 거기까지는 몰랐던 거죠. 저도 나름 도박을 한 거예요."

"감사합니다. 정말 감사합니다. 그런데 정말로 혈장을 투여받으면 기억이 이식되는 건가요?"

"아뇨. 그건 제가 꾸며낸 이야기일 뿐이에요. 그런 건 불가능해요. 이제 어떻게 하실 거죠?"

"어떤 거 말씀이시죠?"

"비자금 말예요. 모두 그것 때문에 벌어진 일들 아니었던가요? 당신의 누명도 그렇고……"

"제가 테러범이 아니란 거 알고 계셨습니까?"

"네. 민중현이 꾸민 짓이란 것도 모두 알고 있었어요. 그의 집에 갔다가 통화하는 내용을 우연치 않게 들었거든요."

"그렇다면 저를 좀 도와주실 수 있겠군요. 누명이란 걸 설명할 때 말입니다."

"기꺼이 도와드리죠."

"비자금은 솔직히 저도 모릅니다. 돈은 비자금 관리자가 전적으로 관리하고 있었어요. 대통령은 그저 그 규모만 보고받았을 뿐 어디에서 어떤 식으로 관리되고 보관되는지 전혀 모르고 있었죠. 아마도 이런 상황이 벌어질 것을 예상하고 일부러 그런 방식을 선택한 모양이에요. 일종의 방화벽처럼 말예요. 저는 비자금의 규모만 알 뿐이죠. 사실 유일하게 비자금의 행방을 아는 비자금 관리자마저 서인국의 손에 죽었으니 이제 그 눈먼 돈은 사라져버린 거죠."

"그렇군요. 안타깝네요."

"그런데 실례지만 조금 전…… 서인국이 선생님도 복제되었다는 듯이 이야기하던데요……."

"아…… 그 얘기요……."

백승현은 자신도 모르게 눈꼬리에 맺히는 눈물을 닦아냈다. 잠시 마른침을 삼키며 창밖을 바라보더니 이성을 찾는 듯이 눈물을 말렸다. 그녀는 묘한 미소를 지으며 말을 이었다.

"백승현은…… 3개월 전 회식 자리에서 평생에 지우지 못할 실수를 하고 말았죠. 그날 그녀는 술에 너무 취하고 말았어요.

이성을 잃어버렸죠. 한 번의 외도는 그녀에게 큰 상처를 남겼어요. 아이가 생겨버린 거예요. 아이가 생긴 것을 알았을 때는 모든 것을 지워버리기에 이미 늦은 상태였죠. 그러던 어느 날 당신이 복제되었어요. 그날 그녀는 복제용 세트가 하나 더 주문된 걸 알았죠. 그녀는 제정신이 아니었어요. 자기혐오에 빠진 그녀는 당신이 복제된 바로 다음 날 밤 버려진 세트를 가져와 자신의 죄를 씻어내기 위해 스스로를 복제했어요."

복제물로서 서로 간에 느낄 수 있는 묘한 동질감 때문이었을까? 깊은 이야기였지만 백승현은 스스럼없이 김종훈에게 자신의 과거를 털어놓았다. 종훈은 무슨 말을 더 해야 할지 몰랐다. 너무나 충격적인 이야기였다.

아이와 자신의 과거를 지우기 위해 자신을 하나 더 복제하다니…… 어쩌면 그것은 불결해진 자신의 육신을 버리고자 하는 몸부림이었을지도 모를 일이었다.

"그러니까…… 당신도 저와 같은 존재였군요."

"제가요? 아뇨…… 당신과 저는 전혀 다른 존재예요."

"왜죠?"

"제가 눈을 뜨던 바로 그 순간 백승현이 제게 다가왔죠. 그리고 부탁하더군요. 자신의 아이를 잘 돌봐달라고. 죽을 용기는 있었으면서 모든 어려움을 극복하고 직접 자신의 아이를 곁에서 지켜줄 용기는 없었던 거예요. 비겁하게도 그녀는 자신의 인생을 짐짝처럼 저에게 미루고는 죽여달라고 부탁까지 했죠. 김종훈 씨…… 어쩌면 당신은 정말로 환생한 존재일지도 몰라요. 적어도 그렇게 느끼면서 살아가겠죠. 하지만 저는 남의 삶을 살아가고 있는 듯한 이런 아이러니한 의무감을 도저히 지울 수가 없답니다. 그래서 당신과 저는 전혀 다른 존재인 거예요. 저는 당신이 부럽군요."

"백승현은 어떻게 되었습니까? 그러니까…… 이전의 존재 말입니다."

"그녀가 바랐던 대로 해줬어요. 그녀는 산 채로 지하 소각장에서 불타버렸어요. 자신의 죄를 그런 식으로라도 용서받고 싶었나 봐요."

"힘드셨겠습니다."

"아뇨. 전혀요. 그건…… 불타버린 건…… 혐오스러운 과거의 허물일 뿐이죠. 어쩌면 저도 백승현이 그런 식으로 죽기를 원했던 건지도 몰라요. 아무튼 이런 이야기는 비밀로 해주실 거라 믿어요. 그렇죠?"

"물론이죠. 그런데 그…… 혹시…… 민중현이었습니까?"

백승현은 엷은 미소를 띠며 고개를 끄덕였다. 그때 창문을 통해서 경찰차들이 다가오는 소리가 들렸다. 종훈이 침대에서 일어서 천천히 창가로 다가가 주차장을 내려다보자 지원 병력과 함께 건물로 뛰어 들어오는 권무신을 볼 수 있었다.

또다시 일요일

　다음 날, 권무신은 청와대 로비에서 강상호에게 간밤에 수사
한 내용들을 보고하고 있었다.

　"그러니까…… 열차 테러마저도 민중현이 벌인 짓인 데다
가…… 그리고 이 사건의 총괄 책임자였던 서인국까지도 비자
금 때문에 김종훈을 쫓고 있었다고? 비자금은 어디 있는지도
모르고 비자금 관리자까지 사망해버려?"

　"네. 상황이 너무 복잡해졌습니다."

　"그리고 조금 전 하다 만 파나메딕 이야기는 뭔가?"

　"유정엽이 사망하기 직전에 저와 했던 마지막 통화에서 민중
현과 파나메딕 사이에 어떤 이해관계가 있는 것 같다고 하더군
요. 의도적으로 민중현을 밀고하려는 듯하다고 말이죠. 사실

저도 파나메딕 한국 지사 책임자란 사람과 만나봤는데…… 민중현의 범행에 대해서 모두 말해주더군요."

"왜 그러는 건가?"

"글쎄요. 지금까지 알아본 바로는 파나메딕은 이번 TF호의 열차를 제작한 중국계 회사인 파나레일과 동일 그룹의 계열사라고 합니다. 두 회사 모두 파나차이나 그룹의 자회사죠."

"그래서?"

"현재로서는…… 당시에 폭탄이 열차 내부에 들어갈 수 있는 방법이 없습니다. 유일한 가능성이라면 열차 제작 당시에 이미 숨겨놨을 가능성이죠. 만약에 파나메딕이 어떠한 이유에서건 열차 테러를 계획했다면 충분히 파나레일을 통해 열차에 폭탄을 설치할 수 있었을 거란 얘기입니다."

"하지만 왜 그런 테러를 일으키겠나? 민중현과는 어떤 관계가 되는 거지?"

"민중현은 남대철 대통령의 비자금을 노렸죠. 그래서 대통령의 기억 단백질을 얻고 복제를 통해 증인으로부터 비자금에 대한 정보를 빼낼 목적으로 열차 테러를 계획한 겁니다. 파나메딕은…… 아직 확실치 않습니다만, 자신들의 복제 사업을 합법화하고 확장하기 위해 대통령을 제거하려고 했던 것 같습니다. 대통령이 워낙 인간 복제에 부정적이었으니 말이죠. 아마도 제 생각에는 민중현이 최초로 계획을 세우면서 파나메딕을 끌어들인 것 같습니다만 어느 쪽이 먼저였는지는 조금 더 조사해봐야 할 것 같습니다. 파나메딕으로서는 남대철 대통령 제거라는 목적이 이루어졌으니 민중현을 밀고하고는 자신들은 발을 빼려고 한 것이겠죠."

"확실한 건가?"

"충분한 가능성을 열어두고 수사 중에 있습니다만…… 개인적으로 확신하고 있습니다."

"일본인은 어떻게 된 거지?"

"파나메딕 말로는 민중현이 데려온 일본 민간인일 뿐이라고 합니다. 극우 단체와는 아무런 관련이 없을 거라더군요."

강상호는 짜증이 머리끝까지 치밀어오르는 눈치였다. 권무신의 눈에도 폭발할 듯한 화를 겨우 눌러내리고 있는 강상호가 안쓰러워 보일 정도였다.

"젠장. 도대체 이 상황을 어떻게 정리했으면 좋겠나? 국민들에게 이 모든 것이 돈 때문에 벌어진 일이다. 정신 나간 대통령주치의와 대변인, 중국 회사가 설치고 다니다 보니 이런 일이 벌어졌다. 이렇게 설명해야 되나?"

"아, 그건 좀……."

"그래, 나도 알아. 설마 내가 그렇게 발표하겠나? 미치겠군……."

무신도 이 사건의 정리에 대해서 밤새 고민해봤지만 달리 묘안이 떠오르지가 않았다.

"천천히 생각하도록 하세……. 오늘은 일요일이니까 말이야.

아무튼 내일까지는 고민해볼 시간이 있어. 그건 그렇고…… 김종훈은 괜찮나?"

"네. 일단 조금 전 아내와 만나도록 했습니다. 두 사람 모두 아직 국립과학수사연구원에 있습니다."

"그래? 나도 좀 만나봐야겠군."

"네. 하지만 왜 그러시는지?"

"그가 테러범이 아니긴 하지만 대통령의 기억들을 모조리 가지고 있다고 그랬지?"

"네……"

"그렇다면 그는…… 온갖 국가 기밀들도 다 알고 있겠구먼……. 그를 그냥 그렇게 둬서는 안 되네……."

"설마 그를 어떻게 하시려는 건……."

"아내에게는 상황 설명하고 김종훈은 원래대로 사망으로 처리해야 하지 않겠나?"

"하지만 그는 어떻게 보면 피해자이기도 한데요?"

"유감스러운 일이지만 사망한 사실을 어떻게 되돌리겠나? 그리고 국가 기밀들까지 알고 있을 테니 제거하는 게 가장 깔끔한 것 같군. 생각해보게. 국가 기밀도 문제지만 그동안 남대철 대통령이 해놓은 짓들을 김종훈이 다 알고 있다는 이야기 아니겠나? 만약 그자가 어떤 정치세력과 손잡기라도 한다면? 정말 어떤 일들이 벌어질지 생각만 해도 끔찍하군……."

"하지만 아내가 받아들여줄까요? 분명 그녀 눈에는 살아 있는 남편일 텐데요."

"글쎄, 김종훈의 시신이 아직 보관 중인 걸로 알고 있는데."

"사실 어젯밤 김종훈과 백승현을 발견했을 때 백승현이 이야기하길…… 김종훈이 가진 대통령의 기억은…… 그러니까 그게…… 수개월 내로 영구적으로 사라질 거라더군요."

"그건 또 무슨 소린가?"

"영혼의 열쇠 현상 말입니다. 며칠 전 송연중이 했던 프레젠테이션 때 설명이 있었는데……."

"나도 뭔지 알고 있네……."

"이 현상 때문에 복합적으로 주입된 다른 사람의 기억은 자신의 것으로 온전히 받아들여지진 않을 뿐만 아니라 평균적으로 6개월을 전후해서 자연스럽게 사라져버린다고 하더군요. 일종의 면역 반응처럼 말입니다. 핏속의 백혈구가 병균들을 공격하고 잡아먹는 것과 똑같은 이치라고 하더군요."

"그게 가능한가?"

"분명 그렇다고 합니다."

"그러니까 수개월만 버티면 남대철의 기억은 그냥 그렇게 사라져버린다는 거지? 그렇다면 쓸데없이 사람을 죽여서 말을 만들 필요는 없겠군. 하지만 민감한 부분이 있는 만큼 조치가 필요할 거야."

"그렇다면……."

"그는 이제 국가의 보호를 받을 필요가 있다는 말일세. 일반대중이나 언론과도 무분별한 접촉은 자제하는 게 좋을 거야. 대통령의 기억 유무와는 상관없이 말일세."

"저도 그렇게 생각합니다."

"그 부분에 대해서는 국정원과도 협의를 해보도록 하지. 아무튼 자네와 나는 국과수로 가면서 이 사건에 대해서 이야기를 계속해보세."

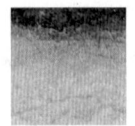

에필로그

　목요일 낮의 경주 구시가지는 한산했지만 단팥빵집의 주문 대기줄만큼은 예외였다. 종훈과 그의 아내는 아직까지 경주 단팥빵을 먹어본 적이 없었다. 맛있다는 입소문은 들어왔지만 이렇게까지 인기가 있을 줄은 예상하지 못했다. 단팥빵 두 상자를 주문하자 종업원이 경상도 특유의 불친절한 목소리로 퉁명스럽게 이야기했다.

　"대기자분들이 너무 많으셔서 오늘은 한 상자 이상은 주문하실 수 없습니다. 대기 시간 한 시간 30분이요!"

　그는 하는 수 없이 한 상자만을 주문하고 계산을 끝낸 뒤 대기 순번표를 받았다. 698번…… 평일 점심시간을 겨우 넘겼을 시간인데 이미 대기 순번이 698번째였다. 그냥 포기하고 싶은 마음도 있었지만 여기까지 찾아온 것에 오기가 생겨서인지 종훈과 아내는 기다려보기로 했다.

단팥빵집을 나서자 길 건너편에 대릉원 입구가 눈에 들어왔다. 천마총으로 더욱 유명한 이곳으로 들어서는 사람들의 손에는 대부분 단팥빵집 대기 순번표가 들려져 있었다. 그때 그의 품에 안겨 있던 아들이 어린아이 특유의 귀여운 목소리로 종알댔다.

"아빠. 가요."

"아들, 어디 갈까? 우리 공원 가요?"

"응."

이번 일이 해결되는 몇 주 사이 아들은 처음으로 말을 하기 시작했다. 게다가 부부 사이에는 뱃속에 둘째 아이가 생겼다. 지금 종훈에게는 자신과 팔짱을 꼭 낀 아내와 그의 가슴에 품은 아들이 주는 행복감이야말로 세상 그 무엇보다 큰 선물 같았다. 하늘에서 내리쬐는 따뜻한 햇빛이 자신들을 축복해주고 있다는 생각마저 들었다. 아내가 웃으면서 이야기했다.

"나 배고픈데. 삼각김밥 하나 사서 공원에서 산책하면 시간이 좀 빨리 가지 않을까?"

단팥빵 가게의 출출한 손님들 손길 덕분이었을까? 이른 시간 편의점의 패스트푸드 코너에는 먹을거리가 거의 남아 있지 않았다. 삼각김밥 두 개와 음료수 그리고 과자를 사들고 천마총 공원에 들어서자 생각보다 많은 사람들이 공원을 산책하고 있었다. 공원은 오가는 사람들이 많아서인지 정비가 잘 되어 있었다. 종훈은 예상외로 큰 대릉원의 규모에 놀라고 있었다. 천마총 근처에 다가서자 아내가 이야기했다.

"들어가보자. 옛날 국사 교과서에 나오는 그림이 이 안에 있대."

"어…… 글쎄. 안쪽이 좀 싸늘해 보이는데. 난 별로."

"그래? 아들! 그럼 우리 둘이 들어가볼까?"

"네!"

"그럼 얼른 갔다 올게."

천마총에 들어서던 아내는 입구에서 멈칫했다. 그리고 약간은 걱정스러운 얼굴로 종훈을 돌아보았다. 그녀는 뭔가 말하고 싶어 하는 것 같았으나 이내 엷은 미소만을 남기고 아들과 함께 천마총 안으로 들어갔다.

종훈은 아내가 무슨 말을 하려고 했던 것인지 충분히 짐작하고 있었다. 천마총은 무덤이었다. 이번 사건이 있은 후 지금까지 종훈은 자신의 정체성에 대해 어떠한 의심도 남아 있지 않다고 확신하고 있었지만, 갑작스럽게 무덤에 들어가자니 발길이 떨어지지 않았던 것이다.

아내는 자신이 죽은 후 복제되었다는 사실을 알게 되었지만 별로 개의치 않는 듯했다. 지난주 일요일 국립과학수사연구원 로비에서 그가 눈물을 흘리며 그녀에게 사실을 털어놓았을 때 그녀는 미소를 잃지 않고 그를 안아주었다. 그런 그녀가 너무나 고마웠다.

잠시 천마총 안을 물끄러미 바라보던 그는 오른쪽 저편 멀리서 누군가의 시선을 느낄 수 있었다. 공원 잔디밭 한가운데 사람들 사이에 서서 그를 바라보는 남자, 놀랍게도 그는 박준수였다. 그리고 그 옆에는 더욱 놀랍게도 박지민이 서 있었다. 두 사람은 마치 장례식에라도 갈 듯 검은 정장 차림이었다. 처음에는 헛것을 보고 있는 줄 알았지만 두 사람은 천천히 걸어 그에게 다가오고 있었다. 그들이 살아 있었던 것이다. 박준수는 특유의 바람기 어린 느끼한 웃음으로 종훈을 맞이했다.

"어떻게 된 겁니까? 두 분 다?"

놀라서 묻는 종훈에게 박준수는 어깨를 으쓱대며 말했다.

"서로가 원하는 바를 얻은 겁니다. 저희는 평범한 삶을. 김종훈 씨는 새로운 삶을."

"하지만 두 분 다…… 죽었지 않습니까?"

"하하. 당신도 죽었지 않습니까? 김종훈 씨, 죽은 박지민과 박준수는 모두 복제물이었어요. 우린 이렇게 잘 살아 있답니다."

"세상에…… 정말로 다행입니다. 하지만 어떻게 이런 일이 가능하죠? 어떻게 된 겁니까?"

"당신이 박지민과 제 집에 오던 날 밤에 저는 제 스스로를 복제했죠. 아시겠지만 복제를 할 경우 기억 단백질의 특성상 추출 몇 시간 전의 기억까지만이 이식되게 되죠. 당연히 복제물

359

은 스스로가 복제되었다는 사실을 모르고 살아가게 됩니다. 첫 날 밤 이후 당신과 함께했던 박준수는 계속 복제물이었죠. 저는 이런 복잡한 사건에서 발을 빼고 싶었습니다. 그런데 복제된 박준수가 집을 폭파시키려 하더군요. 모르셨겠지만 그 집은 남대철 대통령이 준비하던 사저와 똑같은 모델이었습니다. 그때는 정말 복제한 걸 조금 후회하긴 했습니다만…… 꽤나 정든 집이었거든요. 그런데 그때 당신과 함께 박지민도 죽은 것처럼 보이게 하면 되겠다 싶었죠. 그래서 복제된 박준수가 당신과 완전히 집을 떠난 후 지하에 있는 복제 시설로 박지민을 복제해 그 집에 몰래 넣어둔 것이죠. 상황이 꽤나 급박했습니다. 안 그렇습니까? 하하."

"세상에. 당신들 정말 머리가 좋군요."

"아무튼 이렇게 일이 잘 끝나서 다행입니다. 이제 우리를 찾는 사람은 더 이상 없죠. 그저 우리가 바라던 대로 조용하게, 평범하게 살아볼 생각입니다. 물론 당신에게도 선물이 있습니다. 이런 일에는 보너스가 있어야겠죠?"

"무슨 말씀이시죠?"

"비자금 말입니다. 이미 오늘 오전에 당신 명의로 된 스위스 은행 계좌에 모두 입금시켰습니다. 접근하는 방법과 돈을 찾아오는 방법에 관한 서류는 한국은행 본점의 당신 이름으로 된 금고에 보관해두었습니다. 이건 금고를 열 수 있는 키-카드입니다. 중요한 거니까 잃어버리지 마시고요."

박준수는 신용카드처럼 생긴 카드를 그에게 건넸다. 카드를 받아든 종훈은 모르겠다는 듯이 그에게 물었다.

"정말로 이 돈을 제게 주는 겁니까?"

"제 복제물이 말씀드렸듯이…… 저는 욕심 없습니다."

"그 문서의 내용은요? 제가 그 내용들이 폭로되었을 때 확인해달라고 하셨지 않습니까? 물론 당신의 복제물이긴 했지만…… ."

"오, 그가…… 그런 이야기까지 했군요. 언젠가 그런 날이 온다면 당신이 그 내용들을 직접 확인해주었으면 했습니다."

"분명 그렇게 할 용의가 있습니다. 단순히 당신에 대한 보답을 넘어서 말입니다."

박준수는 대답 대신에 빙긋이 웃을 뿐이었다. 옆에 서 있던 박지민도 함께 미소를 지었다.

"하지만 김종훈 씨…… 어떻게 생각하실지 모르겠군요. 비겁하다고 보셔도 상관없습니다. 저는 이미 행복을 찾았습니다. 당신도 그렇지 않나요? 저는 이 순간이 다시 깨지는 것을 원치 않아요. 그것은 당신 또한 마찬가지일 거라고 생각합니다. 이제 우리 그런 짐들은 좀 내려놓고 인생을 즐겨도 되지 않을까 싶군요."

종훈은 박준수의 평화로워 보이는 모습에서 더 이상의 대답이 필요하지 않음을 깨달았다. 길고 긴 분노의 시절을 겪었던 두 사람은 충분히 이 시간을 즐길 권리가 있었다. 그것은 용서가 아니었다. 그것은 일종의 안식과도 같은 것이었다.

"그렇다면…… 인연이 된다면 언제 어디선가 또 만나게 되겠죠."

두 사람은 그렇게 마지막 인사를 남긴 후 공원 저편으로 사라졌다. 그들의 뒷모습은 어딘지 모르게 쓸쓸하면서도 평온해 보였다. 종훈은 지금이라도 불러세워 두 사람의 관계를 묻고 싶기도 했지만 그가 말했듯이 인연이 되어 나중에 만나게 된다면 그때 물어보기로 했다. 잠시 후 아내와 아들이 천마총에서 나오자 조금 전에 그들과 만났던 잠깐의 시간이 마치 이 세상 일이 아닌 듯 느껴졌다.

경주에서 서울로 돌아오는 길에 맛본 단팥빵은 그동안 있었던 머리 아픈 일들을 모두 잊게 할 만큼 환상적이었다. 잠시 단팥빵의 달콤한 맛에 빠져 고속도로 주변 경관을 감상하는 사이 아내와 아들은 뒷좌석에서 잠이 들었다.

종훈은 박준수와의 대화가 계속해서 머리를 떠나지 않았다. 그의 말처럼 당시의 상황은 굉장히 급박했을 것이다. 박준수가 집을 떠나 공항으로 가던 날 밤 있었던 복잡한 일들. 그런데 그 긴박한 순간에 종훈은 세상 모르고 잠들어 있었다. 호텔로 옮겨지는 과정에서 한 번쯤은 정신을 차렸을 법도 한데…… 그때 불현듯 어떤 생각이 그의 머리를 스치고 지나갔다. 어쩌면 박준수는 잠들어 있던 자신은 그대로 두고 복제에 필요한 혈액과 조직만을 가지고 호텔로 갔을지도 모를 일이었다. 그리고 그 재료를 이용해 외부에서 자신을 새로 복제했을 수도 있었다. 지하에 있는 복제 시설에서 자신이 복제된 후, 조금 전 만난 박준수가 다시 박지민을 복제했다고 하기엔 반나절도 채 되지 않는 시간은 너무 짧아 보였다. 분명 지금 가족과 함께하고 있는 자신은 김종훈의 두 번째 복제물이라고 보는 것이 더욱 설득력 있었다.

하지만 잠시 후 그런 고민은 더 이상 아무런 소용이 없다는 걸 깨달았다. 그는 그 스스로일 뿐 다른 누구도 아니었다. 지금 이 세상에 그는 오직 하나뿐이었다. 이렇게 가족과 함께 행복할 수 있다면 그걸로 충분한 것이었다. 그는 김종훈이었다.

::

청와대에서 최종적으로 정부의 직접적인 보호 및 감독하에 김종훈을 살려두는 것으로 결정이 되고 나자 권무신은 가장 먼저 위기관리위원회로 달려갔다. 백승현을 만나기 위해서였다.

몇 주 전 권무신이 지원 경찰 병력과 함께 이 건물의 사건 현장에서 김종훈과 백승현을 발견했을 당시 그의 눈앞에는 믿을 수 없는 광경이 펼쳐져 있었다. 로비에는 민중현이, 총성이 들렸던 3층에는 서인국이 머리에 총을 맞고 죽어 있었다. 그보다 놀라운 것은 분명 죽었던 김종훈이 살아 있었던 것이다. 그날 새벽 있었던 후배들의 죽음으로 극도의 흥분 상태에 있던 권무신은 하마터면 김종훈에게 총을 쏠 뻔했다. 백승현이 김종훈의 억울한 상황을 확인시켜주는 중에도 흥분은 쉽게 가라앉지 않았다. 백승현이 민중현과 파나메딕의 진실에 관한 긴 이야기를 해줄 때도 권무신은 여전히 백승현이 마음에 들지 않았다. 솔직히 민중현이 죽기 전 파나메딕과의 관계와 범죄 공모 사실을 말해줬다는 진술도 받아들이기 힘든 부분이 있었다.

권무신은 어떤 사람이건 이 사건에 연루된 사람들은 모조리 다 죽여버리고 싶은 심정이었다. 당시 백승현은 김종훈을 도와달라고 부탁했으나 그녀의 그런 요구는 전혀 공감할 수 없었다. 권무신에게 김종훈은 이미 두 번이나 죽은 사람의 의미 없는 허물일 뿐이었다. 그녀의 입에서 유정엽이란 이름이 나왔을 때만 해도 권무신은 오늘과 같은 날이 올 것이라고는 상상도 못했다. 복지센터 정문에 들어서서 복제실로 향하자 그날 밤의 일이 권무신의 머릿속에 생생히 떠올랐다.

"김종훈은 일단 그 자리에 그대로 있고…… 백승현 선생님께서는 여기 앉으셔서 안정을 좀 취하시죠……."

"감사합니다. 하지만 저는 지금 확답을 듣고 싶군요. 김종훈 씨를 꼭 도와주실 건가요?"

"솔직히 제가 결정할 문제도 아닙니다. 어떻게 제가 확답을 드립니까?"

"하지만 분명 도와주실 수 있으리라 믿어요."

"개인적으로도 그럴 생각은 전혀 없습니다. 이번 사건 때문에 제 후배들이 몇 명이나 죽었는지 아십니까? 모든 일은 상황과 절차에 맞게 진행될……."

"유정엽 씨 말인가요?"

"뭐라고요?"

"당신이 말한 죽은 후배요. 유정엽과 조상백 그리고 전태형 아니었던가요?"

"그걸 어떻게 아십니까?"

"오늘 새벽 인천에서 있었던 폭발을 말씀하시는 것 아닌가요? 이곳 영안실에서 제가 직접 부검하고 시신을 확인해서 알고 있어요. 일곱 명이 사망했는데 그중 한 명이 김종훈 씨였죠. 또 한 명은 이곳 복지센터 보안팀 소속이었고, 두 명은 청와대 경호실 소속이더군요. 그리고 세 명은 특별수사본부 소속이고요. 조금 전 특별수사본부 팀장님이라고 하셨죠?"

"그래서 알고 계셨군요. 유정엽은 특별수사본부 부팀장입니다. 제가 가장 아끼는 후배였죠."

내일모레 마흔을 앞두고 있는 권무신은 마치 어린아이처럼 울먹였다. 지금까지 다른 사람들 앞에서 잘 감출 수 있었던 슬픔이 문득 잘 모르는 여의사 앞에서 튀어나왔다. 아직 결혼을 하지 못한 권무신에게 유정엽은 가족과도 같은 존재였다. 잠시 동안 애처로운 듯 쳐다보던 백승현이 말을 이었다.

"유정엽의 시신이 아직 이 건물 지하에 안치되어 있어요. 폭발 현장이 이곳에서 꽤 가깝다 보니 폭발 후 세 시간 만에 이곳에 시신이 도착했죠. 화재 때문에 시신들의 보존상태가 좋지 않았지만 유일하게 유정엽에게만은 아직 희망이 있어요. 어떻게 생각하실지 모르겠지만……."

"어떤 희망 말입니까?"

"복제는 특별한 장치가 없더라도 시신에서 체세포와 충분한 혈액만 얻을 수 있다면 사망 후 여섯 시간 이후까지는 가능해요. 유정엽의 시신은 도착 후 가장 먼저 부검이 이루어졌죠. 다행히 그의 시신은 사망 후 여섯 시간 내에 냉동되었기 때문에 아직까지 유정엽에게는 희망이 있다는 거죠."

"그러니까, 지금, 유정엽을, 복제하자는 말씀입니까?"

"너무 놀라시는 것 같군요."

권무신은 잠시 할 말을 잊었다. 백승현이란 사람은 의사이면서도 도대체 어떻게 이런 생각을 할 수 있지? 죽은 사람들을 그렇게 쉽게 복제해낸단 말인가? 이런 복제 시설에서 일하다 보니 그런 건가? 그런 복제를 다른 사람들 몰래 한다면 불법 아닌가? 유정엽은 이미 사망한 걸로 되어 있는데…… 정말로 유정엽을 복제하면 이전처럼 살려낼 수 있단 말인가?

권무신은 김종훈을 물끄러미 바라보았다. 어쩌면 김종훈은 그런 권무신의 끝없는 의문에 대한 가장 간단한 대답일 수도 있었다.

"의사 선생님으로부터 이런 이야기를 듣게 되다니 정말 실망스럽군요."

"나쁘게만 생각하지 말고 아끼는 사람을 다시 곁에 둔다고 생각해보세요."

"그러니까 김종훈 씨를 도와주는 대가로 유정엽을 복제해주 겠다는 겁니까?"

"제가 김종훈 씨를 두고 일종의 거래를 제안했다고 생각하 실 수도 있겠군요. 하지만 전…… 세상은 살아 있는 사람들의 세상이니까요. 그래요, 살아 있는 사람들의 세상이라고 생각해 요."

"무슨 말씀이죠?"

"더 이상의 죽음은 없었으면 해요. 살아 있는 사람에게 도…… 살아 돌아온 사람에게도…… 다시 살아날 수 있는 가 능성이 있는 사람들에게도 마찬가지고요. 그들이 우리 곁으로 다시 돌아와 행복할 수만 있다면 더 이상 고민할 필요가 있을 까요?"

백승현의 말이 맞았다. 권무신은 잠시 뒤로 돌아서서 고민했 다. 그날 권무신이 백승현의 제안에 대한 대답을 하는 데까지 는 그리 오랜 시간이 걸리지 않았다.

권무신이 복제실에 들어서자 백승현이 반갑게 그를 맞아주 었다.

"선생께서 말씀하신대로 이야기했는데 모두 다 믿어주더군 요. 생각보다 쉽게 말입니다."

"김현철 박사님께서는 다른 말씀이 없으시던가요?"

"김현철 박사님께서 잠시 당황해하시기는 하셨는데…… 별 탈 없었습니다."

"나쁜 분은 아니시니까요."

"하지만 6개월 후에는 저도 장담하기 힘듭니다. 그때부터는 김종훈 씨가 정말로 대통령의 기억을 모두 잃은 것처럼 잘 행동해주셔야 할 겁니다."

늦은 밤 복지센터에는 아무도 남아 있지 않았다. 지금 그들 앞의 복제풀에는 유정엽이 복제의 마지막 단계를 앞두고 있었다. 권무신은 만감이 교차했다. 파나메딕에서 보았던 대단위 복제 시설과 합법적 복제를 기다리고 있는 지하 냉동고 속 영혼들…… 분명 그런 모습들에 환멸감을 느꼈던 권무신이었다. 하지만 아끼던 후배의 환생 앞에선 지금의 그는 자신의 결정에 아무런 의심이 없었다. 어서 빨리 바깥세상으로 나오고 싶어서일까? 복제 중인 유정엽은 팔을 꿈틀거리고 있었다.

사회자: 그렇다면 김종훈이 비자금을 찾아서 전액 국고에 환수한 것이 맞군요.

권무신: 그렇습니다.

사회자: 그런데 직접 김종훈을 검거하셨던 권무신 팀장님이 김종훈의 행방을 전혀 파악하지 못하고 있다는 것은 조금 말이 안 되는 부분 아닙니까?

권무신: 제가 언제 전혀 파악을 못한다고 했습니까? 그게 아니라 국정원에 넘겼는데 그때부터가 오리무중이라는 거죠.

사회자: 하지만 그 말이 그 말 아닌가요?

최　현: 국정원이 하는 일은 워낙 보안이 철저하다 보니 외부에서 쉽게 알기가 힘이 든 게 현실입니다. 여기 있는 사람들 모두 국정원이 어떻게 김종훈을 처리했는지 모르고 있습니다. 분명 우리는 김종훈이 보호받아야 한다고…….

강상호: 그렇습니다. 최현 부서장도 그렇고 저도 그렇고…… 분명 국정원을 통해서 김종훈이 보호받아야 한다고 강조했습니다. 그리고 지금도 그는 정부의 보호 아래 있을 거라고 확신하고 있습

369

니다. 다만 우리가 모를 뿐이죠. 한때는 사망설도 나돌았습니다만…… 어디까지나 루머였습니다. 물론 국민 여러분께서 궁금하신 점도 많고 김종훈의 안위에 대해서도 걱정이 많으실 겁니다. 하지만 김종훈은 더 이상 일반인의 신분이 아닙니다. 그는 국가의 입장에서 보면 위험 요소입니다. 국가원수의 기억을 다 가지고 있으니 말입니다. 그를 위해서도 국가를 위해서도 보호 조치는 당연한 겁니다.

사회자: 그러니까 국민 여론은 그가 안전하게 잘 있는지 확인할 수 있는 증거를 보고 싶다는 것 아니겠습니다. 그리고 문민당의 주장처럼 김종훈이란 한 개인의 인권을 침해하는 처사라는 견해도 있죠. 솔직히 여당과 청와대가 김종훈 씨를 숨겨둔 것이라는 의심도 무리는 아닙니다. 특히나 조금은 조심스러운 말이 될지 모르겠습니다만 이런 추측도 가능하지 않을까요?

강상호: 어떤 것 말입니까?

사회자: 오늘 처음 알게 된 사실이지만…… 그러니까…… 김종훈은 대통령의 기억을 다 가지고 있다는 말이죠? 그렇다면 그동안 야당과 국민들이 제시해온 수많은 의혹의 답을 줄 수 있는 것 아닙니까? 게다가 그는 인격적으로는 대통령이 아니니, 어찌 보면 모든 사실들을 사심 없이 있는 그대로 보여줄 수 있는 유일한 사람 아니겠습니까? 그러니까 청와대와 여당에서 그런 사실들을 숨기고자 김종훈을 공개하지 않고 있는 것이라면…….

최　현: 억측이 심하시군요……. 청와대와 여당도 남대철 대통령에 대해서는 역사의 평가를 받아야 한다는 입장이 분명합니다. 전혀 그를 비호하려거나 미화하려는 의견은 없습니다. 분명 국정원에도 김종훈의 행방을 공개할 것을 요구하기도 했죠. 하지만 국정원 어디에서도 그의 행방을 확인할 만한 정보가 발견되지 않습니다. 비공식적으로는 안전하게 보호되고 있다는 사실만을 확인했을 뿐이죠. 그리고 여당의 입장에서는 그것만으로도 충분하다는 겁니다. 물론 청와대가 조금 입장이 불투명합니다만…… 비슷한 입장일 것이라고 생각합니다.

사회자: 글쎄요. 여당이나 청와대에서 고 남대철 대통령과 관련하여 이해관계 때문에 김종훈의 입으로부터 위험한 발언이 나올까봐 그를 숨기려고 한다는 주장이 억측만은 아닐 것이라는 생각이 들 수밖에 없는 건 당연한 것 아닐까요? 이런 의혹들을 제쳐두고 김종훈 씨와 같이 중요한 인사들의 신변 보호에 있어 국가가 그 책임을 잘 이행하고 있다는 것을 확인시켜주는 의미에서라도 생사 확인 정도는 할 수 있을 듯합니다. 그게 그렇게 어려운 일은 아닐 텐데요?

김현철: 그게 그렇게 간단한 문제가 아닙니다. 김종훈을 단순한 개인으로 오해하셔서 쉽게 이야기하시는 것 같은데 사회적으로 김종훈의 실존을 확인하는 것 자체가 아주 큰 사건입니다.

사회자: 무슨 말씀이시죠?

김현철: 그는 현재 누군가 다른 사람의 기억을 공유하고 있는 기억 복

합체입니다. 게다가 그 기억은 다른 수많은 사람들이 관심을 가지고 궁금해할 만한 대통령의 기억이죠. 그냥 일반적인 유명인사 정도가 아닙니다. 또한 죽었다 살아난 복제 인간으로서 그의 정체성에 관한 논점은 우리의 생명과 영혼, 크게는 종교적인 관점에까지도 큰 충격을 줄 수 있습니다. 김종훈 같은 인물이 덩그러니 살아서 길에 걸어다닌다고 하면 과연 사람들은 그런 현실을 어떻게 받아들일까요? 사회자 양반…… 정말로 그렇지 않습니까?

::

    토론회에서는 계속해서 설전이 오갔지만 방청석에 앉아 있던 종훈의 아내는 관심 없다는 듯 일어서서 방송국을 빠져나왔다. 그곳의 그 누구도 그녀가 김종훈의 아내라는 사실을 알아채지 못했다.

    방송국의 싸늘한 에어컨 바람을 가로질러 정문을 나서자 후 끈한 열기가 그녀의 얼굴을 감싸왔다. 쌀쌀할 법한 초가을 저녁 이었지만 방송국 정문 광장을 꽉 채운 시위 인파가 뿜어내는 열 기 때문인지 그녀의 주변 공기는 마치 한여름 같았다. 시위대는 모두들 소리 높여 사망자의 복제 합법화를 주장하고 있었다. 종훈의 아내는 왠지 현실감각이 사라져버리는 듯했다. 그들 중 에는 TF호 열차 사고 사망자들의 유족들도 있었다. 자신의 남 편 역시 피해자였지만 어쩐지 마음 한구석에서는 다른 유족들 에게 미안한 마음도 없지 않았다. 그녀는 고개를 숙인 채 시위 대 사이를 헤쳐나와 여의도공원으로 걸어갔다.

    남편은 열차 폭발이 있은 후 일주일 동안 생사를 넘나드는 모험을 하고서야 겨우 집으로 돌아올 수 있었다. 지금도 그때 국립과학수사연구원 로비에서 본 남편의 표정을 잊을 수가 없 다. 뭔가 미안한 듯하면서도 애처로워 보이는 표정. 아마도 그 의 입을 통해 직접 듣지 않았더라면 그녀로서도 이러한 상황을 받아들이기 힘들었을 것이다.

솔직히 처음에는 많이 힘들었던 게 사실이었다. 죽은 남편을 대신해 자신의 앞에 서 있는 또 한 명의 남편. 특별수사본부 팀장 권무신과 청와대 경호실장 강상호가 그녀에게 남편의 시신을 확인해볼 것을 권유했지만 거부했던 것도 이런 상황을 받아들이기 위한 결정이었다.

열차 사고 직전에 있었던 짧은 권태기는 그들의 결혼 생활을 갈라놓을 수도 있었다. 하지만 사건이 있은 후로 그들은 다시 행복한 결혼 생활을 하고 있었다. 그렇게 하기 위해 정말로 많은 노력들을 했다. 그들 사이에는 둘째 아들도 태어났다. 다시 돌아온 남편의 아들이었다. 그녀는 두 아들의 아버지가 한 사람이라고 확신하고 있었다. 어쩌면 정말로 남편은 죽음을 넘어 다시 자신에게로 찾아온 것이었다. 최소한 그녀는 그렇게 생각하기로 했다. 그를 진심으로 사랑한다면 충분히 받아들일 수 있는 것이라고.

물론 약간의 변화는 있었다. 대통령의 기억을 가지고 있는 남편은 가끔 스스로 대통령의 성격이나 취향도 닮아진 것 같다고 이야기했다. 하지만 그런 것들이 그들의 생활에 큰 영향을 주지는 못했다. 그녀로서는 너무나 특별한 경험을 했기에 불안해서 착각하는 것 정도로밖에 보이지 않았다.

정말로 그녀를 괴롭게 했던 것은 세간의 관심이었다. 사건 직후 당연하게도 남편은 매스컴의 집중적인 관심 대상이 되었다. 처음에 남편은 열차 사고에서 유일하게 살아남아 누명을 벗어

의 대부분을 의과대학생으로 살다가 비로소 마취통증
전문의가 된 삼십대에 소설을 쓰기 시작했다. 해군 군의
복무하면서 완성한 첫 소설을 이제 세상에 내보낸다. 책
영화를 더 많이 보는 세대의 한 사람으로서, 이 소설이
에게 무엇보다도 재미있게 읽혔으면 좋겠다.

설은 '혈류血流'라는 제목에서 추측할 수 있듯이, 피를 통
과 정보는 물론 감정까지도 전달하는 신기술에 대한 발
시작되었다. 인간의 육체를 복제하고 죽은 사람의 피를
그의 기억과 삶을 되살리는 미래사회는 과연 어떤 모습

복제는 현재 기술적으로는 가능할지 모르지만 분명한
문제를 안고 있으며 기억의 재생은 지금의 과학기술로는
하다. 소설에서 묘사한 인간 복제 및 기억과 관련된 부분
부분이 허구다. 최근 뇌신경세포 간 시냅스 연결의 형성
하는 단백질에 관한 연구가 발표된 것으로 알고 있다. 이
정이 기억의 형성에 중요한 메커니즘으로 생각된다는 미
바대 로버트 싱어 박사의 연구가 있었지만, 이는 2014년
발표된 연구로 이 소설을 쓸 당시에는 그 내용을 알지 못

던지고 대통령의 비자금까지 찾아내 국고로 전액 환수시킨 영웅과도 같은 존재였다. 그러나 얼마 있지 않아 국회에서는 이 비자금이 과연 전액 환수된 것이 맞느냐는 의혹으로 설전이 시작됐다. 논란이 증폭되자 청와대는 남편이 함부로 다른 사람들과 접촉하는 것을 극도로 꺼리게 되었다. 청와대와 여당 사람들 그리고 국정원까지 모두들 남편이 남대철 대통령의 모든 기억을 가지고 있다는 사실을 알고 있었다.

결국 국정원은 보호라는 미명하에 남편의 옥외 활동에 24시간 경호원을 붙였다. 이마저도 여의치 않자 청와대는 남편이 사망한 듯한 거짓 사실을 유포하고는 남편에게 최대한 옥외 활동을 자제할 것을 부탁했다. 그러자 국회에서는 남편의 생사를 두고 국회의원 간에 몸싸움까지 벌어졌다. 야당인 문민당에서는 남편이 국회에 출석할 것까지도 요구해왔다. 표면적으로는 남편의 인권을 내세웠지만, 남편이 가지고 있는 대통령의 기억을 정치적으로 이용하려는 이유가 다분해 보였다.

새나라당과 청와대는 TV 토론회를 통해서 결국 1년이 지난 오늘에서야 복제 사실을 인정한 것이지만 이미 6개월 전부터 온라인상의 일부 사람들 사이에서는 남편의 복제 사실이 기정사실처럼 받아들여지고 있었다. 가끔 지인들과 연락할 때면 항상 남편이 복제된 게 맞느냐는 질문을 받아야만 했다. 온라인상에서는 과연 아내로서 복제된 남편을 받아들이는 것이 어떻게 가능하냐는 글들이 난무했다. 이제 대통령의 기억을 가지고

있다는 사실까지 알려졌으니 아마도 국회에서는 여야 간에 전쟁이 날 것이 불 보듯 뻔했다. 청와대와 국정원은 더욱 심하게 남편의 외출을 통제하려 들 것이다.

늦은 시간 연인들이 저마다 자리를 잡고 도심의 야경이 가져다주는 낭만을 즐기고 있었다. 한때 그녀도 남편과 이곳에서 저렇게 자유롭게 거리를 거닐었지만 이제 그런 낭만은 두 사람의 인생에서 사라져버린 듯했다. 아주 가끔 경호원에게 간식을 사주고 반나절 정도 자유 시간을 몰래 얻을 수는 있었지만 최근에는 그마저도 쉽지 않았다.

가족에게는 풍족할 만큼의 연금과 집, 자동차 등이 제공되었지만 남편은 사회생활이 전혀 없어지자 오히려 힘들어하고 있었다. 무엇보다 최근 그를 더욱 힘들게 하는 것은 몸에 생겨나고 있는 이상 징후였다. 그는 낮 시간 정오를 전후해서 햇볕이 강해지면 온몸이 따가워서 집 밖으로 나갈 수가 없었다. 그나마 하루는 용기를 내서 밖에 나갔다가 노출된 부위에 화상을 입기도 했다.

얼마 전부터는 집에서 요리할 때 가스레인지의 불을 켜면 심하게 재채기를 하기 시작했다. 원인을 알 수 없는 현상은 집 안의 모든 요리용 가열 기구를 전기 기기로 교체하고 나서야 그쳤다. 강인한 정신력으로 자신의 정체성을 잃지 않던 남편도 몸에 이상 징후가 생길 때면 힘들어하는 눈치였다. 그녀는 변함없이 그런 남편의 곁을 지켜주고 있었다. 그저 이렇게라도 가족

이 유지되었으면 하는 바람뿐이었다.

그녀는 지금쯤 두 아들을 혼자

남편에게로 발걸음을 재촉했다.

던지고 대통령의 비자금까지 찾아내 국고로 전액 환수시킨 영웅과도 같은 존재였다. 그러나 얼마 있지 않아 국회에서는 이 비자금이 과연 전액 환수된 것이 맞느냐는 의혹으로 설전이 시작됐다. 논란이 증폭되자 청와대는 남편이 함부로 다른 사람들과 접촉하는 것을 극도로 꺼리게 되었다. 청와대와 여당 사람들 그리고 국정원까지 모두들 남편이 남대철 대통령의 모든 기억을 가지고 있다는 사실을 알고 있었다.

결국 국정원은 보호라는 미명하에 남편의 옥외 활동에 24시간 경호원을 붙였다. 이마저도 여의치 않자 청와대는 남편이 사망한 듯한 거짓 사실을 유포하고는 남편에게 최대한 옥외 활동을 자제할 것을 부탁했다. 그러자 국회에서는 남편의 생사를 두고 국회의원 간에 몸싸움까지 벌어졌다. 야당인 문민당에서는 남편이 국회에 출석할 것까지도 요구해왔다. 표면적으로는 남편의 인권을 내세웠지만, 남편이 가지고 있는 대통령의 기억을 정치적으로 이용하려는 이유가 다분해 보였다.

새나라당과 청와대는 TV 토론회를 통해서 결국 1년이 지난 오늘에서야 복제 사실을 인정한 것이지만 이미 6개월 전부터 온라인상의 일부 사람들 사이에서는 남편의 복제 사실이 기정사실처럼 받아들여지고 있었다. 가끔 지인들과 연락할 때면 항상 남편이 복제된 게 맞느냐는 질문을 받아야만 했다. 온라인상에서는 과연 아내로서 복제된 남편을 받아들이는 것이 어떻게 가능하냐는 글들이 난무했다. 이제 대통령의 기억을 가지고 있다는 사실까지 알려졌으니 아마도 국회에서는 여야 간에 전쟁이 날 것이 불 보듯 뻔했다. 청와대와 국정원은 더욱 심하게 남편의 외출을 통제하려 들 것이다.

늦은 시간 연인들이 저마다 자리를 잡고 도심의 야경이 가져다주는 낭만을 즐기고 있었다. 한때 그녀도 남편과 이곳에서 저렇게 자유롭게 거리를 거닐었지만 이제 그런 낭만은 두 사람의 인생에서 사라져버린 듯했다. 아주 가끔 경호원에게 간식을 사주고 반나절 정도 자유 시간을 몰래 얻을 수는 있었지만 최근에는 그마저도 쉽지 않았다.

가족에게는 풍족할 만큼의 연금과 집, 자동차 등이 제공되었지만 남편은 사회생활이 전혀 없어지자 오히려 힘들어하고 있었다. 무엇보다 최근 그를 더욱 힘들게 하는 것은 몸에 생겨나고 있는 이상 징후였다. 그는 낮 시간 정오를 전후해서 햇볕이 강해지면 온몸이 따가워서 집 밖으로 나갈 수가 없었다. 그나마 하루는 용기를 내서 밖에 나갔다가 노출된 부위에 화상을 입기도 했다.

얼마 전부터는 집에서 요리할 때 가스레인지의 불을 켜면 심하게 재채기를 하기 시작했다. 원인을 알 수 없는 현상은 집 안의 모든 요리용 가열 기구를 전기 기기로 교체하고 나서야 그쳤다. 강인한 정신력으로 자신의 정체성을 잃지 않던 남편도 몸에 이상 징후가 생길 때면 힘들어하는 눈치였다. 그녀는 변함없이 그런 남편의 곁을 지켜주고 있었다. 그저 이렇게라도 가족이 유지되었으면 하는 바람뿐이었다.

그녀는 지금쯤 두 아들을 혼자 돌보느라 피곤해하고 있을 남편에게로 발걸음을 재촉했다.

〈끝〉

작가의 말

이십대의 대부분을 의과대학생으로 살다가 비로소 마취통증
의학과 전문의가 된 삼십대에 소설을 쓰기 시작했다. 해군 군의
관으로 복무하면서 완성한 첫 소설을 이제 세상에 내보낸다. 책
보다는 영화를 더 많이 보는 세대의 한 사람으로서, 이 소설이
독자들에게 무엇보다도 재미있게 읽혔으면 좋겠다.

이 소설은 '혈류血流'라는 제목에서 추측할 수 있듯이, 피를 통
해 지식과 정보는 물론 감정까지도 전달하는 신기술에 대한 발
상에서 시작되었다. 인간의 육체를 복제하고 죽은 사람의 피를
수혈해 그의 기억과 삶을 되살리는 미래사회는 과연 어떤 모습
일까?

인간 복제는 현재 기술적으로는 가능할지 모르지만 분명한
윤리적 문제를 안고 있으며 기억의 재생은 지금의 과학기술로는
불가능하다. 소설에서 묘사한 인간 복제 및 기억과 관련된 부분
은 많은 부분이 허구다. 최근 뇌신경세포 간 시냅스 연결의 형성
에 관여하는 단백질에 관한 연구가 발표된 것으로 알고 있다. 이
러한 과정이 기억의 형성에 중요한 메커니즘으로 생각된다는 미
국 예시바대 로버트 싱어 박사의 연구가 있었지만, 이는 2014년
1월에 발표된 연구로 이 소설을 쓸 당시에는 그 내용을 알지 못

했다. 의학적으로 객관적 사실과 다른 부분이 있다면 이는 분명 작가의 실수다.

군의관으로 함께 근무했던 많은 의사들과 수의사들로부터 등장인물의 성격 묘사에 영감을 얻었다. 박무신, 백승돈, 김홍석, 이준석, 김연중, 김상일, 박남선, 서영범, 손일태, 송인범, 신홍일, 이상백, 이정엽, 장희상, 조용선…… 뿐만 아니라 나 자신과 아내 그리고 두 아들의 모습도 이 소설에 녹아 있다. 소설 속에 표현된 한국 사회의 단편들은 부분적으로는 현실을 반영하고 있고 일부 작가의 개인적 관점이 들어간 부분도 있으나, 그 참고와 활용에 있어서 어떠한 의도도 없었음을 밝혀둔다.

개인적으로 이 소설에서 가장 애착이 가는 내용은 인간의 실존에 관하여 다룬 부분이다. 지금 현재를 살고 있는 우리 인간은 어디서부터 어디까지가 진짜인지, 무엇이 인간의 정체성을 규정하는 것인지 한 번쯤 고민해보고 싶었다. 이 부분은 옥스포드대 석좌교수인 리처드 도킨스의 '기괴한 우리 우주'라는 강연에서 크게 영감을 받았으며, 이렇게 탄생한 등장인물에 대해서는 군종 대위 여철 법사의 불교적 해석이 많은 도움이 되었다.

사실 소설을 처음 쓰기 시작했을 때만 해도 이렇게 한 권의 책이 되어 빛을 보게 될 것이라고는 생각하지 못했다. 작가로서의 기회를 준 새움출판사 이대식 대표님과 이 소설을 처음으로 눈여겨봐준 최하나 편집자, 이 글이 더욱 완성도 높은 소설로 거듭날 수 있도록 도와준 김화영 편집자께 감사의 말씀을 드린다. 또한 나의 사랑하는 아버지와 어머니, 동생 그리고 아내와 두 아들에게 감사의 인사를 전한다.

끝으로 이 책을 선택해주신 독자들께 감사드린다. 독자가 첫 페이지를 여는 순간부터 마지막 장을 덮는 순간까지 마치 롤러코스터를 타고 즐기는 기분으로 읽을 수 있는 소설을 쓰고 싶었다. 잘되었는지는 모르겠다. 주인공의 예기치 못한 모험을 함께 경험하면서 피곤한 일상에서 잠시라도 벗어나셨길 바란다.

2014년 4월
이립